中国海洋大学"985工程"

海洋发展人文社会科学研究基地建设经费资助

冷卫国 著

先秦汉唐诗赋论稿

中国社会科学出版社

图书在版编目（CIP）数据

先秦汉唐诗赋论稿/冷卫国著.—北京：中国社会
科学出版社，2018.8
　ISBN 978 - 7 - 5203 - 2874 - 6

Ⅰ.①先… Ⅱ.①冷… Ⅲ.①古典诗歌—诗歌研究—
中国—先秦时代—唐代　Ⅳ.①I207.22

中国版本图书馆 CIP 数据核字（2018）第 168632 号

出　版　人	赵剑英
责任编辑	王莎莎
责任校对	张爱华
责任印制	李寡寡

出　　版	中国社会科学出版社
社　　址	北京鼓楼西大街甲 158 号
邮　　编	100720
网　　址	http://www.csspw.cn
发 行 部	010 - 84083685
门 市 部	010 - 84029450
经　　销	新华书店及其他书店

印刷装订	环球东方（北京）印务有限公司
版　　次	2018 年 8 月第 1 版
印　　次	2018 年 8 月第 1 次印刷

开　　本	710 × 1000　1/16
印　　张	20.25
字　　数	312 千字
定　　价	89.00 元

目 录
CONTENTS

先秦汉唐诗赋论稿

上编　先秦两汉诗歌

先驱的悲歌与史哲的覃思
　　——试论从变雅到老子思想的贯通与演进 ……………… 3

论屈原艺术思维的文化生成 ……………………… 13

新的艺术思维范型
　　——神话、《诗经》、屈原艺术思维异同比较 ……… 26

屈骚艺术特质发微
　　——兼论屈原艺术思维的独创性 …………………… 36

关于《迢迢牵牛星》释读的两个问题
　　——兼及庾信《七夕诗》与苏轼《渔家傲·七夕》词 ……… 44

礼乐制度史视野下的汉代歌诗研究
　　——读赵敏俐《汉代乐府制度与歌诗研究》 …………… 51

中编　汉魏六朝赋学批评

汉魏六朝赋学批评的对象与分期 ……………………………… 61

"文章西汉两司马"的赋学批评 ………………………………… 70

"诗人之赋"与"辞人之赋"
　　——论扬雄的赋学批评 ……………………………………… 82

刘向刘歆赋学批评发微 ………………………………………… 96

赋中论赋：汉代赋学批评的另一种形式 ……………………… 117

论建安时期的赋学批评 ………………………………………… 124

玄学的兴盛与正始赋学批评的时代特征 ……………………… 138

左思《三都赋》及其辞赋观 …………………………………… 152

陆机陆云的赋学批评 …………………………………………… 161

夏侯湛以"味"论赋 …………………………………………… 173

"繁华"与"有益"
　　——试论葛洪赋学批评的二重性 ………………………… 177

东晋赋学批评的分期及时代特征 ……………………………… 186

元嘉赋学批评：沉寂中的渐变与拓新 ………………………… 205

晋宋诗赋札记二则 ……………………………………………… 223

论永明时期的赋学批评 ………………………………………… 227

刘勰的赋学思想 ………………………………………………… 239

萧梁皇族的赋学批评 …………………………………………… 247

合南北文学之两长

　　——论庾信辞赋及其辞赋观的先导意义 …………… 262

下编　唐代诗歌及文学批评

李白《蜀道难》历代主题说平议

　　——兼论李白与《文选》赋的关系及其

　　"以赋为诗"的艺术特征 ……………… 275

文本细读与中国古典诗歌的阐释问题

　　——以白居易、李商隐的两首诗歌为例 ……… 287

李贺诗歌现象三论 …………………………………… 297

方以智，圆而神

　　——读卢盛江《文镜秘府论汇校汇考》 …………… 307

后　记 ……………………………………………… 316

上编　先秦两汉诗歌

先驱的悲歌与史哲的覃思
——试论从变雅到老子思想的贯通与演进

经过历代学人的努力，近些年来，《诗经》变雅在文学史上和《老子》在哲学史上的真实内涵逐渐得到了廓清和明确。如果我们把《诗经》中的变雅和《老子》纳入中国思想史的范围内考察，就会发现，变雅与《老子》不仅在思想内容上有着许多相似的命题，而且有着清晰的演进轨迹。

关于变雅，历来有两种不同的说法。唐陆德明以入乐与否定正变，以《六月》至《何草不黄》为变小雅，以《民劳》至《召旻》为变大雅，但目前的研究表明，三百篇是全部入乐的，准此，则陆氏之说无疑是不成立的。明确提出变雅概念及划分标准的是《诗序》："至于王道衰，礼义废，政教失，国异政，家殊俗，而变风、变雅作矣。"郑玄《诗谱序》中进一步将其具体化，以夷王时代为界，前此者为正雅，后此者为变雅："自是而下，厉也，幽也，政教尤衰，周室大坏，《十月之交》《民劳》《板》《荡》，勃尔俱作，众国纷然，刺怨相寻……故孔子录懿王、夷王时诗，讫于陈灵公淫乱之事，谓之'变风''变雅'。"毛、郑二氏以王道政教的得失兴衰为标准来界分正变，客观上与当时社会生活的变化相符，因而在历史上产生了广泛影响，也取得了大多数学人的认同，但是，我们必须注意，实际上变雅诗篇的下限应在周平王东迁前后。

关于老子，《史记》只说了个大概，詹剑峰、高亨两位先生对老子生平皆作了考订。詹剑峰定老子生年为公元前 576 年①，高亨定为公元前 571 年②，也就是说从变雅到老子相差 200 年左右的时间，《老子》其书，并不是像梁启超、冯友兰、侯外庐等人所认定的那样成书于战国时期，而是成书于春秋末期。准此，从变雅到《老子》，也就蕴含着历史起伏运变的消息。

变雅，是随着周平王东迁前后所激发的社会矛盾而产生的。伴随着文、武时代的来临，中国奴隶社会也进入了全盛时期。然而，西周的盛世并不长久，到昭、穆时代，军事战争上的大失败，已显示出宗周统治的危机，至夷、厉、幽王时代暴君无道，社会危机日甚一日，其间尽管也曾出现过宣王中兴，对社会矛盾和生产关系作过暂时的调整，但夷、厉、幽三王时代政治的腐败残酷，迅速使"中兴"局面灰飞烟灭，厉王被流放于彘，幽王被杀，平王在犬戎的逼迫下不得不东迁洛邑。整个周室的局面已经到了风雨飘摇、不可救药的地步了。侯外庐先生曾断言"变风、变雅无疑是先驱的悲剧诗歌"③，确乎如此。就变雅所表现的情感色调而言，它们是悲剧诗歌，就变雅的作者秉承官学而又离心于官学来讲，他们又是春秋战国诸子的思想先驱，由掌握宗周官学的祝、宗、史、卜——浸润于官学而又离心于官学的变雅作者——官学下渗而孕育的百家诸子之学，构成了一条清晰的思想主体演变脉络，而老子由周王室的"守藏史"流为庶众，其思想恰恰是这一历史演进过程中介于后两者之间的一个不可或缺的链环，因此，把变雅、《老子》纳入中国思想史的范围来探讨它们的思想意蕴，有着异常重要的意义。这也就是我们考察、系联变雅与老子思想贯通与演进的契机。

---

① 詹剑峰：《老子其人其书其道论》，湖北人民出版社 1982 年版，第 19—60 页。
② 高亨：《老子注译》，华钟彦校，河南人民出版社 1980 年版，第 1—13 页。
③ 侯外庐等：《中国思想通史》第一卷，人民出版社 1967 年版，第 110 页。

一 "天降丧乱"与以"道"代天

《庄子·天下》尝谓周人"以天为宗，以德为本"。其实，这并非整个宗周的真实情况。如果说，"以德配天"在周初是统治阶级建构的精神统治工具的话，那么，伴随着社会危机的来临，周人宗教观念上对上天的信仰，已开始发生了变化：

> 天方艰难，曰丧厥国。(《抑》)
> 天降丧乱，灭我立王，降此蟊贼，稼穑卒痒，哀恫中国，具赘卒荒。(《桑柔》)
> 天降丧乱，饥馑荐臻。靡神不举，靡爱斯牲。圭璧既卒，宁莫我听？(《云汉》)
> 天方荐瘥，丧乱弘多。
> 不吊昊天，乱靡有定。
> 昊天不惠，降此大戾。(《节南山》)
> 浩浩昊天，不骏其德。降丧饥馑，斩伐四国。(《雨无正》)
> 民今方殆，视天梦梦。既克有定，靡人弗胜。有皇上帝，伊谁云憎？(《正月》)

在这里，天是一个糊糊涂涂、浑浑噩噩的家伙，甚至是"丧乱""饥馑"的祸源，与早期的《周颂》相比，已显示出不同的格调。试看《周颂》中的诗句：

> 维天之命，于穆不已，于乎不显，文王之德之纯。假以溢我，我其收之。骏惠我文王，曾孙笃之。(《维天之命》)
> 思文后稷，克配彼天。立我烝民，莫匪尔极。贻我来牟，帝命率育。无此疆尔界，陈常于时夏。(《思文》)

不难看出，周初早期的"天"完全是周人的保护神，神力广大而又佑护着宗周，它授先祖以命，"降福穰穰"，给宗周的发展带来蓬勃的生机。这种观念，是以周初发扬蹈厉的社会生活作为现实基础的。而夷王之后，动荡的社会局面，不得不使周初的天命观对现实做出让步，现实的丧乱，又不能不使诗人对上天产生怀疑：既然上天仁爱慈惠，为什么现实中又有这么多的丧乱；既然上天全知全能，又为什么祭天不灵，呼天不应？对上天的怀疑与责难，说明了变雅作者在挣脱异己宗教信仰的过程中，已开始偏离"以天为宗"的宗教化"天人合一"轨道而向感性现实切近，而这直接引发了后来的诸子像老子、孔子、墨子、孟子、荀子等对天人关系的进一步探讨。

天（天＝帝）尽管受到怀疑与诅咒，但并没有被彻底否定，依然有着残留的地盘，到了老子，则以"道"的概念取代了天的神格。

老子虽然也言天，但天已不再是神秘的创造一切的主宰，而是有着自在的运行规律："天地相合，以降甘露"（《老子》三十二章，以下所引章目皆出自张松如《老子校读》，故不赘述），"天地不仁，以万物为刍狗"（五章），"天毋已清，将恐裂"（三十九章）。更重要的，是"道"概念的提出：

> 道冲，而用之又弗盈也。渊兮，似万物之宗……湛兮，似或存。吾不知其谁之子也，象帝之先。（四章）

有人尝谓，道的提出，是中国哲学思想史上一次光辉灿烂的日出。在变雅诗人的思想观念中尚残留着天（帝）的威灵，而老子则以史哲的睿智覃思，抽象出了"道"这一概念，昭示着春秋时期人文曙光的初露。"道"打破了天创造一切的神话，以弥纶天道、经纬万象的思维方式显示了人对世界统一性的把握。怀特海曾言西方一切哲学皆是柏拉图哲学的注脚，同样，中国哲学在很大程度上也是老子哲学的注脚，这就是后世的哲学家"入其垒，袭其辐"（王夫之《老子衍》自序）的原因。

不错，老子"道"的提出，经过了史伯的"和实生物"、《周易》的八卦等思维发展阶段，但是，变雅也是一个不可忽视的思想基础，如果没有变雅疑天思潮的涌动激发，"道"概念的产生将是难以想象的。

二 "下民卒瘅"与剖判现实

在商的卜辞中，并无"民"字，而在周金中，出现的频率极高，周金中"民"字像刺目形，为奴隶的总称，"民"字的大量出现，客观上表征了奴隶的大批出现。反映在变雅中也出现了大量的哀民多艰的作品：

上帝板板，下民卒瘅。（《板》）

昊天疾威，天笃降丧。瘨我饥馑，民卒流亡。我居圉卒荒。（《召旻》）

不吊皇天，乱靡有定。式月斯生，俾民不宁。忧心如酲，谁秉国成？不自为政，卒劳百姓。（《节南山》）

民亦劳止，汔可小康。（《民劳》）

民靡有黎，具祸以烬。（《桑柔》）

在"礼不下庶人"的宗周社会，"民"根本不被当作人看待。在变雅诗中，"民"成为诗人哀叹的对象，在探究造成"民"的灾难的原因时，批判的矛头不只指向了"不吊昊天"，而且直接指向了昏聩的君王：

维此惠君，民人所瞻。秉心宣犹，考慎其相。维此不顺，自独俾臧。自有肺肠，俾民卒狂。（《桑柔》）

天之方虐，无然谑谑。老夫灌灌，小子蹻蹻。匪我言耄，尔用忧谑。多将熇熇，不可救药。（《板》）

视尔梦梦，我心惨惨。诲尔谆谆，听我藐藐，匪用为教，覆用为虐。

回遹其德，俾民大棘。(《抑》)

透过这些字句，我们看到，这里面有忧心如焚的忠谏，也有对王的行为的揭露和批判。在中国思想史上，孟子的"民贵君轻"思想，屈原的"长太息以掩涕兮，哀民生之多艰"，杜甫的"叹息肠内热，穷年忧黎元"的忧患意识，无疑与这些变雅诗人的思想是声息相通、血脉一贯的。

同样，《老子》一书中也有多处涉及"民"和哀民多艰的章节。《老子》的"民"，已不再局限于奴隶这一层面的含义，而与《说文》的解释——"民，众萌也"更为接近。距变雅诗人二百多年后的老子，区别于变雅诗人仅仅号呼民之饥冷寒馁，他以史家、哲人的眼光峻刻地剖判现实，不独是奴隶，而且一般的庶众也成为他关注哀悯的对象。他指出，人民的灾难来自苛重的赋税制度："民之饥者，以其上食税之多也，民之死者，以其上求生生之厚也。"(七十五章)社会的混乱，来自严刑峻法："法令滋章，盗贼多有。""民不畏死，奈何以死惧之。"(五十七章)他指斥"朝甚除"，"服文采，带利剑，厌饮食，财货有余"的统治者，指斥他们为强盗头子("是谓盗夸")，显然，其批判现实的态度，比变雅诗人更为激进。

三　忧生意识与兵者凶器

与战争相关的诗篇，在风、雅、颂中，有着相当的数量。其实，所谓"郁郁乎文哉"的宗周并不像一般人所想象的那样，是一片礼乐和同的盛世景象。从史书的记载来看，整个宗周王朝与边夷民族的战争始终不断，而且，在周朝时战争规模也不断扩大升级，康王时代的小盂鼎铭文云："王□盂以□□伐鬼方……获馘四千八百□二馘，俘人万三千八十一人。"暴力和武功是文明的催生婆，战争客观上一方面加快了民族文明的融合，为社会发展开辟了广阔的道路；另一方面，战争也是恶，它造成了广大奴隶和自由民的痛苦。因此，《诗经》中出现了如此众多的戍卒思归、思妇忧夫的凄婉哀怨的诗篇，也就不难理解了。

在同边夷部族的战争中，昭王时代已出现军事上的大失败。《左传·僖公四年》："昭王南征而不复。" 如此沉重的军事失败，给广大奴隶和自由民造成的灾难也就可想而知，而且穆、夷、厉王时代，史书上也多次出现伐戎"不克"的记载。宣王时代，尽管从《诗·小雅》的《六月》《采芑》，《大雅》的《江汉》《常武》来看，虽然也曾有过辉煌的军事胜利，但以《古本竹书纪年》"四年，使秦仲伐西戎，为戎所杀"，三十一年"王遣兵伐太原戎，不克"，三十六年"王伐条戎，奔戎，王师败绩"，《国语·周语上》"三十九年战于千亩，王师败于姜氏之戎"等记载来看，即使在宣王时代，对边戎战争总的来说，也是失败的。

无休止的战争，对奴隶和自由民来说，都意味着无穷的灾难，对于统治阶级内部的一部分人来说，也是如此。在变雅诗篇中，诗人哭诉着自己的忧愤和灾难：

> 曰归曰归，岁亦莫止。靡室靡家，猃狁之故。
> 王事靡盬，不遑启处。忧心孔疚，我行不来。
> 行道迟迟，载渴载饥。我心伤悲，莫知我哀。（《采薇》）
> 忧心悄悄，仆夫况瘁。
> 王事多难，不遑启居。岂不怀归？畏此简书。（《出车》）
> 祈父，予王之爪牙。胡转予于恤，靡所止居？（《祈父》）

这些诗篇，与《颂》诗中的《长发》《殷武》相比，有着截然的不同。后者表现了对暴力与武功的由衷赞美，前者则明显地暴露了怨战反战情绪，这一鲜明的变化固然有着深刻的社会、历史原因，但这种关注自身命运的"忧生"意识的产生，直接引发了老子"兵者，凶器也"的思想。

历代不少研究老子的人，认为《老子》是兵学之书，如王夫之称它为"言兵者师之"（《宋论》），章太炎称它为"约《金版》《六韬》之旨"

（《鹖书·儒道》），这固然是戴上兵家眼镜解读的结果，但是，这种说法也不无道理。西周时代是"礼乐征伐自天子出"，变雅时代因为王室衰微，已出现了"礼乐征伐自大夫出"的兆象。至老子时代，历史已切实地跨入了这一阶段，王权形同虚设，诸侯大夫擅权恣睢，战争更加频繁酷烈，这不可能不引起老子的注意。面对各国诸侯在战争的旗帜下隳突南北、奔命东西的图霸征杀，面对杀人盈城、流血漂杵的悲惨景象，他不像以往的变雅诗人那样号呼惨怛，也不像后来战国时期的兵家热衷于干事诸侯，提倡以武力一统天下，史家哲学家的人格，使得他对战争的认识，比变雅诗人洞察得更为系统而深刻。

他指出了战争的危害性："师之所处，荆棘生焉，大军之后，必有凶年。"（三十一章）他反对侵略战争："以道佐人主，不以兵强于天下。"（三十章）"夫兵者，不祥之器也，物或恶之，故有道者弗处。"他强调了战争要有一定的限度：故善战者"果而勿骄，果而勿矜，果而勿伐，果而勿得已居，是谓果而不强。"（三十章）正是基于以上几个方面的认识，他导出了兵凶器的结论，他说："故兵者，非君子之器也，不祥之器也，不得已而用之。铦庞为上，勿美也。若美之，是乐杀人也。是以吉事上左，丧事上右；是以偏将军居左，上将军居右；言以丧礼居之也。杀人众，故悲哀莅之，战胜，以丧礼处之。"（三十一章）

战争是政治的继续，历史由变雅时代转入老子时代，推动隆隆战车的是统治者卑劣的贪欲，战车下辗压的是被统治者的冤魂。老子反对战争，一方面来自他"守藏史"的阅历以及由此产生的对历史的深刻洞照；另一方面也来自对"春秋无义战"的现实的激愤。他反对侵略战争，反对尚武。仔细检视《老子》原文，这一点是很清楚的，他一方面认为战争出于"不得已"；另一方面反对"乐杀人"，强调"果而已"，老子反对侵略战争，是春秋时代"人道主义思想"[①]，远比变雅诗人感性化的呼号来得系统而深刻。

---

① 陈鼓应：《老子注释及评介》，中华书局1984年版，第20页。

四 "人惟求旧"与"小国寡民"

对变雅诗人而言，上天先祖已不可信，现实的君王又昏聩不明，百姓多艰，连绵不断的战争又不啻无休无止的灾难，国家的命运已到了风雨飘摇、"不可救药"的地步，面临这种内外交困的形势，变雅的作者——这些诸子思想的先驱，为了寻找解决危机的途径，开始了向古旧传统的寻觅回首：

> 女虽湛乐从，弗念厥绍，罔敷求先王，克共明刑。(《抑》)
> 哀哉为犹，匪先民是程，匪大犹是经。(《小旻》)
> 人亦有信，询于刍荛！(《板》)
> 惟今之人，不尚有旧！(《召旻》)

寻找传统本身，对变雅的先哲们来说有着双重的意义：寻找传统，本身就意味着对现实的不满与反叛；寻找传统，也是一种无奈的悲剧选择。

不难看出，在对君王的指斥中，先哲们又透露了向传统学习的强烈愿望，企图通过传统的回归，摆脱国家即将覆灭的命运。现实的败坏，王道的缺失，礼义的崩溃，自身的罹难，并不能使他们产生"革命"的思想。华夏文明的"早熟"与"维新"模式遗留下来的沉重的血缘枷锁，使他们面临破碎的现实无可奈何，只能到渺远的古旧传统中去圆梦，在对先王之道、先王之政的沉湎回首中去寻找精神的"罂粟"。

殊途同归，老子同样表现出了回归传统的倾向，并且描述了理想国的轮廓："小国寡民，使有什伯之器而不用，使民重死而不远徙；虽有舟舆，无所乘之；虽有甲兵，无所阵之；使民复结绳而用之，民多甘其食，美其服，安其居，乐其俗，邻国相望，鸡犬之声相闻，民至老死，不相往来。"既弃绝物质文化，又能甘食、美服、安居、乐俗，这样的社会，无疑是镜花水月，在历史上是根本不存在的，纯粹是老子心造的幻影(到了庄子，便进一步演绎出"鼓腹而游"的乐民世界)。因此，老子的理想国，是面临春秋末年分崩混乱局面的心灵遁逃，同时，也是他的辩证法贯彻不彻底的表现。《老子》第一章中便开宗明义地设立了"常道"的标杆，而且在以后的章节中也贯彻了"反者，道之动"的思想。但是实际上，在动静、刚柔、强弱、今古等诸对立面的转化过程中，老子认为合于常道转化的往往是由前者回复到后者，因此，老子观念中的转化不是螺旋式的上升而是简单地回复到事物发展的始点，在转化过程中，事物本身并没有被注入新鲜活泼的内容，"执古之道，以御今之有"，"古"是常道，因而在这种思维方式驱动下，老子在思想上转向"小国寡民"的古旧传统也就不可避免。在这理想世界中，没有横征暴敛，没有严刑峻法，没有名禄事功。由此可以看出，老子的理想国又不仅是对现实矛盾的心灵消解，而且是对原始民主性的呼唤。

同样是回归传统，变雅诗人的立足点是有为，希望统治者学习先王刚健有为的品格，克绍旧绪，振兴衰颓飘摇的国运。老子的立足点是无为，希望整个社会能像以前的远古社会自然而然地消长。一是挽救破碎的现实，一是倾心于心灵的消解，拯救与逍遥的沉重主题，第一次在变雅诗人与老子身上得到了初步的凸现。

通过以上论述，可以看到，从变雅到《老子》，有着明显的贯通与演进轨迹，从变雅诗人的疑天、骂天，到老子的以道代天，彻底地消除了"天＝帝"的神学观念，在对待民与战争的态度上，变雅诗人与老子基本是一致的，但后者比前者来得远为系统而深刻，态度也激进得多。对于如何解决现实矛盾这一问题，变雅诗人与老子表现出了相同的思路，但前者的立足点是有为，后者的立足点是无为，已初步呈现出了拯救与逍遥这两大主题。后世的诸子如墨子的"兼爱""尚同"，孟子的"民贵君轻"，荀子的"人定胜天""制天命而用之"等思想，都已在这里埋下了深刻的伏脉。

（原载《齐鲁学刊》1997 年第 3 期）

论屈原艺术思维的文化生成

作为"惊采绝艳,难与并能"(《文心雕龙·辨骚》)的屈子辞,无疑是屈原超群卓异的艺术思维的外化形式。屈辞的形成,当然也受到楚地民歌、诸子散文等的影响,但更重要的是,从艺术思维的角度来看,屈辞的形成,与神话、《诗经》、战国时代的理性思维有着更为密切的联系,正是因为屈原对以上三个方面的认同与发展,才形成了屈辞联藻日月、交采风云的浪漫主义艺术。

一

神话是人类童年的艺术,"任何神话都是用想象和借助想象以征服自然力,支配自然力,把自然力加以形象化;因而,随着这些自然力之实际上被支配,神话也就消失了"[①]。这个由人类早年通过想象编制的精致的花环,积淀了大量的集体无意识与文化内容,而它的产生、发展与流传都必须有一整套的文化机制与之相适应。

---

① 〔德〕马克思:《〈政治经济学批判〉导言》,《马克思恩格斯选集》第 2 卷,人民出版社 1972 年版,第 113 页。

"楚地百神"，这是公认的事实。为什么楚国保存了远比中原文化丰富多彩、荒唐诡怪的神话材料？以往梁启超、刘师培、王国维、鲁迅、胡适等多从南北环境的不同入手，认为环境的差异是主要原因。而茅盾先生则通过中西神话比较，发现生存环境酷寒的北欧，照样保存着丰富完整的神话系列，从而导出了"神话的历史化，固然也保存了相当的神话；但神话的历史化太早，便容易使得神话僵死"这一经典性的结论。① 近年来张光直先生在研究中国神话时指出，中国神话的兴衰与亲族团体的更变密切相关②，从而使得中国历史与中国神话更加密切地扣合起来，进一步深化了"神话的历史化"这一结论的内容。这一系列的研究成果，为我们进一步考察楚文化与楚神话的关系提供了方法论上的根据。

众所周知，炎黄二系的文化构成了整个华夏文化的祖型，也是中国史前社会最基本的氏族结构模式。楚人原为炎帝一系的祝融八姓之一，其原始分布是中原地区及其周围，后来由于与黄帝一系的战争，逐渐零落星散或与黄帝一系混融。③ 其中一支"降处江水"（《山海经》），居淮河下游的荆楚，曾一度是殷的与国，周灭殷后，被迫南下至长江中游一带，周成王时，楚君熊绎接受了周的封号，经过"筚路蓝缕，以启山林"的艰苦创业及对周边民族如苗、黎、巴、蜀等的蚕食渗透，国力逐渐强大起来，多次饮马黄河，在春秋时期短短的二百年间，遽然完成了由氏族社会向封建国家的转变，从一个中原诸国不屑与盟的蛮族成长为春秋五霸、战国七雄之一。

通过以上对楚族历史的简单追溯，我们看出，楚文化正是吸吮着其他文化的血脉成长起来的混血儿，在她身上，必然叠印着多元文化的印痕，而这正是造成"楚地百神"的主要原因。

楚国社会性质的遽变，必然造成楚文化中先进文化与落后文化二元同

---

① 茅盾：《神话研究·中国神话研究初探》，百花文艺出版社1981年版，第130页。
② 张光直：《中国青铜时代·商周神话之分类》，生活·读书·新知三联书店1983年版。
③ 王献唐：《炎黄氏族文化考》，齐鲁书社1985年版，第2—64页。

体的格局。从《左传》《国语》《战国策》等可以发现，楚国的意识形态存在着明显的二重性：一方面是意识形态的周化，即所谓的"北学于中国"（详见下节）；另一方面则是信巫鬼、崇淫祀这一传统的根深蒂固。《春秋》经传载中原各国视楚族为"蛮夷"，孟子视楚人为"南蛮鴃舌之人"（《孟子·滕文公上》），多少䨄栝了这方面的事实。社会性质的遽变，必然使楚国的意识形态中包摄着不少氏族风习，通过《史记·货殖列传》"（楚）无冻馁之人，亦无千金之家"的记载，再与《孟子·梁惠王下》对中原诸国"民有饥色，野有饿莩"的描述相比，更加显明地透露了其中消息。关于楚地巫风盛行的情况，史书上记载得颇多：

> 夫人作享，家为巫史。（《国语·楚语》）
>
> 楚人鬼而越人机。（《列子》）
>
> 昔楚灵王骄逸轻下，信巫祝之道，躬舞坛前，吴人来攻，其国告急而灵王鼓舞自若。（桓谭《新论》，《太平御览》卷七三五）
>
> 楚怀王隆祭祀，事鬼神，欲以获福助，却秦师。（《汉书·郊祀志》）

由此可见，在楚国，上自国君，下至百姓，普遍存在着崇信巫鬼、重视淫祀的传统。

巫术是神话的消极延伸。关于这一点，马林诺夫斯基有一段很好的阐述："巫术运行在过去传统的光荣里面，但也随时自创新出于䃈的神话氛围。所以一方面有一套有条有理的传说，成为部落底民族信仰，另一方面同时又有一串活的故事，浩浩荡荡由着当前的事态流动出来，常与神话时代的故事底色相同。"① 正是由于巫术有利于神话氛围的营造，所以，"巫术是沟通荒古艺术的黄金时代与现今流行的奇行异能两者之间的桥梁。所以，巫术公式充满了神话的典据，而在宣讲了以后，便发动了古来的权

---

① ［英］马林诺夫斯基：《巫术科学宗教与神话》，李安宅译，中国民间文艺出版社1986年版，第71页。

能，应用到现在的事物"①。

我们认为楚族自身历史的发展是楚国保存了如此丰富的神话的主要原因，并不意味着我们否定地理环境的作用，"楚有江汉川泽山林之饶。江南地广，或火耕水耨"（《汉书·地理志》）。"楚越之地，地广人希，饭稻羹鱼，或火耕而水耨，果隋蠃蛤，不待贾而足，地埶饶食，无饥馑之患，以故呰窳偷生，无积聚而多贫。是故江淮以南，无冻饿之人，亦无千金之家。"（《史记·货殖列传》）优裕的地理环境，无疑更有利于楚人的想象，而"楚，泽国也，其南沅湘之交，抑山国也。叠波旷宇，以荡遥情，而迫之以崟崁戍削之幽菀，故推宕无涯，而天采矞发，江山光怪之气莫能掩抑"（王夫之《楚辞通释·序例》），从洞庭到沅湘，从九嶷到巫山，无处不是高山大川，云烟空蒙，这种环境也就直接触发了楚人的天才想象，而且它本身就萦绕着神话般的奇谲与迷幻，神话也就更容易得以生息和保存。

楚神话的丰富多彩，一方面与楚族自身的整个历史密切关联；另一方面，昌炽的巫风又使得它得以延伸，而楚地的自然环境又对它有积极的助推作用。如果结合具体的楚文物，这一点可以看得更加清楚。

文物是文化的凝聚态。通过它，楚文化的浪漫风流得以定格和恒存。近半个世纪以来，楚文物的考古发掘获得了很大的进展。1942 年长沙子弹库楚墓出土的帛画中，上面绘有四首双身的异禽，三头相连的奇人，兽身人首的怪物，表现出春秋战国之际楚人的丰富想象。1957 年河南信阳长台关楚墓出土的锦瑟上，所绘"龙蛇神怪的花纹，诡谲奇秘，惊心动魄"，且绘有灵巫降神的画像。1973 年长沙楚墓出土的帛画上，画着一位长髯男子驭龙飞天的景象。1978 年湖北随县（今随州）擂鼓墩曾侯乙墓出土的内棺周围则布满了鬼怪纹饰，描绘了龙、凤、神兽等许多形象，尤其值得注意的是，棺身的前后左右都描绘了供墓主魂灵出入的窗纹，更显示了楚人诡谲奇秘的

---

① ［英］马林诺夫斯基：《巫术科学宗教与神话》，李安宅译，中国民间文艺出版社 1986 年版，第 71 页。

天才想象。生于斯长于斯的屈原，不可能不对这片纷纭繁复的巫教—神话世界耳濡目染，如果我们稍加注意，就会发现这片巫教—神话世界与屈原作品之间存在的映对关系：龙凤神怪的纹饰与龙凤飞扬的斑驳陆离，帛画中驭龙飞天的长髯男子与"吾"的漫天周流，"持双戈同柲或双戈戟的神兽像"①，与《招魂》中的"土伯九约"等，楚神话不仅是屈原创作的素材，而且启示了屈原的艺术思维，人们惊异于楚辞的"奇文郁起"（《文心雕龙·辨骚》），惊异于"天地间忽出此一种文字"（吴景旭《历代诗话》），如果从信息论的观点来看，历代的治骚者之所以不断地接受着这样的消息，其真正的秘密恰恰在于屈原接受了这一连串的神奇信码。正是通过对这批信码的处理交换，屈原才创造出了富有浪漫想象的伟大艺术。

二

《诗经》是中国文学的源头，也是先秦时代北方文学的杰出代表，它的出现，有着深广的文化意义。从孔子说的"不学诗，无以言"（《论语·季氏》）到春秋时代诸侯君臣之间的赋诗应答，都说明了《诗经》在当时社会生活中的深远影响。

楚受周人压迫南下之后，在春秋以前与周及其属国并无多大交往，但由此往后，则明显地加快了交往的进程，到春秋前期，楚国尽管一方面保存了大量的氏族蒙昧风习，但为了北上统一中原，楚人又开始有意识地接受了中原先进的礼乐文化，意识形态也开始周化，《诗》也就必然被纳入楚人诵习的范围。从现有文献来看，楚国上层贵族对《诗》是相当熟悉的。

春秋中叶楚庄王时，申叔时在讲述《春秋》《世》《诗》《礼》《乐》《令》《语》《故志》《训典》的重要功能时，专门强调了《诗》的重要性：

---

① 随县擂鼓墩一号墓考古发掘队：《湖北随县曾侯乙墓发掘简报》，《文物》1979 年第 7 期。

"教之《春秋》，而为之耸善而抑恶焉，以戒劝其心；教之《世》，而为之昭明德而废幽昏焉，以休惧其动；教之《诗》，而为之导广显德，以耀明其志；教之礼，使之上下之则；教之乐，以疏其秽而镇其浮；教之《令》，使访物官；教之《语》，使明其德，而知先王之务用明德于民也；教之《故志》，使知废兴者而戒惧焉；教之《训典》，使知族类，行比义焉。……若是而不济，不可为也。且夫诵《诗》以辅相之，威仪以先后之，体貌以左右之，明行以宣翼之，制节义以动行之，恭敬以临监之，勤勉以劝之，孝顺以纳之，忠信以发之，德音以扬之，教备而不从者，非人也。其可兴乎！"（《国语·楚语上》）《诗》在楚国上层贵族教育中无疑有着非常重要的地位。

根据对于《左传》引、赋、歌、作诗情况的统计，共计 200 多次，其中楚人占近 20 次，约占 1/10，最明显的例子莫过于楚庄王引诗。楚师在邲之战大捷以后，潘党提出建"京观"以耀武功，楚庄王不同意，为了论证讲"武德"的道理，他一口气连续引用了《周颂》中的《时迈》《武》《赉》《桓》四首诗作为论据（《左传·宣公十二年》）如果对于《诗》不熟，要达到这种吟诵如流的程度是不可能的。

早于屈原的春秋时代如此，那么，到战国时代，情况如何呢？"诗亡然后《春秋》作"，这种《诗》亡，不仅是制度意义上的，即采诗之制的废止，而且也是礼俗意义上的，春秋时代，断章赋诗被广泛地应用于外交、会聘、婚姻等场合，而且用诗之人非常谨慎，力求严格得体，但到战国时代。这种赋诗应酬的礼俗则明显减弱，那么，这种情况是否说明在战国时代《诗》就不再作为人们诵习的对象了呢？事实恰恰相反，这种赋诗场合的减少只能证明运用《诗》来酬答的礼节仪式的减少，而并不能证明《诗》不再作为人们讽诵学习的对象，《庄子·天运》："丘治《诗》《书》《礼》《乐》《易》《春秋》六经。"这说明，至少在战国时代以前《诗》已经取得了"经"的地位而且在战国时代依然没有泯灭其"经"的地位，《荀子·劝学》："学恶乎始？恶乎终？曰：其数则始乎诵经，终乎读礼。……《礼》之敬文也，《乐》之中和也，《诗》《书》之博也，《春秋》之微也，在天地之间者毕矣。"几乎与屈原同时的荀子讲的这段话，也足以证明《诗》在当时人们心目中的地位。

那么，屈原与《诗经》的关系如何呢？这一点，文献上并无明确记载，但是，结合以上的考察，参之以《史记·屈原列传》的记载：

> （屈原）为楚怀王左徒，博闻强志，明于治乱，娴于辞令。入则与王图议国事，以出号令；出则接遇宾客，应对诸侯。

这使我们有理由相信，屈原不仅接触过《诗》，而且对《诗》是相当熟悉的，通过具体作品的对证推阐，这一点是相当清楚的。具体说来，有以下几点：

（1）从句式上看。《诗经》最基本的句式是四言句，《天问》尽管也有句式上的参差错落，但基本上是四言句式，约占80%，《橘颂》则几乎通篇以四言句写成。这是屈原摹仿《诗经》四言句式的反映。

（2）从韵部上看。按照王力先生的意见，《诗》韵为二十九部，其中冬部合入侵部，楚辞韵则分为三十部，因为时代发展的关系，冬部从侵部中分化出来。[①]而根据汤炳正先生的分析，冬部在《诗经》时代已从侵部中分化出并且向东部靠拢。[②]不管怎么说，《诗经》用韵与《楚辞》用韵并无多大差别。

（3）从用词上看。屈原作品中出现了《诗经》中的一些成词。如"窈窕""美人""强圉""下土方"等。下面是这几个词在屈原作品与《诗经》中出现的具体情况：

窈窕：《周南·关雎》"窈窕淑女"，《山鬼》"子慕予兮善窈窕"。皆指女子美好的姿态。

强圉：《离骚》"身被服强圉"，《大雅·荡》"曾是疆御""强御多

---

① 《王力文集》第6卷，山东教育出版社1986年版，第13页。
② 汤炳正：《屈赋新探》，齐鲁书社1984年版，第407—414页。

怼",《大雅·烝民》"不畏强御。"强圉、疆禦，音义均通。

美人：《离骚》"恐美人之迟暮"，《抽思》"与美人抽怨兮"，《邶风·静女》"匪女之为美，美人之贻"，意义相同。《邶风·简兮》"云谁之思？西方美人。彼美人兮，西方之人兮"。郑笺指出，"西方之美人"指"周室之贤者"，朱熹《诗集传》："西方美人，托言以指西周之盛王，如《离骚》亦以美人目其君也。"更明确指出《楚辞》之美人意指，实源于《诗经》。

下土方：《天问》"禹之力献功，降省下土四方"，朱熹《楚辞集注》作"下土方"，甚是。《长发》"禹敷下土方"，皆指天地四方。

（4）从屈原作品涉及的故事看。《天问》"稷维元子，帝何竺之？投之于冰上，鸟何燠之？何冯弓挟矢，殊能将之？既惊帝切激，何逢长之？"除去讲后稷挟持弓矢，统帅士兵一事，皆与《大雅·生民》相符。《天问》"简狄在台，喾何宜？玄鸟致贻，女何嘉？"与《商颂·玄鸟》"天命玄鸟，降而生商"亦符合若节。

（5）更有甚者，屈原甚至直接化用《诗经》中的句子而用于构思。姜亮夫指出，"屈子诗篇中，两用'仆夫悲余马怀'一故事。《诗经》'陟彼高冈，我马玄黄''陟彼岨矣，我马瘏矣，我仆痡矣'，此诗言陟高冈，而马瘏仆痡，《离骚》《远游》两文，于到达昆仑后，'忽临睨夫旧乡'于是而'仆夫悲余马怀兮'，就文章之逻辑发展而论，屈子既到昆仑山后，思及小己之来路，然《离骚》前段行程中，皆未言及'马'，只言'飞龙'、'龙车'、'象车'等，皆从设想中来，至睨旧乡后，忽焉以写实笔调，言仆言马，至为可异，往时解者，遂以马八尺为龙之说解之，乃马八尺为龙易家说素，未必可通于《楚辞》。此一突变情实，除指为屈子袭用《诗》义，无他可解"①。姜氏此说逻辑严密，无懈可击，甚是。

以上，完全可以证明，博闻强志、娴于辞令的屈原不仅诵习《诗经》，

① 姜亮夫：《简论屈子文学》，见《楚辞论文集》，上海古籍出版社1984年版，第235页。

而且对于《诗经》相当熟悉。《诗经》的比兴艺术也就必然成为屈原艺术想象的另一个来源。

神话、《诗经》作为先于屈原的文化，已经成为预设的客观存在，屈原对之亦耳熟能详，这种"亲切的关系"（黑格尔）在屈原身上的沾溉濡染，不仅是屈原艺术思维的基础，而且对屈原的艺术思维亦有能动的启示、促发作用。

三

"理性是审美的太阳。"① 因此，对于屈原艺术思维的考察，还必须与战国时代高度发达的理性思维相联系。

"艺术靠想象而存在"（高尔基），关于想象与理性之间的关系，维柯曾经有一个非常著名的观点，在《新科学》中作了详尽的阐述，他把人类的发展分为童年期和成年期，他认为，在相当于童年期的神话时代，人通过"以己度物"的原则和"想象性的类概念"认知方式，把自然界的森罗万象进行生命的情化，因而童年的人类也就生活在一个充满诗情画意的美妙世界中，这个时期，人人都是杰出的诗人，但是，随着成年期的往临，理性思维的发达，使得想象力衰弱，从而导致了艺术的衰落。维柯重视想象力与艺术发展之间的关系当然是对的，但他强调理性对想象的排斥作用则是错误的，想象这一给予人类巨大影响的伟大天赋，作为人类本质力量的一种表现，它不但不与理性思维的发展相违背，而且它会随着理性思维的发展，进一步丰富完善自身，只不过因为人类实践内容与方式的不同，因而也就表现出不同的内容与方式而已。

关于想象的研究，布罗夫把想象等同于抽象思维，巴甫洛夫则把想象

---

① ［日］今道友信：《美的相位与艺术》，周浙平等译，中国文联出版公司 1985 年版，第243 页。

等同于感性认识，实际上，这两种理论各有所偏而抹杀了想象的特点。按照李泽厚先生的表述，康德认为："想象，则是使知性通向感性从而获得现实性的桥梁。它是使知性结合感性的关键和要害。"① 如果我们抛弃康德对于"先天综合判断"的先验性预设，康德的想象力理论对于我们理解屈原的想象力或艺术思维还是非常富有启发意义的。

战国时代，是整个中国历史的转型期，这种转型，不仅表现在由于经济基础与政治权力的重新分配而产生的社会性质的转变上，而且还体现在人的思维方式、认识水平的重大转折点的到来，这种转变，不仅表现为对孔子的仁者爱人的实践理性的打破，而且还表现为对老子的天人合一的哲学理性的深化。征战、杀伐，历史的战车涂满着血污，物我、是非、善恶等许多本体的、伦理的矛盾摆在人生面前，人们对这些问题不得不进行理性的思考。充满血污的现实，却诞育了战国时代理性思维的花朵。这表现在两个方面，一方面是对传统的异己威权的打破，涤除宗教的迷雾，进一步将神话历史化；另一方面表现在逻辑思维的大量运用上，如墨子的"尚力""非命"，孟子的"尽心知天"，庄子的"物物者非物"，惠施的"合同异"，公孙龙的"离坚白"，荀子的"明于天人之分"，韩非的"缘道理以成事"，这一切无不表明理性思维的进一步深化。

作为战国末年，入则图议国事，出则应对诸侯的屈原，不可能不接受理性思维的成果。当时的稷下学派，名隆天下，差不多代表了整个战国时代哲学思维的最高水平，屈原多次使齐，必然接受驰天飞响的稷下学术的影响。在《东君》中，"操余弧兮反沦降，援北斗兮酌桂浆，撰余辔兮高驰翔，杳冥冥兮以东行"，这虽是屈原超现实的想象，但超现实的想象本身以一定的现实为依据，已多少显露了浑天说的胚芽，这比起当时普遍流行的盖天说不能不说是一个进步，在哲理诗《天问》中，更显示出了其论说辩难的气势与深刻的理性精神，"东西南北，其修孰多？南北顺椭，其衍几何？"在连声叩问之中，已寓含了南北长、东西短的椭球体的观点，

---

① 李泽厚：《批判哲学的批判》，人民出版社 1984 年版，第 133 页。

在"曰邃古之初，谁传道之？上下未形，何由考之？冥昭瞢暗，谁能极之？冯翼惟象，何以识之？明明暗暗，惟时何为？阴阳三合，何本何化？"这开篇的劈头喝问，又岂不鲜明地表示了屈原对于宇宙本体的来源、变化的形而上理性思考？在透过屈原一连串对于历史、人事的声声叩击，又岂不表明了屈原对于人文精神的深沉关怀？

当然，根据文献我们也必须注意，战国时代同时又是阴阳五行观念盛行与大造"三皇五帝"古史系列的时代，但阴阳五行与"三皇五帝"观念又恰恰是对宇宙图式与历史演进的序化理解，在本质上乃是理性思维的表征态。因此，在这种条件下，战国时代的理性思维或哲学思维，与原始时代的神话思维，《诗经》时代的实践理性思维必然有着质的不同，它不再像原始时代那样在思维上没有矛盾律的概念，主体与客体显示出一种通体的和谐，不再像《诗经》时代的实践理性那样，不做抽象的玄思，而仅仅把思想导向宗教礼法、人伦日用的现实层面。

三百年，仅仅是历史短暂的一瞬，然而，从《诗经》到楚辞的三百年，人的思维能力承袭着深厚的文化积累，确实又发生了质的飞跃，这就是历史。

战国时代理性思维的发展，表现在语言文字方面，则是以有限的文字概括篇意这种命题方式上，像《天志》《明鬼》《尚贤》《尚同》（《墨子》）；《劝学》《修身》《天论》《乐论》（《荀子》）；《解老》《喻老》《五蠹》《难势》（《韩非子》）；《逍遥游》《齐物论》《养生主》《人间世》（《庄子》），这种命题方式是前所未有的，屈原的《离骚》《惜诵》《涉江》《哀郢》《抽思》等这种命题方式的出现，固然说明了他与这些理性先驱的深刻承传关系，另一方面也正表明了屈原的理性概括能力。

战国时代理性思维发展的同时，自觉的超现实的想象也进一步得到了很大的发展，神话在被历史化的同时，也作为素材在自觉的超现实的想象中被大量运用。《韩非子》《列子》中以一系列神话素材作为论说道理的手段，而在"述道以翱翔"（《文心雕龙·诸子》）的《庄子》中更是出现了大量的神话意象并进行了大肆地夸张或缩小，以阐述他那无恃的人格—心灵哲学。在屈原的作品中同样是如此，只不过他把这种神话素材由散文挪入了诗歌，以表现他的美政理想，宣泄他那如浪翻卷的悲怨情潮。

黑格尔在论述想象时指出，深刻的艺术想象的前提是必须思考清楚，"没有思考和分辨，艺术家就无法驾御他所要表现的内容（意蕴）"①，从艺术思维发展的角度来看，神话尽管是艺术的"武库"和"土壤"（马克思），以其丰富的想象力与形象性和后世的文学艺术具有某些相似的特点，表现了人类童年的天真，但是，作为"种族的婴儿精神被压抑了的生活片断"，它又缺乏思维中的矛盾律观念，无法分辨想象世界与客观世界，正由于理性思维的严重不足，这种建立在集体表象基础上的神秘互渗的思维方式，决定了神话想象只能是虚妄、怪诞的。因此，神话只能是一种"前艺术"。《诗经》作为我国诗歌可考的历史的开始，已萌露了审美的胚芽，但是，《诗经》时代的思维依然更多地带有宗教思维的特点，《大雅》、三颂本身就是直接带有宗教意义的诗歌，祈福受佑的强烈功利目的不能不妨害、限制了它们的审美传达，《国风》则有着大量作为习惯性联想而存在的兴句，固然一方面使《诗经》的某些诗歌带有深厚的文化内容；但另一方面因为习惯性联想的强大定势，又使这些诗歌在艺术塑造存在着象义分离或黏合比附的缺点。只有到了战国时代，理性思维的发展，才使屈原的艺术思维真正完成了新的跃迁，一方面，对神话想象的审美特质进行了自觉的认同，拿神话来作为艺术想象的素材；另一方面，又在理性的规范下，继承了变雅的批判精神，对不同的意象进行了广泛的选择性的连接，避免了变雅中的那种情感切露、形象苍白的缺点，使形象（或意象）与情感统一于审美的自由圆照之中。

---

① ［德］黑格尔：《美学》第2卷，朱光潜译，商务印书馆1991年版，第359页。

　　以上论述，对于屈原艺术思维的生成，笔者侧重从文化的角度做了历时性与共时性的考察。如果说，神话、《诗经》作为先于屈辞的预定存在，构成了屈原艺术思维的"前理解"，那么，战国时代高度发达的理性思维则构成了屈辞艺术的精神内核。上述三者的错综交织，是屈原艺术思维生成的关键，也是屈辞能够得以成为中国诗歌美学的永恒范本的主要原因。

（原载《东方论坛》1996 年第 2 期）

新的艺术思维范型

——神话、《诗经》、屈原艺术思维异同比较

任何作品都是艺术思维的外化形式。因此，从艺术思维的角度来把握屈原的作品也就显得尤为重要，这也是自汉以降历代学者间接或直接力求解决的课题。但是，如何系统地把握屈原艺术思维的特点，长期以来，又一直处于相对模糊的状态。因此，在对屈辞审美特征的评价上，也就出现了不同程度的偏差或错位。毫无疑问，神话、《诗经》作为先于屈原的文化，已经成为预设的客观存在，屈原对之亦耳熟能详，这种亲切的关系在屈原身上的沾溉濡染，不仅是屈原艺术思维的基础，而且对屈原的艺术思维，亦有能动的启示、促发作用。因此，厘清三者之间的关系，也就成为理解屈原艺术思维，洞开屈骚审美秘密的关键。

屈原的作品中，天神、地祇、人鬼，都曾或多或少地显现过它们的面影，天梯、神木、仙草也林林总总地展示了它们幽玄的色彩。这些纷纭繁复的神话意象群落，已引起了古代治骚者的注意，如王逸《楚辞章句·离骚序》："夫《离骚》之文，依托五经以立义焉。'帝高阳之苗裔'，则'厥初生民，时惟姜嫄也'；……'驷玉虬而乘鹥'，则'时乘六龙以御天也'；'就重华而陈词'，则《尚书》咎繇之谟谟也；'登昆仑而涉流沙'，则《禹贡》之敷土也。"班固《离骚序》："多称昆仑冥婚宓妃虚无之语，皆非法度之政，经义所载"，然而，由于时代的局限与经学阐释的窠臼，

王逸、班固等无法认识到屈原与神话之间的关系，也就无从界分出两者之间在思维上的联系与区别。

上古神话传说，是原始初民超现实想象的产物，作为处于有限实践和知识经验阶段的原始初民对自然、历史、人事的理解，作为人类思维的积极成果，无疑标志着人类在向文明迈进的历程中高扬起了"以己度物"的旗帜，在创造神话的时代，古人就生活在诗的气氛里。这种诗的气氛，首先表现为人类凭借着想象的翅羽，在茫茫太极中将翱将翔，打破了时空物我、逻辑因果的畛域，使人类第一次获得了形式的自由。审美具有令人解放的性质，也正是这种自由，赋予了上古神话传说以审美的原胚。

但是，生活在万物有灵意识包萦下的原始初民所创造的超现实的神话想象，绝不是自觉的艺术思维。恐惧创造了神，越来越多的人类学材料证明："凡是有偶然性存在的地方，凡是希望与恐惧之间的情感作用范围很广的地方，我们就见得到巫术。凡是事业一定、可靠，且为理智的方法与技术的过程所支配的地方，我们就见不到巫术。更可说，危险性大的地方就有巫术，绝对安全没有任何征兆底余地的地方就没有巫术。"① 从发生学的意义上讲，巫术与神话是一对耦合体，为了削减恐惧与危险的终极指向便是依据以己度物的原则而创设的斑驳陆离的神话世界。同时，以己度物又使得原始初民物我不分，以为想象的影子世界即真实的存在本身。这种超现实的想象也是原始初民自发的认知方式，他们"不用抽象思考的方式而用凭想象创造形象的方式，把他们的最内在最深刻的内心生活变成认识的对象，他们还没有把抽象的普遍概念和具体的形象分割开来"②，抽象思维发展的严重不足，决定了原始初民在意向表达上必然是模糊的、泛化的。

屈原对于远古神话传统的继承，是一个非常彰显的事实，昆仑、县

---

① 〔英〕马林诺夫斯基：《巫术科学宗教与神话》，李安宅译，上海艺术出版社1987年版，第174—175页。

② 〔德〕黑格尔：《美学》第2卷，朱光潜译，商务印书馆1991年版，第18页。

圃、赤水、天津、帝喾、虞舜、简狄、宓妃等一系列的神话场景与神话人物构成了屈原作品的稳态系统，但是，屈原对于超现实的神话想象是不相信的，在屈原穷苦惨怛、呵壁而问并表征了其丰富想象力的《天问》中，保存了大量的神话材料，"曰遂古之初，谁传道之？上下未形，何由考之？"在理性的声声叩问之中，屈原对于画壁上的神话材料一一进行了提审过滤，如"八柱何当？东南何亏"打破了当时所谓"天有八山为柱"的传说，"何阖而晦，何开而明？角宿未旦，曜灵安藏"否定了自古相传的神话时空观念，"焉有虬龙，负熊以游？雄虺九首，儵忽安在"否认了超现实的神怪异物的存在，"女歧无合，夫焉取九子？"揭穿了感生说的荒诞无稽。屈原不相信神话却又大胆地援引神话，如果进一步寻绎不同作品所涉及的同一神话材料，这种悖谬的现象显得更为突出。如在《离骚》中，屈原塑造了神奇灵异的昆仑世界，在《涉江》中亦云"登昆仑兮食玉英，与天地兮同寿，与日月兮齐光"，而在《天问》中却又发出了"昆仑县圃，其居安在？增城九重，其高几里"的深深疑问，在《离骚》中曰"济沅湘以南征兮，就重华而陈辞"，在《涉江》中曰"驾青虬兮骖白螭，吾与重华游兮瑶之圃"，而在《怀沙》中却又清醒地发出"重华不可遌兮，孰知余之从容"的浩叹，上述例子可以说明，所谓昆仑、重华云者，屈原根本就不相信，只不过是出于艺术表现的和谐性原则的需要而加以运用。昆仑、重华乃至鸾凤、虬龙等，在屈原看来，只不过是影子世界，而绝不像远古时代的人们那样相信它们为实有，屈原只不过是袭取了远古神话的思维模式，相对于前者的非理性的混沌与不自觉，屈原的超现实想象是理性的、自觉的，也正是在这个意义上，屈原的想象与神话想象划开了区别性的界域。屈原不相信超现实的神话想象，这从认识上表明了他"常醒的理解力"[1]，屈原又大量地运用了超现实的神话想象，这又表明了他对神话想象的自觉认同。这也正是屈原艺术审美的秘密。

　　神话，对于屈原来说，是艺术道具意义上的，他可以根据不同的艺术

---

[1]　[德] 黑格尔：《美学》第 2 卷，朱光潜译，商务印书馆 1991 年版，第 359 页。

需要，进行不同程度的拆卸组装，使之呈现出不同的审美层次：

基本接近巫教神话原始面貌，如《招魂》。《招魂》中对四方、天界、幽都的描写，大都可以与《山海经》中的神话相互对证，汤炳正先生对曾侯乙墓棺画上的神兽与土伯之间关系的考察①，更可进一步说明屈原对天地四方的描写，基本上遵循着巫教神话的原始面貌。《山海经》中的神话依然保留着原始思维的特征，所表达的情感、意识依然泛化而模糊。屈原并不以这些内容为真实的存在，"外陈四方之恶"，是为了"内崇宫室之美"，在自觉理性的指向与规范下，《招魂》成为他认识楚国社会现实的对应物，"上穷碧落下黄泉"，茫茫八极，天上人间，唯有可爱的江南，是可以栖息的寓所。这种深沉活跃的想象加之以"魂兮归来"的声声呼唤，深刻地升华了屈原哀怜江南的乡土情蕴与痛恨谗人误国的悲怨情结。

经过改塑，保持原型—非原型的统一，如《九歌》。原始的《九歌》无疑是作为祈雨求丰的仪式而存在的，弥漫着原始性爱的内容，它在本体上属于交感巫术的范畴，在功能上表征着人的"两种生产"，本也有着粗恶鄙陋的原型，但是，经过长期的文化嬗变，《九歌》的神祇不断地发生孳乳与分殖，这也是神话演变的通则。在今天看来，楚辞《九歌》神祇的演变已形成了相对的封闭环，无法寻出其起始点。尽管如此，有一点是可以肯定的，这些神祇汇流着中原、东夷、荆楚等不同的文化渊源，叠印着不同的文化层次。《九歌》作为屈原艺术想象的结果，依然保留了诸神的部分原型特点。例如"令江湘兮无波，使江水兮安流"，多少隐含了"洞庭湘之山……帝之二女居之……出入必飘风暴雨"（《山海经·中山经》）的遥远背景，同时，《二湘》中透露出的缠绵思慕的情怀，又和舜与二妃的传说故事密切相联，河伯"驾两龙兮骖白螭"，又与"人面乘两龙"的河神冰夷的形象暗合，山鬼"既含睇兮又宜笑，子慕予兮善窈窕"，王逸

---

① 详见《曾侯乙墓的棺画与〈招魂〉中的"土伯"》一文，汤炳正：《屈赋新探》，齐鲁书社 1984 年版，第 271—280 页。

注"宜笑","又好口齿而宜笑也",闻一多注:"宜读为龂"①,这潜含了山鬼形象投映着山魈长有獠牙的原型特点,"表独立兮山之上,云容容兮而在下。杳冥冥兮羌昼晦,东风飘兮神灵雨。留灵修兮憺忘归,岁既晏兮孰华予"的描写,又不能不说山鬼叠印了那个凄苦缠绵、行云布雨的巫山瑶姬的原型特点。

然而,更重要的,屈原垦殖着纵深的文化背景,在原型的基础上,经过了加工与改塑,赋予了这些神祇以更多的人性内容,二湘的思慕悲怨,河伯的风情万种,山鬼的幽婉多情,如此等等,都显示了屈原巨大的创造性。《九歌》不仅是史的,更是诗的,这些历代文化积淀下来的原型,被上升为崭新的美学形象,不能不说是屈原自觉运用艺术想象进行加工的结果。

超越神话素材而创造出的全新的"神话"世界,如《离骚》。诗中揽集了大量的神话意象:苍梧、县圃、白水、昆仑、天津、西极、不周、西海、流沙、羲和、望舒、飞廉、虬龙、鸾凤等,创造出了全新的神话场景,比较典型的如下面的这一段:

> 灵氛既告余以吉占兮,历吉日乎吾将行。折琼枝以为羞兮,精琼爢以为粮,为余驾飞龙兮,杂瑶象以为车。何离心之可同兮,吾将远逝以自疏。遭吾道夫昆仑兮,路修远以周流。扬云霓之晻蔼兮,鸣玉鸾之啾啾。朝发轫于天津兮,夕予至乎西极。凤凰翼其承旂兮,高翱翔之翼翼。忽吾行此流沙兮,遵赤水而容与。麾蛟龙使梁津兮,诏西皇使涉予。

我们再来看《韩非子·十过》中的一段话:

> 昔者黄帝合鬼神于西泰山之上,驾象车而六蛟龙,毕方并辖,蚩尤居前,风伯进扫,雨师洒道,虎狼在前,鬼神在后,腾蛇伏地,凤

---

① 闻一多:《九歌解诂》,上海古籍出版社1985年版,第35页。

凰覆上，大合鬼神，作为清角。

把以上两段话加以比较，可以看出，黄帝与"吾"发生了巧妙的置换，原先由黄帝驱遣的神灵在《离骚》中都成为唯"吾"役使的对象，这一切无不炫示着"吾"的神性色彩，"望舒、飞廉、鸾皇、雷师、飘风、云霓，但言神灵为之拥护服役，以见其仗卫威仪之盛耳"（朱熹《楚辞辩证》），《离骚》中的超现实想象，只不过袭取了神话素材形式，加以肆意的夸张与变形描写，来升华、表达诗人的主观情感。

可见，相对于神话思维认知的混沌与情感的泛化，屈原的思维已发生了质的变化，超现实的神话想象在屈原的笔下已不再具有客观真实的意义，而只有艺术真实的意义，他只是袭取了其超现实的思维模式，来表达熔铸着个性的悲剧情感，它已从神话想象的混沌中走出，达到了审美的理性自觉。

屈原的作品在东汉前期即被尊称为经，因而，在今天我们也就看到了王逸的这段话：

《离骚》之文，依《诗》取兴，引类譬喻。故善鸟香草以配忠贞，恶禽臭物以比谗佞，灵修美人以媲于君，宓妃佚女以譬贤臣，虬龙鸾皇以托君子，飘风云霓以为小人。（王逸《楚辞章句·离骚》）

很明显，王逸为了抬高《离骚》的地位而用解《诗》的方法来解读了《离骚》，强调《离骚》与《诗》之间的密切联系，但他又同时注意到了《离骚》在比兴范围上与《诗经》相比，有着更为深远的广泛性。以后的刘勰也说："三闾忠烈，依《诗》制骚，讽兼比兴。"（刘勰《文心雕龙·比兴》）

很显然，刘勰看出了屈原作品中比兴相兼相融的特点，这无疑又比王逸的认识深入了一大步，《诗经》的比兴往往比较单纯，屈辞的比兴则往往比较复杂，浑化难辨。王逸、刘勰宗经的阐释角度所带来的局限并没有影响他们批评结论的正确性。

　　比兴是中国诗歌展开艺术想象，创造艺术形象的最基本的手段，它抛舍了原始歌谣的简单素朴，而别开一情味蕴藉的诗的世界，成为创造诗歌意境的滥觞。

　　比兴是《诗经》的主要创作手段，《周礼·春官》"太师教六诗，曰风，曰赋，曰比，曰兴，曰雅，曰颂"。这是比兴出现得最早的记载，但究竟应当如何解释，在汉儒那里就已表现出十分混沌驳杂的状态。近些年来，有的学者对比兴产生的原初背景和本义已做了很好的探察，指出比兴可能和《诗经》在周代社会的教育与应用有关①，但此种观点的缺陷是没有把比兴同具体的文学创作扣合起来。我们认为，比兴必须从艺术思维的角度予以确认。对此，朱熹《诗集传》曾做过极为简明扼要的解释："比者，以彼物比此物也。"比就是比喻，比喻形成的心理基础就是联想。那么，兴是什么？朱熹亦指出："兴者，先言他物，以引起所咏之物也。"刘勰也曾指出："比显而兴隐"，尽管比与兴有着这样或那样的分别，其实它们形成的心理基础都是一样的。杨公骥先生从民歌残句的角度指出："为了记忆原有的曲调以歌唱新词，于是便将原诗开首一句成二句保留在新作中，这就是兴（兴起）。……使用兴句，可通过联想选用美好的譬喻，加强诗的气氛"②，王靖献先生从套语的角度回答了这一问题："作为'兴'而用于完成典型场景的主题，来自于普遍流行的知识或信仰之源中，它常用于广泛联想之目的，而超越了包含于诗本身之中的字面的意义。"③ 如果说朱熹、刘勰的解释还显得比较抽象，不够显豁，那么，杨公骥先生、王靖献先生的解释已相当清楚了。由此可见，如果着眼于诗歌创作的心理基础，则构成"兴"的心理基础无疑也是联想。

　　《诗经》的比兴，按照联想方式的不同，约略可以分为三类。《召南·

---

　　① 详见张震泽《诗经赋比兴本义初探》，《文学遗产》1983 年第 3 期。章必功：《六诗探故》，《文史》第 22 辑。鲁洪生：《从赋比兴产生的时代背景看其本义》，《中国社会科学》1993 年第3 期。

　　② 杨公骥：《中国文学》第 1 分册，吉林人民出版社1980 年版，第263—264 页。

　　③ ［美］王靖献：《钟与鼓》，谢谦译，四川人民出版社1990 年版，第 137 页。

摽有梅》："摽有梅，其实七兮；求我吉士，迨其吉兮"，属于接近联想，即由于事物在时间或空间上的接近，将其联想在一起。《卫风·伯兮》："自伯之东，首如飞蓬"，属于类比联想，即根据事物在性质上或形态上的类似而进行的联想。《邶风·柏舟》："我心匪石，不可转也；我心匪席，不可卷也"，属于反比联想，即由于对某事物的感受，引起与之相反的事物的联想。①

由于《诗经》对屈原的沾溉濡染，因此，《诗经》的联想方式，也就不能不给屈原提供艺术上的借鉴，"惟草木之零落兮，恐美人之迟暮"，属于接近联想，"娭光眇视，目曾波些"，属于类比联想，"众蹉跌而日进兮，美超远而愈迈"，属于反比联想。很显然，屈辞与《诗经》的上述三种联想方式是相通的。

但是，从《诗经》到楚辞，人类的审美心理毕竟已经经历了三百年审美实践的提升，南北方文化背景有着一定的差异，屈原是一位有着高度知识修养的贵族诗人，因此，屈原的创作在艺术思维方式上也就必然表现出新的特点。

从物象选择上看，《诗经》广泛运用木瓜、桃李、荇菜、苤苢、老鼠、蒺藜等作为比兴，屈辞除了运用秋兰、芙蓉等以外，还广泛地采用了扶桑、若木、县圃、赤水、天津、西极、鸾凤、虬龙等进行艺术表现，这种"凭虚构象"（刘熙载）的特点，是《诗经》所没有的，这足以说明，《诗经》主要停留在对客观现实作直觉联想的阶段上，而在楚辞中，不仅有对"想象的经验性运用"②，更有凭虚构象所表现出的"其思甚幻"③ 的灵动与飞扬。

从表象运动上看，屈辞表现在艺术思维上的特点更为明显。第一，打破了物与物之间的界限，进行表象的综合与分解。"纠思心以为纕兮，编

---

① 郭杰：《论屈原艺术想象的独创性》，《东北师大学报》1988 年第 4 期。
② 朱光潜：《西方美学史》，人民文学出版社 1982 年版，第 899 页。
③ 鲁迅：《汉文学史纲要》，人民文学出版社 1985 年版，第 20 页。

愁苦以为膺"（《悲回风》），激荡的思绪，沸郁的情感，这些本属无形的心态却可以化作有形的佩带和行囊，"令薜荔以为理兮，惮举趾而缘木，因芙蓉以为媒兮，惮褰裳而濡足"（《思美人》），无言的花草，却可以做传递信息的媒理。第二，改变时空界限，任表象在想象的空间自由拼接。灵均可以请巫咸降神，灵氛决疑。尤有进者，本是商代的巫咸（《尚书·君奭》甲骨卜辞中均出现过这一名字），却滔滔说出周代的人文历史，历数周文齐桓之事。屈原在《东君》中写道："青云衣兮白霓裳，举长矢兮射天狼。操余弧兮反沦降，援北斗兮酌桂浆"，金开诚先生指出："因为太阳和弧矢星、天狼星、北斗星分别见于白天和黑夜，它们之间距离遥远，因此在一般人看来，它们根本是不相干的，然而诗人却巧妙地把它们综合在一起，因而构成无比壮丽的画面。这种综合又必然以分解为前提，因为弧矢、北斗、天狼本来都是星座，而诗人则仅仅把它们的形状从整个星座的观念中分解开来。"① 第三，表象的夸大变形，特别是"吾"的形象。"吾"本来是行吟泽畔，形容枯槁的谪臣，在《离骚》《远游》中却化作驱遣风云、驾鸾乘皇、役使群灵的灵均。第四，梦魂表象的拟人化。"梦"在心理学上属于想象的一种表现形式。"梦"这一意象在《左传》《诗经》中都出现过，但只有在楚辞中才真正表现得如此具体而活泼，《抽思》"惟郢路之辽远兮，魂一夕而九逝。曾不知路之曲直兮，南指月与列星。愿径逝而未得兮，魂识路之营营。何灵魂之信直兮，人之心不与吾心同"。不只展示了具体的梦魂表象，而且对魂灵进行了拟人化的描写。

　　从思维态势上看，打破了《诗经》习惯性联想的樊篱。《诗经》在很大程度上具有习惯性联想的特点，王靖献先生利用帕利－劳德的理论，曾经对《诗经》中的套语作过统计，《国风》中套语的比例占 26.6%；《小雅》占 22.3%；三颂占 15.1%。我们认为，所谓的套语，在很大的程度上乃是一种借韵起兴的民歌残辞，固然，"口述诗人通常都掌握有很多套语

---

① 金开诚：《艺文丛谈》，第 87 页，转引自林祥征《屈原创作心理浅说》，详见《泰安师专学报》1992 年第 1 期。

与主题。套语用来构成诗行，而且遵循着一个韵律——语法的系统来构成，主题则引导其思绪在快速的过程中构成'神话'，即组成一个更大的结构。他的技艺在于：得心应手运用套语与主题。随口而出地为听众描述一个'神话'——一个事件的'神话'，或一种情绪的'神话'，或两者兼而有之的'神话'。一方面，主题引起了听众的'条件反应'；另一方面，它们又是歌手的记忆手段。……借助主题的引导与'语法韵律'单位即套语系统的调节，口语诗人在运用传统的、固定的短语来创作诗歌"①。套语具有以上优点并在《诗经》时代确实起到了上述作用，但是，它也带来了难以克服的弱点。套语实际上是一种习惯性联想，巨大的思维惯性往往不顾语句意义的组合而把它们纳入既定的起韵轨道，使象与义相互剥离，"彼黍离离，彼稷之苗。行迈靡靡，中心摇摇"（《王风·黍离》），"殷其雷，在南山之阳。何斯违斯，莫敢式遑"（《周南·殷其雷》），"东门之杨，其叶牂牂。昏以为期，明星煌煌"（《陈风·东门之杨》），这些借韵起兴的句子，与正句的意义并无多少关联。屈原作品作为在口头文学与民间文学基础上发展起来的一种新诗体，虽然也出现过貌似套语的重复性语词，但也只不过有 30 多处，而且这些语词与整个语篇的意义是密切相联的。因此，屈原的艺术思维不仅打破了习惯性联想的定势，而且摆脱了《诗经》那种象义分离的弱点。

通过以上论述，可以看出，屈原的艺术思维相对于神话、《诗经》来说，不仅"入其垒，袭其辎"（王夫之《老子衍》自序），而且，更重要的，完成了对神话、《诗经》的超越，是一种新的艺术思维范型，这恰恰是屈原别开艺术新生面的关键，屈骚一切审美上的秘密，都直接导源于此。

（原载《东方论坛》1995 年第 2 期）

---

① ［美］王靖献：《钟与鼓》，谢谦译，四川人民出版社 1990 年版，第 24 页。

屈骚艺术特质发微

——兼论屈原艺术思维的独创性

    黑格尔曾经指出："真正的创造就是艺术想象的活动。"[①] 作为艺术手法的想象，从神话到《诗经》到楚辞，经历了原始的艺术思维、素朴的艺术思维与成熟的艺术思维三次飞跃，形成三个阶段，每一个阶段的莅临都必然带来审美的跃迁。屈原正是在继承、发展了以上两个阶段的基础上，生成了他那"惊采绝艳，难与并能"的诗歌艺术，创造了新的诗性的世界。因此，从艺术思维的角度解读屈原的作品，也就成为把握屈骚艺术特质的关键。

    华兹华斯认为，当想象力"被应用于意象之上，而这些意象又因为联合在一起而互相修改时，这两个事物便在正当的比较中统一、结合在一起"，他进而认为想象会"使众多事物合并成整体"而进行"制造和创造"[②]。正因为如此，屈原的诗歌中也就出现了众多的意象群落，而在《诗经》中，意象的孤立简单，是意象使用的一般情况。尽管《周南·桃夭》中，用艳丽的桃花，比喻新嫁娘的美丽，点染新婚的欢乐热闹气氛，比较含蓄而恰切，但由于意象的孤特，也就造成了意境的单调与狭小。即使《诗经》中用的意象比较多的，如《小雅·鹤鸣》："鹤鸣于九皋，声闻于

[①] ［德］黑格尔：《美学》第 1 卷，朱光潜译，商务印书馆 1991 年版，第 50 页，

[②] ［美］M. H. 艾布拉姆斯：《镜与灯》，郦稚牛等译，北京大学出版社 1989 年版，第 260 页。

野；鱼潜在渊，或在于渚；乐彼之园，爰有树檀，其下维萚；他山之石，可以为错"，尽管出现了比较纷繁的意象，但是这些意象只不过是一种离散的诗歌排列，意象与意义之间并无多少密切的关联。在《卫风·硕人》中："手如柔荑，肤如凝脂，领如蝤蛴，齿如瓠犀，螓首蛾眉"，为了盛赞卫庄姜之美，一连运用了众多的意象，也因为比喻的新奇而受到千古交誉，但是，这首诗中意象的结构形式，仍然未摆脱上述缺点。因此，从严格的意义上说，《诗经》中的意象只能算是物象。凝脂、蝤蛴、瓠犀等，在很大程度上是一种物象群的组合。"诗是想象的表现"（雪莱），想象的价值就在于意象的创造性生成。《秦风·蒹葭》代表了《诗经》时代创造意象的最高水平，遗憾的是，这种诗歌毕竟少之又少，而在《离骚》《九歌》《九章》等诗篇中，应当说，意象的创造与后世的唐诗、宋词等已基本上没有什么分别，"嫋嫋兮秋风，洞庭波兮木叶下"（《湘夫人》），"若有人兮山之阿，被薜荔兮带女萝"（《山鬼》），"屯余车其千乘兮，齐玉轪而并驰。驾八龙之蜿蜿兮，载云旗之委蛇"，这样的例子在屈骚中比比皆是，不遑枚举。正是由于屈原想象力的活跃与自觉，才使他捕捉了如此密集的意象并使之转换为和谐的整体，也就是在这片神异飞扬的意象世界中，诗人放任着自己的情感湍流，渲染着自己的慷慨悲苦。钱锺书先生尝云："楚辞始解以数物合布局面。类画家所谓结构、位置者，至上一关，由状物进而写景。"[1] 这里讲的实际上是一个意象群的问题，一般说来，系统的表现功能总是大于局部或某个孤立的单元，也正是这些意象的错落群集，构成了屈原精神运动的特有景深，使得屈骚完成了对《诗经》的超越，真正走向了审美的诗或诗的审美。

屈原艺术思维的独创性，还表现在他对于巫术形式的自觉运用。楚地巫风的残留，为他的诗歌创作提供了想象的基础。《离骚》的结构与楚国的卜筮简辞有着密切的暗合。通过阅读包山楚墓出土的卜筮简辞[2]，我们

---

[1]　钱锺书：《管锥编》第2册，中华书局1979年版，第613页。
[2]　《包山楚简》，文物出版社1991年版。

看到，其结构大致如下：卜者的姓名及年月日，卜问人的生前遭遇（如地位高者，则主要是从政经历），祈祷祖先、鬼神为之解脱忧患，最后下一断语，这与《离骚》的自报姓名、诞辰，痛述从政悲剧，陈辞重华，乃至卜问灵氛、巫咸以求决疑等又是何其相似！在《招魂》中，屈原又采用了"些"词，沈括《梦溪笔谈》卷三云："《楚辞·招魂》尾句皆曰'些'。今夔峡湖湘及南北江獠人，凡禁咒句尾皆称'些'。此乃楚人旧俗，即梵语萨嚩诃也，三字合言之，即'些'字也。"沈括说禁咒句尾呼"些"是楚人旧俗，这是正确的，但认为"些"字来源于梵语，这就错了。对此汤炳正先生《〈招魂〉'些'字的来源》一文已作了详细的论证，指出"些"字来源于苗族的招魂习俗，进一步指出了《招魂》与楚地民俗之间的渊源关系①。《离骚》《九歌》等作品中升天入地的描写，也无不闪烁着巫教神话的幽秘色彩，楚地的巫术在屈原的心理上有着深刻的投映，但更重要的是，屈原进行了自觉的加工，使这一切成为负载其情感内容的有意味的形式，增加了神秘浪漫的气息。

屈原继承、发展了巫教神话并创造了大量活泼的神话形象。不唯如此，屈原对于某些神话内容还进行了大胆的改写，从而使他的作品更加富有生动迷幻的色彩。② 如"饮余马于咸池兮，总余辔乎扶桑。折若木以拂日兮，聊逍遥以相羊"。扶桑本是东极的大树，若木本是西极的大树，在这里，屈原却把它们合为一处，供"吾"使用，以致顾颉刚先生认为是屈原记忆有误。③ 而实际上，在《离骚》的神话世界里，原有素材的时间、空间界限都被打通了。再如"凤凰既受诒兮，恐高辛之先我"，《离骚》中显然认为简狄是吞凤凰卵而生契，这与《诗经》传说简狄吞鸟卵而生契迥异。对此，闻一多、郭沫若先生等进行了文字上的考证，认为凤凰、玄

---

① 汤炳正：《屈赋新探》，齐鲁书社 1984 年版，第 370—385 页。
② 此处受董楚平先生《〈离骚〉首八句考释》一文的启发，详见《楚辞译注》，上海古籍出版社 1986 年版。
③ 顾颉刚：《〈庄子〉和〈楚辞〉中昆仑和蓬莱两个神话系统的融合》，《中华文史论丛》1979 年第 2 期。

鸟、燕子三个词形在语义上是等值的。实际上，燕子与凤凰不但在今天人们的观念中是两种鸟，而且在先秦人的观念中也是截然有别的，从甲骨文字形上看，"凤"头上有丛毛冠，"燕"则没有，再看《左传·昭公十七年》："我高祖少皞挚之立也，凤鸟适至，故纪于鸟，为鸟师而鸟名：凤鸟氏，历正也；玄鸟氏，司分者也；……"① 凤鸟、玄鸟分而称之，职分有别，显然并非一物。汤炳正先生则力主"传说有异"，如果真是这样，是神话演变的结果，为什么同是屈原的作品，却在《天问》中出现了"玄鸟致贻，女何嘉"，《九章·思美人》中出现了"高辛之灵盛兮，遭玄鸟而致贻"，《天问》《思美人》仍然认为简狄是吞玄鸟（燕子）卵而生契，而对参差相异的文本，汤炳正先生的解释也是不够圆满的。我们认为，这同样是屈原出于艺术表现的需要，在《离骚》中为了保持整个艺术形象的崇高，为了不致破坏艺术整体的和谐，通过艺术想象进行的大胆改写。硬要考证凤凰即玄鸟，或者说是神话演变的结果，都是陷落在考据的框子里，而忽视了屈原大量地运用想象这一重要的艺术思维特点。在屈骚中，"吾"可以役使众灵，飞腾周流（《离骚》），可以"令五帝以折中兮，戒六神与向服。俾山川以备御兮，命咎繇使听直"（《惜诵》），我们一般都承认是大胆想象的结果。同样，这种大胆的改写，我们也应承认，是出于艺术表现的需要，这样的例子是很多的。《离骚》为了渲染主人公的"内美"，"吾"不但披花戴草，而且诏使西皇、役使百灵，更虚构了"正则""灵均"这两个奇美的名字（一向有实录精神的司马迁在《屈原列传》中并没有把这两个名字取录，潜含着司马迁对这种虚构原则的认识），而本是商代的巫咸（《尚书·君奭》甲骨卜辞均出现过这一名字）却滔滔说出周代的人文历史，历数周文齐桓之事等。正由于这种艺术想象的大胆及对神话故事、历史人物进行的改写，使得屈原作品更加迷离惝恍，平添了更多的蕴涵与意味，其审美的意义，绝不亚于王维"雪中芭蕉"的奇特新异（后来辞赋作品中出现的大量不同时代历史人物的设问对答，在此可以找到最

---

① 汤炳正：《屈赋新探》，齐鲁书社 1984 年版，第 250—260 页。

直接的艺术渊源）。同时，也在一定程度上增加了理解的困难。对这种文本障壁的消解，必须得从屈原大胆运用想象这一艺术思维特点入手，如果脱离了这一特点，如果我们面对的是"雪中芭蕉"而以纯经验的目光视之，那么，我们获得的不仅是诗情画境的消失，而且也是对于这种悖谬事实的迷惑以及由此滋生的种种无端的臆测。像谭介甫先生《屈赋新编》解"驾飞龙"说："《说文》駷字下说：'马八尺为龙'，飞龙，谓龙马驰驱如飞。"解《山鬼》"乘赤豹兮从文狸"谓"赤豹、文狸皆为良马的异名"，这未免就是一种征实化的理解了。

早在王逸之前的刘安已经指出："（屈原）其称文小而其指极大，举类迩而见义远。"《屈原列传》这里，刘安实际上已意识到了屈原作品的象征性特点。关于象征，黑格尔曾指出："'象征'无论就它的概念来说，还是就它在历史上出现的次第来说，都是艺术的开始，因此，它只应看作艺术前的艺术。"① 并讲了如下一段话："从一方面来看，象征的基础是普通的精神意义和适应或不适应的感性对象的直接结合，这种结合的不完满却是还没有意识到的。但是从另一方面来看，这种结合又必须是想象和艺术来造成的，而不是作为一种纯然直接的现成的具有神性的实际情况来理解的。因为艺术所用的象征只有在把普遍的意义和直接的自然现状区分开来，而绝对是后来由想象来看作是实际即寓于自然事物的条件下，才会产生出来。"② 撇开黑格尔对于艺术发展阶段的客观唯心理解不谈，这里，黑格尔指出了象征与想象之间的关系则无疑是正确的。想象与象征有着天然的姻缘关系，想象力不仅生成了艺术作品的形式，而且生成了审美意象的组合方式。象征性弥漫于屈原的整个作品之中，如果我们从审美意象的组合方式这一角度入手，对屈骚的象征可作以下分类：

1. 局部式象征，这种象征以《九章》为代表。所谓局部式，就是指这种象征是偶尔以两三个具有象征性的句子散落于作品之中。如"赠弋机

① ［德］黑格尔：《美学》第 2 卷，朱光潜译，商务印书馆 1991 年版，第 9 页。
② 同上书，第 33 页。

而在上兮，罻罗张而在下"（《惜诵》），象征奸佞到处设下陷阱。"捣木兰以矫蕙兮，凿申椒以为粮。播江离与滋菊兮，愿春日以为糗芳"（《惜诵》），象征自己勤德修业，"鸾鸟凤凰，日以远兮。燕雀乌鹊，巢堂坛兮。露申辛荑，死林薄兮。腥臊并御，芳不得薄兮"（《涉江》），象征黑白颠倒，"令薜荔以为理兮，惮举趾而缘木。因芙蓉而为媒兮，惮褰裳而濡足"（《思美人》），象征君王难通。以上新颖的意象的生成，正是屈原"葱茏的想象力"的外化。

2. 整体式象征，这种象征以《橘颂》为代表。所谓整体式，即指通篇作品皆以象征手法来塑造形象。《诗经》中的《桧风·隰有长楚》："隰有长楚，猗傩其枝。夭之沃沃，乐子之无知。"朱熹《诗集传》："政烦赋重，人不堪其苦，叹其不如草木无知而无忧也。"已多少透露出了一点象征的消息，但由于篇幅与想象力的简短，只能算作胚芽而已。在《橘颂》中，屈原不仅描写了橘树的芳洁外形，而且通过拟人手法，赋予它以高尚的人格情操。说是拟人也好，说是移情也好，想象力都起了非常重要的作用（拟人在西方文论界被看作是想象力的最高标志，移情则是联想与想象直接作用的结果）。《橘颂》中橘亦人，人亦橘，人橘合一，与《诗经》相较，显然推进了一大步。

3. 体系式象征，以《九歌》为代表（《东皇太一》《礼魂》除外）。《九歌》究竟有无象征意义，历来说法不一。这片通过想象创造出的灵妙瑰异的神话世界，潜含着阴阳相配的严整体系，以东君配云中君，以河伯配山鬼，以湘君配湘夫人，以大司命配少司命，缠夹着缥缈婉致的情思，这与《离骚》中多用男女意象来暗喻君臣关系，表现出某种形式上的相似性，由此，便引发出了历代学者的无端猜测。我们认为，如果不掺入其他因素而着眼于文本意义的寻绎，王逸说的"托之以讽谏"则纯系子虚乌有，但是"见己之冤结"则无疑是客观存在的事实。《九歌》是一组严整的抒情诗，充满着婉致悲戚的抒情，其中不可能不渗透着作者的主观情感。"思夫君兮太息"的怆楚，"老冉冉兮既极"的悲哀，"岁既晏兮孰华予"的忧虑，岂不是诗人情感的点示？所以，屈原在《九歌》中以隐秘的方式渗入了自己的情感，在整体上投射着诗人情感的影子，《九歌》是具有象征意味的抒情组诗。至于每篇透露的具体情感是什么，我们无须像后世的腐儒那样做一种圆凿方枘的迂曲深求。但是，《九歌》神灵离合暌隔的悲痛，糅合渗透了屈原的人生悲哀，这一点应该是毫无异议的，而不必是什么"托之以讽谏"。其悲剧情感的点染，正是通过丰富的想象力创设的神灵世界为依托的。

4. 套式象征，以《离骚》为代表。整个屈原的作品中，最奇妙的便是《离骚》了。《离骚》的奇妙，在很大程度上取决于它所运用的套式象征。所谓套式象征，即象征中又有象征，从而构成了一个复杂的象征系统。在上半篇中，《离骚》运用的意象是写实的，但屈原依然充分发挥了想象，通篇以虚出之，幻化出了自我形象，以披花戴草象征自己的勤德修业，以众女的谗口嚣嚣象征奸佞的谗害，以滋兰树蕙象征培养人才。在后半篇中，调集了大量的超现实的神话意象，诚如清人鲁笔所言："（《离骚》）下半篇纯是无中生有，一派幻境突出。女嬃见责因而就重华，因就重华不闻而叩帝阍，因叩阍不答而求女，因求女不遇而问卜求神，因问卜求神不合而去国，因去国怀乡不堪而尽命。一路赶出，都作空中楼阁，是虚写法。"（《楚辞达·总论》）这一个接一个的象征场面的描写，深化了作者去留宗国故土的矛盾心情，点示了作者追索、眷恋的"美政"理想的破灭，从而成为他一生坎坷遭际的写影与情感世界的概括，"举类迩而见义远"，此之谓也。遗憾的是，由于后世诗歌形式的纯化与情节的淡化，这种套式象征在后世的诗歌中并没有发扬光大，只是在李商隐等诗人的部分诗歌中得到了一点或明或灭的表现。唯其如此，《离骚》的套式象征愈加显得灵奇神妙。

象征是比喻的高级形式。屈原的作品正是通过想象生成了复杂的象征系统，突破了《诗经》的那种孤特简单的比喻，由"劳者歌其事，饥者歌其食"的触景生情上升为"发愤以抒情"——自觉地对于生命本体的歌咏，达到了艺术思维的新高度，开拓了崭新的审美视野。也正是通过想象创造的象征系统，使屈原的作品具有了再现与表现的双重功能，成为更加富有张力的有意味的形式，以作品自身提供了对于隐与显、虚与实这些古老的美学命题的最佳阐释，成为中国诗歌美学的永恒范本。

总之，屈骚的艺术特质——富有表现力的意象群，对巫术形式的自觉运用，对神话内容的大胆改写，象征系统的创立——与屈原艺术思维的特点是紧密联系，互为因果的。因此，从屈原艺术思维的特点出发来解读屈原的作品，是我们应当遵循的原则，可以防止理解上的偏差与错位。这是本文的出发点，也是本文的结论。

（原载《吉林大学学报》1997年第4期）

关于 《迢迢牵牛星》 释读的两个问题

——兼及庾信《七夕诗》与苏轼《渔家傲·七夕》词

    在中国古代诗歌的释读过程中，经常会遇到语词的训释问题。而语词训释不但是我们对古典诗歌进行阐释的基础，而且往往涉及对文法、篇章的理解。诗歌与散文不同，在散文中，字词之间的语法逻辑结构通常是明晰的，因而也就很少出现歧义。而诗歌则不然，诗歌中的字词之间通常没有明晰的语法逻辑结构，甚至有时要故意打破正常的语言逻辑结构而造成"陌生化"的审美效果。因此，如果说散文语言的字词排列是线式的，那么诗歌语言的字词排列则是点式的，前者字词之间的逻辑关系是连续的，后者字词之间的逻辑关系是断开的。也正因为如此，前者给读者提供的想象空间往往较为有限，而后者则可以为读者提供更多的想象空间。所以，就此而言，诗歌这一体式也就获得了更大的语言张力——这也就是为什么会造成"诗无达诂"的根本原因。落实到诗歌的语词训释的层面来说，造成语义多歧的根源正在于此。

    《古诗十九首》被钟嵘称为"一字千金"（钟嵘《诗品》卷上），刘勰则誉其为"五言之冠冕"（刘勰《文心雕龙·明诗》），其中的《迢迢牵牛星》一诗，在十九首中别具一格，是不可多得的古代诗歌神品。它以思妇的口吻，借天上的牵牛、织女的分离，影写人间的夫妇暌隔的哀怨。"不但表现了离别相思的哀怨，而且给人以具有生活意义的美感，在汉、魏诗歌中是不多见的。"① 但是，对于该诗的释读，涉及其中的"相去复几许""盈盈一水间"两句时，却一直存在两歧之说。有鉴于此，实有加以辩说的必要。

一 "相去复几许"——距离远还是近？

"河汉清且浅，相去复几许"，在《文选》卷二十九李善注中没有任何注释。其实，这里的"几许"，犹"几何"，即多少的意思。但是，今人对"相去复几许"的解释却存在着两种截然相反的意见。

1. 此处的"几许"表示距离遥远。王运熙、邬国平先生持此说。

王运熙、邬国平先生将"河汉清且浅，相去复几许"译为："一条银河又清又浅，两星相隔可知多么漫长。"② 显然，根据译文来看，认为牵牛、织女两星之间的距离是漫长的、遥远的。

2. 另一种意见正好相反，认为此处的"几许"表示距离近的意思。余冠英、马茂元、曹道衡等先生持此说。

以上几位先生的解说，以马茂元先生的解释最为具体。马茂元先生引周密《癸未杂识》前集："'以星历考之，牵牛去织女，隔银河七十二度。''几许'，犹言几何，谓距离之近。"③

现在不少高校通行的袁世硕先生主编的《中国古代文学作品选》，关于该句诗的注释如下："复几许：又能有多远呢？意为不远。"④

3. 对两歧之说的去取——如何看待两歧之说？

面临以上两种不同的解释，究竟应该如何取舍呢？笔者认为，联系下句

---

① 《朱自清马茂元说古诗十九首》，上海古籍出版社1999年版，第172页。
② 王运熙、邬国平注译：《古诗一百首》，上海古籍出版社1997年版，第68页。
③ 《朱自清马茂元说古诗十九首》，上海古籍出版社1999年版，第167页。
④ 袁世硕主编：《中国古代文学作品选》，人民文学出版社2002年版，第448页。

"盈盈一水间，脉脉不得语"来看，牵牛、织女之间的距离并不遥远。《文选》五臣注："良曰：河汉清且浅，喻近也，能相去几何也。"李善注："《尔雅》曰：'脉，相视也。郭璞曰：脉脉，谓相视貌也'"（胡克家《文选考异》谓"视"为衍文），既曰相视，则牵牛、织女之间的距离则并不远。

如果说，对以上两种意见还是难以去取的话，那么，我们还可以将"河汉清且浅，相去复几许"这两句诗放到文学接受史的范围内来进行观察，从而以此来取得一个阐释上的基本参照。笔者认为庾信的《七夕诗》恰好为这一问题的解决提供了一个很好的例证，在此，我们不妨先引证庾信的这首诗：

七夕诗

牵牛遥映水，织女正登车。

星桥通汉使，机石逐仙槎。

隔河相望近，经秋离别赊。

愁将今夕恨，复著明年花。

该诗见于逯钦立《先秦汉魏晋南北朝诗》[1]，不见于清倪璠《庾子山集注》[2]。此处庾信化用了"迢迢牵牛星"的典故，既然在诗中明言"隔河相望近，经秋离别赊"，那么，在庾信看来，"相去复几许"显然是说牵牛、织女之间的距离近而不是远。由此，我们可以进一步理解，"河汉清且浅，相去复几许"这两句，表达的正是牵牛、织女咫尺天涯的暌违之苦——愈写其近，倍增其哀，这在诗歌艺术的表现手法上，用的正是反衬之法。反过来，倘若不是如此，而是以其远衬其哀，则艺术效果恐怕就要大打折扣了。在这里，诗人面对浩渺的星空，发出天真的童话之问，以出神入化的简括之笔，传达了无尽的情韵。

"隔河相望近"，本来有两歧之说，但是把这句诗放在文学接受史的范

---

① 逯钦立：《先秦汉魏晋南北朝诗》，中华书局 1983 年版，第 2376 页。
② 许逸民校点：《庾子山集注》，中华书局 1980 年版。

围内，借助庾信的《七夕》诗来看庾信对该句的理解，至此，两歧之说也就涣然冰释了。

二 "盈盈一水间"——"盈盈"所指是"河汉" 还是"河汉女"?

"盈盈一水间"，《文选》卷二十九李善注对本句无注。对"盈盈"一词，也历来存在两种不同的解释。

1. 一说"盈盈"义为"水清浅貌"，循此理解，则其所指为"河汉"无疑。马茂元、余冠英、曹道衡等先生持此说。

马茂元先生对此的解释是："盈盈，水清浅貌。"除此之外，马先生还在注释中特别指出："与《青青河畔草》篇'盈盈楼上女'义异。'水'，指河汉。"[①] 显然，马茂元先生意识到了词例的差别问题。

余冠英先生《乐府诗选》选了该诗，但对"盈盈"无注（人民文学出版社 1954 年第 2 版）。曹道衡先生《两汉诗选》认为，"盈盈"，形容银河"清且浅"的样子。[②]

袁世硕先生主编的《中国古代文学作品选》对"盈盈"的注释也是"水清浅貌"[③]。

2. 一说指"盈盈，端丽貌"，据此理解，则该词的具体所指为河汉女。《文选》五臣注、袁行霈先生认为指的是"河汉女"。此处袁先生的依据显然是五臣注。

《文选》五臣注："盈盈，端丽貌。"显然，既曰"端丽"，则所指不是"河汉"明焉。袁行霈先生据此进行了具体的生发，并详细分析了其中

[①] 《朱自清马茂元说古诗十九首》，上海古籍出版社 1999 年版，第 168 页。

[②] 曹道衡：《两汉诗选》，中华书局 2005 年版，第 111 页。

[③] 袁世硕：《中国古代文学作品选》，人民文学出版社 2002 年版，第 448 页。

的原因。在此，不妨先将袁行霈先生对"盈盈"的解读引录如下：

"盈盈"或解释为形容水之清浅，恐不确。"盈盈"不是形容水，它和下句的"脉脉"都是形容织女。《文选》六臣注："盈盈，端丽貌。"是确切的。人多以为"盈盈"既置于"一水"之前，必是形容水的。但盈的本意是满溢，如果是形容水，那么也应该是形容水的充盈，而不是形容水的清浅。把盈盈解释为清浅是受了上文"河水清且浅"的影响，并不是盈盈的本意。《文选》中出现"盈盈"除了这首诗外，还有"盈盈楼上女，皎皎当窗牖"。亦见于《古诗十九首》。李善注："《广雅》曰：'嬴，容也。'盈与嬴同，古字通。"这是形容女子仪态之美好，所以五臣注引申为"端丽"。又汉乐府《陌上桑》："盈盈公府步，冉冉府中趋。"也是形容人的仪态。织女既被称为河汉女，则其仪容之美好亦映现于河汉之间，这就是"盈盈一水间"的意思。①

袁先生由六臣注"端丽貌"生发开来，从"盈"字本义是"满溢"这一基本义项出发，指出这一义项与"河汉清且浅"在文本意义上明显存在着矛盾；然后再谈到"盈"与"嬴"的通假；继而举出《古诗十九首》中的内证，辅之以汉乐府中的"盈盈"作为外证，如同剥茧抽丝，层层推阐，比较周详地论证了"盈盈"指的应该是织女"仪容之美好"这一结论。因李善对"盈盈"无注，故笔者在本文中称五臣注。

关于"盈盈"的词例，除了袁先生所举的例子之外，我们还可以在古诗词中找到更多的例证，以进一步证成以上的结论。

1. 朝来户前照镜，含笑盈盈自看。（庾信《舞媚娘》）
2. 十五嫁王昌，盈盈入画堂。（崔颢《王家少妇》）
3. 杳杳神京，盈盈仙子，别来锦字终难偶。（柳永《曲玉馆》）

---

① 吴小如等：《汉魏六朝诗鉴赏辞典》，上海辞书出版社1992年版，第148页。

4. 蛾儿雪柳黄金缕，笑语盈盈暗香去。（辛弃疾《青玉案·元夕》）

5. 凌波仙子生尘袜，水上盈盈步微月。（黄庭坚《王充道送水仙花五十枝欣然会心为之作咏》）

6. 古婵娟，苍鬟素靥，盈盈瞰流水。（王沂孙《花犯·苔梅》）

7. 侵晨浅约宫黄，障风映袖，盈盈笑语。（周邦彦《瑞龙吟》）

8. 寸寸柔肠，盈盈粉泪。楼高莫近危阑倚。（欧阳修《踏莎行》）

9. 从今袅袅盈盈处，谁复端端正正看。（范成大《鹧鸪天》）

10. 盈盈笑靥，称娇面爱学，宫妆新巧。（朱淑真《绛都春·梅》）

显然，以上所引的"盈盈"词例，其具体含义指的都是人的仪态，与水无涉。

如果说，以上的证据还不充分，如果我们把《迢迢牵牛星》一诗纳入到文学接受史的范围，借助苏轼的《渔家傲·七夕》词，对"盈盈"的理解就可以得到更为明晰的判断。从文学接受的角度上来看，该词与该诗的关系至为密切，因而该词也就尤其值得引起注意。

渔家傲·七夕

皎皎牵牛河汉女，盈盈临水无由语。望断碧云空日暮，无寻处，梦回芳草生春浦。　鸟散余花纷似雨，汀洲苹老香风度。明月多情来照户，但揽取，清光长送人归去。①

显然，苏词一开始的两句，就分别化用了《迢迢牵牛星》一诗的首尾两句——"迢迢牵牛星，皎皎河汉女"和"盈盈一水间，脉脉不得语"的句意。苏轼对"盈盈"一词的理解，他认为指的是织女之仪态，而绝非对水的状貌的描写。前面已经指出，《文选》李善注对"盈盈"一词无注，据此，也可从另一个侧面看出《文选》五臣注的传播对苏轼的影响。

---

① 邹同庆、王宗堂：《苏轼词编年校注》，中华书局 2002 年版，第 270 页。

三　结论

庾信的《七夕诗》、苏轼的《渔家傲·七夕》词，均在用典中化用了《迢迢牵牛星》的句子。显然，其用典的前提是庾信、苏轼对该诗已有了基本的理解。况且古人的用典，往往要经过对作品进行充分的沉潜涵泳的功夫，以至于达到随手拈来的地步。因此，针对上述两处语词的两歧之说，再通过庾信的《七夕诗》、苏轼的《七夕》词对《迢迢牵牛星》句意的化用，我们可以看出庾信、苏轼对这首诗的理解，从而为我们厘清纷纭之说提供了基本的参照。

正好，这首诗分别有庾信一首诗、苏轼的一首词化用了这首诗的语词或诗意，在古典诗歌的阐释中，有时经常会遇到类似"几许""盈盈"等语词的两歧之说，有时甚至是多歧之说。通过以上的讨论，我们意在说明，对文学作品的语词训释，通过单纯的语词工具书或单纯的语词解释，就字面来寻求意义，有时是无法解决问题的。在这种情况下，解决此类问题的另一种思路就是把该作品放入文学史的大背景下，放入文学接受史的范围内来寻绎历代关于该诗的解释，从而有助于斩断纷纭，彰显更为接近本义的训释。而通过《迢迢牵牛星》一诗的传播以及庾信的七夕诗、苏轼的七夕词对该诗的接受与化用，从而为解决这两处的歧解提供了一条有效的路径。中国古典诗歌的阐释过程中，这样的例子也多有，通过这两个例证，庶几可以起到一定的发凡起例的作用。

（原载［韩］《汉字研究》2013 年第 8 辑）

礼乐制度史视野下的汉代歌诗研究
——读赵敏俐《汉代乐府制度与歌诗研究》①

"歌诗"一词，最早出现于班固的《汉书·艺文志》。继萧涤非《汉魏六朝乐府文学史》、王运熙《乐府诗述论》等著作之后，近年来歌诗研究已成为古代文学研究的热点问题。赵敏俐教授的《汉代乐府制度与歌诗研究》一书创造性地运用艺术生产理论，通过制度文化史的研究，实现了史学与文学之间真正意义上的打通，对汉代歌诗进行了系统全面的研究，深入揭示了汉代歌诗在中国诗歌史上的地位和影响，为中国古代诗歌研究提供了成功的范例。

一

与以往的诗歌研究成果相比，该书第一次全面确立了汉代乐府制度与歌诗研究的内容框架。全书共分为三编，上编为"汉乐府制度与歌诗艺术生产"，内容涉及对汉代乐府的探源、汉代乐官制度的建设与乐府的兴废、汉代歌诗生产与消费的三种基本形式以及汉代歌诗的分类、雅乐与俗乐的消长关系，等等。中编为"汉代歌诗艺术分类研究"，如果说上编主要从

① 赵敏俐：《汉代乐府制度与歌诗研究》，商务印书馆 2009 年版。

制度文化层面揭示了汉代歌诗的发展大势的话，那么，该编则具体分析了汉代各类歌诗产生的背景，阐发了各类歌诗独特的艺术特征。同时，对汉代歌诗又按照创作主体的划分将其分为民间歌谣、贵族歌诗、文人歌诗三个大类。该编的内容如此安排，既充分尊重了以往的研究成果，在郭茂倩《乐府诗集》的分类基础上，对文本的分析做出了新的阐释，又站在今天的角度做出了科学的阐释，对以往研究中存在的学术观念上的偏差进行了纠正。下编"汉代歌诗艺术成就研究"，则从汉代歌诗的文化功能、艺术特征、语言形式诸方面，对汉代歌诗的艺术成就和历史影响做出了准确的定位。以上三编内容环环相扣，完整地确立了汉代乐府制度与歌诗研究的内容框架，进一步夯实了作者一向坚持的汉代诗歌是中国中古诗歌的起点这一结论。

二

诚如作者所言，该书"并不仅仅是文献的搜集与整理，还包含着研究方法论的更新与理论的创造"。在该书中，作者灵活运用了马克思的生产—消费理论，自始至终都贯穿着艺术生产理论认识模式的视角。或者说，正是艺术生产理论构成了该书的理论基础。显然，这一认知模式的确立，来源于马克思的艺术生产理论。在《1844年经济学哲学手稿》《〈政治经济学批判〉导言》《资本论》第四卷《剩余价值理论》中，马克思的艺术生产理论得到了清晰的表述。在《1844年经济学哲学手稿》中，马克思首次将"艺术"和"生产"联系起来："私有财产的运动——生产和消费——是以往全部生产的运动的感性表现，也就是说，是人的实现或现实。宗教、家庭、国家、法、道德、科学、艺术等等，都不过是生产的一些特殊的方式，并且受生产的普遍规律的支配。"汉代歌诗作为一种特殊的精神生产方式，自有其生产与消费的时代特点。作者在此理论视角下，对汉代的歌舞娱乐盛况进行了详尽的文献考察后指出："在两汉社会近四百年的歌舞升平中，培育了一个近乎完整的汉代歌诗生产消费系统，并产生了建构汉代歌舞艺术生产关系的两大主体——从消费者方面讲，是由宫廷皇室和公卿大臣、富豪吏民组成的两大消费集团，从生产者方面讲，则是主要由歌舞艺人组成的艺术生产者群体。"正是在这样的生产—消费关系中，作者指出，"这两者共同构成了汉代特殊的歌舞艺术生产关系，并由此极大地推动了两汉歌舞艺术生产"。又如，作者还指出："从生产和消费的角度研究汉代歌诗，它的产生及存在的价值，都是为了实现其文化功能为基础的，而它的艺术特征也是在实现其文化功能的基础上形成的。"作者既有对文献的钩稽索隐，又有对艺术生产理论的具体发挥，特别是艺术生产理论的认知模式的确立，使得本书彰显出了深厚的理论思辨色彩。

三

"凡事物必尽其真，而道理必求其是，此科学之所有事也。而欲求认识之真与道理之是者，不可不知事物道理之所以存在之由与其变迁之故，此史学之所有事也。"（王国维《国学丛刊·序》）作者在该书中灌注着清醒的史学意识，对汉代乐府制度与歌诗的重大关节从史学的角度给出了科学的解释。关于"歌诗"与"乐府"这两个概念的界定，作者指出，在汉代，歌诗指的就是可以歌唱的诗，《文选》中有"乐府"一类，指的仅仅是魏晋以后文人模拟汉代相和诸调歌诗的部分作品，到宋代郭茂倩的《乐府诗集》开始，"汉乐府"才成为可以包容大部分汉代歌诗的概念。为了揭示汉代乐府的设立，作者从对远古艺术的起源、夏商周乐官制度的发展、春秋战国秦楚新声俗乐的兴起，等等，清晰地勾勒出了汉代乐府制度的制度渊源。其中，商代的"瞽宗"和秦代的"乐府"，作为音乐机构，与汉代的乐府可谓脉生一系。对《汉书·艺文志》"自孝武立乐府而采歌谣"，不少人多生误解。作者征引《韩诗章句》"有章曲曰歌，无章曲曰谣"，指出如果把"采歌谣"理解成"采集民歌"，如此理解历史文献是不准确的。至于该书中对汉乐四品的辨析、对《团扇》诗的作者归属问题的断定，等等，都体现了一种历史还原意识。而作者对刘邦《大风歌》情感意蕴的揭示，对武帝立乐府的文学史意义的评价，对《汉鼓吹铙歌》被后世误认为是"军乐"的错误观念的澄清，等等，则显示出了作者对历史的深邃洞察力。

四

众所周知，《汉书·艺文志》中赫然标列"歌诗二十八家，三百一十四篇"，按照班固的原意，"歌诗"就是可以歌唱的诗。然而，随着历史长河的淘洗，汉代的歌声、乐奏、舞容，早已不复存在。要研究汉代的"歌诗"，对今天的研究者而言，面对的只是有限的作品文本和零散的历史文献。如果只是进行文字上的训释，从思想内容的角度进行分析，显然存在很大的缺失。因此，如何寻找合适的切入点，对汉代的歌诗进行研究，是摆在研究者面前的一个巨大的问题。该书在紧密围绕汉代的国家政治制度和文化制度的基础上，充分考虑到了"歌诗"的歌唱性和表演性特点，以此来展开研究，并因此而有了许多重要的学术发现。

首先，在汉代的歌诗中，由于普遍存在声辞杂写的现象，甚至存在乐工以声记词的讹误，因此，作者充分尊重前人的研究成果，在具体的文字厘定上，不仅纠正了前人的失误，而且从学理上给出了读解汉代歌诗时应当遵循的基本原则。以《汉铙歌十八曲》为例，作者指出："解释《汉鼓吹铙歌十八曲》，要首先考虑这种记声而引起的文字讹误的不可解释性，而不能轻易用一般的音训之法去委曲求证"，"这十八首的文字解读中有多处地方也许将成为永不可解之谜了，我们不能再强作解人"，应当说，作者的这一态度是客观的，也是科学的。

其次，围绕汉代歌诗的歌唱性和表演性特点，作者对汉代歌诗"部""弄""弦""歌弦""送歌弦"等一系列音乐术语做出了解释。作者指出，正是因为歌舞艺术已经成为一种专门的技艺，并出现了以此为职业的固定的社会群体，"以相和歌辞为代表的汉代歌诗，才会形成一整套诸如'行'、'艳'、'曲'、'解'等专业术语，形成了相和曲、清调曲、平调曲、楚调曲、瑟调曲等不同的曲调类别，有了相对固定的表演场所，形成了特定的写作模式和语言范式，并产生了《陌上桑》《孤儿行》等代表这个时代最高水平的歌诗作品"，而作者对清商三调与大曲中"解""行""歌行体"名称来源等问题的讨论，也都是多发前人所未发，并做出了重要的学术推进。

再次，正是从歌诗的演唱性和表演性出发，作者拈出了"片段叙事"这一概念，对汉代的《陌上桑》《东门行》等进行了全新的解读。学界一向认为，叙事性是汉乐府诗的重要特征。然而，作者认为，像《陌上桑》这样的作品，其叙事性并不完整，甚至存在着明显的缺陷。作者结合汉代大曲的结构，指出"如果没有大曲这种演唱艺术形式，就不会有《陌上桑》这样的具有独特风格的歌诗作品。"《陌上桑》这种"片段叙事"的特点，正与其作为大曲"前有艳，词曲后有趋"的演唱结构密切相关。至于《东门行》，作者指出，如果单纯就文本文字来看，这首诗无论如何称不上一首好诗，根据演唱性特点，作者进而指出，"由此看来，我们说它是一首叙事诗，还不如说它是汉乐府大曲《东门行》的歌词唱本更为合适。它那简练的语言和生动的对话说明，汉代诗歌语言的成就，客观上受歌诗演唱的影响有多么巨大！"这样的解释，可谓得其环中——因为作者不仅着眼于歌诗的文本文字，而更重要的是，作者揭示了歌诗在演唱过程中始终存在的辞—乐相互制约的关系。同样，作者揭示的汉代歌诗中存在的程式化特征以及套语套式的运用等一系列关键性问题，等等，也都是作者从歌诗的演唱性着眼对其进行解读的重要发现。

最后，作者结合歌诗的歌唱性和表演性特征，对文学史上的一些重要问题也给出了独到的解释。如作者根据平调曲同一曲调，可以配以几种不同的歌词这一现象，作者指出："这里的曲调很像宋词里的词牌"，这在一定程度上揭示了歌诗与后世的词之间的同质性。再比如作者在研判了《巾舞歌辞》的文本之后指出："我的看法，在中国古代戏剧发展过程中有两个传统，一个是唱的传统，一个是戏的传统，前者以歌舞为主，后者以杂戏表演为主。这两者早在先秦都已萌芽，在汉代以后不断发展，如汉代既有以歌舞为主的各类杂舞，又有包括各种杂技艺术的百戏。所以中国古代自元代成熟以后，仍然有着不同的称呼。因为强调'曲'的作用，所以有'元曲'、'戏曲'的说法；因为强调表演，所以有'戏剧'、'杂剧'之说。这正是'戏'与'曲'这两大传统在中国戏曲史中分别起到重要作用的表现。"这样的界说，截断众流，更为清晰地凸现了《巾舞歌辞》在中国戏曲史上的地位，同时对目前学界对于戏剧起源说的分歧无疑起到了廓清纷纭的作用。

五

该书是作者继《两汉诗歌研究》《汉代诗歌史论》这两部著作之后推出的第三部个人专著，通过该书，作者一向所坚持的汉代诗歌是中古诗歌的起点这一观点得以卓然自立。而通过该书，作者也确实完成了对自己的超越，而实现这一超越的关键则在于该书从"歌诗"艺术的原生态入手，从汉代的礼乐制度入手，以马克思的艺术生产理论作为支撑，深刻地揭示了汉代歌诗的辞—乐关系，从而在最大程度上揭示了汉代歌诗的原生态及其在中国诗歌史上的意义。

从《诗经》、楚辞、汉魏六朝的乐府诗，到唐诗、宋词、元曲，虽经时代的更迭，但诗歌与音乐的关系须臾不可离。"歌诗"这一概念的外延虽然小于普通意义上的"诗歌",但是从"歌诗"的角度切入研究中国古代的"诗歌",其意义非同寻常,这是因为歌诗是歌唱表演的艺术,而语言仅仅是其中的有机组成部分。所以,从"歌诗"的角度研究汉代的诗歌,不仅仅是研究视点的转换,其实质是学术观念的进步——歌诗不再是单纯的案头文本,而是歌唱表演的艺术。

总之,该书紧密围绕上述问题,既有对文献的详尽考辨,又有对汉代歌诗艺术的理论阐发,商量旧学,培养新知,遂使汉代诗歌研究转向精深邃密而进入一新的境界,是近年来歌诗研究领域的一部成功的学术力作。这也充分说明,打通音乐与诗歌之间的关系,从歌诗的原生态出发来研究歌诗这一特殊的艺术形态,是中国古代诗歌研究的必由之途。从这一角度而言,该书的意义,已远远超过了汉代诗歌研究本身,在一定程度上具有发凡起例的作用,为中国古代诗歌研究提供了方法论意义上的范例和样本,该书的学术价值,正在于此。

(原载《中华读书报》2011 年 12 月 14 日第 12 版。原题为"汉代歌诗研究的成功范例",此为原稿,发表时有删削)

中编　汉魏六朝赋学批评

汉魏六朝赋学批评的对象与分期

谓赋学批评，主要包括有关赋的理论表述，同时也包括赋的创作实践所呈现出的审美流向。对两者进行系统的描述与阐释，是赋学批评史的任务。

与诗相比，赋是一种产生晚而成熟早的文体，它"受命于诗人，拓宇于楚辞"，兴起于战国，大盛于两汉，并成为一代之文学，至魏晋南北朝依然保持着旺盛的生命力。在时人的心目中，其地位甚至要高于诗。表现在辞赋创作上，因作赋而产生强烈的社会效应者，更是不乏其例。因而，这一时期，探讨赋的产生源流、总结赋的创作经验、梳理赋的发展演变、确立赋的价值地位以及分析赋的声韵、对偶、用典、造句等方面的得失，在赋学批评中得到了全面的反映，为整个文学批评史的发展做出了独特的贡献。所以，研究汉魏六朝赋学批评，能更好地加深对这一时期辞赋创作的理解；研究中国的文学思想，也不能不注意这一时期的赋学批评。后世的诗话、词话及散文、戏曲理论等，无不或多或少地接受过它的沾溉与影响。

一

　　要研究赋学批评，必须对赋的范围进行界定，因为这直接与赋学批评的研究对象有关。从文体生成上看，赋具有多元性，诗、骚及战国时期的散文、民间谐隐等，无不与赋的生成有密切的关联，这是古今学者较为一致的看法。这种多元性造成了赋体文学的灵活性与适应性，成为它绵亘战国以至清代，绵亘整个封建社会而迁延不绝的内在原因，也造成了赋体文学形式的不确定性，它不像诗、文、词、曲那样纯粹，那样容易认定。因而，关于什么是赋以及赋的范围到底应该如何确定，历代就有不同的理解。我们无意于对赋的生成与起源进行梳理，但是，通过梳理历代对赋的范围的界定，却可以为本文界定赋学批评的范围提供参照与依据。

　　战国时代，赋已产生。《韩非子·外储说左上》有"先王之赋颂，钟鼎之铭"之语，即其证；荀卿、宋玉之作已标赋名。因此，战国时代赋在体类上应主要指荀卿《礼》《智》《云》《蚕》《箴》之类的隐语及宋玉《高唐赋》《神女赋》等楚辞体作品。

　　两汉时代，赋在来源及表演特征这两个不同的层面上被看作是"古诗之流"与"不歌而诵"。缘此而来的便是：（1）骚属于赋。屈原等人的楚辞体作品被视为赋，班固《汉书·艺文志》中对赋的四种分类中，其中之一便是"屈原赋"。（2）颂也是赋。赋、颂无别，是汉代人的普遍看法。司马相如的《大人赋》，在《史记》卷一七七《司马相如列传》中，又称之为《大人颂》，《汉书》中所录扬雄的《甘泉赋》，王充《论衡·谴告》中称为《甘泉颂》，《后汉书·马融传》收录的《广成颂》也是典型的赋体。（3）扬雄《解嘲》一类的对问体也属于赋。陶绍曾曰："《说文》氏部引（扬）雄赋曰：'响着氏隤'，盖《解嘲》古亦谓之赋也。"（《文心雕龙》范注引）是其证。

三国时代，贾谊的《过秦论》也被视为赋。《三国志·吴书·阚泽传》："（孙）权尝问：'书传篇赋，何者为美？'泽欲讽喻以明治乱，因对贾谊，《过秦论》最善，权览读焉。"

两晋时代，赋、颂有别。随着文学辨体意识的明确，颂不再属于赋。如挚虞就曾指责马融《广成颂》《上林颂》写得像赋体："扬雄《赵充国颂》，颂而似雅；傅毅《显宗颂》，又与《周颂》相似，而杂以风雅之意。若马融《广成》《上林》之属，纯为今赋之体而谓之颂，失之远矣。"（《文章流别论》）

南朝时代，因为论赋不再注重赋的表演特征，而是更重文体特征本身。首先，骚别于赋，不再归入赋类。《文心雕龙》设《辨骚》，梁阮孝绪《七录》将《楚辞》单列（《广弘明集》卷三阮孝绪《七录序》），《文选》亦将楚辞析出。其次，赋、颂有别。刘勰《文心雕龙·颂赞》因袭了挚虞的看法："马融之《广成》《上林》，雅而似赋，何弄文而失质乎！"《文选》亦单设颂类，不再归入赋体。最后，也有诗、赋无别的个案。如梁宗室萧悫写的《春赋》全以五、七言诗句组成，称为诗更恰当些，而作者却题为赋。出现这种情况的原因，缘于诗赋的相互影响，唐初作者学此体者颇多。其他的再如沈约的《愍衰草》，在梁代被看作诗——《玉台新咏》将之收入杂言诗，在唐代被看作赋——《艺文类聚》卷八一将之归入"赋"类，清严可均所辑《沈休文集》因之。

在清代，甚至散文也是赋，姚鼐《古文辞类纂》中就收录了《战国策》中的《楚人以弋说顷襄王》《庄辛说襄王》两篇作品。

关于七体，《文心雕龙》《文选》皆不将之归入赋类。自枚乘《七发》之后，代有奕作。据挚虞所谓"傅子（按：傅子即傅玄）集古今七而论品之，署曰《七林》"及晋傅玄《七谟序》可知，其时"七"因摹拟者众已成为一种独立文体。后来谢灵运编有《七集》，卞景编有《七林》（均见《隋书·经籍志》）。《文心雕龙》把七体归入"杂文"类，《文选》则专设"七"类。

　　以上表明，由于赋的生成的多元性以及赋在发展过程中与其他文体之间的相互影响，导致了赋往往显现出多种风貌，存在一定的变体与衍生体，这是历代在赋体范围界定上存在分歧的根本原因。在这些分歧之中贯穿的是不同时代的人对什么是赋及对赋体范围究竟应该如何界定的不同理解。

　　参酌历代对赋类的划分与界定，本文对赋的范围的划定，除了冠以赋名的作品之外，还包括七体、对问体等，对楚辞则一般不予提及（除非涉及赋的来源问题）。因而，本文的所谓赋学批评，其对象就是指汉魏六朝时期对这一范围之内的作品的评论以及涉及这一范围之内的一些重要文学现象。

二

　　汉魏六朝的赋学资料零散而又广泛，其来源主要有以下几个方面：

　　（一）史传。自司马迁开始，史书开始录赋，在涉及赋家及赋作时往往有史家对赋作背景及主题的交代，也往往兼有史家对赋作的评论与体认，典型的如《史记·司马相如列传》《汉书·扬雄传》等。

　　（二）文学批评的专论或专书。如曹丕《典论·论文》提出"诗赋欲丽"，刘勰的《文心雕龙》除专设《诠赋》篇之外，其他篇中也有不少赋论文字。

　　（三）子书。在哲学著作中像桓谭《新论》、王充《论衡》、葛洪《抱朴子》等皆有重要的赋学资料。

　　（四）类书。《艺文类聚》《太平御览》中就保存了一定的赋学资料。如《太平御览》记载有前秦洛阳少年作《逍遥戏马赋》，南凉秃发归作《高昌殿赋》的本事及当时的评论等。

　　（五）笔记。《西京杂记》《世说新语》是汉魏六朝时期的两部重要笔记，司马相如的"赋心""赋迹"说就保存在《西京杂记》中，而《世说新语》则记载了关于左思《三都赋》、庾子嵩《意赋》、庾阐《扬都赋》、孙绰《游天台山赋》、袁宏《北征赋》《东征赋》、顾长康《筝赋》的创作佚事及相关评论，反映出了辞赋发展的一些动向。

（六）书信。汉魏六朝人在书信往还中，往往谈艺论文，如曹植《与杨德祖书》、杨修《答临淄侯笺》中相互交换了对赋的看法，陆云《与兄平原书》则集中表现了其辞赋观。

（七）赋序。两汉时代赋前加序的情况不多，建安以降直至南北朝，赋前加序则较为普遍，其中有的赋家在序中表达了自己的辞赋观，如左思《三都赋序》、谢灵运《山居赋序》等。

（八）赋作正文。在赋作正文中申述自己辞赋观的情况不多，但依然需要我们留意。张衡《二京赋》末尾一段，有评司马相如、扬雄赋的文字。梁武帝的女婿张缵《南征赋》正文中"屈平《怀沙》之赋，贾子游湘之篇，史迁摛文以投吊，扬雄反骚而沉川。其风谣雅什，又词人之所流连也。"（《梁书》卷三四《张缵传》）反映了齐梁之际诗赋向民间风谣靠近并接受其影响的审美倾向。

（九）诏书。帝王诏书中亦有涉及赋评者，如保存在《梁书·张率传》、《陈书·沈众传》中的三则梁武帝"手敕"，就反映出了他的评赋标准，保存于《陈书·后主本纪》中陈叔宝的诏书，也反映出他从娱情的角度对班固《答宾戏》、东方朔《答客难》、扬雄《解嘲》等一类作品的肯定。

（十）奏议。辞赋受到官方的推崇，也曾有人在上疏中提出反对意见。汉熹平元年（172）蔡邕上灵帝的《上封事陈政事七要》其五事中就反对灵帝以赋取士，后来杨赐、阳球在上疏中皆表示过更为强烈的反对意见，这些都直接或间接地反映了他们的辞赋观。

（十一）诗歌。诗歌中也有零星赋学资料。晋左思《咏史诗》其一"著论准《过秦》，作赋拟《子虚》"，表明了对司马相如赋的推崇，梁刘孝威《和简文帝卧疾诗》有"岂劳诵赋臣，宁有观涛客"，用《汉书》宣帝令宫人为太子诵赋治病、《七发》吴客为楚太子疗疾事从侧面赞扬萧绎的文才超过王褒、枚乘，也寓含着作者本人对这两篇赋的推崇。

（十二）批注。在批注中也有赋学资料。如存于《文选》的一段《三都赋》张载注，从类型比较的角度讨论了班固《西都赋》、张衡《西京赋》及左思《魏都赋》在艺术表现方法上的异同；又如綦毋邃《三都赋》注，同样涉及对赋的艺术表现手法的评论。①

（十三）碑文。夏侯湛《张平子碑》评张衡赋曰："英英乎其有味欤！"这是一条极为重要的赋学资料，表明"味"第一次被导入文学批评，开启了齐梁以降广泛地以"味"谈艺的先声，"味"最终成为一美学范畴，其理论渊薮端在于此。

（十四）字书。陶绍曾曰："《说文》氏部引（扬）雄赋曰：'响着氏陨，盖《解嘲》古亦谓之赋也。"（《文心雕龙》范注引）许慎将《解嘲》看作赋，反映了东汉时的文体分类意识及对赋的体式、范围的认定，这一类的例子虽然非常之少，但也非常重要。

（十五）佛教典籍。六朝时，佛教兴盛，一些佛徒也参与了辞赋创作。《高僧传》卷五《释道安传》记载的"安外涉群书，善为文章，长安中衣冠子弟，为诗赋者，皆依附致誉"，就透露出了这一讯息。

对以上资料进行全面的网罗搜集，认真地爬梳，是我们深入探讨汉魏六朝赋学批评的基础。

三

对汉魏六朝赋学批评如何进行分期，是我们面临的另一个问题。

文学批评史以文学创作为中心，并与一定阶段的文化特征大致相对

---

① 罗国威：《左思〈三都赋〉綦毋邃注发覆——〈文选〉旧注新探之一》，《古籍整理研究学刊》1994 年第 6 期。

应，形成一定的时间段落。赋学批评在汉魏六朝与这一阶段的整个文学创作、文学理论在发展上基本上是同步的。原因很简单，赋是这一阶段的纯文学领域中流行的主要文学样式，它与诗一起，积极参与了文学创作与理论建设，换言之，汉魏六朝的文学创作与文学理论在相当大的程度上就是以赋作与赋论为基础建立起来的。因此，兼顾每个时代的文化特征及整个文学理论发展的状况，本文将汉魏六朝赋学批评史，划分为西汉、东汉、建安、正始、西晋、东晋、元嘉、永明、梁陈、北朝十个段落。需要说明的是，北朝与南朝尽管在空间上相对峙，但在时间上与南朝相平行，之所以将北朝作为一个独立的段落，只是为了叙述上的方便。

如果我们把眼光放得更长远些，放到隋唐，就会发现就总体趋势而言，从汉代—魏晋南北朝—隋唐，文学创作与文学理论恰好经历了一个正—反—合的过程，汉代重政教—南朝重艺术、北朝重政教—隋唐重政教与艺术的统一，南朝与北朝在同一时间、不同空间的条件下为向隋唐文学思想的过渡提供了两个方面的借鉴。而汉魏六朝赋学批评，作为这一进程的有机组成部分，作为这一进程发展演变的自我呈现，其每个具体段落之间则往往因中有革，复中有变，既有一定的衔接，又有明显的不同。

西汉初期，随着汉赋范式的奠定，赋论也随之产生，拉开了赋学批评的序幕。但由于道家思想的流行，司马相如的"赋心""赋迹"说及司马迁的"讽谏"说对道家哲学皆有所借鉴，并在理论外壳上裹有一层道家色彩。而扬雄的理论则承上启下，其"丽以则"的价值标准对东汉的赋学批评产生了深远的影响。以上三家的赋评，对"丽"皆有所认识，这表明"文的自觉"的因素已开始萌生。

东汉时期，正统儒学观念得到进一步巩固和加强，赋学批评几乎完全处于经学观念的笼罩之下，讽谏与颂美作为赋的两种功能并行不悖并且得到进一步的肯定与强调。但是也应该看到，东汉中后期辞赋创作与赋学理论并不完全一致，在理论上强调辞赋讽谏功能的张衡与蔡邕却以创作实绩领导了抒情赋的创作，促成了汉赋风气由讽谏颂美转向抒发人生情怀的根本转变，这种观念与实践的矛盾昭示了建安赋及赋学批评的开端。

汉亡而经学衰。经学的式微，带来了情感、理智的解放，世积乱离的社会背景诞育了志深笔长、雅好慷慨的建安文学，此一时期的赋学批评者也是辞赋创作的主体，尤其以"三曹"父子为代表的赋论表明了赋学批评与创作实践一道，开始进入"文的自觉"的时代，"诗赋欲丽"成为这一时代最响亮的口号，"丽"直接成为辞赋创作的目的，而不必再成为儒家观念"则"的附属物，不必再接受它的规范和拘限，这是一个具有划时代意义的重要转折。

正始时期，儒教在官方的意识形态中得到强调，玄学则成为阮、嵇名士们应对生活的方式，宗经与反经的两种倾向在赋学思想上皆有所反映，后者依然尚"情"，只不过这情已由建安时期的直抒胸臆、雅好慷慨一变而为寄托遥深的象征与隐喻，前者则更多地表现为创作与理论上的拟古。

西晋是一个儒学复苏与玄学最终成为意识形态的胜利者的时代，盛极一时的太康赋评在基本路数上顺沿正始而下，并最终表现为以左思、皇甫谧为代表的讽谏征实派，以及以陆氏兄弟为代表的体物浏亮派。"赋体物而浏亮"这一命题本身有着非凡的意义，它标志着玄学思维导入赋学批评所取得的非凡成果。

玄学大盛之后，玄言与山水成为东晋文学的两大取向，赋也不例外。这一时期赋作不多，赋论尤少。不过，值得注意的是陶渊明的"导达意气"说，明显地带有儒、玄杂糅的时代特征。

刘宋与东晋在文化上表现出更多的传承性，抒情与写意基本上构成了元嘉赋学批评的核心，这与儒、玄、佛交光互影的社会背景有着较为深切的关联。

太康以降，文学已开始越来越醉心于形式，文学与政教的关系日渐淡远，建安时代的"诗赋欲丽"在南朝得到了片面发展。永明时期沈约的声律说基本上成为左右南朝诗赋创作的主导理论，萧梁家族的赋学批评呈现出多元倾向，但以辞赋作为娱乐消闲的工具，在他们身上皆有不同程度的存在，这是齐梁赋学批评的共同特征，陈叔宝对这一倾向又进行了片面发展，辞赋也由此沦为徒具形式的浮浅之作。

需要特别说明的是，刘勰的赋学思想也是南朝儒、玄、佛交光互影的社会背景下诞生的产物，其目的在于起弊纠偏、革除浮华，但在主导倾向上与当时的文学思想并不相悖。刘勰的赋学思想充分展示了其集大成的特征，《文心雕龙·诠赋》是中国赋学批评史上的扛鼎之作。

永嘉南渡之后，北朝文学与南朝文学开始在同一时间、不同地域的条件下发展，并渐次呈现出自身的特点。南朝重艺术，尚华靡，"结藻清英，流韵绮靡"（《文心雕龙·时序》），庶几可以概括南朝文学的特点；北朝崇政教，贵典正，"词义贞刚，重乎气质"（《隋书·文学传》），则是北朝文学的写照。把两者进行完美的融合，尚须经过一段漫长的历程。庾信、颜之推的赋论作为北朝赋学批评的代表性成果，本身便已呈现出南北融合的特点，为向隋唐赋学思想的过渡起了导夫先路的作用。究其原因，并不仅仅在于他们由南入北的人生经历，而在于文化发展与文学自身演变的总体趋势决定了必然产生这样的结果。

至于以上划分的各个历史段落之间的内在传承与衔接、联系与区别，有时显得颇为复杂，唯其如此，也就更有研究的必要。

（原载《社会科学战线》2000 年第 1 期）

"文章西汉两司马"的赋学批评

"文章西汉两司马",班固在《汉书·公孙弘传赞》中早有定评:"文章则司马迁、相如。"司马相如,是汉代最伟大的辞赋作家,他以自己的创作实绩,奠定了后世的辞赋创作的范式;司马迁,则是汉代最伟大的史学家,他把其歌哭悲欢、浪漫才情,都熔铸到《史记》当中了。两司马,一个是辞赋范式的奠基者,一个是纪传文学的开创者,他们的文学成就,皆足以冠绝当代乃至后世。然而,对于"两司马"来说,其实还有不容忽视的另一面——在文学批评史上,尤其在赋学批评史上,司马相如第一次提出的"赋心""赋迹"说,司马迁第一次提出的"讽谏说",对后世赋学批评的影响,实在是至深至巨。因此,我们应当给予充分的注意。

一　司马相如"赋心""赋迹"说

司马相如(前172—前118)不仅作赋"不师故辙,自擅妙才,广博闳丽,卓绝汉代"[①],以自己的创作实践奠定了散体大赋的模式,而且,他结合自己的创作经验,也发表了一段论赋的文字。根据《西京杂

---

① 鲁迅:《汉文学史纲要》,《鲁迅全集》第9卷,人民文学出版社1982年版,第418页。

记》卷二记载：

> 司马相如为《上林》《子虚》赋，意思萧散，不复与外事相关，
> 控引天地，错综古今，忽然如睡，焕然而兴，几百日而后成。其友人
> 盛览，字长通，牂牁名士，尝问以作赋，相如曰："合纂组以成文，
> 列锦绣而为质，一经一纬，一宫一商，此赋之迹也。赋家之心，苞括
> 宇宙，总揽人物，斯乃得之于内，不可得而传。"览乃作《合组歌》
> 《列锦赋》而退，终身不复敢言作赋之心矣。

这就是司马相如的"赋心""赋迹"说。关于这段文字的真实性，曾
有人提出怀疑。我们认为，在没有获得否定性的证据之前，还是将这段话
归之于司马相如为妥。对此，龚克昌先生曾进行了精详的阐述。① 所谓
"赋迹"，就是指"赋心"表现于外的形式、技巧。"纂组""锦绣"见于
《淮南子·齐俗》："锦绣纂组，害女工者也"，又见于《汉书·景帝纪》：
"锦绣纂组，害女红者也。"颜师古注引应劭说曰："纂，今五采属绬是也。
组，今绶纷绖是也。"纂、组皆指一种丝织的带子。"合纂组以成文，列锦
绣而为质"，就是要求赋要像纂组、锦绣一样华美，这显然是指赋的篇章
辞采；"一经一纬，一宫一商"，"经""纬"即纺织品的纵线和横线，
"宫""商"即古代五音中的前两音，在这里泛指五音，就是要求在声韵的
安排上，应当讲究声韵的交互、和谐。

"赋心"，指的是艺术想象或艺术构思。"宇宙"见于《文子·自然》：
"往来古今谓之宙，四方上下谓之宇。"人物，指人和物。显然，要做到
"苞括宇宙，总揽人物"，就必须打破一时一地的现实局限，凭借想象，而
别开一高远寥廓的艺术境界。正因为如此，盛览不敢复言作赋之心，后来
的扬雄感叹"长卿赋不似从人间来，其神化所至邪？"(《西京杂记》卷
三)。陆机的"精骛八极，心游万仞"(《文赋》)，刘勰的"寂然凝虑，思

---

① 龚克昌：《评汉代的两种辞赋观》，《文史哲》1993 年第 5 期。

接千载；悄焉动容，视通万里"（《文心雕龙·神思》），正与司马相如所说的"赋心"同义。

通过以上的简要说明，我们可以看出，司马相如的赋论有三点尤其值得我们注意：

第一，"赋迹"强调篇章辞采的华美与声韵的交互、和谐。这一点恰恰是历代的赋家，尤其是两汉赋家倾尽心力追琢的审美形式。尽管后来扬雄曾有过"诗人之赋"与"辞人之赋"的区分，但他仍然认为，"丽"是两者所共同具有的文体特征。

毋庸置疑，司马相如的赋论明显地透露出了唯美的倾向。这种倾向，一方面是文学自身发展的必然结果，文学发展至汉代，已经出现了区别文学与非文学的意识，覆按《史记》或《汉书》的辞例，一般用"文学"一词指儒术或一般学术，用"文章"或"文辞"指称带有文采的词章。①另一方面，随着文学自身的发展，"言"（口头语言）与"辞"（书面语言）的日趋分离已成为一种必然的趋势，尤其是通过赋家的创作实践所呈现出的审美意识，更是为魏晋时期——"文的自觉的时代"的到来做好了充分的准备。

第二，"赋心"强调艺术想象的运用，使赋体文学在创作论意义上突破了以往的"饥者歌其食，劳者歌其事"（何休《春秋公羊传·宣公十五年》解诂）的简单的描写现实的手法，大量地运用浪漫夸张的艺术想象，在司马相如的作品中有直接的表现。刘勰曾对此进行过准确的概括："故上林之馆，奔星与宛虹入轩；从禽之盛，飞廉与鹪鹩俱获。……"（《文心雕龙·夸饰》），之所以会有如此大胆的夸张性的描写，显然是自觉地运用艺术想象而呈现出的直接结果。

第三，简言之，所谓的"赋心""赋迹"，就是要求讲究铺写的条理

---

① 鲁迅：《汉文学史纲要》，《鲁迅全集》第 9 卷，人民文学出版社 1982 年版；郭绍虞：《中国文学批评史》，百花文艺出版社 1999 年版；褚斌杰：《中国文学史纲要》（一），北京大学出版社 1986 年版；顾易生、蒋凡：《先秦两汉文学批评史》，上海古籍出版社 1990 年版；章培恒主编：《中国文学史》，复旦大学出版社 1996 年版。上述著作对此都有相关论述。

（"一经一纬，一宫一商"）与张扬（"苞括宇宙，总揽人物"）的统一。条理与张扬看似矛盾，实则在赋中实现了和谐的统一。"一经一纬，一宫一商"的"赋迹"，要求的是辞赋篇章辞采的华美与声韵的变换有序，"苞括宇宙，总揽人物"的"赋心"，要求的是内容的包罗万象与超越时空，而这两者的统一，形成了赋体文学以极条理化的"其南""其北""其东""其西"的模式，并在这一无限延展的空间意识中容纳宏肆博大而又想落天外的时空世界的这一特征。也正是因为这一特征，使赋区别于以往的任何文学样式，在创作实践上打破了"诗言志"（《尚书·尧典》）的传统，由此完成了由抒情向描写的转变。至于赋在对事物的正面描写所取得的艺术成就，刘勰曾进行过极好的说明："写物图貌，蔚似雕画。析滞必扬，言庸无隘。"他认为赋对事物的描写，如雕刻、绘画一样，生动真切。能够把不明白的描写清楚，写平凡的内容也不会让人感到鄙陋（《文心雕龙·诠赋》）。

笔者曾经指出："所谓赋学批评，主要包括有关赋的理论表述，同时也包括赋的创作实践所呈现出的审美流向。"① 遵循这一思路，如果征诸司马相如的作品，他的"赋心""赋迹"说就显得更加醒豁。在其代表作《天子游猎赋》中，他以天子游猎为中心，将此赋铺展为长近四千字的长篇，这是自先秦到西汉以来篇幅最长的一篇作品。在赋中，山石林木、离宫别馆、飞禽走兽、器乐音声、凡人神仙……林林总总，举凡天上人间的事物，在他的笔下，纷至沓来，描写了一个无限延展、无限辽阔的空间景象，这显然来自他本人所说的这种"苞括宇宙，总揽人物"的"赋心"。也正是在这种描写中，体现出了天子的声威和汉代大一统的时代精神。

不唯如此，他写上林苑内的河水的奔流：

> 荡荡乎八川分流，相背而异态。东西南北，驰骛往来，出乎椒丘之阙，行乎洲淤之浦，径乎桂林之中，过乎泱漭之野。汩乎混流，顺

---

① 参见拙文《汉魏六朝赋学批评的对象与分期》，《社会科学战线》2000 年第 1 期。

阿而下，赴隘陝之口。

写离宫别馆之高：

　　　颎杳眇而无见，仰攀橑而扪天；奔星更于闺闼，宛虹拖于楯轩。

写音乐演奏的场面：

　　　撞千石之钟，立万石之虡，建翠华之旗，树灵鼍之鼓，奏陶唐氏之
舞，听葛天氏之歌；千人倡，万人和；山陵为之震动，川谷为之荡波。

　　上面所引的三处文字，对仗工整，声韵浏亮，于文势的自然开合之中
时见转折顿挫之妙。而且，赋中用到的动词，极为准确，甚至不可移易，
但又绝不重复。刘勰曾经指出过写文章应该忌讳文字的"重出"，并且指
出过避免"重出"的难度："故善为文者，富于万篇，贫于一字，一字非
少，相避为难也"。但是，司马相如在避免文字的"重出"方面却表现得
如此完美。由此，我们也可以看出司马相如在文字应用上所体现出的高度
的修辞意识和选字用词的技巧，从而对他所谓的"一经一纬，一宫一商"
的"赋迹"，也就会有更具体的了解。所以，汉代以来，无数文人对司马
相如推崇备至、无限心折，司马相如在辞赋史上能够享有如此崇高的地
位，良非偶然。

　　顺便应该指出的是，在司马相如的赋中，存在着大量的难字、僻字。
造成这种现象的原因，显然是他有意为之的结果。司马相如是文字学家，
曾著有《凡将篇》。文字学家的素养，也为他大量使用难字僻字提供了条
件。在《天子游猎赋》中，他写水，"汹涌澎湃""滂濞沆溉"，全用
"水"字旁的字；写山，"巃嵸崔巍"……总之，写山，就用了大量"山"
字旁的字；写水，就用了大量"水"字旁的字；写鱼，就用了大量"鱼"
字旁的字；写植物，就用大量"艹"字头的字。这透露出他在文本上倾力
于追琢文字、逞奇炫博的审美趣尚。而这，应该说是他所讲的"赋迹"的

题中应有之义。在司马相如之前的任何文学作品中，并没有这种现象，但从司马相如的《天子游猎赋》以后，凡是图貌山川的散体大赋，则对此多有模拟。作为一种文学现象，这种创作倾向并不值得提倡。但是，在这种现象的背后，也体现出了司马相如在选字用词上的努力，这和他本人所说的"赋迹"是相一致的。

二 司马迁《史记》中的赋学批评

司马迁（前145—前87前后）作为一个史学家，适逢武帝提倡辞赋创作的高潮期，他本人也参加了辞赋创作，《汉书·艺文志》载"司马迁赋八篇"，《艺文类聚》卷三十载《悲士不遇赋》。从《史记》用语上看，司马迁已具有了区别文学和非文学的意识，在《史记》中，他用"文学"来泛指儒学或一般学术，用"文章"来指称带有文采的作品。正是基于这样一种认识，司马迁为前代的赋家屈原、贾谊，同时代的赋家邹阳、司马相如单独列传，并把屈原的《怀沙》、贾谊的《吊屈原赋》《鵩鸟赋》，司马相如的《天子游猎赋》《哀二世赋》《大人赋》全文录入，充分显示了他对辞赋的重视，"知人论世""以意逆志"，孟子所说的批评方法成为他展开辞赋批评的最有力的阐释工具，他的辞赋思想主要表现在以下几个方面：

第一，骚即是赋——后人观念中的楚辞是一种特殊文体，专指屈原的《离骚》《九章》，宋玉的《九辩》等作品。但在司马迁的观念中，是把这些作品径直看作"赋"的。他在《报任安书》中称："屈原放逐，乃赋《离骚》"，在《屈原列传》中称"乃作《怀沙》之赋"，又称"屈原既死之后，楚有宋玉、唐勒、景差之徒者，皆好辞而以赋见称"。有的论者以此为例进行说明，认为司马迁已把"辞"与"赋"区分为两种不同的文体，辞指楚辞，赋指继辞之后新兴起的一种文体。其实，这是一种误解。

此处的"辞"乃指称广义的文辞，其义与《贾生列传》中"辞"——"（贾生）为赋以吊屈原。其辞曰""乃为赋以自广，其辞曰"——在内涵与外延上完全相同。尽管《史记·酷吏列传》中也出现过"楚辞"这一名称："……长史朱买臣，会稽人也，读《春秋》。庄助使人言买臣，买臣以楚辞与助俱幸……"但覆按《史记》全书，此处的"楚辞"似指"楚声"。司马迁把后人观念中的楚辞看作赋，这不仅是他个人的观念，而且是在文体意识尚未严格区分的背景下，汉代人所普遍具有的观念，刘向、班固皆把楚辞涵括在赋的范围之内。

另外，在司马迁的观念中，赋即是颂，颂即是赋，两者并无什么分别，在《司马相如列传》中，司马相如的同一篇作品，既被称为《大人赋》，又被称为《大人颂》：

> 相如见上好仙道，因曰："《上林》之事未足美也，尚有靡者。臣尝为《大人赋》，未就，请具而奏之。"相如以为列仙之传居山泽间，形容甚臞，此非帝王之仙意也，乃遂就《大人赋》。
>
> 相如既奏《大人之颂》，天子大说，飘飘有凌云之气，似游天地之间意。

赋，也被称为颂，反映了司马迁的文体观念，这也是两汉时代的普遍通则。西汉王褒的《甘泉赋》，在东汉王充的《论衡·谴告》中被称为《甘泉颂》，《后汉书·马融传》中收录的《广成颂》，则是一篇典型的赋体作品。

司马迁的以楚辞为赋、赋颂无别的观念，引起了后世论者的无数纷纭之说。之所以会产生这种现象，归根结底，一方面，自然因为随着文学自身的发展，后世的文体辨析意识日益加强的结果；另一方面，实也是因为后人以今例古，不明于两汉时代尚未有严格的文体区分观念这一历史背景。《文选》《文心雕龙》在文体分类上把"骚"作为一种单独的文体，《文选》设"骚"类，《文心雕龙》设《辨骚》，使骚与赋相区别，以及挚虞、刘勰指责赋、颂无别而导致文体杂越等，皆应作如是观。

第二，对辞赋的虚拟模式的体认和阐发——任何艺术都离不开虚构。充满"谬悠之说，荒唐之言"的《庄子》，早就虚构过"知"与"无为谓"的辩难问答（《知北游》），"惊采绝艳，难与并能"的楚辞也虚构过商代的巫咸历数周文齐桓之事的情节①，这种手法为宋玉、枚乘所沿用，《登徒子好色赋》虚构了登徒子这一人物形象，《七发》则用假设的楚太子与吴客的问答来组织全篇，但这种手法的运用尚处于初期阶段，在技巧上显得有些稚拙、松散。至司马相如《天子游猎赋》则完全上升为创作上的自觉，文中虚构了"子虚""乌有先生""无是公"三个人物，不但彻底改变了以往呆板松散的创作格局，而且这些人物名称本身就被赋予了谐趣意味。所以司马迁指出：

> 相如以"子虚"，虚言也，为楚称；"乌有先生"者，乌有此事也，为齐难；"无是公"者，无是人也，明天子之义。故空藉此三人为辞，以推天子诸侯之苑囿。

很显然，司马迁充分认识到了这三个人物的虚拟性，以及这三个虚拟的人物在整个赋篇中所担负的表达功能。因此，如果说，司马相如第一个完全自觉地在辞赋创作上奠定了虚拟人物的模式，那么，司马迁则第一个从赋学批评的角度，从理论上对于这种虚拟模式进行了最为准确的体认和阐发。

第三，提出了"讽谏"说——任何作品都是作者的有为之作，它渗透了作者的目的，并在客观上指向一定的功能效果。司马迁对此有一系列的相关论述：

> 1. ……（《天子游猎赋》）其卒章归之于节俭，因以风谏。

---

① 详见拙文《屈原艺术特质发微——兼论屈原艺术思维的独创性》，《吉林大学学报》1997年第4期。

2. 无是公言天子上林广大，山谷水泉万物，及子虚言楚云梦所有甚众，侈靡过其实，且非义理所尚，故删取其要，归正道而论之。

3. 太史公曰：《春秋》推见至隐，《易》本隐以之显，《大雅》言王公大人而德逮黎庶，《小雅》讥小己之得失，其流及上。所以言虽外殊，其令德一也。相如虽多虚辞滥说，然其要归引之节俭，此与《诗》之风谏何异？（以上《司马相如列传》）

4.《子虚》之事，《大人赋》说，靡丽多夸，然其旨风谏，归于无为。（《太史公自序》）

司马迁第一次在赋学批评史上提出了"讽谏"说。"风"，同"讽"。讽谏，原是臣下对主上的一种箴诫行为，流露出的是补阙时政、关心民瘼的政治情怀。"王欲玉女，是用大谏"（《诗·民劳》）便是对缘何运用讽谏的最好说明，司马迁在《太史公自序》中也曾指出"作辞以风谏，连类以争义，《离骚》有之"。讽谏，确是汉代赋家在创作中渗透的主观目的，如司马相如伴随武帝车驾过宜春宫，奏赋"以哀二世行失"（《史记·司马相如列传》），卫皇后立，枚皋"奏赋以戒终"（《汉书·贾邹枚路传》），等等。讽谏说的提出，是司马迁对赋家创作目的的正确阐发。更重要的是，司马迁通过"讽谏"说把辞赋与《春秋》《诗》《易》进行了联系。在汉代人的观念中，《春秋》《易》《诗》分别是汉代政治、哲学、文学的最高准衡，把辞赋与三者并提，无疑显示了司马迁的赋学批评带有宗经的倾向，但是，也就是在这种宗经的倾向中，辞赋的地位得到了提高，辞赋的价值被充分肯定。"讽谏"，成为整个两汉时代作赋者与论赋者的价值准衡，也是他们所始终贯彻的最重要的理论依据。

司马迁对司马相如赋"侈靡过其实""靡丽多夸"虽多少隐含了一点不满，但总的说来，基本上还是持容忍、肯定态度的。

另外，在司马迁的赋学批评中出现了"无为"这一概念："《子虚》之事，《大人赋》说，靡丽多夸，然其旨风谏，归于无为。"（《太史公自序》）这与司马迁的思想比较复杂，除了儒家思想以外，也吸收了黄老思想有关。"无为",本是道家哲学的核心,"道恒无为,而无不为"(《老子》三十七章)是老子思想中最重要的命题,并据此提出了"为无为,则无治矣"(《老子》第三章)的治国方略,司马迁认为"无为"同样是相如赋中蕴涵的主旨。如果说《大人赋》在劝诫武帝解除仙心的目的下,文本中确实还含有道家思想的话,那么,《天子游猎赋》中已明言"游于六艺之囿,骛乎仁义之涂,览观《春秋》之林",它所反映的已是地道的儒家思想了。在这一点上,可以说,司马迁的解释并不准确。究其根源,就在于道家思想对他的巨大影响,给予了他这样的阐释角度,使他得出了这样的结论。

最后,还需指出的是,《史记·伯夷列传》引用了《周易》、老子、孔子等话语的同时,也引用了贾谊《鵩鸟赋》中的两句:"贾子曰:贪夫徇财,烈士徇名;夸者死权,众庶冯生。"① 这充分反映出在司马迁的心目中,贾谊赋有着近乎典范的崇高地位,这也是司马迁为什么把赋与《春秋》《诗》《易》并提,认为"言虽外殊,其令德一也"的最好的注解。在这一点上,实在不可不察。

三 余论:"两司马"赋评以外的视界

司马相如的"赋心""赋迹"说之所以重要,不唯因为它是最早的一篇赋论,成为后世辞赋创作论的共同渊源,如晋成公绥云"赋者贵能分敷物理,敷演无方。天地之盛,可以致思矣"(《天地赋序》),唐李白云"辞欲壮丽,义归博达"(《大猎赋序》),清刘熙载云"赋家之心,其小无内,其大无垠,故能随其所值,赋像班形","赋兼叙列二法:列者,一左一右,横义也;叙者,一前一后,竖义也"(《艺概·赋概》),等等,无

---

① 笔者按:司马迁在《伯夷列传》中省略了"兮"字,《屈原贾生列传》在"财""权"后各有"兮"字。

不承此而来。而且，更重要的，"赋心""赋迹"说隐含了赋的"体物"观念，成为陆机"赋体物而浏亮"（《文赋》）、刘勰"体物写志"（《文心雕龙·诠赋》）的理论先导。中国古代文学创作由"言志"转向"体物"，由主观抒情转向客观描写，标志这一转换开端的便是蔚然兴起的大赋，而无论从创作实践还是从创作理论上，为后世奠定这一范式的正是司马相如。

司马迁的"风谏"说，开创了讽谏说的传统。后来班固的"或以抒下情而通讽谕，或以宣上德而尽忠孝，雍容揄扬，著于后嗣，抑亦雅颂之亚也"，与司马迁所说的"《大雅》言王公大人而德逮黎庶，《小雅》讥小己之得失，其流及上。……相如虽多虚辞滥说，然其要归引之节俭，与《诗》之风谏何异"，可谓一脉相承。不仅如此，汇结了先秦至两汉时代儒家诗说的第一篇诗歌专论《诗大序》所谓的"上以风化下，下以风刺上"，也与此有着千丝万缕的联系。至于扬雄的"诗人之赋丽以则"的审美理想，陶渊明对张衡的《定情赋》、蔡邕的《静情赋》的评价："将以抑流宕之邪心，谅有助于讽谏"（《闲情赋序》），萧统对陶渊明的《闲情赋》评价："扬雄所谓劝百而讽一者，卒无讽谏，何必摇其笔端?"（《陶渊明集序》）如此等等，也都是以"讽谏"为中心而展开评述的。

司马迁对辞赋中存在的虚构人物模式的准确阐发，为后代的论赋者起了导夫先路的作用。唐李善注《登徒子好色赋》《七发》认为"假以为辞讽于淫"，"假立楚太子及吴客以为语端"（《文选》李善注）等，与司马迁对辞赋虚拟模式的释评不无关系，或者可以说，它们就是直接缘自司马迁对辞赋虚拟模式的阐发。

总之，赋作为一种文体，虽然产生于战国，但赋学批评的开始，却源于西汉。从此而后，到东汉、两晋、南北朝乃至于唐宋元明清，赋学批评的历史，恰似一条不尽的长河。如果我们要对赋学批评沿波探源，就不能不追溯到"两司马"。而且，后来的扬雄、班固、成公绥、陆机、刘勰、刘熙载，甚至李白、陶渊明等人的辞赋观念，无不或多或少地受到了司马相如或司马迁的影响。关于辞赋批评的一系列的问题，亦无不是围绕辞赋的创作论、价值论等而展开，而"赋心""赋迹"说相当于前者，"风谏"说相当于后者——之所以要探讨"文章西汉两司马"的赋学批评，其原因正在于此，其意义亦在于此。

（原载《文艺理论研究》2005 年第 2 期）

"诗人之赋"与"辞人之赋"

——论扬雄的赋学批评

扬雄（前53—前18）生于宣帝之世，主要活动于成、哀、平、新之间。扬雄的辞赋观念与其哲学思想一样，经历了一个变化、发展的过程，基本上以五十岁为界，分为前后两期。其赋学批评主要见于《法言》《答桓谭书》《汉书·扬雄传》、桓谭《新论》及葛洪《西京杂记》中。汉赋作为一代之文学，"繁积于宣时，校阅于成世"①，至成帝时代，仅进御之赋就有千余首，在文学史上形成了彬彬之盛的文学景观。几乎与此同时，扬雄却对汉赋主要是散体大赋进行了反思和抨击，声称赋只不过是"童子雕虫篆刻""壮夫不为"②。要正确理解扬雄从"尝好辞赋"③到悔赋的这一转变过程，就必须对扬雄的赋学观念进行全面的清理。扬雄的赋学批评，主要有以下几个方面。

一　摹拟与"神化"

扬雄在《答桓谭书》中尝谓："长卿赋不似从人间来，其神化所至邪？大谛能读千赋，则能为之。谚云：'伏习象神，巧者不过习者之

---

① 范文澜：《文心雕龙注》，人民文学出版社1958年版，第135页。

② （汉）扬雄：《法言》，国学整理社编：《诸子集成》，中华书局2006年版，第4页。

③ （汉）班固：《汉书》，中华书局1962年版，第3515页。

门。'"① 上述这段文字，在桓谭《新论》以及葛洪《西京杂记》中也有类似记载：

> 扬子云攻于赋，王君大习兵器。余欲从二子学。子云曰："能读千赋则善赋。"君大曰："能观千剑则晓剑。谚曰：'伏习象神，巧者不过习者之门。'"②

> 司马长卿赋，时人皆称典而丽，虽诗人之作，不能加也。扬子云曰："长卿赋不似从人间来，其神化所至邪?"子云学相如为赋而弗逮，故雅服焉。③

"神化"一词，说明了扬雄对相如赋的钦羡，反映了他前期的辞赋观念。以现代文艺学的观点来看，这里所谓的"神化"，兼有鉴赏论和创作论的意味。就创作论而言，"神化"所涵盖的是整个艺术思维过程中的运动状态。在此以前，司马相如有所谓"苞举宇宙，总揽人物"的"赋心"说，是对创作过程中艺术思维活动状态的揭橥。就鉴赏论而言，这里的"神化"不言自明，指的是司马相如赋达到了常人所难以企及的艺术境界。倘若与司马相如的"赋心"说进行比较，"赋心"说显然指的是创作的方式方法，属于创作论的范畴，"神化"则是创作论和鉴赏论兼而有之。对于"神"这一概念，扬雄有明确的表述："或问'神'，曰'心'。请问之，曰：潜天而天，潜地而地。天地、神明而不测者也。心之潜也，犹将测之。况于人乎，况于事伦乎?……昔乎仲尼潜心于文王矣，达之。颜渊亦潜心于仲尼矣，未达一间耳。神在所潜而已矣。"④ 这里所说虽不是对赋而言，但这段说明心—神关系的文字，与扬雄的"神化"说是相通的，它指出了通过心的沉潜而达于神的可能性。在扬雄看来，通过熟习沉潜，则能够达到神化的境界。正因为如此，扬雄终其一生也未放弃摹拟、沉潜的

---

① （清）严可均：《全上古三代秦汉三国六朝文》，中华书局 1958 年版，第 411 页。
② （汉）桓谭：《新论》，上海人民出版社 1977 年版，第 41 页。
③ （晋）葛洪：《西京杂记》，中华书局 1985 年版，第 21 页。
④ （汉）扬雄：《法言》，国学整理社编：《诸子集成》，中华书局 2006 年版，第 12—13 页。

功夫。在五十岁以前，他摹拟司马相如的辞赋，创作了《甘泉》《河东》《校猎》《长杨》四赋。

五十岁以后，他又摹拟《论语》《周易》而作《法言》《太玄》。可以说，在西汉摹拟师古的文风形成的过程中，扬雄是其中的典型。对扬雄来说，摹拟师古的过程，也是完成文学、哲学的反思与创化的过程。从鉴赏论上说，"神"作为一个哲学范畴在先秦时代早已存在，但正式运用于赋学批评，这是第一次。从这一意义上来说，后世文学批评中所常言及的"神品"这一概念，与扬雄的"神化"有着千丝万缕的联系。

二　"劝百风一"与"曲终奏雅"

扬雄《法言·吾子》记载了如下一段话：

> 或问："吾子少而好赋？"曰："然。童子雕虫篆刻。俄而曰：壮夫不为也。"或曰："赋可以讽乎？"曰："讽乎！讽则已。不已，吾恐不免于劝也。"①

扬雄先是肯定了自己早年好赋，继而又对自己的这种行为进行了否定，认为作赋只不过是童子雕虫篆刻之类的小技艺。扬雄之所以得出这样的结论，乃是因为在他看来，赋根本起不到讽谏的作用。尽管赋家有"讽"的目的，但对读赋的人来说，甚至会起到反面的作用。在这方面的典型的例子就是司马相如因为武帝好神仙，上《大人赋》以谏，而武帝读了之后，反而"缥缥有陵云之志"。正是因为扬雄意识到了赋的创作目的与阅读效果存在背离，他指出赋存在"劝百风一""曲终奏雅"的弊端。联系班固《汉书》中对扬雄观点的转述，再与以上所引这段话进行比较，

---

① （汉）扬雄：《法言》，国学整理社编：《诸子集成》，中华书局 2006 年版，第 4 页。

适可互为对照:

> 扬雄以为靡丽之赋,劝百风一,犹驰骋郑卫之声,曲终而奏雅,不已亏乎?余采其语可论者著于篇。①

> 雄以为赋者,将以风也,必推类而言,极丽靡之辞,闳侈钜衍,竞于使人不能加也,既乃归之于正,然览者已过矣。往时武帝好神仙,相如上《大人赋》,欲以风,帝反缥缥有陵云之志。繇是言之,赋劝而不止,明矣。又颇似俳优淳于髡、优孟之徒,非法度所存,贤人君子诗赋之正也,于是辍不复为。②

强调"风"(讽谏),是扬雄辞赋观念的核心。扬雄的讽谏论,主要包含两方面的内容:一方面指出了赋具有"卒章显志"的特点,只是在末尾点题,"既乃归之于正",正即指合乎儒家学说的义理;另一方面,也指出了由于赋本身在文本结构上存在"劝百风一"的特点,所有散体大赋的作者无不花费大量的笔墨列锦铺绣般地叙写都市之美、苑囿之大、宫殿之伟、物产之博等等,最后在末尾才加上一点儿曲终奏雅的成分。劝多而讽少,这种文本结构上的前后失调,客观上造成了劝而不止的接受效果。

"讽谏"是汉代赋学批评的重要理论依据。扬雄和司马迁的"讽谏"说同中有异。虽然司马迁对司马相如赋"侈靡过其实"(《史记·司马相如列传》)、"靡丽多夸"(《史记·太史公自序》)多少隐含了一点儿不满,但基本上还是持容忍、肯定态度的。司马迁是从作者的创作目的来立论的,尽管他也曾意识到了"多虚辞滥说"(《史记·司马相如列传》)的问题;而扬雄则是从辞赋作家的创作目的与阅读效果的背离来立论的,他更重视的是辞赋的社会作用,辞赋的价值被定位在谏诤君王、移风易俗上。与司马迁相比,扬雄的功用目的更为强烈。而之所以会产生这样的差别,这与扬雄所处的时代有关。

---

① (汉)司马迁:《史记》,中华书局1959年版,第3073页。
② (汉)班固:《汉书》,中华书局1962年版,第3575页。

三　"丽以则"与"丽以淫"

以讽谏、尚用为出发点，扬雄对以前的赋家进行了评述，并将其区分为"诗人之赋"和"辞人之赋"：

> 或问："景差、唐勒、宋玉、枚乘之赋也益乎？"曰："必也淫。"淫则奈何？曰："诗人之赋丽以则，辞人之赋丽以淫。如孔氏之门用赋也，则贾谊升堂，相如入室矣。如其不用何！"①

"诗人之赋丽以则"是扬雄的审美理想。但什么是"诗人之赋"，什么是"辞人之赋"？如果仅仅通过这段话来看其含义并不醒豁。如果联系《汉书·艺文志》，我们可以找到比较明确的答案：

> 传曰："不歌而诵谓之赋，登高能赋可以为大夫。"言感物造端，材知深美，可与图事，故可以为列大夫也。古者诸侯卿大夫交接邻国，以微言相感，当揖让之时，必称《诗》以喻其志，盖以别贤不肖而观盛衰焉。故孔子曰"不学《诗》，无以言"也。春秋之后，周道浸坏，聘问歌咏不行于列国，学《诗》之士逸在布衣，而贤人失志之赋作矣。大儒孙卿及楚臣屈原离谗忧国，皆作赋以风，咸有恻隐古诗之义。其后宋玉、唐勒，汉兴枚乘、司马相如，下及扬子云，竞为侈丽阂衍之词，没其风谕之义。是以扬子悔之，曰："诗人之赋丽以则，辞人之赋丽以淫。如孔氏之门人用赋也，则贾谊升堂，相如入室矣，如其不用何！"②

---

① （汉）扬雄：《法言》，国学整理社编：《诸子集成》，中华书局 2006 年版，第 4 页。
② （汉）班固：《汉书》，中华书局 1962 年版，第 1755—1756 页。

战国时代的宋玉、景差、唐勒，当代的枚乘等人的辞赋，因为不切实用而被扬雄归入"丽以淫"的辞人之赋。"诗人之赋丽以则"，是扬雄对辞赋创作提出的要求，要求以诗人之赋的丽词雅义、符采相胜，纠正辞人之赋的繁华损枝、膏腴害骨。同时，我们看到，尽管扬雄重视赋的讽谏功用，但在他看来，"丽"与"讽谏"其实并不相悖。无论是他所倾心的诗人之赋，还是他所蔑弃的辞人之赋，他都强调"丽"是辞赋不可缺少的重要质素。他要求辞赋要有诉诸形式的美感，这与司马相如的"一经一纬""一宫一商"的"赋迹"说无疑是相通的。如果联系扬雄的其他论述，在这一点上可以看得更加清楚：

> 或曰："女有色，书亦有色乎？"曰："有。女恶华丹之乱窈窕也，书恶淫辞之淈法度也。"①
>
> 或曰："君子尚辞乎？"曰："君子事之为尚。事胜辞则伉，辞胜事则赋，事辞称则经（李轨注：夫事功多而辞美少，则听声者伉其动也。事功省而辞美多，则赋颂者虚过也，事辞相称乃合经典）。足言足容，德之藻矣。"②

"辞人之赋丽以淫"，他反对的是因过多的粉饰、过多的丽辞，汩没了赋的主题或作者的"讽谏"目的。如果再细绎上一节中所引班固转述扬雄观点的这段话："雄以为赋者，将以风也，必推类而言，极丽靡之辞，闳侈钜衍，竞于使人不能加也，既乃归之于正，然览者已过矣。……又颇似俳优淳于髡、优孟之徒，非法度所存，贤人君子诗赋之正也，于是辍不复为。"扬雄其实还指出了"辞人之赋"所共有的文本模式：第一，以类相从的铺写方式；第二，华丽的辞藻；第三，巨大的篇幅；第四，极度的想象和夸张；第五，"劝百风一"的叙述手法。另外，扬雄还指出了赋家地位的极其低下——赋家只不过是供帝王玩乐的倡优而已。

---

① （汉）扬雄：《法言》，国学整理社编：《诸子集成》，中华书局 2006 年版，第 5 页。
② 同上。

在文学批评史上，扬雄标举"诗人之赋丽以则"，"事辞称则经"，实质上是在继承孔子"文质彬彬"观念的基础上提出了文与质、华与实如何统一的问题，即华美的形式与雅正的内容如何统一。这雅正的内容，对扬雄来说，当然就是儒家的义理。

四　屈原、司马相如比较论

除了"诗人之赋"与"辞人之赋"的区分，扬雄还把屈原赋与司马相如赋进行了比较。在西汉人的观念中，屈原、司马相如的作品是西汉时代赋家心摹手追的典范。屈原的作品是赋，刘安、司马迁都对之进行过高度的评价。东汉班固，称颂屈原的作品"为辞赋宗"，把司马相如的作品誉之为"赋颂之首"①，而与司马相如同时代的枚皋也曾"自言为赋不如相如"②。以上可以看出，比较屈原、司马相如艺术成就的高下，是当时人们普遍评说的一个话题。据李善注《文选·谢灵运传论》引《法言》佚文：

> 或问："屈原、相如之赋孰愈？"曰："原也过以浮，如也过以虚。过浮者蹈云天，过虚者华无根。然原上援稽古，下引鸟兽，其著意，子云、长卿亮不可及。"③

除此之外，扬雄评说司马相如、屈原的文字还有两处：

> 淮南说之用，不如太史公之用也。太史公，圣人将有取焉；淮南，鲜取焉尔。必也儒乎！乍出乍入，淮南也；文丽用寡，长卿也；多爱不忍，子长也。仲尼多爱，爱义也；子长多爱，爱奇也④。

---

① （汉）班固：《汉书》，中华书局 1962 年版，第 4255 页。
② 同上书，第 2367 页。
③ （梁）萧统：《文选》，（唐）李善注，上海古籍出版社 1986 年版，第 2218 页。
④ （汉）扬雄：《法言》，国学整理社编：《诸子集成》，中华书局 2006 年版，第 38 页。

（扬雄）以为经莫大于《易》，故作《太玄》；传莫大于《论语》，故作《法言》；史篇莫善于《仓颉》，故作《训纂》；箴莫善于《虞箴》，故作《州箴》；赋莫深于《离骚》，反而广之；辞莫丽于相如，故作四赋，皆斟酌其本，相与放依而驰骋云。①

"过浮者蹈云天"，即指屈原大量地驱遣艺术想象，创构了出天入地、纵横八荒，充满浪漫色彩的艺术营垒，"过虚者华无根"即指司马相如大肆摛辞弄藻、列锦铺绣，其赋作因侈艳的词采而遮蔽了讽喻目的。后一条材料则说明司马相如的作品在扬雄的眼中也是"文丽用寡"。扬雄意识到了屈原作品的浪漫色彩而指摘其异乎经典，体察到了相如辞赋的巨丽而以尚用的标准进行评判，这显示出扬雄以经学的观念评价屈原与司马相如的局限性。不过，在屈原和司马相如之间，扬雄抑马扬屈的倾向性还是非常明晰昭然的，相如赋属"辞人之赋"，屈原赋属"诗人之赋"，这就是扬雄对屈原、司马相如的作品进行比较之后得出的结论。

五 "文必艰深"

扬雄晚年转向了《法言》《太玄》的创作以后，并未停止赋的创作，因"客有难《玄》大深，众人之不好也"②而作《解难》。他明确提出："若夫闳言崇议，幽微之途，盖难与览者同也。昔人有观象于天，视度于地，察法于人者，天丽且弥，地普而深，昔人之辞，乃玉乃金。彼岂好为艰难哉？势不得已也。"③又以道家的学说进行了辩解："盖胥靡为宰，寂寞为尸；大味必淡，大音必希；大语叫叫，大道低回。是以声之眇者不可同于众人之耳，形之美者不可棍（混）于世俗之目，辞之衍者不可齐于庸

---

① （汉）班固：《汉书》，中华书局1962年版，第3583页。
② 同上书，第3575页。
③ 同上书，第3577页。

人之听。"① 对于圣贤之辞的旨意难睹，扬雄没有像后来的王充那样，认为是由于历史、地域原因而造成的语言隔阂，相反，扬雄认为是圣人有意为之，这是扬雄为文追求艰深之辞的思想根源。扬雄追求艰深之辞的倾向，无论是在其人生历程的前期还是后期，无论是在赋作中，还是在《法言》《太玄》中，其表现都是始终一贯的。

扬雄之追求"文必艰深"，大概与当时的社会风气有关，据《论衡·自纪篇》："口辩者其言深，笔敏者其文沉。案经艺之文，贤圣之言，鸿重优雅，难卒晓睹。世读之者，训古乃下。盖贤圣之材鸿，故其文语与俗不通。玉隐石间，珠匿鱼腹，非玉工珠师，莫能采得。宝物以隐闭不见，实语亦宜深沉难测。"② 可见，当时就有追求"文必艰深"的观念。另外，扬雄是文字学家，汉代又极重小学，据《说文解字叙》："汉兴，有草书。尉律：学僮十七以上，始试，讽籀书九千字，乃得为史，又以八体试之。郡移太史并课，最者以为尚书史。书或不正，辄举劾之。今虽有尉律，不课；小学不修。莫达其说久矣。"③ 因此，扬雄追求"文必艰深"，大概也有以文炫博的心理。

六　扬雄悔赋的原因及其赋学批评的意义

扬雄的赋学批评已概述如上。"讽谏"是扬雄赋学批评的内核。东汉时代，除了班固以正统史家的眼光认为扬雄赋动辄"以风""以劝"之外，与班固同时代的杜笃在《论都赋》序文中也说："窃见司马相如、扬子云作辞赋以讽主上。"④ 正是以"讽谏"为中心，扬雄展开了对丽则与丽淫、诗人之赋与辞人之赋、屈原与司马相如赋成就高下的比较等问题的探讨。

---

① （汉）班固：《汉书》，中华书局 1962 年版，第 3577—3578 页。
② 黄晖：《论衡校释》，中华书局 1990 年版，第 1195 页。
③ （汉）许慎：《说文解字》，中华书局 1963 年版，第 315 页。
④ （清）严可均：《全上古三代秦汉三国六朝文》，中华书局 1958 年版，第 626 页。

因此，扬雄的赋学批评明显地带有"宗经""征圣"的意味；而其关于摹拟与"神化"的创作论与鉴赏论，则更多地带有纯审美的色彩。有的论者认为，扬雄的讽谏说，反映了一种窒息辞赋发展的落后的文学观念。事实上，问题远非如此简单。扬雄前期"心好沈博绝丽之文"①，对司马相如赋"常拟之以为式"②，后期宣称赋乃"童子雕虫篆刻""壮夫不为"，对这一转变，班固最先解释了扬雄辍不复为的原因："雄以为赋者，将以风也，必推类而言，极丽靡之辞，闳侈钜衍，竞于使人不能加也，既乃归之于正，然览者已过矣。往时武帝好神仙，相如上《大人赋》，欲以风，帝反缥缥有陵云之志。繇是言之，赋劝而不止，明矣。又颇似俳优淳于髡、优孟之徒，非法度所存，贤人君子诗赋之正也，于是辍不复为。"③ 在班固看来，赋家心存讽谏的主观目的与客观效果相悖以及"赋似俳优"是导致扬雄发生转变的根本原因。

其实，除此之外，导致扬雄发生这一转变的原因，还与汉代文化背景的潜滋暗转有着至为密切的关联。从汉代文化背景的转换，我们也可以认识扬雄辞赋观念的复杂性，进而更准确地理解扬雄赋学批评的价值和意义。扬雄生活的时代，西汉王朝已走向全面崩溃，土地兼并、外戚干政、农民暴动连绵相继。元帝就曾感叹："亦极乱耳，尚何道！"④ 到成帝时，更是"（民）有七亡而无一得"，"有七死而无一生"⑤。生活于这样一个风雨飘摇、朝不保夕的衰飒之世，扬雄动辄"奏《甘泉赋》以风"⑥，"上《河东赋》以劝"⑦。在扬雄创作的四大赋等作品中，或借古以议时政（《河东赋》），或描绘理想社会的美好（《长杨赋》），或反对帝王的过分侈靡（《甘泉赋》），甚至指斥成帝羽猎的"夺民"之举（《羽猎赋》）。对于

---

① 张震泽：《扬雄集校注》，上海古籍出版社1993年版，第264页。
② （汉）班固：《汉书》，中华书局1962年版，第3515页。
③ 同上书，第3575页。
④ 同上书，第3162页。
⑤ 同上书，第3088页。
⑥ 同上书，第3522页。
⑦ 同上书，第3534—3535页。

扬雄而言，尽管主观上存在着希望刘汉王朝"延光于将来，比荣乎往号"（《长杨赋》）的"补衮"意识，但客观上也反映了扬雄关心时政、同情民瘼的现实情怀。从这个意义上说，扬雄辞赋中有意识地强化讽谏，是值得肯定的。

与西汉王朝的衰飒之象相联系，并且作为衰飒之象的一种表征，汉代的学术思想也发生了巨大变化。武帝以来官方的今文经学，虽然表面上维持着繁荣，"传业者浸盛，支叶藩滋"①，但实质上却日益转变为烦琐、荒诞的神学经学。不仅传书"不果"，而且"人以巫鼓"②，宗派林立，经解烦琐，内容上谶纬掺杂，儒生在利禄的劝诱之下，为了应付官方的策试，墨守经师训解，很少研习"五经"文本本身。这种好"迻文""迻言"的结果，造成了众言淆乱的局面，"一鬨之市，不胜异意焉；一卷之书，不胜异说焉"③。正是在这种情况下，扬雄提出了"万物纷错则悬诸天，众言淆乱则折诸圣"④ 的宣言，决心做力辟塞路的孟子，弘扬"关百圣而不惭，蔽天地而不耻"⑤ 的仲尼之道。虽然从时间上看，抨击神学经学，复兴正统儒学的行为，是在扬雄对赋采取否定态度之后，但不可否认两者之间存在着内在的连通性，正统儒学的凋敝、绍继正统儒学的主观目的，赋予了扬雄斥赋为"童子雕虫篆刻"的现实背景。

汉代有献赋得官的传统，扬雄也曾以辞赋作为进身之阶而厕身官场，因为"文似相如"而被"除为郎"。尽管他奏赋动辄"以风""以劝"，并讥评相如欲讽反劝，实质上他本人也未能摆脱欲讽反劝的结局——他的劝谏照样对成帝毫无作用。仕途的蹭蹬，生活的拮据，也是他"悔赋"的一个不可忽视的因素，"扬雄不贫，则不能作《玄言》"⑥，早在汉代的桓谭就从个人遭际的角度，解释了扬雄视辞赋为小

---

① （汉）班固：《汉书》，中华书局 1962 年版，第 3620 页。
② （汉）扬雄：《法言》，国学整理社编：《诸子集成》，中华书局 2006 年版，第 38 页。
③ 同上书，第 2 页。
④ 同上书，第 6 页。
⑤ 同上书，第 22 页。
⑥ （汉）桓谭：《新论》，上海人民出版社 1977 年版，第 9 页。

道的原因。

由以上看到，扬雄由好赋到悔赋这一过程的转变，与西汉末叶时局的动荡、正统儒学的凋敝、扬雄个人遭际的穷晦有着不可分割的联系。扬雄悔赋这一行为本身既标志着赋家开始对赋进行清醒的反思，也暴露了赋这一文体形式内部所存在的矛盾。扬雄倡扬"丽以则"的诗人之赋，反对"丽以淫"的辞人之赋，这在一定程度上显示了扬雄赋论带有复古的色彩，但在复古的理论倾向中，却不乏积极的内容——提倡内容与形式的统一，反对内容与形式的背离，但又不排斥"丽"，不排斥诉诸感官上的色彩、声韵等形式美感；"丽以则"是在发展了孔子"文质彬彬"美学观念的基础上，在更高的辩证层次上提出的崭新命题；扬屈抑马的比较论，则预示了反对大赋的虚华板滞、提倡屈赋的灵动飞扬这一审美动向，为东汉时期的辞赋向屈赋抒情传统的复归做出了理论上的铺垫；其"神化"说，则既为摹拟创作寻到了方法论上的依据，也与后世文论中"神品"这一范畴有着千丝万缕的联系；"劝百风一""曲终奏雅"，反映出赋家已意识到了散体大赋在文本上、阅读效果上的积弊，意识到了散体大赋在形式上极尽粉饰雕琢之能事而在效果上却无补于世的缺陷，标志着赋家对大赋的清醒反思。但同时也显示出他们在"讽谏"依经立义的价值标准下，忽视了赋在"体物"方面超越前代的审美创造，客观上造成了重功用、轻审美的载道倾向并在文学史上产生了消极的影响。继扬雄之后，东汉王充、王符等人对大赋存在的"劝百风一""文丽用寡"等问题进行了更为全面的反思。但是，在今天看来，汉儒所指摘的"劝百""文丽用寡"，恰恰是汉赋相对于前代文学在审美上的巨大创造。汉代散体大赋大量铺张扬厉的描写，促成了文学由"言志"向"体物"的转变；讲究辞采的修饰华丽，提高了语言的艺术表现力。从文学发展的进程来看，这是文学发展的必然结果。

七 后世对扬雄赋学批评的接受与传播

扬雄赋学批评的影响是深远的。班固在《艺文志》中引用了扬雄"诗人之赋丽以则，辞人之赋丽以淫"的观点。扬雄对司马相如的评论，也直接影响了班固，扬雄认为"文丽用寡，长卿也"，班固在《汉书》中套用了扬雄的话："文艳用寡，子虚乌有。"① 班固对扬雄的继承性，显而易见。曹魏时期的曹植，也曾重复过扬雄"童子雕虫篆刻，壮夫不为"的话，其《与杨德祖书》云："辞赋小道，固未足以揄扬大义，彰示来世也。昔扬子云先朝执戟之臣耳，犹称壮夫不为也。"② 南朝刘宋范晔所说的"言观丽则，永监淫费"③，其实就是"诗人之赋丽以则，辞人之赋丽以淫"说法的翻版。刘勰在《文心雕龙》中的《杂文》《诠赋》篇中也直接引证了扬雄"劝百风一""曲终奏雅"和"童子雕虫篆刻"的观点，沈约在《答陆厥书》④《梁书·王筠传》⑤ 中也引用了扬雄"丽则"的观点，以及清人程廷祚在其《骚赋论》中传达的观念⑥，与扬雄的观点都是声息相通、血脉一贯的。

扬雄重视赋的讽谏功用，视赋为"童子雕虫篆刻"的看法，也引起了后世的反对。同样是曹魏时期的杨修，在《答临淄侯笺》中就曾反驳了扬雄的观点，认为"经国"与辞赋两不相妨："今之赋颂，古诗之流，不更孔公，《风》《雅》无别耳。修家子云，老不晓事，强著一书，悔其少作。若此仲山周旦之俦，为皆有誉邪！君侯忘圣贤之显迹，述鄙宗之过言，窃

---

① 班固：《汉书》，中华书局 1962 年版，第 4255 页。
② 赵幼文：《曹植集校注》，人民文学出版社 1998 年版，第 154 页。
③ 范晔：《后汉书》，中华书局 1965 年版，第 2658 页。
④ 萧子显：《南齐书》，中华书局 1972 年版，第 899—900 页。
⑤ 姚思廉：《梁书》，中华书局 1973 年版，第 485 页。
⑥ 程廷祚：《青溪集》，翁长森、蒋国榜：《金陵丛书乙集》，台北力行书局 1970 年版，第 112 页。

以为未之思也。"① 不过，杨修也是重经国甚于文章，重子史甚于辞赋的，这是建安文人的普遍价值观。北朝时的颜之推，也反对扬雄视辞赋为"童子雕虫篆刻"的看法，《颜氏家训·文章》篇云："或问扬雄曰：'吾子少而好赋？'雄曰：'然。童子雕虫篆刻，壮夫不为也。'余窃非之曰：虞舜歌《南风》之诗，周公作《鸱鸮》之咏，吉甫、史克，《雅》《颂》之美者，未闻皆在幼年累德也。孔子曰：'不学《诗》，无以言。''自卫返鲁，乐正，《雅》《颂》各得其所。'大明孝道，引《诗》证之。扬雄安敢忽之也？若论'诗人之赋丽以则，辞人之赋丽以淫'，但知变之而已。"②

显然，对于扬雄的赋学批评，无论是赞同者也好，还是反对者也好，双方立论的基础都是依经立义。而事实上，扬雄的赋学批评也确实是建立在"征圣""宗经"的基础上的，透过扬雄赋学批评观的接受和传播，从一定程度上再次折射出了扬雄赋学批评深受经学影响的保守性。不过，这种局限不仅仅是扬雄个人的，而是整个时代的。扬雄身处汉代这样一个经学的时代，他无法超越这一局限。总之，扬雄的赋学批评，特别是"丽以则""丽以淫"的影响是深远的，它开辟了赋学批评的一个基本路向，后世重视社会功用的批评家如班固、王充、左思、刘勰等人，莫不蹑其步武，有的甚至直接把"丽则"作为辞赋的代名词，元代的杨维桢干脆就将其撰集的辞赋定名为《丽则遗音》。

（原载《齐鲁学刊》2013 年第 3 期）

---

① （梁）萧统：《文选》，（唐）李善注，上海古籍出版社 1986 年版，第 1819 页。
② 王利器：《颜氏家训集解》，中华书局 1993 年版，第 259 页。

刘向刘歆赋学批评发微

谈到刘向（约公元前77—前6年）、刘歆（公元前50—公元23年）的赋学批评，就不免要涉及刘氏父子的《别录》《七略》与班固《汉书·艺文志》的关系。关于这个问题，前人已经涉及得很多。梁阮孝绪曾经明确指出："校书郎班固、傅毅并典秘籍，固乃因《七略》之辞，为《汉书·艺文志》。"① 而根据班固的自述"今删其要，以备篇籍"② 看来，班固对《七略》做过"删去浮冗，取其指要"③ 的工作，因此，《艺文志》是在对《七略》进行删节的基础上形成的。班固对《辑略》进行删取，并将其要旨分散到六略的序中，等等，这是可以肯定的。据此，《汉书·艺文志》保存了《别录》《七略》的精要之言，此为不争的事实。对《七略》被保存在《艺文志》，班固交代得很清楚，认为"歆乃集六艺群书，种别为《七略》。语在《艺文志》"④。所以，探讨刘氏父子的赋学批评，《汉书·艺文志》也就成了我们讨论的主要依据。

---

① （唐）释道宣：《广弘明集》卷三载梁阮孝绪《七录序》，见上海古籍出版社1987年影印《文渊阁四库全书》，第1048册，第261页。

② 《汉书》卷三〇《艺文志》，中华书局1962年版，第6册，第1701页。

③ 同上书，第1702页。

④ 《汉书》卷三六《楚元王传》，中华书局1962年版，第7册，第1967页。

一 《别录》中的辞赋解题与赋学批评

《汉书·艺文志》称："每一书已，向辄条其篇目，撮其指意，录而奏之。"① 梁阮孝绪《七录序》："昔刘向校书辄为一录，论其指归，辨其讹谬，随竟奏上，皆载在本书。时又别集众录，谓之《别录》，即今之《别录》是也。"②《隋书·经籍志》袭其说："每一书就，向辄撰为一录，论其指归，辨其讹谬，叙而奏之。"③ 上述材料说明，刘向对于每一本书都曾经做过叙录。根据严可均所辑《全汉文》中的《战国策叙录》《晏子叙录》《荀卿子叙录》等，也可以充分证明这一点。依循此例，刘向也应做过辞赋叙录——《屈原赋叙录》《陆贾赋叙录》《孙卿赋叙录》等，只不过已经亡佚了。

刘向的《别录》，于"王莽之末，又被焚烧"④。今存的以下两条辞赋叙录，显示出了"条其篇目，撮其指意"的解题目录的特征，录之如下：

1. 师古曰：刘向《别录》云："隐书者，疑其言以相问，对者以虑思之，可以无不谕。"⑤

2. 刘向《别录》曰："因以自谕自恨也。"⑥

这两条材料，都与赋学批评直接相关。第一条材料，《隐书》是《艺文志》"杂赋"中的最后一类，刘向的《隐书》叙录，显然意在说明这一

① 《汉书》卷三〇《艺文志》，中华书局 1962 年版，第 6 册，第 1701 页。
② （唐）释道宣：《广弘明集》卷三载梁阮孝绪《七录序》，第 1048 册，第 262 页。
③ 《隋书》卷三二《经籍志》，中华书局 1973 年版，第 4 册，第 905 页。
④ 《隋书》卷三二《经籍志》，第 4 册，第 906 页。
⑤ 《汉书》卷三〇《艺文志》，第 6 册，第 1753 页。
⑥ 《史记》卷八四《屈原贾生列传》，中华书局 1982 年版，第 8 册，第 2494 页。

类赋在文体上的特点。而第二条材料，出自贾谊的《吊屈原赋》叙录。《吊屈原赋》是贾谊个人情感的象征，同时，也抒发了他人生多艰的感慨。刘向的"自谕自恨"之说，比起班固"谊追伤之，因以自谕"① 的解释更为确切。

在《艺文志·诗赋略序》中还有一条材料：

> 传曰："不歌而诵谓之赋，登高能赋可以为大夫。"②

按照刘勰的说法，"不歌而诵谓之赋"，系出自刘向之口："刘向云：明不歌而颂。"（《文心雕龙·诠赋》）刘勰之所以如此肯定，当有一定的依据。据《隋书》卷三三、《旧唐书》卷四六、《新唐书》卷五八皆著录刘向"《七略》《别录》二十卷"、刘歆"《七略》七卷"③，虽然"王莽之末，又被焚烧"，《七略》损失严重，由原先的"大凡三万三千九十卷"④，到隋代几乎零落殆尽。而《文心雕龙》成书于齐末，刘勰可能获睹过隋之前的《七略》。由此看来，"不歌而诵谓之赋"，也就应当出自刘向的《别录》了。对此，骆玉明先生在其《论不歌而诵谓之赋》一文中进行过专门的论述⑤。而以下的材料又在进一步支持、证成刘勰的说法：

> 《风俗通》曰："案刘向《别录》：雠校，一人读书，校其上下，得缪误，为校；一人持本，一人读书，若怨家相对。"⑥
>
> 刘向《别传》曰："雠校者，一人持本，一人读析，若怨家相对，故曰雠也。"⑦

---

① 《汉书》卷四八《贾谊传》，第 8 册，第 2222 页。
② 《汉书》卷三〇《艺文志》，第 6 册，第 1755 页。
③ 《隋书》卷三三《经籍志》，第 4 册，第 991 页；《旧唐书》卷四六《经籍志》，中华书局 1975 年版，第 6 册，第 2011 页；《新唐书》卷五八《艺文志》，中华书局 1975 年版，第 5 册，第 1497 页。
④ 《隋书》卷三二《经籍志》，第 4 册，第 906 页。
⑤ 骆玉明：《论不歌而诵谓之赋》，《文学遗产》1983 年第 2 期。
⑥ （唐）李善注：《文选》，胡刻本，中华书局 1977 年版，第 106 页。
⑦ 《太平御览》卷六一八学部"正谬误"条，《四部丛刊》本，商务印书馆 1936 年版。

这说明《别录》又可称为《别传》。《艺文类聚》也有将《别录》称为《别传》之例，如卷八〇："刘向《别传》曰：待诏冯商作《灯赋》。"① 《太平御览》有时亦将《别录》称作《别传》。② 但是，笔者认为，对《艺文志·诗赋略序》的这一条材料，则需要加以辨正。在这里有必要提出这样的问题，即这句话是刘向的原创，还是古已有之而只不过是刘向传之？对此，实有进一步探讨的必要。在这一问题上，笔者的意见倾向于后者。

在这里，关键的问题是，我们需要进一步考察"传曰"的辞例。通过对这一辞例的考察，可以使我们更好地理解"不歌而诵谓之赋"的含义及其来历。

"传曰"，最早见于《荀子·修身》："传曰：'君子役物，小人役于物。'此之谓矣。"杨倞注："凡言传曰，皆旧所传闻之言也。"③ 有关"传曰"的用例，《史记》《汉书》中多见。从其用例来看，"传"主要有以下三个方面的含义：

第一，指《论语》《礼记》《荀子》等儒家典籍。

1. 太史公曰："传曰'其身正，不令而行；其身不正，虽令不从'。其李将军之谓也？"④ 按：引语出自《论语·子路》："子曰：'其身正，不令而行；其身不正，虽令不从。'"⑤

2. 传曰"法后王"，何也？以其近己而俗变相类，议卑而易行也。学者牵于所闻，见秦在帝位日浅，不察其终始，因举而笑之，不敢道，此与以耳食无异。⑥ 按：引语出自《荀子·儒效》："不知法后王

---

① 汪绍楹校：《艺文类聚》，上海古籍出版社 1999 年版，第 1368 页。

② 如卷七一："刘向《别传》曰：有麒麟角杖。"卷七一七："刘向《别传》曰：向有《合赋》。"卷八三二："刘向《别录》曰：有《行过江上弋雁赋》《行弋赋》《弋雌得雄赋》。"由此可见，《别录》也称《别传》。

③ （清）王先谦：《荀子集解》，上海书店 1986 年影印《诸子集成》，第 2 册，第 16 页。

④ 《史记》卷一〇九《李将军列传》，第 9 册，第 2878 页。

⑤ （清）刘宝楠：《论语正义》，上海书店 1986 年影印《诸子集成》，第 1 册，第 286 页。

⑥ 《史记》卷一五《六国年表》，第 2 册，第 686 页。

而一制度，不知隆礼义而杀《诗》《书》。"①

3. 传曰"刑不上大夫"，此言士节不可不厉也。② 按：引语出自《礼记·曲礼》："礼不下庶人，刑不上大夫。"③

第二，与"经"相对，圣人著述曰经，解释经义曰传。

经曰："皇极，皇建其有极。"传曰："皇之不极，是谓不建，时则有日月乱行。"④ 按：引语出自《尚书·洪范》："皇极，皇建其有极。"⑤

第三，指的是古文本的儒家典籍文献。

汉兴失亡，至武帝发取孔子壁中古文，得二十一篇，齐、鲁二，河间九篇，三十篇。至昭帝女读二十一篇。宣帝下太常博士，时尚称书难晓，名之曰传，后更隶写以传诵。⑥

由此可以看出，昭、宣之世，因为古文难晓，当时遂将这些古文本的儒家典籍称之为"传"。

综合以上《荀子》《史记》《汉书》《论衡》等所记载的情况来看，对"传曰"的阐释，以杨倞的说法最为简明扼要："凡言传曰，皆旧所传闻之言也。"既然刘向引用了这一旧所传闻之言，则说明刘向对"不歌而诵"是认可的。关于"不歌而诵"的讨论，另详下文。

---

① （清）王先谦：《荀子集解》，第 2 册，第 88 页。
② 《汉书》卷六二《司马迁传》，第 9 册，第 2732 页。
③ （清）阮元校刻：《十三经注疏》，中华书局 1980 年版，第 1249 页。
④ 《汉书》卷八五《谷永杜邺传》，第 11 册，第 3444 页。
⑤ （清）阮元校刻：《十三经注疏》，第 189 页。
⑥ 黄晖：《论衡校释》，中华书局 1990 年版，第 1135—1139 页。

二 《诗赋略》的辞赋分类

《艺文志·诗赋略》作为先秦西汉诗赋的总结，它直接来自刘歆《七略》中的《诗赋略》，班固明确说过《七略》"语在《艺文志》"，关于这一点，已详上文。《艺文志·诗赋略》著录："凡诗赋百六家，千三百一十八篇。入扬雄八篇。"除去"歌诗二十八家，三百一十四篇"①，涉及的辞赋有一千零四篇。再除去班固补入的"扬雄八篇"，刘氏父子涉及的辞赋计有九百九十六篇。这些赋作在著录时被分为四类，即屈原赋之属二十家，三百六十一篇，陆贾赋之属二十一家，二百六十六篇（除去班固补入的扬雄赋八篇），孙卿赋之属二十五家，一百三十六篇，杂赋十二家，二百三十三篇。

对于《诗赋略》赋分四类的著录方式，章学诚曾经推断"名类相同而区种有别，当日必有其义例"（《汉志诗赋第十五》）②。刘师培、章太炎则对《诗赋略》为何将赋体区分为屈原赋、陆贾赋、孙卿赋之属做出了进一步的解释。刘氏谓"盖屈平以下二十家，均缘情托物之作也；体兼比兴，情为里而物为表。陆贾以下二十一家，均骋辞之作也；聚事征材，旨诡而词肆。荀卿以下二十五家，均指物类情之作也；侔色揣声，品物毕图，舍文而从质"（《左盦集》卷八《〈汉书·艺文志〉书后》）③，其《论文杂记》云："写怀之赋，屈原以下二十家是也。骋辞之赋，陆贾以下二十一家是也。阐理之赋，荀卿以下二十五家是也。写怀之赋，其源出于《诗经》。骋辞之赋，其源出于纵横家。阐理之赋，其源出于儒、道两家。"④章太炎在《国故论衡·辨诗》中指出："《七略》次赋为四家：一曰屈原

---

① 《汉书》卷三〇《艺文志》，第 6 册，第 1755 页。
② （清）章学诚：《校雠通义》，古籍出版社 1956 年版，第 43 页。
③ 转引自周勋初《魏晋南北朝文学论丛》，江苏古籍出版社 1999 年版，第 70 页。
④ 刘师培：《论文杂记》，人民文学出版社 1959 年版，第 115—116 页。

赋，二曰陆贾赋，三曰孙卿赋，四曰杂赋。屈原言情，孙卿效物，陆贾赋不可见。其属有朱建、严助、朱买臣诸家，盖纵横之变也。扬雄赋本拟相如，《七略》相如赋与屈原同次，班生以扬雄赋隶属陆贾下，盖误也。"①章、刘二氏对于屈原赋、陆贾赋之属的说法，几乎完全相同，只是对于荀卿赋之属的理解有些出入：章氏言"效物"，刘氏一则曰"指物类情"，再则曰"阐理之赋"。至于刘、章二氏的解释是否符合著录的体例，不得而知，但《诗赋略》把赋体分为四类这一现象本身表明了刘歆试图约同别异，把握不同作品的风格与特色，这应当是毫无疑义的。

在赋体四类当中，关于杂赋的说法最多。弄清杂赋中"成相""隐书"这两个概念，我们可以对刘氏父子的观念以及赋之生成来源有更清楚的了解。

对"成相"的解释，虽然诸家说法不一，但以卢文弨的说法影响最大："相乃乐器，所谓舂牍。又古者瞽必有相，审此篇音节，即后世弹词之祖。"② 这说明《成相杂辞》与后世的说唱文学有一定的关联。如果结合1975 年湖北云梦出土的睡虎地秦简记载的《为吏之道》，这一点可以看得更清楚。

那么，什么是"隐书"？按照刘勰的看法，《艺文志》中的《隐书》十八篇，是汉代的作品："汉世《隐书》，十有八篇，歆、固编文，录之歌末。"③ 那么，隐书具有哪些特点呢？弄清楚隐书的特点，是我们理解刘歆为何在《七略》中将其归之于赋的关键。颜师古注："刘向《别录》云：'隐书者，疑其言以相问，对者以虑思之，可以无不谕。'"④ 刘勰《文心雕龙·谐隐》："隐者，隐也；遁辞以隐意，谲譬以指事也。""隐语之用，被于纪传。大者兴治济身，其次弼违晓惑。盖意生于权谲，而事出于机急，与夫谐辞，可相表里者也。汉世《隐书》，十有八篇，歆、固编文，

---

① 章太炎：《国故论衡》，上海古籍出版社 2003 年版，第 90—91 页。
② （清）王先谦：《荀子集解》，第 2 册，第 304 页。
③ 按："歌"疑为"赋"之误。
④ 《汉书》卷三〇《艺文志》，第 6 册，第 1753 页。

录之歌末。……荀卿《蚕赋》，已兆其体。至魏文陈思，约而密之；高贵乡公，博举品物，虽有小巧，用乖远大。夫观古之为隐，理周要务，岂为童稚之戏谑，搏髀而抃笑哉！然文辞之有谐讔，譬九流之有小说，盖稗官所采，以广视听。若效而不已，则髡祖而入室，旃孟之石交乎？"① 简宗梧先生指出："在先秦当有赋某某的谐辞隐语，所以《荀子》才利用它的形式加以创作，结合《礼》《智》《云》《蚕》《箴》称为《赋篇》。原为动词的'赋'，也就变为名词，口传艺术开始书面化，这种结合讲说和唱诵的艺术形式，应该早就行之于民间。它既用之于谐辞隐语，用之于意在言外的讽咏，而后来赋的讽谏也有意'遁辞以隐意，谲譬以指事'，所以'赋源于隐'之说，也就其来有自。"② 简氏之说，可谓识见超卓。就荀子《赋篇》的结构来看，《礼》《知》《云》《蚕》《箴》各篇都是采取问答体的韵语形式，然后在五篇之后总附以"佹诗""小歌"，其中的"小歌"，与《楚辞·九章·抽思》之"少歌"同。这说明，荀子的《赋篇》尚有楚辞的余绪。所以，隐书应当是主要以讲说和唱诵结合并且以铺陈为主的一种文体形式，而这也正是赋的主要特点。隐书被系之于杂赋的原因，盖出于此。

除了赋分四类的著录方式，在《诗赋略》中，还透露出了这样的观念：

1. 骚属于赋。"屈原赋二十五篇"居于四类赋之首。《史记》卷八四《屈原贾生列传》："乃作《怀沙》之赋。"③《汉书》卷二八下《地理志下》："始楚贤臣屈原被谗放流，作《离骚》诸赋以自伤悼。后有宋玉、唐勒之属慕而述之，皆以显名。汉兴，高祖王兄子濞于吴，招致天下之娱游子弟，枚乘、邹阳、严夫子之徒兴于文、景之际。而淮南王安亦都寿春，招宾客著书。而吴有严助、朱买臣，贵显汉朝，文辞并发，故世

---

① 杨明照：《增订文心雕龙校注》，中华书局 2000 年版，第 195 页。
② 简宗梧：《俗赋与讲经变文关系之考察》，《第三届国际辞赋学学术研讨会论文集》，台湾政治大学 1996 年版，第 352—353 页。
③ 《史记》卷八四《屈原贾生列传》，第 8 册，第 2486 页。

传《楚辞》。"①

2. 颂属于赋。"李思《孝景皇帝颂》十五篇"被纳入"孙卿赋"之下。

3. 七属于赋。《诗赋略》著录"枚乘赋九篇",由《论衡·书虚篇》"广陵曲江有涛,文人赋之"来看②,这九篇赋应当是包括《七发》在内的。

4. 成相杂辞、隐书属于杂赋。杂赋类下注"成相杂辞十一篇""隐书十八篇"。杨倞注:"《汉书·艺文志》谓之成相杂辞,盖亦赋之流也。"③

5. 歌属于赋。不过这是《艺文志·诗赋略》中的例外。

除了赋分四类之外,刘歆在《七略》中对每一篇赋的作年,皆做过记录。《文选》中现存三条佚文:"《甘泉赋》,永始三年待诏臣雄上。"④"《羽猎》,永始三年十二月上。"⑤"《长杨赋》,绥和元年上。"⑥ 严格说来,这三条佚文并不属于批评史的范围,但客观上对于我们了解扬雄赋的创作背景,是有益处的。不过应该注意的是,这三条佚文所记的时间,与《扬雄传》不合。因此,李善有时"疑《七略》误",有时"疑班固误"。拿《扬雄传》和《成帝纪》对看,"这四篇赋作于元延二年正月、三月、十二月及次年秋"。因此陆侃如先生怀疑李善所见《七略》恐怕不是原文。⑦ 不过,在笔者看来,这里确实也不排除刘歆的误记,聊录于此。

另外,《古文苑》《艺文类聚》存有董仲舒《士不遇赋》,董仲舒作为一代大儒,该赋在《诗赋略》中并没有被收录。其原因是什么?该赋是出于后人的委托,还是因为刘氏父子当时没有收录?如果是后者,这其中反

---

① 《汉书》卷二八下《地理志下》,第6册,第1668页。
② 黄晖:《论衡校释》,第185页。
③ (清)王先谦:《荀子集解》,第2册,第304页。
④ (唐)李善注:《文选》,第111页。
⑤ 同上书,第131页。
⑥ 同上书,第135页。
⑦ 陆侃如:《中古文学系年》,人民文学出版社1985年版,第12页。

映了刘氏父子怎样的辞赋观念?《古文苑》《艺文类聚》《初学记》存有刘歆的《甘泉宫赋》残篇,此赋应作于元延二年(公元前11年),与扬雄的《甘泉赋》同时,《诗赋略》中也没有收录。其原因究竟又是为什么?等等,因为文献有阙,这一切皆已无从考知了。在杂家叙录中,有"臣说三篇"条,而在《诗赋略》陆贾赋类的叙录中有"臣说赋九篇",前者班固注:"武帝时所作赋。"可见,《汉书·艺文志》的叙录亦间有重出者。

三 《诗赋略序》与刘向、刘歆重讽谏的辞赋观念

我们再来看《艺文志·诗赋略序》:

> 传曰:"不歌而诵谓之赋,登高能赋可以为大夫。"言感物造端,材知深美,可与图事,故可以为列大夫也。古者诸侯卿大夫交接邻国,以微言相感,当揖让之时,必称《诗》以谕其志,盖以别贤不肖而观盛衰焉。故孔子曰"不学《诗》,无以言"也。春秋之后,周道浸坏,聘问歌咏不行于列国,学《诗》之士逸在布衣,而贤人失志之赋作矣。大儒孙卿及楚臣屈原离谗忧国,皆作赋以风,咸有恻隐古诗之义。其后宋玉、唐勒,汉兴枚乘、司马相如,下及扬子云,竞为侈丽闳衍之词,没其风谕之义。是以扬子悔之,曰:"诗人之赋丽以则,辞人之赋丽以淫。如孔氏之门人用赋也,则贾谊登堂,相如入室矣,如其不用何!"[①]

以上这段文字,首先面临的第一个问题是,这段文字究竟是出自刘歆还是班固之口?对此,实有加以辨正的必要。

首先,上引"扬子悔之"一段,出自扬雄《法言》:

---

① (汉)《汉书》卷三〇《艺文志》,第6册,第1755—1756页。

或问："景差、唐勒、宋玉、枚乘之赋也，益乎？"曰："必也淫。""淫则奈何？"曰："诗人之赋丽以则，辞人之赋丽以淫。如孔氏之门人用赋也，则贾谊升堂，相如入室矣，如其不用何！"①

根据陆侃如先生《中古文学系年》的考证，扬雄作《法言》于元始二年（2），而刘歆的《七略》则完成于哀帝朝（公元前7—前6年）。在此，我们有必要顺便交代一下刘歆撰写《七略》的起始时间。刘歆于成帝河平三年（公元前26年）即随父校书，于绥和二年（公元前7年）哀帝即位后接替父职。据《汉书》卷一一《哀帝纪》，哀帝即位在绥和二年四月。哀帝朝历时不过七年，其间刘歆因为上《移让太常博士书》一事，离京外任，且屡次徙官："歆由是忤执政大臣，为众儒所讪，惧诛，求出补吏，为河内太守。以宗室不宜典三河，徙守五原，后复转在涿郡，历三郡守。数年，以病免官，起家复为安定属国都尉。"② 因此，考定刘歆何年上《移让太常博士书》，也就成了确定刘歆完成《七略》时间下限的关键。陆侃如先生将之系于哀帝建平元年（公元前6年）③，笔者认为，根据刘歆的《遂初赋》文中明言"得玄武之吉兆兮，守五原之烽燧"，可见该赋的写作背景与"徙守五原"相合，因此，该赋当作于是年，其背景即是刘歆到五原赴任。赋中有一大段对季节的描写："野萧条以寥廓兮，陵谷错以盘纡。飘寂寥以荒昒兮，沙埃起之杳冥。回风育其飘忽兮，回飔飔之泠泠。薄涸冻之凝滞兮，弭溪谷之清凉。漂积雪之皑皑兮，涉凝露之降霜。扬雹霰之复陆兮，慨原泉之凌阴。激流渐之潦泪兮，窥九渊之潜淋。飒凄怆以惨怛兮，戚风漻以冽寒。"④ 显然，作者离京赴任的季节是在该年的冬天。由此可以推断，刘歆之撰《七略》的时间，大致起自绥和二年四月，至迟终于建平元年冬天，其间应该大概用了一年半多的时间。这说明

① （汉）扬雄：《法言》，上海书店1986年影印《诸子集成》，第7册，第4页。
② 《汉书》卷三六《楚元王传》，第7册，第1972页。
③ 陆侃如：《中古文学系年》，第19—20页。
④ 《全上古三代秦汉三国六朝文》，中华书局1958年版，第1册，第345页。

在扬雄始撰《法言》之前，刘歆《七略》业已完成。依此推论，刘歆绝无引用扬雄《法言》之理。这样看来，这段话就只能是出自班固了。但是，事实却远非如此简单。据《汉书》卷八七《扬雄传》：

> 哀帝时丁、傅、董贤用事，诸附离之者或起家至二千石。时雄方草《太玄》，有以自守，泊如也。或嘲雄以玄尚白，而雄解之，号曰《解嘲》。……雄以为赋者，将以风也，必推类而言，极丽靡之辞，闳侈巨衍，竞于使人不能加也，既乃归之于正，然览者已过矣。往时武帝好神仙，相如上《大人赋》，欲以风，帝反缥缥有陵云之志。由是言之，赋劝而不止，明矣。又颇似俳优淳于髡、优孟之徒，非法度所存，贤人君子诗赋之正也，于是辍不复为。而大潭思浑天，参摹而四分之，极于八十一。……《玄》文多，故不著；观之者难知，学之者难成。客有难《玄》大深，众人之不好也，雄解之，号曰《解难》。①

这是一个不容忽视的事实，即扬雄悔赋的时间至迟是在哀帝朝，更具体地说，至迟是在其草《太玄》与写《解难》这段时间之前。在这期间，扬雄还对赋发表过自己的看法。因此，不能排除扬雄就在此前后发表过"诗人之赋丽以则，辞人之赋丽以淫。如孔氏之门人用赋也，则贾谊登堂，相如入室矣，如其不用何"的言论。由此可见，扬雄悔赋并发表对赋的看法的时间与刘歆撰写《七略》的时间相距不远，刘歆与扬雄过从甚密，因此，刘歆在此录入扬雄的这段话，也是顺理成章的事情。

反之，如果认为上文所引《诗赋略序》出自班固，那么，我们就必须面对这样一个事实，在评价司马相如等人的赋作的时候，班固竟然做出了截然相反的判断：

> 赞曰：司马迁称："《春秋》推见至隐，《易》本隐以之显，《大雅》言王公大人，而德逮黎庶，《小雅》讥小己之得失，其流及上。

---

① 《汉书》卷八七下《扬雄传下》，第11册，第3565—3575页。

所言虽殊，其合德一也。相如虽多虚辞滥说，然要其归引之于节俭，此亦《诗》之风谏何异？"扬雄以为靡丽之赋，劝百而讽一，犹骋郑卫之声，曲终而奏雅，不已戏乎！①

《诗赋略序》认为司马相如赋"侈丽闳衍之词，没其风谕之义"，而此处认为虽多侈丽闳衍之词，但其题旨在注重节俭，与诗之风谏无异。两者之间的结论，其差别竟如此之大。甚至从语气上看，后者庶可认为是对前者的评述或反驳，由此也可以从另一个侧面再次证明《诗赋略序》出自刘氏父子特别是刘歆的可能性远大于班固。

另，联系以上我们反复指出的班固明确说过《七略》"语在《艺文志》"来看，笔者也认为《诗赋略序》出自刘歆的可能性最大。

对《诗赋略序》，我们试做如下分析：

1. "古者诸侯卿大夫交接邻国，以微言相感，当揖让之时，必称《诗》以谕其志，盖以别贤不肖而观盛衰焉。故孔子曰'不学《诗》，无以言'也。"这段话的意思是说周至春秋之前有"赋诗言志"的传统。这样的例子在《左传》等先秦典籍中所在多有，不烦举。

2. "春秋之后，周道浸坏，聘问歌咏不行于列国，学《诗》之士逸在布衣，而贤人失志之赋作矣。大儒孙卿及楚臣屈原离谗忧国，皆作赋以风，咸有恻隐古诗之义。"这段话强调贤人失志之赋合乎经义，充满规讽之意。屈原之作，汉宣帝嗟叹"皆合经术"，扬雄认为"体同《诗·雅》"②。荀子的《成相》和《赋篇》，前者是"杂论君臣治乱之事，以自见其意"③，后者是"所赋之事，皆生人所切，而时多不知，故特明之"④。鲁迅先生认为："同时有儒者赵人荀况（约前三一五至二三〇），年五十始游学于齐，三为祭酒；已而被谗适楚，春申君以为兰陵令。亦作赋，《汉

---

① 《汉书》卷五七下《司马相如传下》，第8册，第2609页。
② 《文心雕龙·辨骚》："及汉宣嗟叹，以为皆合经术；扬雄讽味，亦言体同诗雅。"
③ （清）王先谦：《荀子集解》，第2册，第304页。
④ 同上书，第313页。

书》云十篇，今有五篇在《荀子》中，曰《礼》，曰《知》，曰《云》，曰《蚕》，曰《箴》，臣以隐语设问，而王以隐语解之，文亦朴质，概为四言，与楚声不类。又有《佹诗》，实亦赋，言天下不治之意，即以遗春申君者，则词甚切激，殆不下于屈原，岂身临楚邦，居移其气，终亦生牢愁之思乎？"① 以上都可以说明这段话基本上是符合历史事实的。

3. "其后宋玉、唐勒，汉兴枚乘、司马相如，下及扬子云，竞为侈丽闳衍之词，没其风谕之义。是以扬子悔之，曰：'诗人之赋丽以则，辞人之赋丽以淫。如孔氏之门人用赋也，则贾谊登堂，相如入室矣，如其不用何！'"显然，刘歆接受并重申了扬雄的"诗人之赋丽以则"的赋学批评观，强调讽谏的重要性。

结合刘氏父子的创作实践来看，其强调讽谏的观念与其在作品中的表现也是一致的。《汉书》卷三六《楚元王传》称刘向："既冠，以行修饬擢为谏大夫。是时，宣帝循武帝故事，招选名儒俊材置左右。更生以通达能属文辞，与王褒、张子侨等并进对，献赋颂凡数十篇。"②《艺文志》载"刘向赋三十三篇"，刘向以文章显，但其赋作大多亡佚，《请雨华山赋》"阙讹难读"（《古文苑》章樵注）、《雅琴赋》仅存残句，《芳松枕赋》《麒麟角杖赋》《合赋》《行过江上弋雁赋》《行弋赋》《弋雌得雄赋》在《北堂书钞》或《太平御览》等类书中仅有存目。完整的赋作仅有"追思屈原忠信之节"的《九叹》，但是其借古讽今的倾向十分明显。在《愍命》一篇中，作者直接以汉初韩信为故实"韩信蒙于介胄兮，行夫将而攻城"，旨在说明贤愚不分、黑白颠倒，王逸注："言使韩信猛将被铠兜鍪守于屯阵，藏其智谋，令行伍怯夫反为将军而攻城，必失利而无功也。"③ 除此之外，刘向的《列女传》《新序》《说苑》等书，也是"言得失，陈法戒""以助观览，补遗阙"之作。对此，班固有明确的交代："向睹俗弥奢

① 鲁迅：《汉文学史纲要》，《鲁迅全集》第9卷，人民文学出版社2005年版，第386页。
② 《汉书》卷三六《楚元王传》，第7册，第1928页。
③ 白化文等点校：《楚辞补注》，中华书局1983年版，第304页。

淫，而赵、卫之属起微贱，逾礼制。向以为王教由内及外，自近者始。故采取《诗》《书》所载贤妃贞妇，兴国显家可法则，及孽嬖乱亡者，序次为《列女传》，凡八篇，以戒天子。及采传记行事，著《新序》《说苑》凡五十篇奏之。数上疏言得失，陈法戒。书数十上，以助观览，补遗阙。上虽不能尽用，然内嘉其言，常嗟叹之。"①

　　刘歆与其父一样，也是正统的儒者。"少以通《诗》《书》能属文召见成帝，待诏宦者署，为黄门郎。河平中，受诏与父向领校秘书，讲六艺传记，诸子、诗赋、数术、方技，无所不究。向死后，歆复为中垒校尉。"② 刘歆的赋作，《汉书·艺文志》中没有著录，今存《遂初赋》《灯赋》《甘泉宫赋》。《甘泉宫赋》已残，该赋与扬雄《甘泉赋》当同作于成帝元延二年（公元前 11 年）。就佚文来看，主要描写了甘泉宫的高大、方位朝向以及其中的动植物等，其题旨已不可知。《遂初赋》《灯赋》则皆具有明显的针砭时政、隐喻现实的倾向。《遂初赋》的写作背景是刘歆因为上《移让太常博士书》而忤执政大臣，惧诛，求离京外任，在赴五原郡太守之任时的途中所作。赋中写道"好周王之嘉德兮，躬尊贤而下士""宝砥石于庙堂兮，面随和而不视""昔仲尼之淑圣兮，竟隘穷乎陈蔡。彼屈原之贞专兮，卒放沉于湘渊""外折冲以无虞兮，内抚民以永宁"，既有对是非颠倒的现实的指斥，也有对礼贤下士、抚民永宁的祈盼，其借古讽今的讽谏倾向无疑是非常明显的。《灯赋》为四言诗体赋，以灯喻人，以灯言志，歌颂灯的忠于职守、明察秋毫、不辞辛劳："负斯明烛，躬含冰池。明无不见，照察纤毫。以夜继昼，烈者所依。"该赋的创作背景虽然已难考知，但明为咏物，实则有讽谏的深意寓焉。

　　综合以上分析可以看出，《诗赋略序》在对行人赋诗——贤人失志之赋（荀子、屈原）——宋玉、唐勒、枚乘、司马相如、扬雄之赋这三

---

① 《汉书》卷三六《楚元王传》，第 7 册，第 1957—1958 页。
② 同上书，第 1967 页。

个阶段的划分中，强调赋为古诗之流，强调"讽谏"是其表现出的基本观念。

总之，在《诗赋略序》中，"不歌而诵谓之赋"，系出自刘向《别录》。刘歆《七略》沿承了刘向的观点，通过先秦的"赋诗"制度把诗与赋进行了系联，指出赋的兴起，乃是出于诗学的崩坏。受扬雄的影响，刘歆坚持"丽则""丽淫"的标准，将荀、屈之赋划为"诗人之赋"，将宋玉、唐勒以至汉代的扬雄之赋，划为"辞人之赋"。他所关注的，依然是诗的讽谕传统在后世的揄扬或失坠，他要坚持的，依然是要高扬《诗》的讽谕传统这面宗经的旗帜。

四　关于"不歌而诵"的文学史意义

上文已经分析过，"不歌而诵谓之赋"系出自刘向的《别录》。但刘向既谓之"传曰"，根据上文对"传曰"用例的分析，则这句话应该旧已有之，只是今天我们从文献上已不知其所出。"登高能赋可以为大夫"，则出自《诗·鄘风·定之方中》毛传："故建邦能命龟，田能施命，作器能铭，使能造命，升高能赋，师旅能誓，山川能说，丧纪能诔，祭祀能语，君子能此九者，可谓有德音，可以为大夫。"何谓"升高能赋"？孔颖达《毛诗正义》："升高能赋者，谓升高有所见，能为诗赋其形状，铺陈其事势也。"① 左思《三都赋序》："升高能赋者，颂其所见也。"② 《韩诗外传》卷七："孔子游于景山之上，子路、子贡、颜渊从。孔子曰：'君子登高必赋，小子愿者何期？丘将启汝。'"③ 以上所引的材料，都说明所谓登高必赋，都是登高赋其所见的意思。"登高"一词，甚至在后世成为辞赋的替

---

① （清）阮元校刻：《十三经注疏》，第316页。
② （唐）李善注：《文选》，第74页。
③ 屈守元：《韩诗外传笺疏》，巴蜀书社1996年版，第656页。

代语。① 但在《艺文志》中，这段话的背景显然指的是春秋时期的"赋诗言志"。苏轼在《谢梅龙图书》中也曾引用过"传曰：登高能赋，可以为大夫矣"一语："轼闻古之君子，欲知是人也，则观之以言。言之不足以尽也，则使之赋诗，以观其志。春秋之世，士大夫皆用此以卜其人之休咎。死生之间，而其应若影响符节之密。夫以终身之事而决于一诗，岂其诚发于中而不能以自蔽邪？传曰：'登高能赋，可以为大夫矣。'古之所以取人者，何其简且约也。后之世风俗薄恶，渐不可信。"② 苏轼此处所引"登高能赋，可以为大夫矣"这句话的意义虽然不够醒豁，但苏轼显然也将这句话与春秋时期的"赋诗言志"进行了系联，这是毫无疑义的。章太炎指出："登高孰谓？谓坛堂之上，揖让之时。赋者孰谓？谓微言相感，歌诗必类。是故'九能'有赋无诗，明其互见。"③ 章氏之说，可谓深得体要。

综括看来，《艺文志》中的这段话，其真正所指乃是《左传》中的"赋诗言志"，因此，"不歌而诵谓之赋"之"赋"，与"赋诗言志"之"赋"，完全同义。

《左传》中"赋诗言志"的主体是参加朝聘、燕享等场合的诸侯和公卿大夫，按照郑玄的说法，"赋者，或造篇，或诵古"。④ 但无论是作新诗还是诵旧篇，其共同点都是出之以口诵。所以，《艺文志·诗赋略序》的本意乃在于将赋这种文体同"赋诗言志"之赋进行系联，彰显的是赋为"古诗之流"的宗经观念。至于特定仪式下的口诵之赋，如何变成了文体之赋，这两者之间的演变关系到底如何，因为这并非《诗赋略》所涉及的

---

① （梁）僧祐：《出三藏记集杂录》卷一二《齐竟陵王世子抚军巴陵王法集序》："雅好辞赋，允登高之才。……观其摘赋经声、述颂绣像、千佛愿文、舍身弘誓、四城九相之诗、释迦十圣之赞，并英华自凝，新声间出。"（见王昆吾、何剑平《汉语佛经中的音乐史料》，巴蜀书社2001年版，第684页）按：巴陵王有《经声赋》《绣佛颂》《造千佛愿》《舍身序并愿》《四城门诗》四首、《为会稽西方寺作禅图九相咏》十首、《释迦赞》《十弟子赞》十首。

② （宋）苏轼：《东坡全集》卷七五，上海古籍出版社1987年影印《文渊阁四库全书》，第1108册，第206—207页。

③ 章太炎：《国故论衡》，第87页。

④ （清）阮元校刻：《十三经注疏》，第1724页。

问题，因而也就不是我们讨论的对象。

"不歌而诵谓之赋"，这也正是《诗赋略》的编排体例。统观《诗赋略》，诗与赋之间的界限泾渭分明，而导致诗赋划疆分野的界限，就是"歌"与"诵"。那么，何谓"歌"？何谓"诵"？

《诗赋略》中的"诗"，所录"歌诗二十八家，三百一十四篇"，都可入乐歌唱，赋是"不歌而诵"的，是不入乐的，这是后世学人的共识。"不歌而诵谓之赋"之"赋"，与春秋时代的"赋诗言志"之"赋"相同，在传播方式上，都是不入乐的口诵。从《汉书》中我们也可以找到赋为口诵的例证：

1. 王褒字子渊，蜀人也。宣帝时修武帝故事，讲论六艺群书，博尽奇异之好，征能为《楚辞》九江被公，召见诵读，益召高材刘向、张子侨、华龙、柳褒等待诏金马门。①

2. 其后太子体不安，苦忽忽善忘，不乐。诏使褒等皆之太子宫虞侍太子，朝夕诵读奇文及所自造作。疾平复，乃归。太子喜褒所为《甘泉》及《洞箫》颂，令后宫贵人左右皆诵读之。②

3. 大将军凤用事，上遂谦让无所颛。左右常荐光禄大夫刘向少子歆通达有异材。上（指汉成帝）召见歆，诵读诗赋，甚说之，欲以为中常侍，召取衣冠。③

诵赋的例子，在三国时代依然存在。《三国志》卷四〇《刘琰传》载："刘琰字威硕，鲁国人也。……车服饮食，号为侈靡，侍婢数十，皆能为声乐，又悉教诵读《鲁灵光殿赋》。"④ 由此，我们也可以理解，原本是用于歌舞之乐的《九歌》在《诗赋略》中之所以被归入赋，究其原因，应当是此时的《九歌》已不可歌，而只能用于诵了。上述汉宣帝召九江被公诵

① 《汉书》卷六四下《严朱吾丘主父徐严终王贾传下》，第9册，第2821页。
② 同上书，第2829页。
③ 《汉书》卷九八《元后传》，第12册，第4018—4019页。
④ 《三国志》卷四〇《刘琰传》，中华书局1982年版，第4册，第1001页。

读《楚辞》，也可以从另一个侧面证实作为文体之赋的汉赋，正是以口诵为其传播方式的这一结论。"诵""读"连称，更说明"诵"其实就是有一定腔调和节奏的"读"。楚辞的诵读方式，至隋犹传。《隋书》卷三五《经籍志》载："隋时有释道骞，善读之，能为楚声，音韵清切，至今传楚辞者，皆祖骞公之音。"① 朱熹《楚辞集注》袭其说："又有僧道骞者，能为楚声之读，今亦漫不复存，无以考其说之得失。"② 从传播方式上来看，诗、乐、舞三位一体，古已有之。《墨子》卷一二《公孟》："诵诗三百，弦诗三百，歌诗三百，舞诗三百。"③ 又《史记》卷四七《孔子世家》："三百五篇孔子皆弦歌之，以求合《韶》《武》《雅》《颂》之音。"④《诗》既可咏诵，也可配乐舞歌唱。而春秋时代的"赋诗言志"，可以上溯到周代之前的"蒙诵"制度。《周礼·春官宗伯》："瞽蒙掌播鼗、柷、敔、埙、箫、管、弦、歌。讽诵诗，世奠系，鼓琴瑟。掌《九德》《六诗》之歌，以役大师。"郑众注："讽诵诗，主诵诗以刺君过。"⑤ 显然，在汉儒看来，诵诗的目的，就是箴诫君王，补察时政。这样的观念，在《左传》和《国语》中都可以找到依据。《左传·襄公十四年》："自王以下，各有父兄子弟以补察其政。史为书，瞽为诗，工诵箴谏。"⑥ 又《国语·周语》云："故天子听政，使公卿列士献诗，瞽献曲，史献书，师箴，瞍赋，蒙诵。"⑦ 以上材料都清晰地说明了"蒙诵"制度的存在及其讽谏功能。

我们已经说过，春秋时代的"赋诗言志"，无论是创作新篇还是诵读旧辞，都是出之以口诵。按《诗赋略序》所言的行人赋诗——贤人失志之赋（荀子、屈原）——宋玉、唐勒、枚乘、司马相如、扬雄之赋，从《诗经》到楚辞到汉赋，经历的恰好是一个由诗隐于乐到赋从音乐中

① 《隋书》卷三五《经籍志》，第 4 册，第 1056 页。
② （宋）朱熹：《楚辞集注》，上海古籍出版社 1979 年版，第 3 页。
③ （清）孙诒让：《墨子间诂》，上海书店 1986 年影印《诸子集成》，第 4 册，第 275 页。
④ 《史记》卷四七《孔子世家》，第 6 册，第 1936 页。
⑤ （清）孙诒让：《周礼正义》，中华书局 1987 年版，第 7 册，第 1864 页。
⑥ （清）阮元校刻：《十三经注疏》，第 1958 页。
⑦ 徐元诰：《国语集解》，中华书局 2002 年版，第 11 页。

独立出来并以口诵为其表现形态的过程。这一过程的展开，又是和作品篇幅的渐事扩张、文辞修饰色彩的增强互为表里的，而《楚辞》是标志这一转变过程的关键。在屈原的作品中，按照文辞与音乐的关系，可分为三种类型：第一，《九歌》是用来演唱、配以舞蹈的乐歌。第二，《九章》《离骚》等除去"倡曰""少歌曰""乱曰"等音乐性标志的段落之外，其余的部分，应该都是不可歌也不入乐的。第三，《天问》则是完全不可歌的。到宋玉、唐勒、枚乘、司马相如、扬雄等人的赋作，则完全变为"不歌而诵"的赋了。这说明，从文学的传播方式入手探讨赋的成因，也是一个很好的切入点。

总之，刘氏父子的赋学批评，没有脱离赋为"古诗之流"的阐释框架，自然有其局限性，在本质上依然是一种宗经的文学观，或者说其本身就是对这一观点最具代表性的阐释。但是，刘氏父子的赋学批评不仅注意到了文化背景与创作主体之间的关联，更重要的是在批评方法上确立了融文学批评于历史背景的考察之中这一双重的观照维度，开创了史、论结合的批评范式。后世的挚虞、刘勰等人的赋论，继承了这一传统，并使赋学批评在理论形态上日臻完善。"不歌而诵谓之赋"，在刘向、刘歆看来，这是赋之为赋的基本特征，也是《诗赋略》划分歌诗与辞赋这两种文体的最基本的标准，并由此划开了"歌"与"诵"的分野。尽管这种标准所着眼的仅仅是传播形式，而不是文体内部的基本特征。

以今天的观点来看，诗与赋是汉代两种截然不同的文体样式，它们的分别不只在于诵读和入乐可歌与否，但在汉代人看来，它们的分别恰恰就在于此。正因为《诗赋略》着眼于传播形式而非着眼于文体的内部特征，这使得其辞赋分类的划分方法未免显得过于简单，甚至有龃龉难安之处，这自有其不足，也体现了历史的局限性。但需要注意的是，在《诗赋略》中，刘氏父子把《成相杂辞》《隐书》这两种起于民间、盛于民间的文体样式归入了赋类，这说明刘氏父子注意到了赋与民间文学之间的密切关联，同时也为我们探讨赋的源流提供了一个有益的视角。

赋为"古诗之流",且诗"歌"赋"诵",这是贯穿《诗赋略》中的两个基本观念,前者着眼于源流,有宗经的局限;后者着眼于传播,其歌、诵二项对立的分类方法甚至未免失之于简单。但《诗赋略》的单独析出,这一事实本身说明,汉人已意识到了诗赋与一般学术著作的不同。而赋体四类的区分,更显示出从某一类文体当中把握不同作品特征的努力和倾向,并进而为魏晋时代"文的自觉"与文体辨析意识的明晰化埋下了深刻的伏笔。

（原载《文学遗产》2010 年第 2 期）

赋中论赋： 汉代赋学批评的另一种形式

赋是汉代的"一代之文学"，赋学批评也自汉代而肇其端。班固《两都赋序》称："故孝成之世，论而录之，盖奏御者千有余篇，而后大汉之文章，炳焉与三代同风。"汉赋的创作盛况，由此可见一斑。汉代赋学批评的材料，主要保存在史传、子书、奏议等文献中，除此之外，班固《两都赋》《答宾戏》以及张衡《二京赋》和张超《诮青衣赋》中的赋论，同样值得引起我们的注意——这些材料使汉代的赋学批评呈现出了另一种独特的形式。

一 班固《两都赋》《答宾戏》中的赋论

班固的赋学批评，主要保存在《两都赋序》《汉书》之《艺文志》、传赞、叙传当中。除此之外，其《两都赋》的末尾，借西都宾、东都主人之口说了如下一段话：

> 主人曰："复位，今将喻子五篇之诗。"宾既卒业，乃称曰："美哉乎此诗，义正乎扬雄，事实乎相如……"

"义正乎扬雄，事实乎相如"，唐章怀太子李贤注："扬雄作《长杨》《羽猎》赋，司马相如作《子虚》《上林》赋，并文虽藻丽，其事夸诞，不如主人之言义正事实也。"(《后汉书》卷四〇《班固传》李贤注) 如此解释，可谓得其环中。

班固的"义正乎扬雄，事实乎相如"，有两层意思：一方面，把马、扬之赋树立为崇高的典范；另一方面，又对马、扬之赋夸诞不信的藻辞丽句表示不满。强调征实，是班固的一贯思想。他评论《史记》："善序事理，辨而不华，质而不俚，其文直，其事核；不虚美，不隐恶，故谓之实录。"(《汉书》卷六二《司马迁传》) 他批评《离骚》"多称昆仑、冥婚、宓妃、虚无之语，皆非法度之政，经义所载"(班固《离骚序》，见王逸《楚辞章句·叙》)，认为"扬雄《美新》，典而亡实"(班固《典引序》，《文选》卷四八《符命》)。所谓"事实"，即强调信而有征，如果覆按《两都赋》对昭阳宫的描写，可以看出几乎与史籍的记载完全一致；所谓"义正"，则是强调歌颂封建礼制、明君贤臣。与马、扬同类大赋相比，班固的赋作在"义正"与"事实"两个方面都有所强化，《两都赋》即是其典型表现，而且，在"义正"与"事实"之间，后者是服从于前者的，在《两都赋》中，一切"眩曜"，皆围绕"法度"而摘辞敷彩。

班固虽然强调"义正事实"，但在一定范围内他又认为出于艺术表现的需要，适当的夸张、想象又是必需的。班固在评述扬雄《甘泉赋》时指出："故遂推而隆之，乃上比于帝室紫宫，若曰此非人力之所为，党（倘）鬼神可也。……"(《汉书》卷八七《扬雄传》) 这与西晋时期左思所强调的无论任何描写都要一一考证校验，把艺术真实完全等同于生活真实的"征实"原则又是不同的。

"义正事实"，代表的是封建时代正统的审美理想，《两都赋》由此也成为《文选》的压卷之作。而且，这与班固对梁竦《七序》的评论也是一致的，他所说的"孔子著《春秋》而乱臣贼子惧，梁竦作《七序》而窃位素餐者惭"（《后汉书》卷三四《梁竦传》），基本上仍可纳入"义正事实"这一评判标准之内。"义正事实"，从消极的方面讲，在思想内容上必然容易沦为服务于封建礼制与王权的功利主义文学。侯外庐先生曾经指出："两汉的班氏，自始即赋有边疆豪强的传统及正宗的家学渊源"，班氏家族与班固一生的所作所为，"皆是两汉儒学宗教化、学校寺院化、帝王教皇化、学者神甫化演进程序上的产物。理解了这些情况，然后始可以理解班固的思想"①。对班固的赋论，亦应作如是观。

除此之外，在《答宾戏》中班固还曾提出过"为文自娱说"。"仆亦不任厕技于彼列，故密尔自娱于斯文"，这里的"斯文"，不只包括篇章著述，也应包括辞赋在内。在班固看来，以文章著述为业，"婆娑乎术艺之场，休息乎篇籍之间"，能够"纳乎圣听，列炳后人"，这与曹丕所说的"盖文章，经国之大业，不朽之盛事"（《典论·论文》）又有一定的相通之处，此亦不可不察。

二　张衡《二京赋》中的赋论

在张衡《论贡举疏》中有一段赋论文字，但根据齐天举先生的考证，这段文字不是出自张衡而应属诸蔡邕，已成定论（见齐天举《〈论贡举疏〉辨》，《中国古典文学论丛》第一辑）。但是在《二京赋》的末尾有这样一段文字，实则也是一条重要的赋学批评材料：

> 坚冰作于履霜，寻木起于蘖栽。昧旦丕显，后世犹怠。况初制于甚泰，服者焉能改裁？故相如壮上林之观，扬雄骋羽猎之辞，虽系以隘墙填堑，乱以收置解罘，卒无补于风轨，只以昭其愆尤。

---

① 侯外庐：《中国思想通史》第二卷，人民出版社 1957 年版，第 219 页。

"隳墙填堑"，系出自司马相如《上林赋》的末尾"隳墙填堑，使山泽之民得至焉"；"收罝解罘"，出自扬雄《羽猎赋》的末尾"放雉菟，收罝罘，麋鹿刍荛，与百姓共之"。张衡认为，司马相如、扬雄在赋中用大量篇幅描述天子苑囿的广大，铺写天子游猎的壮观，最后或写天子悔过自新，推倒城墙，废除苑囿；或写天子罢止畋游，还猎于民，然后归于料理国事的正道等，这样的写法，最终不但起不了规劝谏诫的作用，反而只能暴露天子的过失。张衡从作者的创作目的与作品的接受效果存在严重的背离这一事实出发，既指出了以马、扬为代表的赋家所创作的散体大赋的局限，又提出了维护君统、反对暴露君过的辞赋创作原则。

显然，张衡接受了扬雄"曲终奏雅""劝百风一"的看法，扬雄以为"赋者，将以风也，必推类而言，极丽靡之辞，闳侈巨衍，竞于使人不能加也，既乃归之于正，然览者已过矣。……繇是言之，赋劝而不止，明矣"（《汉书》卷八七《扬雄传》），张衡与扬雄的赋学观念在这一点上完全一致。但张衡与扬雄不同，扬雄因为意识到了散体大赋存在着"劝百风一"的局限而悔其前作，相反，张衡为了达到讽谏的目的，他在赋中除了进行大量的铺叙描写之外，同时强化了正面的议论与说理，如《东京赋》中"夫水所以载舟，亦所以覆舟"的议论，直率剀切，与马、扬大赋中反话正说、"主文谲谏"的风格相比，有着明显的改变，这显示了章、和之际的大赋创作复中有变、因中有革的轨迹。

至于张衡提出的反对暴露君过的思想，则是多种因素相互作用的结果。《后汉书》卷五九《张衡传》对《二京赋》的创作背景有过交代："时天下承平日久，自王侯以下，莫不逾侈，衡乃拟班固《两都》，作《二京赋》，因以讽谏。精思傅会，十年乃成。"章、和之际，社会依然相对稳定，一片盛世景象，且经学气息更为浓厚。张衡的思想与当时的经学背景有着至为密切的关系。早在明帝时期，官方意识形态对文史之士的文章著述就曾进行过直接的干预。永平十七年（74），明帝明确下诏："司马迁著书，成一家之言，扬名后世。至以身陷刑之故，反微文刺讥，贬损当世，非谊士也。司马相如洿行无节，但有浮华之辞，不周于用，至于疾病而遗忠。主上求取其书，竟得颂述功德，言封禅事，忠臣效也。至是贤迁远矣。"①所以，处于这样的时代氛围中，官方的意识形态，不可能不对张衡产生影响。张衡本人的思想虽兼儒、道、墨而有之，但维护君统、寻求与官方合作，则是贯彻在其诗、赋、文中的一贯倾向。龚克昌先生指出："他对最高统治者一直持拥戴、合作的态度。他的所有诗、赋、文、疏，也大体是站在正统的儒家立场上，以儒家的经典为武器，来批判一切与之相违背的人事。"②了解了以上诸端，也就可以清楚张衡为什么提出反对暴露君过的思想了。

张衡的讽谏说，一方面，直接继承了扬雄"劝百风一"的观念；另一方面，在指导思想上又反对暴露君过，要求放弃"刺上"功能。显然，张衡的赋论更符合儒家温柔敦厚的诗教原则。从汉武到章和，从司马迁到张衡，赋学批评与经学发展的轨迹恰相对应，随着经学地位的日渐巩固及其渗透力的日渐扩大，辞赋创作与赋学批评也变得越来越符合儒家美学的"中和"原则，其批判精神也日渐软化、萎缩。

三 张超《诮青衣赋》中的赋论

据《后汉书》卷八《文苑列传》："张超字子并，河间鄚人也，留侯良之后也。有文才。灵帝时，从车骑将军朱俊征黄巾，为别部司马。著赋、颂、碑文、荐、檄、笺、书、谒文、嘲，凡十九篇。超又善于草书，妙绝时人，世共传之。"今天我们所能见到的张超的赋作，只有其《诮青衣赋》一篇，见于《古文苑》卷六、《初学记》卷一九。

结合《诮青衣赋》的文本来看，张超之所以创作《诮青衣赋》，

---

① （唐）李善注：《文选》卷四八，胡刻本，中华书局1977年版，第682页。
② 龚克昌：《汉赋研究》，山东文艺出版社1990年版，第234页。

乃是缘于他对蔡邕《青衣赋》的不满。蔡邕在赋中描写了出身卑微，但聪明姣好、举止合度的青衣婢女，赞扬她"宜作夫人，为众女师"，并表达了对她的依恋思慕。张超对此表示了强烈的反对意见，认为"历观古今，祸福之阶，多由孽妾淫妻"，奉劝"勤节君子，无当自逸。宜如防水，守之如一"。在赋的开头，张超这样评价蔡邕及其《青衣赋》：

> 彼何人斯，阅此艳姿。丽辞美誉，雅句斐斐。文则可嘉，志鄙意微。凤兮凤兮，何德之衰！

显然，张超对蔡邕的词采风华是肯定的，但张超同时也认为，蔡邕此赋的主题十分低下，有伤风化。在他看来，《诗经》中的《关雎》是最好的文章楷模，他说"感彼《关雎》，德不双侣。但愿周公，好以窈窕。防微消渐，讽喻君父。孔氏大之，列冠篇首"，诗赋担当起"防微消渐，讽喻君父"的功能。这种依《诗》立义的阐释角度——以诗比赋，强调讽谏，乃是汉代自司马迁以来就确立下来的赋学观念，也是汉代赋学批评最为突出的普遍性的特征。就张超的这段文字来看，只不过张超的观点比起汉代的其他赋论者更为迂腐罢了。

赋中论赋的形式，其来有自。《汉书》卷五一《贾邹枚路传》："皋赋辞中自言为赋不如相如……故其赋有诋娸东方朔，又自诋娸。"据此推断，赋中论赋的形式在枚皋赋中就应早已存在。只不过由于枚皋赋多已不存，所以，枚皋的这些言论也就归于湮没不彰了。

在辞赋鼎盛的汉代，出现的这种赋中论赋的形式，与在诗歌繁荣的唐代出现过的以诗论诗的形式颇为类似。李白的《古风》（大雅久不作，吾衰竟谁陈）、杜甫的《戏为六绝句》（庾信文章老更成，凌云健笔意纵横）、韩愈的《调张籍》（李杜文章在，光焰万丈长）和《荐士》（周诗三百篇，雅丽理训诰），或以古体诗的形式论诗，或以绝句的形式论诗，而晚唐司空图的《二十四诗品》，更是以诗论诗的典型表现形式。后来较典型的，还有元好问的绝句组诗《论诗三十首》，等等。而上述班固、张衡、张超的赋论，其意义在于，使汉代赋学批评乃至中国古代文学批评呈现出了另一种不同的批评形式，并且这样的批评形式，在魏晋南北朝的赋作中依然有着不同程度的表现。

（原载《文学遗产》2008 年第 3 期）

论建安时期的赋学批评

"汉亡而经学衰。"① 由于经学本身所存在的积弊，经学在汉末已趋向式微。黄巾起义打击了提倡儒学的豪门大族，随着刘汉王朝的崩溃，儒学独尊的地位也急剧动摇，文学开始挣脱名教的束缚而重新转向抒情言志的风骚传统，事功不朽与文章不朽成为建安文人追求的终极目标，文学乃脱出两汉经学的桎梏而进入自觉的时代。这一时期，包括辞赋在内的文学创作的自觉与文学批评的自觉，在发展上是同步的。建安文学创作的主体是三曹七子，而赋学批评的主体则是三曹。在赋学批评方面作出重大理论建树的是曹丕、曹植。

一 曹操"嫌于积韵"

曹操（155—220）"外定武功、内修文学"（《魏书·荀传》注引《魏氏春秋》），他延揽了大批文人，鼓励辞赋创作，自己也作有《沧海赋》《登台赋》等，对于辞赋的用韵，也发表过评论：

---

① （清）皮锡瑞撰，周予同注释：《经学历史》，中华书局2004年版，第95页。

昔魏武论赋，嫌于积韵，而善于资代。(《文心雕龙·章句》)

积韵，重复、同韵之谓。虽然曹操的赋今已不存，其用韵情况亦无法考察，但《文心雕龙·章句》中的这条材料却表明他注意到了辞赋中用韵的变换与文气贯通之间的关系，这一点应是无疑的。曹操把辞赋声律作为一个重要问题提出并加以讨论，这庶几可看作辞赋声律说的先声。佛典记载有所谓曹植制梵呗之说，由此我们也可以进一步推论，曹操的辞赋用韵说与当时佛典的传播背景或许不无关系。

二　曹丕"诗赋欲丽"

曹丕（187—226）的赋学批评，主要表现在以下几个方面。

（一）确立了辞赋"经国之大业，不朽之盛事"的崇高价值

在《典论·论文》中，曹丕宣称"盖文章，经国之大业，不朽之盛事"。这"文章"，是包括辞赋在内的。曹丕把辞赋的地位抬得如此之高，显示出了富有时代精神的辞赋价值观。

从汉初迄于建安，以往的辞赋价值观基本上可分为两种类型：一种以扬雄、王充、蔡邕为代表，视辞赋为小道末技；一种以班固为代表，肯定辞赋为"雅颂之亚"。前者在对辞赋的否定中蕴涵着对正统儒学的肯定，后者是前者的反面形式，径直把辞赋的价值系之于"润色鸿业"，"抒下情而通讽谕""宣上德而尽忠孝"。这两种貌似相反的形式，在实质内容的出发点与指向性上是完全一致的，他们提倡的都是一种"文以载道"的价值观。曹丕的辞赋价值观建立在寻求个体存在的永恒意义这一基础之上，"年寿有时而尽，荣乐止乎其身，二者必至之常期，未若文章之无穷"，辞赋的价值第一次与个体人生的存在联系在一起，脱离了"名教"的附庸而获得了独立的意义，这是曹丕与汉代辞赋价值观的

根本分野。

曹丕赋予了包括辞赋在内的"文章"以如此之高的价值与地位，同时，我们也应看到，在"文章"之中，曹丕重视成一家之言的子史胜过辞赋。曹丕《与吴质书》云：

> 观古今文人，类不护细行，鲜能以名节自立。而伟长独怀文抱质，恬淡寡欲，有箕山之志，可谓彬彬君子者矣。著《中论》二十余篇，成一家之言，辞义典雅，足传于后，此事为不朽矣。德琏常斐然有述作之意，其才学足以著书，美志不遂，良可痛惜。

曹丕重视的是徐幹的《中论》，断言徐幹会因此而名传不朽。由这段话看来，应瑒（德琏）也有著作子史的愿望。而且，著作子史，也是王粲、曹植等建安作家的普遍愿望。"王粲也作过子书，据南朝梁萧绎《金缕子·杂记篇》云：'王仲宣昔在荆州，著述数十篇，荆州坏，尽焚其书。今存在一篇，知名之士咸重之。'此数十篇正是一部完整的子书。今有王粲《三辅论》佚文，内有'今刘牧建德垂芳'等语，是荆州时所作的一篇论文，是否为萧绎所讲的'存者一篇'，有待考证。又王粲《难钟荀太平论》《爵论》《儒吏论》《安身论》《务本论》，合而观之，内容体例颇类子书。在这些文章中，王粲提出了一些政治主张，如儒法结合、刑礼并用、重农务本，以及修身原则。这些都是切实的问题，由此可见建安学人的治学特色"，"大诗人曹植对著作子书也抱着热衷心理，将它看成是仅次于建功立业的一项重要事业。在《与杨德祖书》中，他透露了写作子书的计划"①，这说明，建安时期，辞赋的价值与地位虽然被完全肯定下来，但重子史甚于辞赋的思想，在中国文学思想史上一直赓续相传。

---

① 钱志熙：《魏晋诗歌艺术原论》，北京大学出版社 1993 年版，第 104 页。

（二）"诗赋欲丽"

两汉以来，随着文学的发展，"文章"与"文学"的概念逐渐被区分开来，曹丕则进一步把文体区分为四科八体，在《典论·论文》中指出：

> 夫文本同而末异。盖奏议宜雅，书论宜理，铭诔尚实，诗赋欲丽。

"诗赋欲丽"就是要求把诗赋写得华美好看。[①]"丽"这一范畴的提出，不是曹丕的独创而肇始于扬雄，但与扬雄有着本质的区别，"诗人之赋丽以则，辞人之赋丽以淫"，"丽"附着于先验的儒学名教才有意义，"丽"是文的表现形式，是文"末"；曹丕论文，首先从创作主体（气）出发，"文以气为主"，气为文"本"，"丽"是建立于"气"之上的表现形式，这使他有别于以往的扬雄、班固，也有别于后来的陆机、沈约、萧统等人，这是我们理解"诗赋欲丽"这一命题所应当首先把握的，它抛弃了先验的儒学名教，而强调文艺自身的表现，突出了诗赋的美学特征。

曹丕的"四科八体"之说表明建安时代文体辨析意识的增强。除《典论·论文》外，曹丕在《答卞兰教》中还指出：

> 赋者，言事类之所附也。颂者，美盛德之形容也，故作者不虚其辞，受者必当其实。兰此赋，岂吾实哉？昔吾丘寿王一陈宝鼎，何武等徒以歌颂，犹受金帛之赐。兰事虽不谅，义足嘉也。今赐牛一头。[②]

赋、颂两种近似文体，在汉代甚至混然无别，赋即颂，颂即赋。曹丕

---

① 按：这样的观念，自司马相如、扬雄以来，始终一贯。《北堂书钞》卷一〇〇"叹赏"引王逸《正部》说："屈原、宋玉、枚乘、相如、王褒、扬雄、班固、傅毅，灼以扬其藻，斐以敷其艳。"（中国书店1989年版，第382页）灼者，艳者，皆是"丽"的另一种表达方式。

② （晋）陈寿：《三国志》卷五，中华书局1959年版，第158页。

"赋者，言事类之所附也。颂者，美盛德之形容也"，反映了他对赋、颂这两种文体的认识。同时代的邯郸淳也表现出了对近似文体的辨别意识，其《上受命述》云："作书一篇，欲谓之颂，则不能雍容盛德，列伸玄妙；欲谓之赋，又不能敷演洪烈，光扬缉熙。故思竭愚，称受命述。"①

曹丕对辞赋特点的认识，有两点值得我们注意：第一，"赋者，言事类之所附也"，比汉人的侈丽巨衍之说更为清楚地指出了辞赋尤其是大赋铺张扬厉，在描写上以物类聚从的文体特征；第二，"作者不虚其辞，受者必当其实"，透露出了征实化的写作原则，上与班固的"事实"说、王充求实诚的思想有相通之处，下与左思的取材宜实说有密切关联，由此可见其承上启下的历史地位。

（三）　对当代辞赋作家作品的评论

受汉代特别是东汉后期的品藻人物风气的影响，曹丕对当代的作家、作品也进行了品评，其中涉及长于辞赋的王粲、徐幹等：

> 王粲长于辞赋，徐幹时有齐气，然粲之匹也。如粲之《初征》《登楼》《槐赋》《征思》，幹之《玄猿》《漏卮》《圆扇》《橘赋》，虽张、蔡不过也。然于他文，未能称是。琳、瑀之章表书记，今之隽也。应场和而不壮，刘桢壮而不密。孔融体气高妙，有过人者，然不能持论，理不胜辞，以至于杂以嘲戏，及其所善，扬、班俦也。（《典论·论文》）
>
> 仲宣独自善于辞赋，惜其体弱，不足以起其文；至于所善，古人无以远过。（《与吴质书》）

曹丕从"文以气为主"及为文"能之者偏"的角度，既指出了王粲、徐幹等的优点又指出其不足，显示出了一种细密、圆照的批评眼光。而结

---

① （唐）欧阳询等：《艺文类聚》卷一〇，上海古籍出版社 1999 年版，第 196、197 页。

合"气""体"对作品进行批评，这是曹丕赋学批评的特点，庶几可以说是我国早期文体风格论的特点。从这个意义上完全可以说，曹丕是文体风格论的发轫者。

同时，我们也可以看出，尽管建安时代，辞赋创作主流已是抒情咏物的小赋而不再是散体大赋，但马、扬、张、蔡依然广为人们称道，其作品不仅依然不失其典范意义，而且，人们对之认识的角度更加多样化。张衡的《二京赋》，被视为"博物之书"①，司马相如的游猎大赋，更以"何其磊落雄壮"而为人所激赏。② 以上皆可以说明大赋在建安时代依然享有崇高的地位。

（四）屈原、司马相如比较论

建安时期，辞赋创作抒情写意的主导化倾向以及向楚骚传统的回归，使得屈原、司马相如比较论的话题继西汉末年的扬雄之后，又被曹丕重新提起，但随着文化、审美的迁移，其着眼点显然已经大不一样了。

> 或曰："屈原、相如之赋孰愈？"曰："原也过以浮，如也过以虚。过浮者蹈云天，过虚者华无根。然原上援稽古，下引鸟兽，其著意，子云、长卿亮不可及。"③

> 或问："屈原、相如之赋熟愈？"曰："优游案衍，屈原之尚也。浮沉漂淫，穷侈极妙，相如之长也。然原据托譬喻，其意周旋，绰有余度矣。长卿、子云意未能及也。"④

---

① （晋）陈寿：《三国志》卷一一《魏书·国渊传》："《二京赋》，博物之书也。"

② （晋）陈寿：《三国志·魏书》卷二九《方技传》裴松之注引《（管）辂别传》："（单）子春语众人曰：'此年少盛有才器，听其言论，正似司马犬子游猎之赋，何其磊落雄壮，英神以茂，必能明天文地理变化之数，不徒有言也。'于是发声徐州，号之神童。"

③ （唐）李善注：《文选》卷五〇，胡刻本，中华书局1977年版，第702页。

④ （唐）虞世南：《北堂书钞·艺文部》第四，论文第二十，孔广陶注引魏文帝《典论》，中国书店1989年版，第380页。

曹丕、扬雄的屈原、司马相如比较论，有着某种形式上的相似性。扬雄的比较论，依然存在着"依五经以立义"的鲜明倾向，曹丕的比较论，所着意的是艺术表现，已挣脱了儒学名教的束缚，闪现出新的理论光辉。

曹丕认为屈原与司马相如的作品在艺术上各有所长，司马相如的长处在于"浮沉漂淫""穷侈极妙"，即大量运用夸张想象、铺张扬厉等描写手段，屈原的长处在于"据托譬喻""其意周旋"，即大量运用比兴，往复回环地倾吐心中的情感，并且认为屈原之赋优于相如之赋。提倡睹物兴情、抒情写意的文学，是曹丕也是建安文人创作上的一贯倾向。

三　曹植"辞赋小道"与"辞各美丽"

曹植（192—232）在赋学批评史上的贡献亦不可忽视，在对辞赋的一些看法上，与曹丕相比，同中有异，异中有同，从不同的侧面，共同反映了建安时期赋学批评的时代特色。

（一）"辞赋小道"

曹植与乃兄曹丕一样，对辞赋的价值与地位也发表了看法，其《与杨德祖书》云：

> 今往仆少小所著辞赋一通相与。夫街谈巷说，必有可采。击辕之歌，有应《风》《雅》。匹夫之思，未易轻弃也。辞赋小道，固未足以揄扬大义，彰示来世也。昔扬子云，先朝执戟之臣耳，犹称壮夫不为也。吾虽德薄，位为藩侯，犹庶几勠力上国，流惠下民，建永世之业，流金石之功，岂徒以翰墨为勋绩，辞赋为君子哉！若吾志不果，吾道不行，则将采庶官之实录，辨时俗之得失，定仁义之衷，成一家之言。虽未能藏之于名山，将以传之于同好，非要之皓首。岂今日之

论乎？其言之不惭，恃惠子之知我也。①

这段话向来被不少论者屡加称引，以作为曹植轻视文学的依据，实际上，这是一种望文生义的理解。对此，张可礼先生通过缜密的分析，指出曹植并非轻视文学，他只是把建功立业放在第一位，文学放在第二位，这与轻视文学是两回事②，可谓切中肯綮之论。事实上，曹植对于辞赋是持肯定态度的，而且对自己的辞赋创作很自负，他写信请杨修"讥弹其文"，又何尝不藏有传之不朽的用心？对于辞赋创作曹植一生为之不辍，其辞赋名篇《洛神赋》就是在此之后写成的。

对于人生理想，曹植不仅在这封信中将之划分为建事功、著子史、写辞赋三个层次，而且在《薤露行》中声言："天地无穷极，阴阳转相因。人居一世间，忽若风吹尘。愿得展功勤，输力于明君。怀此王佐才，慷慨独不群。鳞介尊神龙，走兽宗麒麟。虫兽犹知德，何况于士人。孔氏删诗书，王业粲已分。骋我径寸翰，流藻垂华芬"，两者表达了差不多同样的意思。重事功甚于篇籍，重子史甚于辞赋，这反映出曹植与曹丕在价值观上的一致性，也反映了建安士人的普遍心理。

杨修在回复曹植的信中称："今之赋颂，古诗之流也，不更孔公，《风》《雅》无别耳。修家子云，老不晓事，强著一书，悔其少作。若此，仲山周旦之俦，为皆有邪？君侯忘圣贤之遗迹，述鄙宗之过言，窃以为未之思也。若乃不忘经国之大美，流千载之英声，铭功景钟，书名竹帛，斯自雅量所素蓄也。岂与文章相妨害哉！"（《答临淄侯笺》，李善注《文选》卷四）杨修一方面对曹植建功立业的志向进行了肯定，同时，也表达了"经国"与"文章"不相妨碍，两者可以同样传之不朽的看法，这从另一个侧面高度称扬了曹植的辞赋成就。当然，杨修也是重经国甚于文章，重子史甚于辞赋的，这是建安文人的普遍价值观。

① （唐）李善注：《文选》卷四二，胡刻本，中华书局1977年版，第594页。
② 张可礼：《曹植文学思想述评》，《建安文学论稿》，山东教育出版社1986年版，第180、181页。

曹植的"辞赋小道"说后来得到了王勃的强烈认同，"故文章，经国之大业，不朽之盛事，而君子所役形劳神，宜于大者远者，非缘情体物雕虫小技而已。是故思王抗言辞颂，耻为君子；武皇裁勒篇章，仅称往事。不其然乎！"① 这说明，曹植的主张，至唐代依然产生着影响。

（二）"辞各美丽"

曹丕在《典论·论文》中提出"诗赋欲丽"这一命题，对于辞赋本身的形式特征进行突出强调。曹植在这一点上与曹丕也是相同的。其《七启序》云：

> 昔枚乘作《七发》，傅毅作《七激》，张衡作《七辩》，崔骃作《七依》，辞各美丽，余有慕之焉！遂作《七启》，并命王粲作焉。

其《长乐观画赞》云：

> 辞赋之作，华若望春。

其《王仲宣诔》称许王粲的诗赋云：

> 文若春华，思若涌泉。

曹植的这些话，可以看作是对曹丕"诗赋欲丽"主张的申述和发挥。验之以同时的陈琳称扬曹植的辞赋"披览灿然。……音义既远，清辞妙句，焱绝焕炳。譬犹飞兔流星，超山越海"（《答东阿王笺》）。卞兰称扬曹丕的赋颂"见所作《典论》及诸赋颂，逸句烂然，沈思泉涌，华藻云浮，听之忘味，奉读无倦"（《赞述太子赋并上赋表》）。更可以看出，"丽"不仅已上升为一种自觉的批评意识，而且也成为建安时代赋学批评的一种普遍倾向。

---

① （清）蒋清翊注：《王子安集注》卷一一，上海古籍出版社1995年版，第302、303页。

（三） 对辞赋创作中艺术思维（想象）的体认

汉赋中存在着夸张想象，在汉代自司马迁以来，就被认为是"虚辞滥说"，是汉赋存在的一个不足。曹植则完全从艺术表现的角度，对之作出了肯定的评价：

> 夫富者非财也，贵者非宝也。或有轻爵禄而重英声者，或有反性命而徇功名者。是以孔老异情，杨墨殊义。聊作斯赋，名曰《玄畅》。庶以司马相如为《上林赋》，控引天地古今，陶神知机，摘理表微……（《玄畅赋序》）

"控引天地古今"，与《西京杂记》"控引天地，错综古今"相似，难以遽定其先后。但是曹植看到了《上林赋》艺术思维上的特点，与司马相如所谓赋家之心"苞括宇宙，总揽人物"，在意思上是一致的，表示了他对司马相如"赋心论"的认同。同时，我们看到，汉儒所悬为鹄的、奉为圭臬的"讽谏"标准，在曹植的眼中，已不复存在，《上林赋》存在的妙旨胜义已不是劝谏天子"驰乎仁义之途"，而是"陶神知机，摘理表微"的创作运思，这与曹植乃至于整个建安文人好辨析名理的时代风尚有关，这种理解在某种程度上已沾染上了一定的玄学色彩。

（四）"雅好慷慨"

曹植曾编写己作并名之为《前录》，他在"序"中声称：

> 余少而好赋。其所尚也，雅好慷慨，所著繁多。虽触类而作，然荒秽者众。故删定，别撰为《前录》七十八篇。（《艺文类聚》卷五五）

如果说这里因为"雅好慷慨"一词的至为简略而不好理解的话，那么，联系在"序"中讲的另一段有关"君子之作"的话，我们就可以明白了：

故君子之作也，俨乎若高山，勃乎若浮云；质素也如秋蓬，摛藻
也如春葩；汜乎洋洋，光乎皓皓：与《雅》《颂》争流可也。

"君子之作"要求的就是一种刚健笃实、自然清新的壮美境界，它落
实于创作，落实于文本的时候，形成的就是"雅好慷慨"的审美风格。
"雅好慷慨"虽至为简略，然而它却是对建安文学特征最准确的概括。正
因为如此，刘勰《文心雕龙·时序》径直以"观其时文，雅好慷慨"来概
括整个建安文学的时代特征。"雅好慷慨"是曹植自己，也是建安时代辞
赋风格的写照。它一方面缘于包括曹植在内的建安作家"生乎乱，长乎
军"的人生经历，"世积乱离，风衰俗怨"的社会现实，"武爱雕虫，家弃
章句"崇尚才情的文化风气；另一方面，也缘于他们感物兴情，"触类而
作"的创作方式。因此，曹植对扬雄近乎文字游戏的《酒赋》颇有微辞：
"辞甚瑰伟，颇戏而不雅"（曹植《酒赋序》），对司马相如、扬雄夸难逞
巧、炫耀博学的文风亦指陈其弊，"陈思称马扬之作，趣旨幽深，读者非
师传不能析其辞，非博学不能综其理，岂直才悬，抑亦字隐"（《文心雕龙
·练字》）①，其原因就在于，马扬之作与他所标尚的"雅好慷慨"的审美
品格相去甚远。

四　吴、蜀的辞赋观念

吴、蜀虽然在政治上与魏鼎足而三，但由于吴、蜀二主不好文辞，辞
赋创作不仅在数量上无法与魏相颉颃，而且成就高下亦相差悬殊，当时尽
管南北之间也有交流，如曹丕曾"以素书所著《典论》及诗赋饷孙权，又
以纸与一通写张昭"（《三国志·文帝纪》裴松之注引胡冲《吴历》），吴
张纮与魏陈琳对对方的辞赋"深叹美之"（《三国志·张纮传》裴松之注

---

① 按：刘勰称引的曹植之言，出处已不可考。

引《吴书》)①，但就现存的吴、蜀赋的内容来看，魏对吴、蜀赋产生的影响并不大，吴、蜀赋所沿承的依然是建安以前的传统，不是重抒情写志，而是重体物与谐隐。

能够体现吴、蜀辞赋观念的直接或间接材料并不多，蜀仅有以下两条：

> 刘琰字威硕，鲁国人也。……车服饮食，号为侈靡，侍婢数十，皆能为声乐，又悉教诵读《鲁灵光殿赋》。（《三国志·蜀书·刘琰传》）

> 邵正，河南偃师人也。……尤耽意文章，自司马、王、扬、班、傅、张、蔡之俦遗文及当世美书善论，益部有者，则钻凿推求，略所寓目。（《三国志·蜀书邵正传》）

吴仅有以下六条：

> （孙）权尝问："书传篇赋，何者为美？"（阚）泽欲讽喻以明治乱，因对贾谊《过秦论》最善，权览读焉。（《三国志·吴书·阚泽传》）

> （薛综）凡所著诗赋难论数万言，名曰私载，又定《五宗图述》《二京解》，皆传于世。（《三国志·吴书·薛综传》）

> （华覈）后迁东观令，领左国史，覈上书辞让，（孙）皓答曰："……闻之，以卿研精坟典，博览多词，可谓悦礼乐敦诗书者也。当飞翰骋藻，光赞时事，以越扬、班、张、蔡之俦，怪乃谦光，厚自菲薄，宜勉修所职，以迈先贤，勿复纷纷。"（《三国志·吴书·华覈传》）

> 平子《二京》，文章卓然。（《文选》卷二《西京赋》李善注引杨泉《物理论》）

---

① 裴松之注："吴书曰：纮见楠榴枕，爱其文，为作赋。陈琳在北见之，以示人曰：'此吾乡里张子纲所作也。'后纮见陈琳作《武库赋》《应机论》，与琳书深叹美之。琳答曰：'自仆在河北，与天下隔，此间率少于文章，易为雄伯，故使仆受此过差之谭，非其实也。今景兴在此，足下与子布在彼，所谓小巫见大巫，神气尽矣。'"（《三国志》卷五三《吴书·张纮传》裴松之注引《吴书》）

余观夫五湖而察其云物，皇矣大哉。以为名山大泽，必有记颂之章，故梁山有奕奕之诗，云梦有子虚之赋。夫具区者，扬州之泽薮也，有大禹之遗迹，疏川导滞之功，而独阙然，未有翰墨之美，余窃愤焉，敢忘不才，述而赋之。（杨泉《五湖赋序》，严可均《全吴文》）

古人作赋者多矣，而独不赋蚕，乃为《蚕赋》。（杨泉《蚕赋序》，严可均《全吴文》）

以上材料尽管零星，但有一点可以肯定，吴、蜀二国依然崇扬马、扬、班、傅、张、蔡等早在建安以前即享有盛名的辞赋作家，其辞赋观念在主导倾向上依然笼罩在讽喻颂美、道德说教的规范之下，并且这种倾向十分明显。这也是造成吴、蜀赋相对于前代而言缺乏新变、寥落不显的原因之一。

小　结

春秋时期，就有立德、立功、立言的三不朽之说，《左传·襄公二十四年》就记载了叔孙豹的话："太上有立德，次有立功，其次有立言。虽久不废，此之谓不朽。"它表达了士人的人生理想，其根本出发点和最终目的在于要求践履儒家的仁义道德，以此寻求人生的不朽。建安时期，立德、立功、立言依然是建安文人追求的精神目标。我们没有必要为突出"文的自觉"而否认建安文学与儒学之间的关联，恰恰相反，儒学的精髓——建功立业、拯物济世、关心现实、积极向上的精神不仅深深影响着建安文人，并且以共同的方式外化为他们的实践行为，重事功甚于文章，重子史甚于辞赋，这是我们把握建安文学价值观时所应首先予以注意的事实。但是，宣称诗赋文章是"经国之大业，不朽之盛事"，这又确实是一种前所未有的、崭新的文学价值观，它摆脱了经过经学演绎过的"名教""美刺"的束缚，其根本出发点和最终目的指向的是同一个目标——寻求人生不朽。

在这一基点上，以三曹为主体，对辞赋的用韵、词采、风格、想象、练字、价值等诸方面问题进行了发挥和体认，尤其是曹丕的"诗赋欲丽"、曹植的"雅好慷慨"从理论上对建安辞赋审美形式与内在意蕴进行了至为精当的概括，这都表明建安赋学批评既区别于要求寓讽谏、颂美于诗赋的传统赋论，也对以后重艺术形式、重才性情趣的新型赋论的形成产生了重要作用。它所围绕的一系列问题，都足以表明建安赋论是赋学批评史上的重要环节。

（原载《常德师范学院学报》2001 年第 1 期）

玄学的兴盛与正始赋学批评的时代特征

正始时代是一个"利巧愈竞，繁礼屡陈，刑教争施，天性丧真"的"多故"时代（嵇康《太师箴》），刘永济先生在谈到魏晋之际论著文之盛的时候曾经指出：

逮魏之初霸，武好法术，文慕通达。天下之士，闻风改观。人竞自致于青云，学不因循于前轨。于是才智美赡者，不复专以染翰为能，尤必资夫口舌之妙，言语文章，始并重矣，建安之初，萌蘖已见。正始而后，风会遂成，钟、傅、王、何，为其称首；荀、裴、嵇、阮，相得益彰。或据刑名为骨干，或托庄、老为营魄。据刑名者，以校练为家。托庄、老者，用玄远取胜。虽宗致无殊，而偏到为异矣。大氐此标新义，彼出攻难，既著篇章，更申酬对。苟片言赏会，则举世称奇，战代游谈，无其盛也。其间虽亦杂有儒家之言，然议礼制者，博明疑似，则近于刑名；谈易象者，阐发幽微，则邻于庄、老。苟核其实，固二家之所浸润矣。斯风既扇，论题遂宽。综其条流，则有臧否人物者焉，有商榷礼制者焉，有驳难刑法者焉，有阐明乐理者焉，有品评文艺者焉，有针砭时俗者焉，有研讨天文者焉，而辨析玄理之论，尤为繁博。综其大体，固不出聃周之指归。析其枝条，则或穷有无，或言才性，或辨力命，或论养生，或评出处，或研易象，或敌我往复，而精义泉涌，或数家同作，而妙绪纷披。虽胜劣不同，妍媸互见，而穷理致之玄微，极思辨之精妙。晚周而下，殆无伦比。世之徒以清谈病之者，盖犹未察夫此也。至其文体，虽难尽同，而后之论者，莫不以事义圆通，锋颖精密，为此体正宗，丽辞枝义，无取焉尔。①

其实，"穷理致之玄微，极思辨之精妙"，不独论著文如此，辞赋也是如此。也可以说，这是整个正始文学所具有的一个普遍性的特征。

自正始迄于魏末，一方面，由于曹魏集团与司马氏集团的政治冲突，导致了"魏晋之际，天下多故，名士少有全者"（《晋书·阮籍传》）的形势，为玄风的倡扬提供了温床，"正始中，王弼、何晏好庄、老玄胜之谈，而俗遂赏焉"；另一方面，我们也应看到，相对于"世积乱离，风衰俗怨"的建安时期，这一时期，由于封建统治秩序的相对稳定，自曹操以来确定的尚刑名、崇法术的文化政策已失去了现实意义，崇尚儒学、宗经复古的思想也渐次抬头。与这两股文化思潮相对应，表现于辞赋创作上，对应于前者的就是以嵇、阮为代表的赋家一反建安时期的"雅好慷慨"直抒胸臆而转变为出言玄远、寄托遥深的象征与隐喻，对应于后者的就是以何晏、卞兰等为代表的赋家创作的充满颂圣讽谏意味的宫殿大赋的隐然崛起，以及以傅玄为代表的钻仰旧制、规摹前人的拟古倾向。这种情况，反映在赋学批评上，便是嵇康的《琴赋序》与傅玄的《七谟序》等。

一 嵇康《琴赋序》："导养神气，宣和情志"

嵇康（223—262）是高标于时代的作家，也是"竹林七贤"的领袖，在玄学史上占有重要的地位。曾著有《养生论》《声无哀乐论》。据《世

---

① 刘永济：《十四朝文学要略》，黑龙江人民出版社1984年版，第143—152页。

说新语·文学》记载:"旧云,王丞相过江左,止道'声无哀乐'、'养生'、'言尽意'三理而已。"《南齐书·王僧虔传》记载:"才性四本,声无哀乐,皆言家口实。"由此可以看出,当时清谈的一些重要命题,对嵇康来说,已经涉及了。正因为如此,所以,嵇康的赋学批评也带有浓厚的玄学色彩。试看他的《琴赋序》:

> 余少好音声,长而玩之,以为物有盛衰,而此无变;滋味有厌,而此不倦。可以导养神气,宣和情志,处穷独而不闷者,莫近于音声也。是故复之而不足,则吟咏以肆志;吟咏之不足,则寄言以广意。然八音之器,歌舞之象,历世才士,并为之赋颂,其体制风流,莫不相袭。称其才干,则以危苦为上;赋其声音,则以悲哀为主;美其感化,则以垂涕为贵。丽则丽矣,然未尽其理也。推其所由,似元不解音声;览其旨趣,亦未达礼乐之情也。众器之中,琴德最优,故缀叙所怀,以为之赋。(李善注《文选》卷十八)

嵇康的《琴赋序》有两点值得注意:第一,他批判了以往以琴等为题材的乐器赋在体制旨趣上陈陈相因的缺陷——"称其才干,则以危苦为上;赋其声音,则以悲哀为主;美其感化,则以垂涕为贵",嵇康以前的作者如傅毅、马融、蔡邕等创作的《琴赋》《长笛赋》《弹琴赋》等乐器赋,确实存在着这样的三段式结构。第二,正因为不满于前代作者的陈陈相因,所以,嵇康在《琴赋》中表现出了一种创新求变的倾向。余英时先生曾经指出:"题目虽仿自王子渊《洞箫赋》,马季长《长笛赋》,然一比较其内容则发现有一至不相同之点:即王、马诸赋大体仅能于乐声之描绘曲尽其致,而叔夜则借琴音而论乐理,用意显与前人违异。"① 这种倾向不仅表现为以具体的音声讨论抽象的乐理以及由此带来的相对于前代辞赋玄理成分的增多,而且表现为以"感荡心志而发泄幽情"为最终目的。我们

---

① 余英时:《士与中国文化》,上海人民出版社1987年版,第367页。

试看下面的一段：

> 然非夫旷远者，不能与之嬉游；非夫渊静者，不能与之闲止；非夫放达者，不能与之无吝；非夫至精者，不能与之析理也。若论其体势，详其风声，器和故响逸，张急故声清。间辽故音庳，弦长故徽鸣。性洁静以端理，含至德之和平。诚可以感荡心志，而发泄幽情矣。（嵇康《琴赋》，李善注《文选》卷十八）

嵇康的《琴赋》依然是三段式结构，首叙梧桐生长的环境，次叙雅琴的制作，后叙琴声的美妙。尤其是对琴声的描写，显示了嵇康卓越的文学才能："状若崇山，又象流波。浩兮汤汤，郁兮峨峨。怫㥜烦冤，纡馀婆娑。……检容授节，应变合度。竞名擅业，安轨徐步。洋洋习习，声烈遐布。含显媚以送终，飘余响乎泰素。……翩绵飘邈，微音迅逝。远而听之，若鸾凤和鸣戏云中；迫而察之，若众葩敷荣曜春风。"但上述议论、说理成分的增多，却是嵇康赋不同于以往同类乐器赋的一个重要表现。

嵇康在其《养生论》一文中，提出了著名的"越名教而任自然"的宣言："夫气静神虚者，心不存乎矜尚；体亮心达者，情不系乎可欲。矜尚不存乎心，故能越名教而任自然；情不系乎可欲，故能审贵贱而通物情。物情顺通，故大道无违；越名任心，故是非无措也。"（《晋书·嵇康传》）任自然，即任心、任性。因此，嵇康的赋学批评受魏晋之际玄风的影响，明显地带有反经学的倾向。在其所写的《司马相如传赞》中，他欣赏的是"长卿慢世，越礼自放。犊鼻居市，不耻其状。托疾避官，蔑此卿相"（《全三国文》卷五十二）的生活态度，这与嵇康提倡"越名教而任自然"的思想是一致的。而且，他把司马相如的这种生活态度与他的辞赋创作联系起来，提出"乃赋《大人》，超然莫尚"。关于司马相如《大人赋》，司马迁已经明言司马相如上《大人赋》的目的在于讽谏武帝的好仙："相如以为列仙之传，居山泽间，形容甚癯，此非帝王之仙意也，乃遂就《大人赋》。"（《史记·司马相如传》）但在嵇康看来，显然他认为最为重要的不是在于什么讽谏，最为打动人心的是《大人赋》中张皇幽渺、充满艺术想象的上天入地的神话描写，对同一篇作品的解释，嵇康表现出了与汉儒判然有别的理解，打上了深刻的玄学烙印。

二 傅玄《七谟序》：辞赋专体史与风格论的出现

傅玄（217—278）由魏入晋，一般算晋代作家。实际上傅玄的主要创作活动集中于魏，因此我们把他放入本节来进行论述。

就思想而论，傅玄与嵇康有着质的不同。嵇康是玄学家，为"竹林七贤"之一，其文艺思想崇尚自然，"导养神气，宣和情志"（《琴赋序》），注重情感的自然抒发与审美愉悦。傅玄则是一个典型的儒者，这从他入晋之后上武帝疏所说的"夫儒学者，王教之首也"（《晋书·傅玄传》）及王沈与傅玄书中称赞傅玄"言富理济，经纶政体，存重儒教"中即可以看出。

在文学批评史上，傅玄对刘勰有着重要的影响。对此，王运熙和顾易生先生已作过明确的评价：刘勰"所谓'原始以表末，释名以章义，选文以定篇，敷理以举统'（《文心雕龙·序志》）四者，可以说在傅玄《连珠序》中已经具体而微。因此，傅玄所论虽然还颇简略，但在文学批评史上，却是大辂椎轮，不应忽视的"①。

在赋学批评史上，他的《七谟序》尤其值得注意：

> 昔枚乘作《七发》，而属文之士若傅毅、刘广世、崔骃、李尤、桓麟、崔琦、刘梁、桓彬之徒，承其流而作之者纷焉，《七激》《七依》《七说》《七蠲》《七举》《七兴》之篇，于是通儒大才马季长、

---

① 王运熙、顾易生：《魏晋南北朝文学批评史》，上海古籍出版社1989年版，第78页。

张平子亦引其源而广之，马作《七厉》，张造《七辨》。或以恢大道而导幽滞，或以黜瑰奓而托讽咏，扬晖播烈，垂于后世者，凡十有余篇。自大魏英贤迭作，有陈王《七启》王氏《七释》杨氏《七训》刘氏《七华》从父侍中《七悔》，并陵前而邈后，扬清风于儒林，亦数篇焉。

世人贤明，多称《七激》为工，余以为未尽善也。《七辨》似也，非张氏至思，比之《七激》，未为劣也。《七释》佥曰妙哉，吾无间矣。若《七依》之卓轹一致，《七辨》之缠绵精巧，《七启》之奔逸壮丽，《七释》之精密闲理，亦近代之所希也。①

从序中明言"大魏"一语看来，当作于魏代无疑。傅玄的《七谟序》，标志着辞赋专体史与专体风格论的出现。首先，他勾勒了"七"体的发展简史，历数了从汉至魏主要的"七"体作家作品。其次，他用比较的方法评骘了具体作品的风格，用精要的语言如"卓轹一致""缠绵精巧""奔逸壮丽""精密闲理"概括了《七依》《七辨》《七启》《七释》等具体作品的风格特点，说明他对作品风格的"一体多样"性已有明确的体认。

显然，相对于曹丕"诗赋欲丽"（《典论·论文》）、曹植"辞各美丽"（《七启序》），这是一个巨大的进步，这充分说明，辞赋风格辨体意识已不再停滞在笼统粗略的阶段上，而正日益走向细密精确。

这种辨体意识的细密精确，自然一方面得之于前代辞赋作品的大量积

---

① 《太平御览》卷五百九十，文渊阁《四库全书》本，《艺文类聚》卷五十七所引文字有出入，为便于对照，兹迻录如下："昔枚乘作《七发》，而属文之士若傅毅、刘广世、崔骃、李尤、桓麟、崔琦、刘梁之徒，承其流而作之者纷焉。《七激》《七兴》《七依》《七款》《七说》《七蠲》《七举》之篇。通儒大才马季长、张平子亦引其源而广之，马作《七厉》，张造《七辨》。或以恢大道而导幽滞，或以黜瑰奓而托讽咏，扬晖播烈，垂于后世者，凡十有余篇。自大魏英贤迭作，有陈王《七启》王氏《七释》杨氏《七训》刘氏《七华》从父侍中《七海》，并陵前而邈后，扬清风于儒林，亦数篇焉。世人贤明，多称《七激》为工，余以为未尽善也。《七辨》似也，非张氏至思，比之《七激》，未为劣也。《七释》佥曰妙焉，吾无间矣。若《七激》《七依》之卓轹，《七枝》《七辨》之缠绵精巧，《七启》之奔逸壮丽，《七释》之精密闲理，亦近代之所希也。"（文渊阁《四库全书》本）

累，据晋挚虞《文章流别论》："傅子集古今'七'篇而论品之，署曰《七林》"（《艺文类聚》卷五十七，文渊阁《四库全书》本），可以看出，前代"七"体作品的积累之多及傅玄对辞赋专体的注意；另一方面，也与傅玄深受经学影响有关，经学所固有的"中庸""师古"的思维趋向，必然使傅玄对前代作家作品有所注意。事实也说明了这一点，傅玄对于前代赋作心摹手追，大量拟作，其赋今存50多篇，一半左右的赋题皆袭自前人，如《风赋》《大言赋》袭自战国宋玉，《琴赋》袭自汉代傅毅、马融、蔡邕，《弹棋赋》袭自汉代的蔡邕、建安的曹丕，《蝉赋》袭自曹植等，大量拟古，精心研摹，自然有助于他熟谙往代赋作的风格特征并在理论上做出精当的概括，同时也造成了他在创作上规仿前人，亦步亦趋而缺乏新意。

傅玄的《七谟序》虽然简略，但是在中国文学批评史上的意义却是巨大的，一个显而易见的事实便是陆机的《遂志赋序》之论抒情赋，挚虞的《文章流别论》之论"七体"问对，刘勰的《文心雕龙》都受到了它的影响。尤其是刘勰所谓的"原始以表末，释名以章义，选文以定篇，敷理以举统"（《文心雕龙·序志》）的批评方法在《七谟序》中已肇露端绪，在这一点上，《七谟序》实在是有开创之功的——这就是《七谟序》的意义之所在。

同时，需要指出的是：尽管傅玄编撰的《七林》卷数不详，我们也无法推知其详细的收录情况。但是，《七林》的编撰，却说明了"七"已经作为一种单独的文体，从赋中析出。在《汉书·艺文志》中载："枚乘赋九篇。"应该是包括《七发》在内的。作为一种单体的文学总集，《七林》对后来赋的编录分类有着直接的影响。晋宋时期，谢灵运曾编有《七集》十卷（《隋书·经籍志》），梁代则有《七林》十卷（梁十二卷，录二卷），卞景撰（《隋书·经籍志》），《七林集》十二卷，卞氏撰（新、旧《唐志》）（按：卞氏应即为卞景，之所以说十二卷，当不包括录二卷在内）。至于萧统《文选》把"七"作为一种单独的文体来设立，当是受到了晋宋以来的这种观念的影响，而其始作俑者，则是傅玄。

表现在创作上，傅玄对语言形式的美，也表现出了特别的关注。在傅玄的赋作中，注意藻采的亮洁鲜丽与对偶句法的大量运用，这是傅玄赋作的一个重要特征，如《阳春赋》：

> 虚心定乎昏中，龙星正乎春辰。嘉句芒之统时，宣太暤之威神。素冰解而泰液洽，玄獭祭而雁北征。乾冲氤氲，冲气穆清。幽蛰蠢动，万物乐生。依依杨柳，翩翩浮萍。桃之夭夭，灼灼其荣。繁华烨而耀野兮，炜芬葩而扬英。鹊营巢于高树兮，燕衔泥于广庭。睹戴胜之止桑兮，聆布谷之晨鸣。乐仁化之普宴兮，异鹰隼之变形。习习谷风，洋洋绿泉。丹霞横岭，文虹竟天。

其他的像"叶萋萋兮翠青，英蕴蕴而金黄。树奄蔼以成阴，气芬馥而含芳"（《郁金赋》）、"远而望之，焕若三辰之丽天；近而察之，明若芙蓉之鉴泉"（《宜男花赋》）等，也莫不鲜明地显示出了上述特点。

傅玄是一个典型的儒者，他主张"弘尧舜之化，开正直之路，体夏禹之俭，综殷周之典文"（《晋书·傅玄传》）。对于玄学，他持严正的批判态度："近者魏武好法术，而天下贵刑名，魏文慕通达，而天下贱守节。其后纲维不摄，而虚无放诞之论盈于朝野。"（《晋书·傅玄传》）不过，值得注意的是，他创作了大量的咏物赋，这些咏物赋约占他所创作的辞赋数量的三分之二以上。在题材内容上涉及动物、植物、乐器、节候等。这些咏物赋并非单纯的咏物之作，而是大都存在着作者对所写物象的义理或象征意义的探询。如《风赋》中写道："嘉太极之开元，美天地之定位，乐雷风之相薄，悦山泽之通气。"《蝉赋》写蝉："泊无为而自得兮，聆商风而和鸣。声嘒嘒以清和兮，遥自托乎兰林。"《团扇赋》咏团扇："朗劲节以立质，象日月之定形。"《柳赋》写柳："虽尺断而愈滋兮，配生生于自然。无邦壤而不植兮，象乾道之屡迁。"这种咏物的模式只能是产生于正始而不会产生于汉代。这说明，傅玄尽管是醇儒，但在思维方式上却与玄学如此契合，深受立象以尽意的影响，而儒玄的合流以及玄学对辞赋创作的影响，亦可见一斑。魏晋之际咏物赋的模式，也基本上由傅玄而奠定，傅玄的咏物赋是由魏到晋的一个重要的分水岭，通过言理成分的增多、象与意之间的契合，以追求物象中所包孕着丰富的象征意蕴，也是魏晋之际咏物赋的共同特征——这与傅玄所说的"卓轹一致""缠绵精巧""奔逸壮丽""精密闲理"未尝没有一定的契合。

三　成公绥"分赋物理，敷演无方"与张华
"言浅托深，类微喻大"

毫无疑问，从严格的意义上说，成公绥（231—273）、张华（232—300）属于晋代的赋家。但是，由于成公绥的《天地赋序》与张华的《鹪鹩赋序》均作于这一时期，所以，我们把他们放到本文中进行论述，同时，亦可看出由魏晋之际赋学批评嬗变的轨迹。

成公绥是正始及西晋时的重要赋家，《晋书·文苑传》称其"幼而聪敏，博涉经传。性寡欲，不营资产，家贫岁饥，常晏如也。少有俊才，词赋甚丽，闲默自守，不求闻达"。汤球辑臧荣绪《晋书·文苑传》亦称"少有俊才而口吃，辞赋壮丽。"曾撰有《乌赋》《天地赋》《啸赋》。据陆侃如先生考证，其《天地赋》作于魏齐王芳嘉平三年。① 赋前有序文，其序云：

> 赋者，贵能分赋物理，敷演无方。天地之盛，可以致思矣。天地至神，难以一言定称。故体而言之，则曰两仪，假而言之，则曰乾坤；气而言之，则曰阴阳；性而言之，则曰刚柔；色而言之，则曰玄黄；名而言之，则曰天地。历观古人，未之有赋。岂独以至丽无文，

---

① 陆侃如：《中古文学系年》，人民文学出版社1985年版，第562页。

难以辞赞？不然，何其阔哉？遂为天地赋。（严可均《全晋文》卷五十九）

"赋者，贵能分赋物理，敷演无方"有两层意思：

第一，状难写之物，言难言之理，是赋的特长，这与司马相如的"赋家之心，苞括宇宙，总览人物"有相通之处。

第二，铺陈是赋的特点，强调铺陈描写的真实、准确。这种真实、准确，并不是按照事物本来的样子进行描写的真实、准确，而是更强调抉发事物的内在规律及其深刻意蕴，这与陆机的"赋体物而浏亮"有一定的会通之处，表现出了玄学思维对辞赋观念的内在影响。

事实上正是如此，在《天地赋》中，成公绥对天地的描写，恰可与《天地赋序》所表达的赋学观念相印证：

> 惟自然之初载兮，道虚无而玄清，太素纷以涫澔兮，始有物而混成，何元一之芒昧兮，廓开辟而著形。尔乃清浊剖分，玄黄判离。太极既殊，是生两仪，星辰焕列，日月重规，天动以尊，地静以卑，昏明迭照，或盈或亏，阴阳协气而代谢，寒暑随时而推移。三才殊性，五行异位，千变万化，繁育庶类，授之以形，禀之以气。色表文采，声有音律，覆载无方，流形品物。鼓以雷霆，润以庆云，八风翔翔，六气氤氲。蚑行蠕动，方聚类分，鳞殊族别，羽毛异群，各含精而熔冶，咸受范于陶钧，何滋育之罔极兮，伟造化之至神！（《晋书·文苑传》）

《晋书·文苑传》赞称："子安幼标明敏，少蓄情思，怀天地之寥廓，赋辞人之所遗。特构新情，岂常均之所企！"指的就是其《天地赋》。《天地赋》表现出了成公绥的创新意识，其实，不独《天地赋》如此，《啸赋》同样表现出了成公绥的创新意识。汉魏以来，以"音乐"为题材的赋，篇数当已不少，比较著名的就有王褒的《洞箫赋》、马融的《长笛赋》、嵇康的《琴赋》等，但这些赋作有一个共同的特点，就是写的都是具体的乐器，成公绥的《啸赋》在题材上却做出了进一步的拓展，它写的是"声不假器，用不借物，近取诸身，役心御气；动唇有曲，发口成音，触类感物，因歌随吟"的"啸"，通过写"长啸之奇妙"，来抒发一种希望高古、涤荡世俗的超然情怀。这显然是相对于以往的乐器赋来说，在题材方面显示出了一定的创新意义。因此，刘勰称赞成公绥"魏晋之赋首"，《文选》选录历代的"音乐"赋只有两篇，而《啸赋》居于其中，皆良非偶然。

张华，是由正始过渡到西晋的一个重要的作家。据陆云的《与兄平原书》来看，张华对于文学创作的声韵、裁制、情与辞的孰轻孰重等，多有涉及。在论述张华的《鹪鹩赋》之前，我们有必要对张华的文学观念略加申说。

（一）尚情。据陆云《与兄平原书》其十四："往日论文，先辞而后情，尚絜而不取悦泽。尝忆兄道张公父子论文，实自欲得，今日便欲宗其言。"由此看来，张华是重视为情而造文的。同样，陆机的《文赋》反对"言寡情而鲜爱，辞浮飘而不归"。由于陆机《文赋》的作年有不同的说法，所以通常无法遽断张华与陆机之间在主张上的先后关系。但是，通过这封书信，说明了二陆的重情观，与张华的主张是一致的。

（二）尚"丽"。其《答何劭诗》评何诗："焕若春花敷"，《刘骠骑诔》评刘放："郁郁文采，焕若朝荣"，显然，张华崇尚语言的形式之美，而且，这种美，在他看来，应该是像春花烂漫，似朝花鲜丽，而毫无雕琢之痕。这与曹植所言的"华若望春"（《长乐观画赞》）、"文若春华"（《王仲宣诔》）、卞兰所说的"华藻云浮"（《赞述太子赋并上赋表》）等何其相似乃尔！显然，张华的这种观念，直接沿袭了建安"诗赋欲丽"的传统。

（三）尚清。陆云《与兄平原书》其二十四："张公文无他异，正自情省无烦长。作文正尔自复佳。"其二十五："兄《丞相箴》小多，不如《女史》清约耳。"《女史》指张华的《女史箴》。所以，刘勰也认为张华的赋具有"清畅"的特点："张华短章，奕奕清畅。其《鹪鹩》寓意，即韩非之《说难》也。"（《文心雕龙·才略》）张华的创作观念，对陆氏兄弟也是有影响的。陆机论赋的"赋体物而浏亮"，陆云论赋的"清妙"说，除了时代的因素之外，与张华有着直接的渊源关系。

张华对当时的赋家成公绥、左思、束皙的赋，深为推崇：

> 张华雅重绥，每见其文，叹伏以为绝伦。（《晋书·文苑传》）
>
> （束皙）尝为《劝农》及《饼》诸赋，文颇鄙俗，时人薄之。而性沉退，不慕荣利，作《玄居释》以拟《客难》，张华见而奇之。（《晋书·文苑传》）
>
> 司空张华见（《三都赋》）而叹曰："班、张之流也。使读之者尽而有余，久而更新。"（《晋书·文苑传》）

成公绥的《天地赋》《啸赋》因为在题材上有创新之处，涉及以往赋家没有涉猎的题材，所以张华"叹伏以为绝伦"；束皙的《玄居释》虽然模拟东方朔的《答客难》，但用典密集而文采斐然，言理清畅且每有出人意表之处，这大概是张华"见而奇之"的原因；张华对《三都赋》的叹赏，则完全是从审美的感受出发的。张华对这些赋作的推崇，和上述他的文学观念是有一致之处的。

《鹪鹩赋》，陆侃如先生认为作于景元二年（261）[①]。赋前有序，其序曰：

> 鹪鹩，小鸟也。生于蒿莱之间，长于藩篱之下，翔集寻常之内，而生生之理足矣。色浅体陋，不为人用；形微处卑，物莫之害。繁滋族类，乘居匹游，翩翩然有以自乐也。彼鹫鹗鹍鸿，孔雀翡翠，或凌赤霄之际，或托绝垠之外，翰举足以冲天，觜距足以自卫。然皆负矰缨缴，羽毛入贡。何者？有用于人也。夫言有浅而可以托深，类有微而可以喻大，故赋之云尔。（李善注《文选》卷十三）

---

① 陆侃如：《中古文学系年》，人民文学出版社1985年版，第602页。

　　关于该赋的作年及主题，据晋臧荣绪《晋书》曰："张华，字茂先，范阳人也，少好文义，博览坟典。为太常博士，转兼中书郎。虽栖处云阁，慨然有感，作《鹪鹩赋》。后诏加右光禄大夫，封壮武郡公，迁司空，为赵王伦所害。"明张溥认为："壮武初未知名，作《鹪鹩赋》以寄意，感其不才善全，有庄周木、雁之思。"（《汉魏六朝百三名家集题辞》）刘勰亦认为该赋寄寓其身世之感："其《鹪鹩》寓意，即韩非之《说难》也。"（《文心雕龙·才略》）

　　《鹪鹩赋》是一篇极为重要的作品，问世之初，就深得阮籍的赞许："阮籍见之，叹曰：'王佐之才也。'"当然，也有人则针对张华赋中的观点展开了讨论。傅咸《仪凤赋序》曰："《鹪鹩赋》者，广武张侯之所造也。以其形微处卑，物莫之害也。而余以为，物生则有害，有害而能免，所以贵乎才智也。夫鹪鹩既无智足贵，亦祸害未免。免乎祸害者，其唯仪凤也。"贾彪《大鹏赋序》则曰："余览张茂先《鹪鹩赋》，以其质微处褒，而偏于受害。余以为，未若大鹏栖形遐远，自育之全也。此固祸福之机，聊赋之云。"或赋仪凤，或赋大鹏，但有一点是共同的，这就是通过所咏之物来言说人生的祸福，演绎道家的思想。

　　正始以及西晋时期，托微末琐屑之物，以抒写人生之思而又充满玄言意味的咏物小赋多不胜数，是这一时期辞赋创作的一大重要取向，而张华的"言有浅而可以托深，类有微而可以喻大"，就是这种创作观念的反映。

　　言浅托深，类微喻大的创作观念，是玄学思维催化下的产物。在玄学家看来，世间万物皆在变化，一息不停，而世间万物包括一切微末之物又无不是"道"的体现。因此，一切名言，皆有所执，有言所不能言者，一切物类，皆可喻大，有无可离于道者。傅咸的"盖物小而喻大，固作者之所旌"（《萤火赋》）、"赋微物以申情"（《仪凤赋》）等，表达的是与张华相同的观念。言浅托深，类微喻大，就是要求打破语言的限制，打破言与物、情与理的隔阂，以有限的语言寓含深邃的情理，以微小的物类体现整个的宇宙意识与生命情调，文学包括辞赋亦由此入于象征而境界始阔。这是正始以及西晋赋家大量创作咏物小赋的一个极为重要的原因，也是他们选择咏物小赋这一体裁进行创作的一个极为重要的目的。观念的引导与创作的应和，使正始时期的咏物小赋成为辞赋史上一道特异的风景。

成公绥《天地赋序》与张华《鹪鹩赋序》虽然简短，但却鲜明地表现出了玄学与文学的趋同性、一致性，同时也表明由于玄学思维的渗入，使赋学批评在理论上的发展正面临着一个较大的空间。

另外，唐司马贞《史记索隐》曾引述过以下文字：

　　张华云：相如作《远游》之体，以大人赋之也。

显然，张华认为司马相如的《大人赋》，是继承了楚辞的《远游》。从文体特征来说，这一点倒是不错的。由此，我们也可以看出，张华的赋论，除去上面所引的以外，应该还会有更多，可惜已经散佚了。

（原载《南京师范大学文学院学报》2005 年第 2 期）

左思 《三都赋》 及其辞赋观

一

关于左思创作《三都赋》的情况，《晋书·左思传》用了近五分之四的篇幅进行了叙述，由此可见《三都赋》在历史上所产生的影响。刘勰《文心雕龙·才略》篇尝谓："左思奇才，业深覃思，尽锐于《三都》，拔萃于《咏史》……"左思人以诗名——《咏史诗》8 首是中国诗歌史上最早的组诗，才以赋显——《三都赋》是中国辞赋史上京都大赋的绝响。观其一生行历，可以说左思的毕生才力，都倾注于《三都赋》的创作之中了。

早年在淄博时，左思就曾花了一年的时间，写过《齐都赋》，时在公元 270 年，左思大概 20 岁。随着举家入洛，"复欲赋《三都》"（《晋书·左思传》）。左思创作《三都赋》的动因，离不开当时的社会背景。

太康年间，"牛马被野，余粮栖亩，行旅草舍，外闾不闭"，"世属升平，物流仓府，宫闱增饰，服玩相辉"（《晋书·食货志》），不仅社会稳定、经济繁荣，而且，随着三国归晋，南北文化继秦汉之后，出现了再一次的融合高潮，南北作家鳞集洛阳，文人之盛，超轶往代，有所谓三张、二陆、两潘、一左之说。繁荣的"中兴"局面，激发了文人的盛世之梦；歌舞升平的生活，使他们沉湎于大一统的欢乐与颂赞之中。颂世之音再度崛起，而大赋，尤其是京都大赋，无疑是最适宜表现这一时代主题的文学样式。

汉末魏晋时代，抒发性灵的小赋大量产生，大赋经一度消歇之后，伴随着"太康中兴"的来临，其"体国经野""润色鸿业"的价值功能被重新确认。不过这时的京都大赋，除了可以揄扬时政之外，也更多地带上了表现作者个人才具的色彩。"初，陆机入洛，欲为此赋，闻思作之，抚掌而笑，与弟云书曰：'此间有伧父，欲作《三都赋》，须其成，当以覆酒瓮耳。'"而陆云致陆机书云："古今兄文所得未与较者，亦惟兄所道数都赋耳。……云谓兄作《二京》，必得无疑。"由此可见，作京都大赋，不仅可以与古人一比高下，而且非具大才力者不能。在自视甚高的陆机眼里，出身寒微的左思，又哪里具有写作《三都赋》的才力?!

为了作《三都赋》，左思进行了多方面的准备。他不仅"诣著作郎张载，访岷邛之事"，而且"自以所见不博，为秘书郎"(《晋书·左思传》)。对于他的创作情况，《晋书·左思传》进行了生动的描述："遂构思十年，门庭藩溷，皆著笔纸，遇得一句，即便疏之。"诚可谓"业深覃思"，不遗余力，也就无怪乎后来洛阳为之纸贵，陆机见而辍笔了。历史的际遇、个人的才具，成为触发"洛阳纸贵"的真正契机。

二

"洛阳纸贵"效应的背后，除了时人对京都大赋的重视、左思本人研覆深精的创作态度之外，更与当时的社会心理有关。

汉代以经致仕，其结果是形成了许多在经济、文化上享有特权的世家大族，虽经汉末黄巾起义的冲击，依然如百足之虫，死而不僵，在社会上有着巨大的影响。司马氏集团依靠这些世传儒学的世家大族的支持，以禅让的方式，窃取了曹魏政权。因而，尊儒崇文，也就成为西晋立国的基本国策。

晋武帝司马炎就曾以儒学传家自诩，而羞言将门之后①。上行下效，整个社会形成了重儒崇文的时代风潮。晋代士族文人，为文清谈，也以博物多闻为尚，"穷广内之青编，缉平台之丽曲"（《晋书·文苑传序》）。张华博闻多识，因"四海之内，若诣指掌"（《晋书·张华传》）而享有时誉，束晳以曲水之对而见荣晋武（《晋书·束晳传》）。兹风吹扇，庶族文人也步趋后尘，以言循典要相高。因此左思自言其作《三都赋》："其山川城邑则稽之地图，其鸟兽草木则验之方志。"而《三都赋》写成之后，遭到时人讥訾，一经张华、皇甫谧等当朝名士推举之后，不仅使讥议非贰者敛衽赞述，而且人竞传写、洛阳纸贵，由此可以看出世族阶层垄断文化的现实，而且，炫耀博学、笃好辞赋的风尚，已习染整个社会。

辞赋，尤其是京都大赋，在中国文学史上一直是一种高级文体。不少文人如马、扬、张、蔡等或以之求仕干禄，或以之扬名遐迩。左思的5篇赋——《齐都赋》《白发赋》《三都赋》（3篇），就有4篇属京都赋，殚心尽力地创作京都赋，对于他来说也未始不包含着这样的目的。

左思曾言"著论准《过秦》，作赋拟《子虚》"（《咏史诗》其一），事实也确是如此。其中，左思的《齐都赋》现只残存十余句：

> 其草则有杜若蘅菊，石兰芷蕙，紫茎丹颖，湘叶缥蒂。（《初学记》卷27）
> 其东则有沧溟巨壑，洪浩汗漫。（《初学记》卷6）

与司马相如的《子虚赋》两相对照：

---

① 《晋书·后妃传》："胡贵嫔，名芳，父奋。……帝尝与之摴蒲，争矢，遂伤上指。帝怒曰：'此固将种也！'芳对曰：'北伐公孙，西距诸葛，非将种而何？'帝甚有惭色。"

云梦者，方九百里，其中有山焉。其山则盘纡弗郁，隆崇律崒。……其土则丹青赭垩，雌黄白坿，锡碧金银……其石则赤玉玫瑰，琳珉昆吾……其东则有蕙圃蘅兰，芷若射干，穹穷昌蒲……其南有平原广泽，登降陁靡，案衍坛曼。……

在句法、结构上的因袭摹拟之迹，还是比较清楚的。

左思在《三都赋·序》中谓："余思摹《二京》而赋《三都》"，因此，《三都赋》与《二京赋》《子虚赋》等在笔法结构、谋篇布局上有许多相似之处也是很自然的。他继承了汉大赋的衣钵，以"大"取胜，洋洋洒洒，通过西蜀公子、东吴王孙、魏国先生之口，夸说三都的疆域之广、历史人文之盛、典章礼仪之美等，表现了抑吴蜀二都而伸魏都的倾向，凸现出歌颂晋室"上德之至盛"的主题。

但是，囿于被摹拟对象的框架又往往限制作者的思路，因此，《三都赋》在结构上也有失于疏漏之处。《魏都赋》开篇即云："魏国先生有睟其容，乃盱衡而诰曰"，而"魏国先生"在《吴》《蜀》二都赋中缺乏交代，使人不免有突兀之感。所以余嘉锡先生认为："及左思规仿班、张，而赋《三都》……盖其作《蜀都赋》时，只知攀孟坚西都宾问于东都主人之语，而不知彼两都此三都也。"[1] 高步瀛先生也认为："司马长卿赋《子虚》《上林》，设为三人问答，子虚、乌有、亡是公皆于篇首叙出。故《上林赋》'亡是公听然而笑'，已有来历，自不突鹘。《三都赋》亦假设三人问答，而篇首但见西蜀公子、东吴王孙，《吴都赋》王孙折蜀，已有来历，而《魏都赋》魏国先生未见前文，突然出见，准之文法，实失之疏，此吾友余季豫之言也，鄙见相同。"[2]

与汉大赋相比，《三都赋》也有创新之处。这主要表现在征实化程度的加强，即从现实的角度看，取象用事更为合情合理。这一点，张载《魏

---

[1] 余嘉锡：《读已见书斋随笔》之十三《左思〈三都赋〉》，《余嘉锡论学杂著》，中华书局1963年版，第662页。

[2] 高步瀛：《文选李注义疏》（第二册），中华书局1985年版，第881页。

都赋注》有一段相当精彩的评述：

> 《王吉传》曰："进退步趋以实下。"言人不行则膝胫以下虚弱不实也。……王褒《甘泉赋》曰："十分未升其一，增惶惧而目眩。若播岸而临坑，登木末以窥泉。"扬雄《甘泉赋》说台曰："鬼魅不能自逮，半长途而下颠。"班固《西都赋》说台曰："攀井杆而未半，目眩转而意迷。舍灵槛而却倚，若颠坠而复稽。"张衡《西京赋》说台曰："将乍往而未半，怵悼慄而竦矜。非都庐之轻蹻，孰能趋而究升。"此四贤所以说台榭之体，皆危峣悚惧，虽轻捷与鬼神，由莫得而自逮也，非夫王公大人聊以雍容升高、弥望得意之谓也，异乎《老子》曰若春升台之为乐焉。故引习步顿以实下，称八方之究远，适可以围于径寸之眸子，言其理旷而当情也。（《文选》卷六《魏都赋》张载注）

从类型批评的角度看，登楼的主角由以往的鬼魅神仙变为王公大人，左思的用心之巧，构思之妙，由此可见一斑，在摹拟因袭的同时，他也在做着避复创新的努力。

三

在《三都赋》中，左思明确地表示了自己的辞赋观：

第一，赋自《诗》出。"盖诗有六义焉，其二曰赋。"在左思看来，赋本为六义之一，由"用"而变为"体"，由诗的一种表现手法而变为一种文体形式。显然，他沿袭了班固等人的"赋者，古诗之流也"（《两都赋·序》）的观点。而且，赋与诗一样，具有"观风"的功能，"先王采焉，以观土风。见'绿竹猗猗'，则知卫地淇澳之产；见'在其版屋'，则知秦野西戎之宅。故能居然而辨八方"。以诗的眼光来看待赋，赋也就具有了与"经"同等的价值功能。诗可以观风，可以博物，在孔子时代就曾经被强调过，"子曰：小子何莫学夫诗？诗，可以兴，可以观，可以群，可以怨。迩之事父，远之事君，多识于鸟兽草木之名"（《论语·阳货》）。在辞赋独擅胜场的汉代，宣帝以诗比赋，发表了与此类似的观点："辞赋大者与古诗同义，小者辩丽可喜……辞赋比之，尚有仁义风谕，鸟兽草木多闻之观……"（《汉书·王褒传》）班固说得更直接，认为司马相如赋"多识博物，有可观采"（《汉书·叙传》）；汉末的国渊说张衡《二京赋》是"博物之书也"（《三国志·国渊传》）。左思的观点与以上诸说一脉相承，并成为南朝沈约提出辞赋"英辞润金石，高义薄云天"（《宋书·谢灵运传论》）这一观点的前导。

第二，取材宜实。正因为赋自诗出，具有观风、博物的功能，因此，品物殊类，言必征实，否则，"侈言无验，虽丽非经"，"匪本匪实，览者奚信？"他批评"相如赋《上林》而引'卢橘夏熟'，扬雄赋《甘泉》而陈'玉树青葱'，班固赋《西都》而叹以出比目，张衡赋《西京》而述以游海若。假称珍怪，以为润色"，对汉赋及后来相沿成习的这种"托无于有"的创作方法，他不是加以文学的理解而是从征实的角度深表不满，因此，他自称创作《三都赋》"其山川城邑则稽之地图，其鸟兽草木则验之方志。风谣歌舞，各附其俗；魁梧长者，莫非其旧"。其实，反对汉赋"虚辞滥说"的主张，早在汉代扬雄、王充就已提出过。左思在这一点上，与王充有更多的相通之处，把艺术真实等同于生活真实、典文真实，"考之果木，则生非其壤；校之神物，则出非其所"，对作品中的取象用事一一与现实事物、典文书册相对照，作品完全成为现实的镜中之象，也就等于从最终的意义上取消了艺术，取消了艺术的审美功能。这与左思家世儒学、恪守"不语怪力乱神"的思想有密切的关系。

第三，侈丽合经。对于左思来说，他并不反对侈言丽辞，否则，他就不会殚十年之功，如醉如痴地创作阎丽巨衍的《三都赋》了。侈、丽仅仅是形式，合经才是目的。对于辞赋语言的侈、丽问题，扬雄、王充均发表过意见："雄以为赋者，将以风之，必推类而言，极丽靡之辞，闳侈巨衍，竞于使人不能加也，既乃归之于正，然览者已过矣。往时武帝好神仙，相如上《大人赋》欲以风，帝反缥缥有凌云之志。由是言之，赋劝而不止，明矣！"(《汉书·扬雄传》)"以敏于赋颂，为弘丽之文为贤乎？则夫司马长卿、扬子云是也。文丽而务巨，言眇而趋深，然则不能处定是非，辩然否之实。虽文如锦绣，深如河汉，民不觉知是非之分，无异于弥为崇实之化"(《论衡·定贤》)。尽管他们从讽谏、教化的角度出发，但他们实际上并不一概反对侈言丽辞，他们反对的仅仅是"丽以淫"，设立的标的则是"丽以则"，在这一点上，左思继承的依然是扬雄、王充的观点。同时代的皇甫谧在为左思写的赋序中也曾说："然则赋也者，所以因物造端，敷弘体理，欲人不能加也。引而申之，故文必极美；触类而长之，故辞必尽丽。然则美丽之文，赋之作也。昔之为文者，非苟尚辞而已，将以纽之王教，本乎劝戒也。"①丽则合经，也代表着这一时期赋坛上的一种倾向性意见（除此而外，还有陆机、陆云等为代表的兴物缘情派倾向）。

第四，诗赋相分。诗、赋是两种不同的文体，因而也就担当着不同的文学功能。"发言为诗者，咏其所志也；升高能赋者，颂其所见也。"前一句话本之于《毛诗序》，后一句话本之于毛《毛诗传》。左思诗、赋二分的观念与同时代的陆机相合，反映出诗、赋担荷着不同的表达功能已完全得到确认，但"诗缘情而绮靡，赋体物而浏亮"(《文赋》)的提法，对诗、赋这两种文学样式不仅确定了不同的表现内容，而且也确定了不同的表现形式，左思则仅确定了前者，相比之下，不如陆机说得细密具体。

总之，左思的辞赋观基本上是在采择旧说、兼综时代风气的基础上形成的，求真征实、博物尚用是其辞赋观的核心所在。前者前承王充，后启挚虞，后者则绍继了班、扬的理论，并与陆机的观点相悖，与当时辞赋创作的主流也不相合。要求取材用象，必得征实而合典据，实也是鉴于大赋创作中妄诞不实的现象而发的矫枉过正之论，并由此而受到后人訾议。事

---

① 关于皇甫谧序，有的论者如陆侃如先生疑其为伪作，但《晋书·左思传》的说法实难轻易否定，姑从旧说。

实上，左思也未能做到取材用象，一一征实。宋张世南《游宦纪闻》卷 5 曾对《蜀都赋》中的"旁挺龙目，侧生荔支"一句有所辩议，谓自己遍历蜀郡，搜求二十余年，结果证明左氏所谓"龙目"者，纯属向空虚造。左思指责汉四家赋有虚夸之处，但他本人亦在所不免。左思的辞赋观与创作之间存在自相矛盾之处的原因，就在于既然赋是一种文学样式，既然是创作，那么最终也就无法脱离艺术思维的规范与制约，无法脱离"托无于有""凭虚构象"等表现手法。而要求辞赋担当颂美教化的功能的主张，尽管在《三都赋》问世之后，皇甫谧、张华等人也在进行大力吹扇，但这一时期，代表辞赋创作主流与发展趋势的，已是陆机、陆云等的兴物缘情说，而不是左思、皇甫谧等人倡导的征实教化说。同时，我们也应该看到，左思、皇甫谧等力倡"尚用"，但并不排斥"尚美"，这也是时代风气濡染的结果。"尚美"与"尚用"的矛盾已不再像汉代那样尖锐对立，美、善统一，"尚美"与"尚用"并行不悖，已成为辞赋功能的应有之义。只不过在这一基本点上二陆的主张更偏重尚情，左思更强调求真征实、博物尚用。但是，其观点远离了当时文学所关注的中心问题，失于前瞻而趋于后顾，在步调上落后于时代，则是显而易见的。

左思的《三都赋》产生之后，以至于洛阳纸贵，并由皇甫谧作《三都赋·序》，卫权作《三都赋略解序》，刘逵注《吴》《蜀》，张载注《魏都》，成为一代文坛盛事，左思本人也博得了"奇才"（刘勰）的盛誉。甚至左赋在南朝被作为朝议服制的"明文"根据①，由此可见其流传之广，影响之大了。但是，左思之后，京都大赋虽代有奕作，却再也无法产生"洛阳纸贵"的社会效应。关于这一点，有的论者指出因类书的发达，而导致大赋的衰颓。如清初的陆次云尝云："汉当秦火之余，典坟残缺，故博雅之属，辑其山川名物，著而为赋，以代乘志，使孟坚、平子生于汉

---

① 《南史·王俭传》："齐建台……时朝仪草创，衣服制则，未有定准，俭议曰：'汉景六年，梁王入朝，中郎谒者金貂出入殿门。左思《魏都赋》云：'蔼蔼列侍，金貂齐光。'此藩国侍臣有貂之明文。"

后，亦必不为曩日之制。"（《北墅绪言》卷4《与友论赋书》）这话也不无道理，至少为我们观察大赋衰颓的原因提供了一个有益的视角，但更根本的原因在于，自魏晋而后，赋作体裁上日益诗化，文字上崇尚平易，篇幅上讲究简短，审美上主张情趣，已成为一种时代趋势。尽管左思等人想把辞赋纳入政教颂美的功利主义范围，但历史的逻辑决定了京都大赋走向衰颓已成为一种势所必然而不得不然的结局。在西晋，张华曾称叹《三都赋》"班、张之流也，使读之者尽而有余，久而更新"，到清代，《三都赋》径直被视为可作"类书""志书"来读，而不再被看作具有多大审美价值的文学作品，"时势相反而功业异也"，《三都赋》的价值由隆盛而转向衰减的审美接受史，说明了这样一个事实：不同时代的文化心理造就了不同的作者与读者，这是文学史上的不二法则。

（原载《西北师大学报》1997年第5期）

陆机陆云的赋学批评

西晋在赋学批评史上却是一个非常重要的时期。三国归晋，南北统一，辞赋创作也出现了新的高潮。世家大族势力的重新崛起与儒学的复苏，以及玄学承接正始以来的传统继续发展，并最终成为意识形态的胜利者的双重背景，也深深影响了赋学批评。深受儒家思想影响的左思、皇甫谧等，提出了讽谏征实说，深受玄学影响的陆机、陆云，则提出了体物浏亮说①。陆机、陆云的赋学批评，是西晋赋论伴随着玄学思维的导入，进一步走向成熟与深化的集中体现。

一

《晋书·陆机传》虽然称陆机"伏膺儒术，非礼不动"，但其文学理论和创作却深受玄学影响。其《文赋》中的"伫中区以玄览"与"抚四海于一瞬"即分别出自《老子》的"涤除玄览，能无疵乎"以及《庄子·在宥》的"人心……其疾俯仰之间而再抚四海之外"；他写作《大暮赋》是为了阐明"夫死生是得失之大者，故乐莫甚焉，哀莫深焉。使

① 程章灿：《魏晋南北朝赋史》，江苏古籍出版社1992年版，第161页。

死而有知乎，安知其不如生？如遂无知耶，又何生之足恋？故极言其哀，而终之以达，庶以开夫近俗云"①。而《文赋》受阮籍《清思赋》影响，亦早为学者所指出。② 正因为如此，陆机的赋学批评显示出了与左思等迥然有别的特征。陆机的赋论，主要反映在《文赋》《遂志赋序》当中。

《文赋》之"文"，是一个大文学概念，泛指诗、赋、碑、诔、奏、说等各种有韵、无韵之文，因此陆机《文赋》所涉及的艺术想象、文质关系、文体特点、文学的价值与功能等问题，也同样适应于辞赋。兹举其大要，以说明陆机的辞赋观。

（一）极大地突出了想象的作用。在《文赋》中，陆机"深刻地阐发了想象的能动性，赋予了想象以和宇宙的无限等同的力量，使艺术的境界与天地的境界合一"③。《文赋》是中国文学批评史上第一篇完整的艺术思维论，也是陆机的重要贡献。陆机对于艺术想象的论述，接受了道家、玄学的影响，《老子》"涤除玄览"、《庄子·外物》"心有天游"、阮籍《清思赋》"清虚廖廓、则神物来集"等的影子，在《文赋》中昭然可辨。"罄澄心以凝思，眇众虑而为言。笼天地于形内，挫万物于笔端"，陆机对于艺术想象的论述，既是对司马相如"赋心"说的继承与深化，同时，也开辟了与左思截然不同的理论创作路向。左思的赋论，以博物征实为标尚，"所谓依本求实，也只是'稽之地图'、'验之方志'，颇有抹杀艺术想象特点的倾向。与之相对，陆机在《文赋》中强调指出艺术想象对于描摹再现的重要作用：'体有万殊，物无一量，纷纭挥霍，形难为状……虽离方而遁圆，斯穷形而尽相。'"④ 在理论上显然比左思科学得多，也更符合艺术的创作规律。

（二）提出了新颖独创的审美标准。关于这一点，陆机讲得至为明确：

---

① 金涛声点校：《陆机集》，中华书局1982年版，第27页。
② 李泽原、刘纲纪：《中国美学史》（魏晋南北朝卷），中国社会科学出版社1987年版，第187页。
③ 同上书，第262页。
④ 郭英德：《中国古典文学研究史》，中华书局1994年版，第146页。

"或藻思绮合,清丽千眠。炳若缛绣,凄若繁弦。必所拟之不殊,乃暗合于曩篇。虽杼轴于予怀,怵他人之我先,苟伤廉而愆义,亦虽爱而必捐。"[1] 这与他所说的"谢朝华于已披,启夕秀于未振"是完全一致的。从理论上看,陆机强调字必独创,文必出新,简直到了无以复加的地步。颇有意味的是,他的实践却与理论脱节,其作品中存在着大量的摹拟之作。事实上,汉魏以来,班固、张衡、曹丕、曹植、傅玄、潘岳、左思等当时具有代表性的赋家都存在这个问题。摹拟的意义是双重性的,一方面可以通过对前人作品的揣摩分析,锻炼自己的创作能力并在文体上有所依傍;另一方面,选择同样的题材、体裁进行创作,可以与前人在创作成就上一较短长。在摹拟中出新,尊重前人的文学传统,是陆机的真正用意,《文赋》中所谓"咏世德之骏烈,诵先人之清芬。游文章之林府,嘉丽藻之彬彬"[2],所谓"收百世之阙文,采千载之遗韵。谢朝华于已披,启夕秀于未振"[3] 等,正可看出陆机对待前人文学传统的辩证方法及严肃认真的态度。

(三)对于作品的声韵,陆机也提出了明确的要求。"暨音声之迭代,若五色之相宣",建安时期,曹操就曾经从声韵与文气联贯的角度提出过"资代"的要求(《文心雕龙·章句》),陆机显然对此做了进一步的深化。其《鼓吹赋》称:"饰声成文,雕音作蔚,响以形分,曲以和缀。放嘉乐于会通,宣万变于触类。适清响以宣奏,期要妙于丰杀。"对音乐的敏感,使他注意到了节奏与声韵的组配关系以及节奏的缓急与听觉的美感效果等相关问题。这标志着诗赋声韵理论的进一步发展,并为沈约声律说的正式形成奠定了基础。沈约声律说的形成,固然与佛经的翻译、诵读有着密切的关联,但在此之前的曹操、陆机的赋论,是永明声律说在形成过程中不可缺失的有机环节。

(四)论述了包括辞赋在内的文的价值与作用。同曹丕一样,《文赋》

---

① 张少康:《文赋集释》,人民文学出版社 2002 年版,第 115 页。

② 同上书,第 20 页。

③ 同上书,第 36 页。

在末尾也专门论述了文的作用："伊兹文之为用，固众理之所因，恢万里而无阂，通亿载而为津。俯贻则于来叶，仰观象乎古人。济文武于将坠，宣风声之不泯。涂无远而不弥，理无微而弗论。配霑润于云雨，象变化乎鬼神。被金石而德广，流管弦而日新。"① 从"众理"（天地万物、社会人伦之理）因"文"而明的角度，肯定了文学的作用所在。它尽管最终没有脱离儒家的传统观念，但儒家的传统文学价值观念毕竟不再被强调，它所强调的，恰恰是儒家传统观念极为忽视的文学的审美方面。② 陆机在认识的基点上已发生了巨大的转换，而这种转换，正是文化背景潜变的结果，同时也预示着对文学价值认识的重新判断。

此外，陆机在《遂志赋序》中历述了冯衍《显志赋》、班固《幽通赋》等同类抒情言志赋的不同风格特征："昔崔篆作诗，以明道述志。而冯衍又作《显志赋》，班固作《幽通赋》，皆相依仿焉。张衡《思玄》，蔡邕《玄表》，张叔《哀系》，此前世之可得言者也。崔氏简而有情，《显志》壮而泛滥，《哀系》俗而时靡，《玄表》雅而微素，《思玄》精练而和惠，欲丽前人，而优游《清典》，漏《幽通》矣。班生彬彬，切而不佼，哀而不怨矣。崔、蔡冲虚温敏，雅人之属也；衍抑扬顿挫，怨之徒也。岂亦穷达异事，而声为情变乎？余备托作者之末，聊复用心焉。"③ 陆机这段义字，其论文体风格特征的方法显然与傅玄《七谟序》专论"七体"一脉相承，同时，受时代风气的濡染，又明显地带有人物品鉴的痕迹，认为作者的不同经历、人品形成了作品的不同风格，其合理意义是不容否认的。《遂志赋序》对骚体赋风格特点进行了简要的评述，这是继傅玄《七谟序》之后，在赋学批评史上的另一篇专体风格论——最早的抒情赋专体风格论。

---

① 张少康：《文赋集释》，人民文学出版社 2002 年版，第 261 页。
② 李泽原、刘纲纪：《中国美学史》（魏晋南北朝卷），中国社会科学出版社 1987 年版，第 285 页。
③ 金涛声点校：《陆机集》，中华书局 1982 年版，第 15 页。

二

如果说陆机在《文赋》中探讨的是包括辞赋在内的文艺创作规律，那么，陆云在《与兄平原书》中所从事的则是具体而微的作品批评了，从中我们可以清楚地看出他的辞赋观念。

陆云的辞赋观，与陆机既有相同之点，又有区别之处。我们可以简要地概括为主"情"、切"体"、重"韵"、贵"约"四个方面。

（一）"情"是陆云评价作品优劣的标准。《与兄平原书》评价陆机《述思赋》时提到："省《述思赋》，流深情至言，实为清妙。"① 其评陆机《赠武昌太守夏少明》诗："《答少明诗》，亦未为妙，省之如不悲苦，无恻然伤心者。"② 其称 "《岁暮赋》：情意深至，《述思》自难希"③。自称所作《九愍》中屈原与渔父相见时语："亦无他异，附情而言，恐此故胜渊弦。"④ 其评王粲辞赋："视仲宣赋集，《初征》《登楼》，前耶甚佳，其余平平，不得言情处。"⑤ 如此等等，皆可以看出陆云对情感的重视。

重视情感，尤其是渲染悲苦之情，一方面是时代风气使然。西晋时代，是一个重情的时代，以欣赏悲愁之情为乐的审美心理是一种普遍的存在。晋武帝即曾下诏令"作愁思之文"，而左棻《离思赋》、潘岳《悼亡赋》、陆机《愍思赋》等无不充斥着人生惨恻的悲怨情感。另一方面，也与他自觉地接受了张华父子先情后辞的观念有关。这从陆云在信中称"往日论文，先辞而后情，尚洁而不取悦泽。尝忆兄道张公父子论文，实自欲得，今日便欲宗其言"⑥ 即可看出。

① 黄葵点校：《陆云集》，中华书局 1988 年版，第 137 页。
② 同上书，第 135 页。
③ 同上书，第 111 页。
④ 同上书，第 142 页。
⑤ 同上书，第 146 页。
⑥ 同上书，第 138 页。

在辞赋主情这一点上，陆云与陆机是一致的，陆机在《文赋》中尽管也谈到"言寡情而鲜爱，辞飘浮而不归"，但并没有像陆云这样把"情"强调得如此突出。陆云则极大地突出了情感并把情感上升为评价作品的审美标准，相对于以往一切传统的辞赋观而言，这是一个质的区别。陆云所说的情感，即其《岁暮赋序》中所说的"感万物之既改，瞻天地而作怀"的悲情，这种理论上的标尚，实则也是基于西晋时代辞赋创作实践所做出的理论归结，反映出了辞赋创作实践及理论观念上的新动向。

（二）"体"也是陆云辞赋理论中的一个重要概念。陆云之前，曹丕曾从创作主体的角度提出"气之清浊有体"，"体"指作者的先天禀赋才力，傅玄则将"体"这一概念落实于文本批评，在《拟四愁诗序》中讥评张衡《四愁诗》"体小而俗"，这里的"体"，不专指作品的篇幅结构，同时也指作品所呈现出的风貌特征。陆云则杂糅了曹丕、傅玄的说法。其《与兄平原书》称："今视所作，不谓乃极，更不自信，恐年时间复捐弃之，徒自困苦尔。兄小加润色，便欲可出。极不苦作文，但无新奇，而体力甚困瘁耳。"① 谓自己所作《九愍》："云意自谓当不如三赋。情难非体中所长，欲遍周流，云意亦为谓佳耳。"② 其评陆机《文赋》："《文赋》甚有辞，绮语颇多，文适多体，便欲不清。"③

同时，他严格区分赋颂与其他文体之间的界限，讲究体有定式："一日会公大钦，欣命坐者皆赋诸诗，了不作备，此日又病。极得思惟立草，复不为，乃仓卒退还，犹多少有所定，犹不副意。与颂虽同体，然佳不如颂，不解此意可以不？"④ 又称："一日视伯嚯《祖德颂》，亦以述作宜褒扬祖考为先。聊复作此颂，今送之，愿兄为损益之，欲令省。而正自辄多，欲无可如省。碑文，通大悦愉有似赋，愚谓小复质之为佳，前作此颂

---

① 黄葵点校：《陆云集》，中华书局1988年版，第140页。
② 同上。
③ 同上书，第137页。
④ 同上书，第111页。

书之。"① 刘勰要求诸种文体之间"杂而不越"的提法，除了沿袭了挚虞的观念外，与陆云亦有着很深的渊源。

此外，他又更注重语句词采与整个文篇的通体和谐："张义元答员渊之'回流昆仑吐河'不体，正自似急水中山石间，是人谓回缚者，但言之辞不工耳。不知此中语于诸赋何如？"② 又称："《扇赋》腹中愈首尾，发头一而不快，言'乌云龙见'，如有不体。"③ 凡此均反映出他对琢磨文字、锻炼辞章的高度重视。

与"如有不体"相对，陆云极度重视精警独拔的"出语""出言"，如评陆机《词堂颂》："了不见出语，意谓非兄文之休者。"④ 其称陆机《刘氏颂》："《刘氏颂》极佳，但无出言耳。"⑤ 这种重"出语""出言"的理论，与陆机的"立片言而居要，乃一篇之警策"可谓同声相应，而齐梁间对诗赋进行摘句品赏的风气，后世所谓的"诗眼""句眼"等，亦莫不渊源于此。

（三）陆云对辞赋的音韵亦极为重视。因为陆云由吴入晋，对中原地区的语言不太熟悉，并且在作品中时用吴楚方音，所以他自称"音楚"并且请陆机更正。而实际上，陆机也在不同程度上存在这一问题。陆云《与兄平原书》称："张公语云云，兄文故自楚，须作文。为思昔所识文。"⑥ 从中可以看出，陆机作文亦经历过一段就范于中原地区音韵的过程。再者，当时的音韵已有比较统一的规范标准，陆云称："李氏云'雪'与'列'韵，曹便复不用。人亦复云：曹不可用者，音自难得正。"⑦ 王运熙、杨明先生指出，曹指曹志，"当时以博学多闻著称，作有《释询》二十七

---

① 黄葵点校：《陆云集》，中华书局1988年版，第145页。
② 同上书，第136页。
③ 同上书，第137页。
④ 同上书，第135页。
⑤ 同上书，第136页。
⑥ 同上书，第140页。
⑦ 同上书，第145页。

卷，当是语言学方面的著作，故人们取正于他。"① 陆云为了避免辞赋的用韵"音楚"，就一直在寻求规范的音读，并在两者之间自觉寻求着磨合与协调。因此，关于如何"改韵徙调""节文辞气"（《文心雕龙·章句》）的问题，也就成为他与陆机经常研讨的问题。《与兄平原书》在评说王粲、陆机诸赋后，说："文中有'于是'、'尔乃'，于转句诚佳，然得不用之益快，有故不如无。又于文句中自可不用之，便少亦常。云四言转句，以四句为佳。往曾以兄《七羡》'回烦手而沉哀'结上两句为孤，今更视定，自有不应用时，期当尔，复以为不快，故前多有所去。《喜霁》'俯顺习坎，仰炽重离'，此下重得如此语为佳，思不得其韵。愿兄为益之。"② 其谓己作《九愍》："'彻'与'察'皆不与'日'韵，思唯不能得，愿赐此一字。"③ 又称《九悲》："《九悲》多好语，可耽咏，但小不韵耳。"④ 又称："诲颂兄意乃以为佳，甚以自慰。今易上韵，不知差前不？不佳者，愿兄小为损益。"⑤

对陆云等所有由南入北的辞赋作家而言，音韵是应当而且必然是他们共同关注的问题，一方面缘于他们因为"音楚"而面临着正音审读的规范化需求；另一方面，如何用韵、选韵而使辞气流美顺畅，也是辞赋向来讲究"不歌而诵"这一传统使然。前者是客观需要，后者则是艺术表现、艺术技巧问题，对于北方作家来说，他们面临的问题主要是后者。因而，陆云等由南入北的辞赋作家对于音韵的讲求比北方作家尤为用心致力。这种风气延续至东晋并且为永明声律说的出现从理论和实践上做好了准备。

（四）对于辞赋篇幅，陆云提出了"约"的要求，即要求文体省净，不取冗长。《与兄平原书》其称赞张华之文曰："张公文无他异，正自清省无烦长。作文正尔自复佳。"⑥ 这与刘勰《文心雕龙·才略》所说的"张

---

① 王运熙、杨明：《魏晋南北朝文学批评史》，上海古籍出版社 1989 年版，第 112 页。
② 黄葵点校：《陆云集》，中华书局 1988 年版，第 139 页。
③ 同上书，第 141 页。
④ 同上书，第 141 页。
⑤ 同上书，第 146 页。
⑥ 同上书，第 142—143 页。

华短章，奕奕清畅"是一致的。他讥评文繁者："有作文惟尚多，而家多猪羊之徒。作《蝉赋》二千余言，《隐士赋》三千余言，既无藻伟体，都自不似事。文章实不当多。"①

反对文繁辞滥的贵"约"辞赋观的提出，固然与陆云个人的审美趣味有关，但在此背后，展现的却正是自魏以来崇尚简约的社会风气这一广阔的文化背景，魏晋注疏恒要言不烦，言谈亦以简要相高，书法理论中亦出现了轻繁尚简的主张。② 表现在辞赋创作上，则多是短篇小制，人们不再崇尚汉人的汪濊博富而更倾心于辞约旨丰，就连文美博富、时有芜杂之病的陆机也提出了"要辞达而理举，故无取乎冗长"的主张，从这一角度上来说，陆云贵"约"的辞赋观所反映出的不仅是他个人的审美趣味，而是整个时代的审美观念。

三

陆机、陆云的赋学批评，各有一以贯之的核心，这就是"浏亮"和"清妙"。

在《文赋》中，陆机提出了"赋体物而浏亮"的命题。他论述了十种文体，其论文体风格特征对后世影响最大的便是"诗缘情而绮靡，赋体物而浏亮"。他进一步深化了曹丕"诗赋欲丽"的命题，并对诗赋风格特征作了进一步的细密而明确的规定。关于"赋体物而浏亮"，程章灿先生曾援引周汝昌先生的说法，指出："体物的重点仍在缘情，浏亮的核心亦是绮靡，'诗缘情而绮靡，赋体物而浏亮'二句可谓互文见义。"③ 这种理解在一定意义上是有道理的。陆机的辞赋，也不乏缘情绮靡之作，而且"缘

---

① 黄葵点校：《陆云集》，中华书局1988年版，第112页。
② 王琳：《西晋辞赋观简论》，《山东师范大学学报》1988年第5期。
③ 程章灿：《魏晋南北朝赋史》，江苏古籍出版社1992年版，第162页。

情"一词，在陆机赋中也出现过两次，《思妇赋》："悲缘情以自诱，忧触物而生端。"《叹逝赋》："乐隤心其如忘，哀缘情而来宅。"这皆可以说明陆机的辞赋并不排斥诗歌的创作技巧与表现方法。但"诗缘情而绮靡，赋体物而浏亮"的本义，显然在于强调诗赋的不同。这从陆机的赋作写志者少、体物者多就可以看出他是以后者为正体，以前者为变调的。

　　"浏亮"构成了汉赋与六朝赋之间的区别性特征。因此，如何理解"浏亮"的意蕴，也就成为理解陆机赋论的关键。"浏亮"，章太炎释之为"盖体物者，铺陈其事，不厌周祥，故曰浏亮"。① 章氏之说，显然因囿于文必秦汉之观念的影响，以汉赋的特征进行解说。如果我们不忽视陆机所处的时代背景以及已如前述的陆机深受玄学影响这一事实，就可以理解"浏亮"的真实含义与陆机在《演连珠》中所说的"灵辉朝觏，称物纳照；时风夕洒，程形赋音"，其实是可以相互诠释的，它要求的是"意"与"物"之间的契合圆照，即要求体"物"成为言"意"的载体，由对"物"的形体色相的随形赋彩而参破"物"的意神趣理，达到物我一体的"清明""爽朗"的澄明状态。"一方面，所谓体物，已不停留在为着某种效果而作的叙事性描述，所以'体物'并不等同于纯粹肖像式的'写实'；而另一方面，'浏亮'的风格又必须在写形图貌之中得以呈现，不可能超绝于物。那么，这里实际上暗示了由物象形貌而进入物象神理的问题，只是在陆机的心目中，更注重'体物'所获得的理或意。""陆机从一个新的角度来说明赋体创作中美感及其表现形态的特征，这一理论思维及艺术视野的获得，是受到魏晋玄学、尤其是嵇康思想的启示。"② 因此，包括辞赋在内的文，一方面被规定为宇宙自然之道的显现；另一方面又被看作人之情感思想的必然表现，这种观念始终贯穿这一时期的文学思想中。

　　简言之，所谓"赋体物而浏亮"，就是强调象与意、物与我的圆照契合，在表现手法上不再以铺陈、推类为能事，而趋向浅可喻深，小能托

---

① 章太炎：《文学略说》，《国学讲演录》，华东师范大学出版社 1995 年版，第 251 页。
② 曹虹：《陆机赋论探微》，《古代文学理论研究》1995 年第 17 期。

大，它摒弃了讽谏鉴戒的功利目的，而趋向物我相合的澄明境界。

对陆云来说，"清妙"是作为创作所追求的最高境界而提出的。"清"在《世说新语》中，"用来赞美人物品行风度的通脱自然，也同样可以用来赞美言辞的清爽自然"①，陆云将之由人物品鉴导入诗赋批评，并把"清"作为一切优秀作品应当具备的基本要素，显示出了与玄学的一致性。《与兄平原书》称："次第省《述思赋》，流深情至言，实为清妙。"② 和"清妙"意思相通，陆云在评论诗、颂、箴等其他作品时，经常提到"清省""清新""清绝""清工""清约"等。其评陆机作品："然犹皆欲微多，但清新相接，不以此为病耳……"③ 又称："尝闻汤仲叹《九歌》，昔读《楚辞》，意不大爱之。顷日视之，实自清绝滔滔。"④ 又称："《祖德颂》无大谏语耳。然靡靡清工，用辞纬泽，亦未易，恐兄未熟视之耳。"⑤ 又称："兄《丞相箴》小多，不如《女史》清约耳。"⑥ 又称："兄《园葵》诗清工，然犹复非兄诗妙者。"⑦ 因此，"清妙"，以及与"清妙"义近的"清省""清新""清绝""清工""清约"等，实际上也就是要求诗赋文章，精而不芜，约而不繁，透明莹澈，雅洁不俗，这与陆机所说的"浏亮"是完全一致的，甚至可以说，陆云实质上是在以不同的形式重复着陆机提出的"赋体物而浏亮"这一命题。

总之，陆机的"浏亮"陆云的"清妙"显示了与当时的玄学背景的密切关联。汤用彤先生说："夫玄学者，谓玄远之学。学贵玄远，则略于具体事物而究心抽象原理。论天道则不拘于构成质料（Cosmology），而进探本体存在（Ontology）。论人事则轻忽有形之粗迹，而专期神理之妙用。夫具体之迹象，可道者也，有言有名者也。抽象之本体，无名绝言而以意会

---

① 袁行霈：《中国诗学通论》，安徽教育出版社 1994 年版，第 201 页。
② 黄葵点校：《陆云集》，中华书局 1988 年版，第 137 页。
③ 同上书，第 138 页。
④ 同上书，第 139 页。
⑤ 同上书，第 141 页。
⑥ 同上书，第 143 页。
⑦ 同上书，第 141 页。

者也。迹象本体之分，由于言意之辨。依言意之辨，普遍推之，而使之为一切论理之准量，则实为玄学家所发现之新眼光新方法。"① "浏亮"说与"清妙"说的提出，本身就是受玄学影响而产生的文学批评观念。这进一步说明，随着玄学思维的导入，赋学批评正在走向成熟和深化。而且，尤其应当值得注意的是，在曹丕提出的"诗赋欲丽"的基础上，"赋体物而浏亮"进一步划清了诗与赋的分野；对声韵的重视，是促使永明声律说出现的一个重要环节；对情的感发作用的强调，则是对汉代赋学批评奉"讽谏"为圭臬的彻底突破。在继承建安、正始赋学批评的基础上，陆氏兄弟的赋学批评表现出了新的特点，并完成了对汉代赋学批评的反拨。

（原载《齐鲁学刊》2005 年第 5 期）

---

① 汤用彤:《魏晋玄学论稿》，上海古籍出版社 2005 年版，第 19 页。

夏侯湛以"味"论赋

在赋学批评史上，夏侯湛（243—291）的《张平子碑》，是一则重要的赋学资料，以往却很少引起注意。

关于《张平子碑》的作年，陆侃如先生系之为太康八年即公元287年，夏侯湛出补河间相时①，关于《张平子碑》的写作缘起，严可均以为"南阳相夏侯湛……历兹邑而怀夫子……遂纠集旧迹，摄载新怀，而书之碑侧。"（《全晋文》卷六九）兹节录如下：

> 若夫好学博古，贯综谟籍，《坟典》《丘索》之流，经礼训诂之载，百家九流之辩，诗赋雅颂之辞，金匮玉版之奥，谶契图纬之文，音乐书画之艺，方技博弈之巧，自洪范彝伦，以逮于若郯子之所习，介庐之所识者，罔不该罗其情，原始要终。故能学为人英，文为辞宗，绍羲和之显迹，系相如之遗风。向若生于春秋之间，游乎阙里之堂，将同贯宰贡，齐衡游夏，岂值取足于身中，垂名于一涂哉！是以先生恒屈于不知己，仕居下位。再为史官，而发《应间》之论；时不容道，遂兴《思玄》之赋；爰登侍中，则谠言允谐；出相河间，则黎民时雝。庸渠限其所至哉！若夫巡狩诰颂，所以敷陈主德，《二京》

---

① 陆侃如：《中古文学系年》，人民文学出版社1985年版，第718页。

《南都》，所以赞美畿辇者，与雅颂争流，英英乎其有味欤！若又造事属辞，因物兴□，下笔流藻，潜思发义，文无择辞，言必华丽，自属文之士，未有如先生之善选言者也。

夏侯湛指出了张衡博学多才、贯综谟籍，兼科学家与文学家于一身的特点："学为人英，文为辞宗"；揭櫫了张衡的主导思想为儒家思想这一事实，并对张衡的文学成就特别是张衡的辞赋进行了高度评价。

夏侯湛推崇张衡"文为辞宗""系相如之遗风"，看到了张衡赋与相如赋之间的传承关系。对于《应间》《思玄》赋的创作背景进行了交代："再为史官，而发《应间》之论；时不容道，遂兴《思玄》之赋。"就一般意义而言，对创作背景的交代，只是批评的前提，但也包含着批评者对作品的理解乃至于价值判断。《应间》《思玄》赋暗寓着张衡对"时不容道"的现实的批判，宣寄着张衡郁闷悲愤、寻求解脱的情感。对此，夏侯湛无疑是清楚的，这与《后汉书·张衡传》的记载是一致的："顺帝初，再转，复为太史令。衡不慕当世，所居之官，辄积年不徙。自去史职，五载复还，乃设客问，作《应间》以见其志"，"后迁侍中，（顺）帝引在帷幄，讽议左右。尝问衡天下所疾恶者，宦官惧其毁己，皆共目之。衡乃诡对而出。阉竖恐终为其患，遂共谗之。衡常思图身之事，以为吉凶倚发，幽微难明，乃作《思玄赋》，以宣寄情志"。范晔著《后汉书》始于宋文帝元嘉元年（424），终于元嘉二十二年（445）。按照陆侃如先生《系年》，夏侯湛《张平子碑》作于太康八年（287）。依此推算，范晔之作《张衡传》至少距《张平子碑》有137年之久。两相比照，可以看出，《张衡传》的记载，庶几是《张平子碑》的翻版，在对《应间》《思玄》赋的理解上，《传》接受了《碑》的影响，这一点是判然分明的。

关于赋颂的功能，夏侯湛将之界定为"敷陈主德"，揄扬时政，这与挚虞（？—311）所谓"故颂之所美者，圣王之德也"，尤为一致，与左思（约250—?）、皇甫谧（225—293）等人的观点亦没有什么截然的分别。

而且无独有偶,《张平子碑》提到了《二京》《南都》赋,与夏侯湛大约同时的车永在《答陆士龙书》中也提到了《二京》《南都》赋:"足下此书,足为典诰,虽《山海经》《异物志》《二京》《南都》,殆不复过也。"这说明,张衡《二京》《南都》赋在当时享有崇高的声誉,同时,我们也可以看出,大赋特别是京都大赋,在当时人的心目中,地位依然是非常之高的。这从陆云的《与兄平原书》中屡劝其兄作大赋,"作数大文"(其十八),声言"古今兄文所未得与较者,亦惟兄所道数都赋耳","云谓兄作《二京》,必传无疑,久劝兄为耳",以及由左思《三都赋》引发的"洛阳纸贵"现象,都充分证明了大赋的崇高地位。虽然夏侯湛在创作实践上写的多是《寒雪赋》《雷赋》《电赋》《浮萍赋》《莽赋》等有关草木风物、雨雪雷电的小赋,虽然大赋已不是这一时期辞赋创作的主流,但是,自汉代以来,大赋所确立的典范地位以及重视大赋创作的固有传统,依然在理性的价值判断这一层次上深深影响着时代的文学观念。

同时,夏侯湛对张衡"文无择辞、言必华丽"的藻采所呈现出来的美感进行了充分的肯定,这与皇甫谧《三都赋序》所说的"文必极美""辞必极丽"庶几出自同一声口,究其原因,正因为置身于相同的文化背景,才使他们在赋学批评上做出了相同的回应。

尤其值得注意的是,夏侯湛以"味"论赋,此后,无论是陆机的以"味"谈诗:"寤《防露》与《桑间》,又虽悲而不雅。或清虚以婉约,每除烦以去滥。阙大羹之遗味,同朱弦之清氾。"(《文赋》)还是刘勰以"味"言文章之美:"是以声画妍蚩,寄在吟咏,滋味流于字句,气力穷于和韵。"(《声律》)"及班固述汉,因循前业……其十志该富,赞序弘丽,儒雅彬彬,信有余味。"(《史传》)抑或是钟嵘提出"滋味"说:"夫四言文约意广,取效风骚,便可多得,每苦文繁而意少,故世罕习焉。五言居文辞之要,是众作之有滋味者也,故云会于流俗。"(《诗品序》)莫不与此有着密切的关联。夏侯湛的赋学批评虽尚未摆脱儒家思想的影响而明显带有宗经的倾向，但以"味"论赋早于以"味"论诗这一事实说明，夏侯湛的赋论对于"味"这一概念介入文学批评、对于"味"这一概念上升为中国古典美学的重要范畴，起到积极的推动作用，它从理论上开启了中国文学批评自齐梁以后广泛地以"味"谈文论艺的先声。

（原载《文学遗产》2001 年第 1 期）

"繁华"与"有益"

——试论葛洪赋学批评的二重性

葛洪（283—363），是中国历史上一位极其特异的人物，他是魏晋时期神仙道的代表，在中国思想史上是作为"儒道异"派的人物出现的。①他是晋代的名医，其《金匮药方》一百卷，《肘后要急方》四卷在中国医学史上占有重要的地位。他是文学家，《晋书·葛洪传》称："洪博闻深洽，江左绝伦。著述篇章富于班马，又精辩玄赜，析理入微。"又称他著"碑诔诗赋百卷"。但是，对葛洪在赋学批评史上的地位，长期以来，却一直没有给予应有的重视。其实，在其充满神仙家言、"内宝养生之道，外则和光于世"的《抱朴子》中，也涉及几条非常重要的赋学批评材料，今特为拈出，并略加申说。

关于葛洪《抱朴子》的写定时间，并不难考证。据《外篇·自叙》："……洪年二十余，乃计作细碎小文，妨弃功日未若立一家之言，乃草创子书。会遇兵乱，流连播越，有所亡失，连在道路，不复投笔十八年，至建武中乃定，凡著《内篇》二十卷，《外篇》五十卷……"由此可见，《抱朴子》在建武年间已经定稿应无疑问。而涉及赋学批评的《外篇》，本来是单独成书的，据《抱朴子·内篇序》："余所著子书之数，而别为此一部，名曰《内篇》，凡二十卷，与《外篇》各起次第也。"因此，《外篇》

---

① 侯外庐等：《中国思想通史》第 2 卷，人民出版社 1957 年版，第 325 页。

的写定又早于《内篇》，理由就是，根据《内篇·黄白篇》，葛洪是先撰《外篇》，后撰《内篇》。建武，恰好是司马睿在建康改元的年号，标志着东晋的开端。时年葛洪约35岁。因此，在历史段落的划分上，我们将葛洪的赋学批评划归西晋后期，而不再像一般的著述那样，把葛洪的文艺美学思想划归到东晋时期。

西晋后期，豪族内讧，胡人侵扰，兵燹四起，葛洪一方面希望作"讥俗救生"之论（《应嘲》），以拯时弊；一方面期于"内宝养生之道"，以求长生逍遥。正因为如此，救世与长生，也就成了《抱朴子》思想的两个基调。

表现在文学思想上，他对王充、陆机推崇备至，《抱朴子》全书曾多有提及。他称王充为"冠伦大才"（《喻蔽》），称陆机之文"犹玄圃之积玉，无非夜光"（《佚文》）。对两者的理论也有因有革，有复有变。他继承了王充今胜于古的发展史观，但进行了更为系统全面的论述。他因袭了陆机绮靡博富的美学观念，但更强调"繁华"与"有益"的统一，其赋学批评代表的是西晋后期一种新的动向。

一

葛洪接受了王充今胜于古的观念，并且进行了更为系统、更为全面的论述。"变化乃天地之自然"（《黄白》）是《抱朴子》所持的发展观，他认为"且夫古者事事醇素，今则莫不雕饰，时移世改，理自然也。至于劚锦丽而且坚，未可谓之减于蓑衣；辒辌妍而又牢，未可谓之不及椎车也"（《钧世》）。他批判"俗士多云今山不及古山之高，今海不及古海之广，今日不及古日之热，今月不及古月之朗，何肯许今之才士，不减古之枯骨？重所闻、轻所见，非一世之患也"这种根深蒂固的世俗观点的荒谬。正是基于这种今胜于古的文学发展史观，他对于汉晋以来的司马相如、张衡、左思等重要赋家的代表性作品进行了高度的评价：

> 且夫《尚书》者，政事之集也。然未若近代之优文诏策军书奏议
> 之清富赡丽也。《毛诗》者，华彩之辞也。然不及《上林》《羽猎》
> 《二京》《三都》之汪濊博富也。（《钧世》）

大赋的地位被抬得如此之高，在他看来，司马相如的《上林赋》、扬雄的《羽猎赋》、张衡的《二京赋》、左思的《三都赋》，其审美价值高于《尚书》《毛诗》之类的经书。

同是在《钧世》篇中，葛洪还指出：

> 今诗与古诗，俱有义理，而盈于差美。方之于士，并有德行，而
> 一人偏长艺文，不可谓一例也；比之于女，俱体国色，而一人独闲百
> 伎，不可混为无异也，若夫俱论宫室，而奚斯路寝之颂，何如王生之
> 赋《灵光》乎？同说游猎，而《叔畋》《卢铃》之诗，何如相如之言
> 《上林》乎？并美祭祀，而《清庙》《云汉》之辞，何如郭氏《南郊》
> 之艳乎？等称征伐，而《出车》《六月》之作，何如陈琳《武军》之
> 壮乎？

在这段话中，有两点值得注意：

第一，葛洪沿袭了两汉时代"赋者，古诗之流"的观念，依然把赋视为诗。

第二，把表现同一题材的诗、赋进行了比较，对赋的艺术表现力进行了充分的肯定，"今诗与古诗，俱有义理，而盈于差美"，既是葛洪对诗赋的艺术风格、表现功能进行比较的切入点，也是他导出的结论，其中所贯穿的，不仅仅是今胜于古这一发展史观的视角，而且也包含着不同的文体在表现功能上各有所长这一崭新的维度。关于后者，葛洪显然继承了曹丕"气之清浊有体"的观点，并在《辞义》篇中进行了更为明确的表述："抱朴子曰：'夫才有清浊，思有修短。虽并属文，参差万品。……盖偏长

之一致，非兼通之才也。……"两相对照，《钧世》"今诗与古诗，俱有文理，而盈于差美。方之于士，并有德行，而一人偏长艺文，不可谓一例也；比之于女，俱体国色，而一人独闲百伎，不可混为无异也"与《辞义》篇中这段话立论的角度是一致的，但《钧世》篇最终落实的不再是创作主体而是文本本身，比曹丕等人更进一步，而由此确立的同一题材、不同文体之间艺术表现力的比较这一维度也是全新的。

由以上可见，葛洪从艺术审美的角度，肯定了赋的价值高于《诗》《书》，客观上也反映出在这一时期《诗》《书》等儒家经典的地位已远不如两汉，儒学已经失去了维系人心的力量。对他的这种离经叛道的精神，罗根泽先生指出："王充只是卑薄经生，还没有大胆的论到经书的本身，而且说《尚书》《毛诗》都不及汉魏的文章；不用说在两汉尊经之后，就是在废经倒孔的'五四'时代，这种言论也要使大部分的人舌矫而不敢下的。这是如何的大胆的批评！固然经书的巨手不能伸展在魏晋六朝是有许多原因的，而葛洪这种大胆的批评，也确是抵制经书的生力军。"①

二

葛洪肯定了赋的价值高于《诗》《书》等儒家经典，这一论断固然"大胆"，不过，在总的倾向上，他是视经、子重于辞赋的。而且，葛洪和扬雄一样，经历了一个由年轻时代重诗赋，到后来重经子的过程。《抱朴子·外篇·自叙》云："洪年十五六时，所作诗赋杂文，当时自谓可行于代（世），至二十余岁时，乃计作细碎小文，妨弃功日，未若立一家之言，乃草创子书。"所以，他在《尚博》篇中如此批评世人：

---

① 罗根泽：《中国文学批评史》，上海古籍出版社 1984 年版，第 1 册，第 132 页。

或贵诗赋浅近之细文，忽薄深美富博之子书，以磋切之至言为騃拙，以虚华小辩为妍巧；真伪颠倒，玉石混淆，同《广乐》于《桑间》，钧龙章于卉服。悠悠皆然，可叹可慨者也！

《百家》篇表达了与此相似的观点：

或诗赋琐碎之文，而忽子论深美之言，真伪颠倒，玉石混淆，同广乐于《桑间》，均龙章于素质，可悲可慨，岂一条哉！

《抱朴子·尚博》更直接论述了经、子之间的关系及经、子的重要性：

正经之道义之渊海，子书为增深之川流，仰而比之，则景星之佐三辰也；俯而方之，则林薄之裨嵩岳也。虽津途殊阙，而进德同归；虽离于举趾，而合于兴化。故通人总源本以括流末，操纲领而得一致焉。

综括以上三条，可以看出，葛洪视经、子重于辞赋正是从"进德""兴化"的角度立论的。因为在他看来，"不能拯风俗之流遁，世途之凌夷，通疑者之路，赈贫者之乏，又何异春花不为肴粮之用，苣蒽不救冰寒之急？古诗刺过失，故有益而贵；今诗纯虚誉，故有损而贱也"。"古诗"指《诗经》，"今诗"，按照上引《钧世》篇"古诗与今诗，俱有义理，而盈于差美"一段文字，也应是包括辞赋在内的。

西晋之世，晋帝不文，文人多依附权臣之门，最为明显的例子就是"二十四友"，《晋书·贾充郭彰杨骏传》："谧好学，有才思。既为充嗣，继佐命之后，又贾后专恣，谧权过人主，至乃锁系黄门侍郎，其为威福如此。负其骄宠，奢侈逾度，室宇崇僭，器服珍丽，歌僮舞女，选极一时。开阁延宾，海内辐凑，贵游豪戚及浮竞之徒，莫不尽礼事之。或著文章称美谧，以方贾谊。渤海石崇欧阳建、荥阳潘岳、吴国陆机陆云、兰陵缪征、京兆杜斌挚虞、琅邪诸葛诠、弘农王粹、襄城杜育、南阳邹捷、齐国左思、清河崔基、沛国刘瑰、汝南和郁周恢、安平牵秀、颍川陈眕、太原郭彰、高阳许猛、彭城刘讷、中山刘舆刘琨皆傅会于谧，号曰二十四友，其余不得预焉。"而这些文人的赋作，其题材也多不离云、雪、雷、电等自然天象及蜘蛛、青蝇、相风、羽扇等动植器物，赋家寄人篱下只能虚华谀美，忧生念乱只好清谈玄理，体国经野、义尚光大的题旨已经淡化于琐碎细物的描刻，这样的作品在西晋赋作中占据了相当的比例。因此，葛洪批评这一时期的辞赋为"细碎小文""有损而贱"，没有继承《诗经》大胆刺过的讽谏精神，而充斥着虚华谀美之词，无裨于时世，无补于政教，不是没有道理的。但是，他没有意识到这一时期的辞赋所呈现出的博物说理成分的加强，题材的进一步拓展等新变因素，而简单地从"进德""兴化"的政教观念出发，表现出了贱辞赋而重经、子的态度，这不能不说是葛洪辞赋观念的一个局限。

三

表面上看来，葛洪评判辞赋的标准存在二重性：审美的与政教的。从审美的角度看，认为辞赋的"繁华"胜过经、子"醇素"，其艺术表现力胜过经、子；从政教的角度来看，他又认为经、子更有助于王道政教而表现出轻视辞赋的倾向。实际上，葛洪肯定"繁华"，更强调"有益"，"繁华"与"有益"相统一，所谓"繁华晔晔，则并七曜以高丽；沈微沦妙，则侪玄渊之无测。人事靡细而不浃，王道无微而不备"（《辞义》），正是《抱朴子》所高扬的审美理想。

由此我们可以理解为什么葛洪所称许的皆是《上林》《羽猎》《二京》《三都》《灵光》《南郊》《武军》（以上均见《抱朴子·钧世》）等具有体国经野、揄扬时政意味的大赋，也可以进一步说明为什么明明是子书体的《抱朴子·外篇》有若干篇带有显著的辞赋风格："如《嘉遁》

《守塉》完全楚辞格调，《博喻》《广譬》两篇则是连珠体。《博喻》共九十七则，广譬共八十五则。……但这样用连珠体大规模地来写作，共达八十则以上，则是颇可注意的。"① 上述现象的一切秘密，皆源于葛洪的审美理想。

在他的观念之中，美善是统一的，善的价值是大于美的，美附着于善才有价值。这是《抱朴子》一以贯之的思想。"夫制器者珍于周急，而不以采饰外形为善；立言者贵于助教，而不以偶俗集誉为高。若徒阿顺谄谀，虚美隐恶，岂所匡失弼违，醒迷补过者乎！虑寡和而废白雪之音，嫌难售而贱连城之价，余无取焉。非不能属华艳以取悦，非不知抗直言之多咎，然不忍违情曲笔，错滥真伪，欲令心口相契，顾不愧景，冀知音之在后也。"（《应嘲》）在他看来，著书立说，应当"式整雷同之倾邪，磋砻流遁之暗秽"（《应嘲》），摒弃"徒饰弄华藻，张磔迂阔，属难验无益之辞，治靡丽虚言之美"（《应嘲》）。任何巧慧无用的东西都是没有任何价值的，"墨子刻木鸡以厉天，不如三寸之车辖；管青铸骥骥于金象，不如驽马之周用"。

此外，葛洪在《广譬》篇中也曾提到过司马相如：

> 贵远而贱近者，常人之用情也；信耳而疑目者，古今之所患也。是以秦王叹息于韩非之书，而想其为人；汉武慷慨于相如之文，而恨不同时。及既得之，终不能拔，或纳谗而诛之，或放之于冗散；此盖叶公之好伪形，见真龙而失色也。

这段话固然如罗根泽先生所言，是批评"因空间的宥蔽而生的鉴赏错误"②，但从另一个角度来看，秦皇汉武对待文士的态度，葛洪也是深以为非的。

---

① 侯外庐等：《中国思想通史》第 3 卷，人民出版社 1957 年版，第 321 页。
② 罗根泽：《中国文学批评史》，上海古籍出版社 1984 年版，第 1 册，第 210 页。

四

　　把握住葛洪"繁华"与"有益"统一并且偏重"有益"的审美理想，有助于我们进一步了解他的辞赋观念。在文学与道德的关系上，虽然他也有文章与道德同等重要的说法："文章之与德行，犹十尺之与一丈，谓之余事，未之前闻。""文章虽为德行之弟，未可呼为余事也。"（《尚博》）但这种说法本身是以以下这段话为前提的：

　　　　筌可以弃而鱼未获，则不得无筌；文可以废而道未行，则不得无文（《尚博》）。

　　他以道家的表达方式阐释了儒家的文学观念，文学之与道德，犹筌之与鱼，它之所以重要，是因为它是作为明道的不可无之的工具而存在的，在这个基础上，它才获得了与道德同等重要的价值。

　　当然，我们不否认，葛洪的神仙思想是以道家的逍遥无待作为其精神蓝本的："夫玄道者，得之乎内，守之者外，用之者神，忘之者器，此思玄道之要言也"（《畅玄》），他也批判儒家不如道家，道家才是守正的本源，"道者，儒之本也；儒者，道之末也。……儒者博而寡要，劳而少功。……唯道家之教，使人精神专一，动合无形……务在全大宗之朴，守真正之源者也。"（《明本》）但是，在文学思想上，葛洪所采用的依然是儒家的观念，尽管在阐释方式上带有鲜明的庄、玄色彩。

　　历史的发展往往表现出一定的相似性。在赋学批评史上，葛洪与西汉末年的扬雄一样运涉季世，经历了一个由好赋到悔赋的过程，扬雄所提出的"诗人之赋丽以则"的审美要求，在葛洪"繁华"与

"有益"统一并偏重"有益"的审美理想中重新得到了回响，但葛洪与扬雄不同，他吸收了王充今胜于古的发展史观与陆机清赡富丽的美学观念，并进行了更为深入的论证，对六朝赋学批评乃至文学思想等产生了深远的影响，如萧统的《文选序》的"踵事增华"之说，追根溯源，与葛洪有着千丝万缕的联系。这就是葛洪赋学批评的意义。

（原载《古籍研究》2005 年第 2 期）

东晋赋学批评的分期及时代特征

东晋一百多年间，辞赋远不及西晋繁荣。对此，刘勰、沈约、钟嵘等几乎众口一词地归因于玄学的流行。其中，以沈约的概括最具有代表性："自建武暨乎义熙，历载将百，虽缀响联辞，波属云委，莫不寄言上德，托意玄珠，遒丽之辞，无闻焉尔。"[①] 统治阶级内部矛盾的复杂剧烈、许多名士文人的死于非命，使文人们选择了奢谈玄虚、规避世务的生活方式，江南的明山秀水，又往往成为北来士族安顿心灵、谈玄论道的最好题材。[②] 因而，玄言与山水，成为这一时期辞赋创作的主要取向。在赋学批评的形态上，则先后出现了以王廙等为代表的倡扬大赋，以孙绰为代表的讲求声韵，以陶渊明、谢灵运为代表的抒情写意的主张，从多方面展示了东晋赋学批评的时代特征。

---

① （梁）沈约：《宋书》，中华书局 1974 年版，第 1778 页。
② 马积高：《赋史》，上海古籍出版社 1987 年版，第 184—186 页。罗宗强：《魏晋南北朝文学思想史》，中华书局 1996 年版，第 126—127 页。张可礼：《东晋辞赋概说》，《文史哲》1990 年第 5 期。其中，张先生对东晋辞赋的发展状况及分期进行了精当的阐发。

一 王廙"宣扬盛美"

东晋前期，从元帝建武六年迄于成帝咸康初年，为了配合南渡的政治局面，出现了一系列"宣扬盛美"的大赋，比较重要的有王廙的《中兴赋》、庾阐的《扬都赋》、郭璞的《南郊赋》《江赋》等。

上述大赋出现的背景，一方面，与帝王对辞赋的重视有关，元帝中兴，"披文建学"（《文心雕龙·时序》），明帝"振采于辞赋"（同上）；另一方面，这些辞赋作家也自觉地担当起了配合时政、揄扬圣化的责任，王廙在《奏中兴赋上疏》中明确指出：

> 天诱其愿，遇陛下中兴。当大明之盛，而守局遐外，不得奉瞻大礼，闻问之日，悲喜交集。昔司马相如不得睹封禅之事，慷慨发愤，况臣情则骨肉，服膺圣化哉！……臣犬马之年四十三矣，未能上报天施，而愆负屡彰。恐先朝露，填沟壑，令微情不得上达，谨竭其顽，献《中兴赋》一篇。虽未足以宣扬盛美，亦是诗人嗟叹咏歌之义也。①

《中兴赋》已佚，但结合奏疏中所言："又臣昔尝侍坐于先后，说陛下诞育之日，光明映室，白毫生于额之左，相者谓当王有四海。又臣以壬申岁见用为鄱阳内史，七月，四星聚于牵牛。又臣郡有枯樟更生。及臣后还京都，陛下见臣白兔，命臣作赋。时琅邪郡又献甘露，陛下命尝之。又骠骑将军导向臣说晋陵有金铎之瑞，郭璞云必致中兴。璞之爻筮，虽京房、管辂不过也。明天之历数在陛下矣。"由此推测《中兴赋》的主要内容，当不外是铺叙种种祥瑞、神化元帝中兴。"宣扬盛美"歌颂中兴的大

---

① （唐）房玄龄等：《晋书·王廙传》，中华书局1974年版，第2003页。

赋，在东晋前期几乎无一例外地受到了时人的重视。

郭璞，曾注《子虚》《上林》赋，其"词赋为中兴之冠"（《晋书·郭璞传》），"璞著《江赋》，其辞甚伟，为世所称。后复作《南郊赋》，帝见而嘉之，以为著作佐郎"（同上）。关于《江赋》，据《文选》李善注引《晋中兴书》："璞以中兴，王宅江外，乃著《江赋》，述川渎之美。"① 由此可见，《南郊赋》和《江赋》的内容都是密切配合当时的中兴局面而创作的辞赋作品。

庾阐，"始作《扬都赋》，道温、庾云：'温挺义之标，庾作民之望，方响则金声，比德则玉亮。'庾公闻赋成，求看，兼赠贶之。阐改'望'为'俊'，以'亮'为'润'云"②。很显然，《扬都赋》的创作，也是为了配合当时的政局，对南渡的勋臣进行了大力的歌颂。而且，为了创作《扬都赋》，庾阐可谓倾尽心力，《类林杂说》七《文章篇》云："庾阐作《扬都赋》未成，出妻。后更娶谢氏，使于午夜以燃镫于瓮中。仲初思至，速火来，即为出镫。因此赋成，流于后世。"这段记载，虽然不无小说家言的成分，但是，庾阐创作《扬都赋》的态度，应当基本上是可信的。庾阐"作《扬都赋》成，以呈庾亮。亮以亲族之怀，大为其名价云：'可三《二京》，四《三都》。'于此人人竞写，都下纸为之贵。谢太傅云：'不得尔。此是屋下架屋耳，事事拟学，而不免俭狭。'"（《世说新说·文学》）尽管有模拟《二京赋》《三都赋》的明显痕迹，但毕竟适应了南渡之后的现实需要，这恐怕是《扬都赋》能够"为世所重"（《晋书·庾阐传》）的根本原因。

孙绰，"绝重张衡、左思之赋，每云：'《三都》《二京》，五经之鼓吹也。'"（《晋书·孙绰传》）"孙兴公云：'《三都》《二京》，五经鼓吹。'"（《世说新语·文学》）孙绰之言，说明了在他看来，《三都》《二京》这种类型的赋作，担当起了"五经鼓吹"的责任，同时，这也从另一个侧面印

---

① （唐）李善注：《文选》，清胡克家重刻宋淳熙八年尤袤刊本，中华书局1977年版，第236页。
② 余嘉锡：《世说新语笺疏》，上海古籍出版社1993年版，第257页。

证庾阐的《扬都赋》能够造成"人人竞写"的原因。因为《扬都赋》所歌颂的，正是"我皇晋之中兴，而骏命是廓。灵运启于中宗，天网振其绝络"庾阐《扬都赋》①。

由此可见，这一时期配合时政、揄扬盛美的大赋，依然享有崇高的地位，甚至还能产生类似左思《三都赋》那样的"洛阳纸贵"的效应。不过，就东晋辞赋的创作趋势而言，除去上述《中兴赋》《南郊赋》《江赋》《扬都赋》等之外，大赋的创作已呈现出衰退的趋势，并且无法从根本上超越前代②。大赋，已不是辞赋创作的主流形态了。

二 孙绰等"当作金石声"及王羲之"赋以布诸怀抱"

东晋中期，即从成帝咸康初到孝武帝太元末，社会趋于稳定，玄谈与佛教进一步发展，佛教改变了曹魏、西晋时依附于玄学的状态而趋于玄佛的合流，因此，这一时期的不少辞赋充满了玄言与佛理，孙绰的《游天台山赋》："散以象外之说，畅以无生之篇。悟遣有之不尽，觉涉无之有间。泯色空而合迹，忽即有而得玄。释二名之不同，消一无于三幡。"（《文选》卷十一）就是典型的例证。同时，伴随声韵学发展而来的是，在辞赋创作上更注重藻采的修饰与声韵的雕炼。孙绰是其中具有代表性的人物，《晋书·孙绰传》云：

（绰）尝作《天台山赋》，辞致甚工，初成，以示友人范荣期，云："卿试掷地，当作金石声也。"荣期曰："恐此金石非中宫商。"然每至佳句，辄云："应是我辈语。"

① （清）严可均辑：《全上古三代秦汉三国六朝文》，中华书局1958年版，第1678页。
② 程章灿：《魏晋南北朝赋史》，江苏古籍出版社1992年版，第204页。徐公持：《魏晋文学史》，人民文学出版社1999年版，第446页。

当然，以上这段材料取自于《世说新语·文学》：

> 孙兴公作天台赋成，以示范荣期，云："卿试掷地，要作金石声。"范曰："恐子之金石，非宫商中声。"然每至佳句，辄云："应是我辈语。"

刘孝标注："'赤城霞起而建标，瀑布飞流而界道。'此赋之佳处。"就这两句的平仄来看，完全合律。一句之内，平仄相间，两句之间，平仄相对，已是标准的骈句。孙绰对自己的"吟咏"颇为自负，良非偶然。①

这一时期，桓温手下的文学集团在辞赋创作上也表现出了同样的倾向，《晋书·袁宏传》记载：

> （袁宏）从桓温北征，作《北征赋》，皆其文之高者。尝与王珣、伏滔同在温坐，温令滔读其《北征赋》，至"闻所传于相传，云获麟于此野，诞灵物以瑞德，奚授体于虞者！疾尼父之洞泣，似实恸而非假。岂一性之足伤，乃致伤于天下"，其本至此便改韵。珣云："此赋方传千载，无容率耳。今于'天下'之后，移韵徙事，然于写送之致，似为未尽。"滔云："得益写韵一句，或为小胜。"温曰："卿思益之。"宏应声答曰："感不绝于余心，诉流风而独写。"珣诵味久之，谓滔曰："当今文章之美，故当共推此生。"

桓温喜好文学，有集四十三卷，要集二十卷②，王珣"文高当世"（《世说新语·文学》刘孝标注引《续晋阳秋》），有诗文集十一卷（《隋书·经籍志》），伏滔有诗文集十一卷（《隋书·经籍志》），作有《望涛赋》《长笛赋》（《全晋文》卷一百三十三），袁宏"撰《后汉纪》三十卷及《竹林名士传》三卷，诗赋诔表等杂文凡三百首，传于世"（《晋书·袁宏传》），有诗文集十五卷、梁二十卷（《隋书·经籍志》），作有《东征

---

① 《晋书·孙绰传》："绰与询一时名流，或爱询高迈，则鄙于绰，或爱绰才藻，而无取于询。沙门支遁试问绰：'君何如许？'答曰：'高情远致，弟子早已伏膺；然一咏一吟，许将北面矣。'"
② （清）严可均辑：《全上古三代秦汉三国六朝文》，中华书局1958年版，第2135页。

赋》《北征赋》《酣宴赋》《夜酺赋》(《全晋文》卷五十七),皆是当时重要的赋家,之所以提出"移韵徙事"的问题,就是因为在他们看来,从"天下"之后就转韵而写其他内容,导致"天下"之前的这段文字在意义的表达、全篇的节奏上是有欠完整的。只有意完而韵足,文气酣畅,才是恰到好处。这表现出了东晋赋家对韵的重视——对转韵与文义的表达、转韵与行文节奏的关系问题的自觉意识。

辞赋的声韵问题,一直是赋家所关注的重要问题,从司马相如的"一宫一商"(《西京杂记》卷二),曹操的"嫌于积韵"(《文心雕龙·章句》),陆云的"四言转句"(《与兄平原书》第十二),再到孙绰自负地宣称"当作金石声",袁宏等人精心研讨移韵徙事等,构成了一条清晰的演进轨迹,而且在这一时期由于音韵学的进步,辞赋创作更加注重讲求声韵。这为沈约声律说的提出及赋的诗化与骈化做好了准备,东晋的辞赋创作以及赋学批评也由此成为其中一个重要的历史环节。

除此之外,孙绰明确地提出了关于辞赋创作的剪裁问题。曹毗在当时颇负盛名,曾经作有《扬都赋》,今佚,估计应当也是与庾阐的《扬都赋》相类似的大赋。曹毗今存的赋作较为完整者有《箜篌赋》《鹦鹉赋》等。孙绰曾如此评价曹毗之赋:

> 曹辅佐才如白地明光锦,裁为负版绔,非无文采,苦无裁制。
(《世说新语·文学》)

很明显,曹毗之所以获此讥诮,乃是因为他对赋作的剪裁不当。

另外,王羲之在《用笔赋序》中提出的观点亦值得注意。《用笔赋》具体作年已不可考,据《宣和书谱》卷十五所载:"暮年乃作《笔阵图》《笔势论》《用笔赋》《草书势》等,以遗训其子孙……"① 由此可知,《用笔赋》当作于这一时期,其序文云:

---

① 据文渊阁《四库全书》子部八《宣和画谱》提要:"《宣和画谱》二十卷,不著撰人名字。记宋徽宗时内府所藏帖,盖与画谱同时所作也。"

秦、汉、魏至今，隶书其惟推钟繇，草有黄绮、张芝，至于用笔神妙，不可得而详悉也。夫赋以布诸怀抱，拟形于翰墨也。（《全晋文》卷二十二）

《用笔赋》是一篇重要的书法理论作品，内中涉及书法原理与技巧等，但王羲之提出的"赋以布诸怀抱"的观点，表达了对辞赋抒情写意功能的确认，昭示了东晋中期辞赋趋于陶冶性情、抒写玄理的创作路向，虽然"赋以布诸怀抱，拟形于翰墨"的观点在理论上尚显粗糙和简单。揆之这一时期的辞赋作品，像谢万的《春游赋》、苏彦的《浮萍赋》《秋夜长》等或抒发春游的尽兴，或抒发由浮萍而悟到的玄理，或描绘秋夜的景致，无不具有"布诸怀抱"的创作意向，感染于同一时期的文化氛围，使他们从不同的角度，在理论或创作上做出了相同的回应。

三　陶渊明"导达意气"

东晋后期，即转入安帝隆安、元兴、义熙时期这二十多年的时间内，活跃于赋坛并曾提出过一定辞赋观点的主要有陶渊明、谢灵运等。

陶渊明在当时名抑文扬，他的诗赋创作并未引起人们的注意。但是，在赋学批评史上，陶渊明却是一个尤其需要值得注意的人物，这不仅是因为东晋赋学批评材料本身的寥落稀少，也不仅是因为萧统《陶渊明集序》对《闲情赋》"白璧微瑕"的评说而引起一段争论不休的公案，更重要的，乃是因为陶渊明的辞赋观念深刻地打上了东晋文化的烙印，陶渊明的辞赋创作标举了一种新的审美境界。

纵观陶渊明一生的创作，可用他自己的一句话来进行概括："常著文章自娱，以示己志"①，因此，在"讲习之暇""园闾多暇之际"，陶渊明

---

① 逯钦立校注：《陶渊明集》，中华书局1979年版，第175页。

也写过《闲情赋》《感士不遇赋》《归去来兮辞》等辞赋作品以娱悦性情、抒写慷慨。基于此，陶渊明的辞赋创作自然也就错杂着"自娱"与"示志"两种倾向，而前代具有抒情倾向的赋作，很自然地也就进入了他的接受范围。

他明言《闲情赋》《感士不遇赋》是仿制之作，其渊源分别来自张衡《定情赋》、蔡邕《静情赋》及董仲舒《士不遇赋》、司马迁《悲士不遇赋》；至于他的《归去来兮辞》，从命意到措辞，则又无处不闪现着屈原《离骚》《九章》与张衡《归田赋》的影子。不仅如此，对于上述赋家的作品，他也进行了准确的体认。

在历代赋家之中，他标举屈原、贾谊、董仲舒、司马迁、张衡、蔡邕等，并为之无限心折，并认定屈原《卜居》是"候詹写志"，贾谊《鹏鸟赋》是"感鹏献辞"（《读史述九章·屈贾》），董仲舒《士不遇赋》、司马迁《悲士不遇赋》是"染翰慷慨"（《感士不遇赋序》），张衡《定情赋》、蔡邕《静情赋》是"检逸辞而宗淡泊"（《闲情赋序》）等，在对上述作品的体认中，他对辞赋的抒情写意功能进行了充分的肯定。

在《感士不遇赋序》中，他写道：

> 昔董仲舒作《士不遇赋》，司马子长又为之。余尝以三余之日，讲习之暇，读其文，慨然惆怅。夫履信思顺，生人之善行；抱朴守静，君子之笃素。自真风告逝，大伪斯兴，间阎懈廉退之节，市朝驱易进之心。怀正志道之士，或潜玉于当年；洁己清操之人，或没世以徒勤。悲夫！寓形百年，而瞬息已尽；立行之难，而一城莫赏。此古人所以染翰慷慨，屡伸而不能已者也。夫导达意气，其惟文乎？抚卷踌躇，遂感而赋之。

"意气"一词，此处指人的各种心理活动，尤偏重于指人的各种愤郁不平、慷慨悲怨的情感。"夫导达意气，其惟文乎"，说明了陶渊明对于包含辞赋在内的文学作品在抒情上具有排遣忧愤功能的认识，与屈原的"发愤以抒情"(《九章·惜诵》)、"道思作颂,聊以自救兮"(《九章·抽思》),司马迁的"发愤著书"说(《太史公自序》),以及后来钟嵘的"使贫贱易安,幽居靡闷,莫尚于诗"(《诗品序》),韩愈的"不平则鸣"说(《送孟东野序》)、欧阳修的"诗穷而后工"(《梅圣俞诗集序》)等,皆表现出了相同的倾向,并成为其中的一个重要环节。

不过,需要指出的是,陶渊明是"一个服膺'自然'的玄学信仰者"①,因此,他的"导达意气"说是建立在今不及古的历史观与生命有限的人生观基础上的,带有明显的玄学化色彩。这是陶渊明的局限,也是他区别于屈原、司马迁、钟嵘、韩愈、欧阳修等的一个重要特征。东晋时期玄学盛行的文化背景赋予了他的辞赋观念以如此的特征。

陶渊明既主张"导达意气,其惟文乎",同时,也不否认辞赋具有讽谏功能。《闲情赋》与《感士不遇赋》大约作于同时,其赋"序"称:

> 初张衡作《定情赋》,蔡邕作《静情赋》,检逸辞而宗淡泊,始则荡以思虑,而终归闲正。将以抑流宕之邪心,谅有助于讽谏。缀文之士,奕代继作。并因触类,广其辞义。余园间多暇,复染翰为之。虽文妙不足,庶不谬作者之意乎?

继张、蔡二赋之后,步武接绪,描写男女恋爱的言情赋,还有陈琳、阮瑀同题共作的《止欲赋》、王粲《闲邪赋》、应瑒《正情赋》、曹植《静思赋》、张华《永怀赋》等,对这一系列描写男女情爱的赋作,陶渊明指出了它们在创作模式及主题上的共同特征:"始则荡以思虑,而终归闲正。将以抑流宕之邪心,谅有助于讽谏",并以"庶不谬作者之意"作为自己的创作规范,陶渊明对这一系列言情赋作出如此理解,固然与这些作品本身所包孕、透露的信息有关,《定情赋》之"定"、《静情赋》之"静"、《止欲赋》之"止"、《闲邪赋》之"闲"、《正情赋》之"正"、《静思赋》

---

① 逯钦立校注:《陶渊明集》,中华书局 1979 年版,第 214 页。

之"静"等，皆有使流荡的情思归于闲正之义，亦即"发乎情、止乎礼义"；另一方面，与他接受了司马迁辞赋批评的"讽谏说"也大有关系。司马迁在评价司马相如的大赋时曾谓："相如虽多虚辞滥说，然其要归引之节俭，此与《诗》之风谏何异？"① 不难看出，在读解男女相恋的言情赋时，陶渊明遵循的是与司马迁同样的批评理路。

陶渊明不排斥甚至强调辞赋的"讽谏"功能是不难理解的，他在诗文中曾多次提到"《诗》《书》敦宿好"（《辛丑岁七月赴假还江陵夜行途口》）、"游好在六经"（《饮酒》）、"先师遗训，余岂之坠"（《荣木》）、"师圣人之遗书"（《感士不遇赋》），等等，儒学传统所给予他的影响是如此广泛而深远，这就不能不渗透到他的创作之中，并以此来绳范自己的辞赋创作。

有趣的是，尽管陶渊明声言自己的《闲情赋》以"庶不谬作者之意"的讽谏之义为规范，后来编辑、整理陶集的第一位功臣萧统却以为《闲情赋》无讽谏之义、有流宕之思而为之深深惋惜："白璧微瑕者，惟在《闲情》一赋，扬雄所谓劝百而讽一者，卒无讽谏，何必摇其笔端？惜哉！无是可也！"（《陶渊明集序》）并因此而引发为一段争讼不休的公案。问题的症结在于不同的持论者或着眼于"劝百"，或着眼于"讽一"，赋的内容与主题的矛盾，作品的客观成效与赋家创作意图的矛盾，是不同的持论者对此赋在理解上存在分歧的根本原因。昭明讥之为"白璧微瑕"，盖因深受儒家思想影响的他认为"十愿十悲"有伤大雅。萧统对陶渊明极为推崇，他认为陶渊明的作品有激浊厉俗的作用，以这样的标准来衡量，"十愿十悲"自然也就成了白璧之瑕，他完全忽视了陶渊明明言"仿作"这一点。既是"仿作"，所以在创作框架上就因循了"始则荡以思虑，而终归闲正"的模式；陶渊明又是服膺玄学的信仰者，玄学的真和自然，已经内化为他自觉的美学追求，所以，"十愿十悲"才会表现得如此执着、坦荡、大胆而热烈。实际上，如果没有这想象大胆、感情真切的"十愿十悲"，

---

① （汉）司马迁：《史记》，中华书局 1959 年版，第 3073 页。

《闲情赋》也就不成其为《闲情赋》了；同时，它也从反面证明了陶渊明的《闲情赋》在冲决礼教、表现真情方面取得的成功，它比汉晋以来的言情赋推进了一大步，并由此奠定了它在中国辞赋史上的地位。袁行霈先生认为："从张衡以后，爱情和闲情两种主题的赋交相出现，前者以《洛神赋》为顶点，后者则以《闲情赋》为顶点"①，洵为的评。陶渊明以"庶不谬作者之意"为目的，萧统反以"白璧微瑕"深为惋惜，这表明作者的主观意图与作品的客观效果之间存在的矛盾在审美接受中不可避免地存在，但这并不足以说明陶渊明不重视辞赋的讽谏功能，渊明与昭明在重视辞赋的讽谏功能这一点上是完全一致的。渊明从创作目的言，昭明则从客观效果言，只不过因为角度的不同，遂有了以上不同的结论。陶渊明的辞赋观接受了司马迁的讽谏说，同时渗透着屈赋的骚怨精神，又错综着"自娱"与"示志"的双重倾向，在认识论上表现出了儒学与玄学杂糅并存的色彩，玄学使他真性坦荡而毫无伪情，儒学使他以理节情而不至于流向任诞，从而形成了东晋赋学批评史上"这一个"特异的存在，带有鲜明的时代文化特征。可惜的是，陶渊明的赋论与其作品一样，在当时的影响并不大，虽令人遗憾，但这却是事实。

四　谢灵运"用感其心"与"赋以敷陈"

谢灵运是东晋时期的主要赋家，他的赋学批评主要反映在《撰征赋序》《归途赋序》《山居赋序》中。《撰征赋》系谢灵运的早年作品，是谢灵运奉使慰劳刘裕于彭城，"写集闻见"抒发感慨之作。他在赋"序"中描绘了自己的创作经过：

---

① 袁行霈：《陶渊明的〈闲情赋〉与辞赋中的爱情闲情主题》，《北京大学学报》1992 年第 5 期。

天子感《东山》之劬劳，庆格天之光大，明发兴于鉴寐，使臣遵于原隰。余摄官承乏，谬充殊役，《皇华》愧于先《雅》，靡盬悴于征人。以仲冬就行，分春反命。涂经九守，路逾千里。沿江乱淮，溯薄泗、汳，详观城邑，周览丘坟，眷言古迹，其怀已多。昔皇祖作藩，受命淮、徐，道固苞桑，勋由仁积。年月多历，市朝已改，永为洪业，缠怀清历。于是采访故老，寻履往迹，而远感深慨，痛心殒涕。遂写集闻见，作赋《撰征》，俾事运迁谢，托此不朽。（《宋书·谢灵运传》）

在序中，他强调了赋的纪实、写怀功能。沈玉成先生指出："义熙十二年，他奉使到彭城，对刘裕北伐姚泓表示慰问，并作《撰征赋》。按照赋题，应当是一篇对刘裕歌功颂德的文章，但偏偏只有很少一部分写到刘裕的功业，比之为周公，内容的绝大部分是在怀古，赞美羊祜、谢安，感叹项羽、韩信，斥责吕布、王敦，如果说这种奇特的文不对题没有言外之意，那是不可理解的。"[1] 事实上也正如此，在这篇赋中，与行历之地有关的历史人物或历史事件，都汇集到了笔下，抒发了他的"远感深慨，痛心殒涕"的伤怀。之所以会如此，这和他强调赋的纪实、写怀的创作目的是有直接的关系的。

在后来谢灵运从永嘉返回始宁墅的路途上撰写的《归途赋》，其序文介绍了该赋创作缘起：

昔文章之士，多作行旅赋，或欣在观国，或怵在斥徙，或述职邦邑，或羁役戍阵，事由于外，兴不自己，虽高才可推，求怀未惬。今量分告退，反身草泽，经途履运，用感其心。（《全宋文》卷三十）

以上引述的两则赋序表明，对于行旅之赋，谢灵运给予了特别的关注。谢灵运之前，汉刘歆《遂初赋》、班彪《北征赋》、班昭《东征赋》、

---

① 沈玉成：《谢灵运的政治态度和思想性格》，《社会科学战线》1987 年第 2 期。

蔡邕《述行赋》，晋陆机《行思赋》《思归赋》、潘岳《西征赋》、张载《叙行赋》、袁宏《东征赋》等，皆是描写物色、感慨行旅之作。但在谢灵运看来，他们的行征都是受外事所限，因而也就"求怀未惬"，不能贴切地抒写内心怀抱，因此，他写《归途赋》，就要是"用感其心"的作品。这种思想实际上是《撰征赋序》的延伸。写赋，即使是写大赋，在谢灵运看来，也应当直探性灵，抒发怀抱。关于这一点，如果我们结合他在后来写的《山居赋序》，就会看出，在这篇序文中有着更为详尽的反映。他在序中写道：

> 古巢居穴处曰岩栖，栋宇居山曰山居，在林野曰丘园，在郊郭曰城傍，四者不同，可以理推。言心也，黄屋实不殊于汾阳。即事也，山居良有异乎市廛。抱疾就闲，顺从性情，敢率所乐，而以作赋。扬子云云："诗人之赋丽以则。"文体宜兼，以成其美。今所赋既非京都官观游猎声色之盛，而叙山野草木水石谷稼之事，才乏昔人，心放俗外，咏于文则可勉而就之，求丽，邈以远矣。览者废张、左之艳辞，寻台、皓之深意，去饰取素，傥值其心耳。意实言表，而书不尽，遗迹索意，托之有赏。（《宋书·谢灵运传》）

除了继续强调抒写性灵怀抱，"顺从性情，敢率所乐，而以作赋"之外，谢灵运也继承了扬雄"诗人之赋丽以则"的辞赋理论，并提出了"文体宜兼，以成其美"的审美理想。不过，他更强调繁华落尽、去饰取素的自然之美，在与大自然的悟对之中，来括纳"心放俗外"的性灵真奥，来表达对于自然物理、人生世相的体悟。言意之辩是正始玄学的一个重要命题，通过"意实言表，而书不尽；遗迹索意，托之有赏"可以看出，谢灵运是持"言不尽意"论的，他在《山居赋》自注中还说："此皆湖中之美，但患言不尽意，万不写一耳。"言既不能尽意，那么，意也就只能是蕴含在作为客观对象的本体之中了。"天地有大美而不言"（《庄子·知北游》），在与自然的玄对中，去除尘杂的虚静之心正是体悟自然之美的凭借和媒介，这是谢灵运之所以纵情山水的重要原因之一。类似的意思，在他的山水诗中也有表达："赏心不可忘，妙善冀能同"（《田南树园激流植援》），"抚化心无厌，览物眷弥重。不惜去人远，但恨莫与同。孤游非情叹，赏废理谁通"① 等，与上述《山居赋序》的这段文字恰好是可以互为映发的。"夫衣食，人生之所资；山水，性分之所适。"② 所以，"心通其物，物通即言"（〔日〕遍照金刚《文镜秘府论·论文意》），庶几可以看作谢灵运醉心于创作山水诗赋的最简明的注脚。而在《山居赋》的正文中，更有一段值得我们注意的文字：

> 伊昔龆龀，实爱斯文。援纸握管，会性通神。诗以言志，赋以敷陈。箴铭谏颂，咸各有伦。爰暨山栖，弥历年纪。幸多暇日，自求诸己。研精静虑，贞观厥美。怀秋成章，含笑奏理（谓少好文章，及山栖以来，别缘既阑，寻虑文咏，以尽暇日之适。便可通神会性，以永终朝）。

这段话清楚地表明，包括诗赋在内的文学作品是陶冶性灵、娱神娱心之具。"研精静虑，贞观厥美。怀秋成章，含笑奏理"，他强调的是通过对自然景物之美的欣赏，悟得人生至理，而"研精静虑"就是必需的途径。作为高门华胄的谢灵运，其笔下的山水是他体玄悟理的对象："是游是憩，倚石构草。寒暑有移，至业莫矫。观三世以其梦，抚六度以取道。乘恬知以寂泊，含和理之窈窕。指东山以冥期，实西方之潜兆。"（《山居赋》）谢灵运的赋虽无迥章秀句，但仍有可采之处。如一般被文学史研究者所提及的《岭南赋》："看朝云之抱岫，听夕流之注涧。罗石棋布，怪谲横越。非山非阜，如楼如阙。斑采类绣，明白若月。萝蔓绝攀，苔衣流滑。"（《全宋文》卷三十）朝云抱岫，苔衣流滑，这两句观察细微，反映了谢灵运的赋在"敷陈"方面所体现出的特征。

---

① 逯钦立辑校：《先秦汉魏晋南北朝诗》，中华书局 1983 年版，第 1172 页。
② 谢灵运：《游名山志》，见（清）严可均《全宋文》卷三十三。

这段话之所以格外值得注意，乃是因为谢灵运在认为文学作品能够"会性通神"的大前提下，提示了诗、赋这两种文体的区别。除了《山居赋》之外，他在《江妃赋》中谈到了屈原的《招魂》、张衡的《定情赋》、曹植的《洛神赋》、阮籍的《清思赋》：

> 《招魂》《定情》《洛神》《清思》，覃曩日之敷陈，尽古来之妍媚。（《全宋文》卷三十一）

以上作品都是辞赋史上的名篇，谢灵运又一次提到了"敷陈"，这充分说明，对于辞赋在文体上的铺陈特征，谢灵运是有着比较自觉的意识的。

"诗以言志"，重复的是春秋战国以来的传统提法①，"赋以敷陈"，却需要我们对此略加辨析。从郑玄到挚虞，都是从"六义之赋"的角度立论的，强调的是政教意义。② 愚以为，谢灵运的"赋以敷陈"，这方面的色彩已经大为淡化，在他看来，赋的功能应当是"会性通神"，是抒发性灵、探求真奥，这与王羲之、陶渊明的赋学批评是有着一致之处的。

除此之外，《南史·谢惠连传》记载："（谢惠连）又为《雪赋》，以高丽见奇。灵运见其新文，每曰'张华重生，不能易也。'"③ 谢灵运在《北亭与吏民别》诗中曾经写道："贵史寄子长，爱赋托子云。"在《会吟行》中赞美会稽的山水，曾经写道："《两京》愧伟丽，《三都》岂能似。"可见，谢灵运对于前代赋家张华、扬雄、张衡、左思也是相当推崇的。

据《隋书·经籍志》著录，谢灵运曾撰有《赋集》九十二卷，这是最早的赋体文学总集。至于它的编撰，估计是按照一定的体例进行分类的。

---

① 《左传·襄公二十七年》记载赵文子对叔向说："诗以言志"，《庄子·天下篇》说："诗以道志"，《荀子·儒效篇》说："诗言是其志也。"
② （汉）郑玄《周礼·大师》注："赋之言铺，直铺陈今之政教善恶。"挚虞《文章流别论》："周礼太师，掌教六诗，曰风，曰赋，曰比，曰兴，曰雅，曰颂。……赋者，敷陈之称也。"见《艺文类聚》卷五十六引。
③ （唐）李延寿：《南史》，中华书局1975年版，第537页。

通过《山居赋序》所言的"今所赋既非京都宫观游猎声色之盛，而叙山野草木水石谷稼之事，才乏昔人，心放俗外，咏于文则可勉而就之，求丽，邈以远矣"来看，"京都""宫观""游猎""声色"等是就内容而言的，大概《赋集》也是根据赋的内容，按照以类相从的原则进行编排的，《文选》中赋的分类如"京都""宫殿""畋猎""物色"，与谢灵运所言，恰相对应。从这个角度看，《文选》的赋的分类，应当也与谢灵运的《赋集》有一定的渊源关系。

五　李充《翰林论》、傅亮《文章志》评木华《海赋》

最后，需要补充的是，在李充（？—约 362）　《翰林论》与傅亮（374—426）《文章志》中皆各有一段评木华《海赋》的文字：

> 木氏《海赋》，壮则壮矣，然首尾负揭，状若文章，亦将由未成而然也。（《文选·海赋》李善注引《翰林论》）
> 广川木玄虚为《海赋》，文甚隽丽，足继前良。（《文选·海赋》李善注引《文章志》）①

木华《海赋》作于西晋前期，依然是汉代大赋的体制，其中也夹杂着雄奇的夸张与想象，历来被广为传诵，宋鲍照《登大雷岸与妹书》、北魏郦道元《水经注·江水》写三峡一段、唐李白《早发白帝城》"千里江陵一日还"句等，莫不受其沾溉濡染，对此，曹道衡先生已经专门指出过。②笔者补充一点的是，江淹《杂体诗三十首》之一拟谢灵运《游山》诗中的"云锦被沙汭"（《文选》卷三一），实际上也是由《海赋》中的"云锦散文於沙汭之际"一句脱化而出。庾阐的《海赋》在笔意上明显袭自木华

---

① 《隋书·经籍志》《旧唐书·经籍志》《新唐书·艺文志》皆作"《续文章志》二卷"。
② 曹道衡：《汉魏六朝辞赋》，上海古籍出版社 1989 年版，第 139—140 页。

《海赋》，南齐张融《海赋序》中称"木生之作，君自君矣"，等等，都说明了木华之作的影响。

在木华之前，以海为题的作品，有东汉班彪、班固父子的《览海赋》，建安时期王粲的《游海赋》，曹操、曹丕父子的《沧海赋》，西晋潘岳的《沧海赋》等，但佳作不多。李充、傅亮的评论，虽然着眼点不同，一是从章法、文势或谋篇布局的角度来说，一是从赋史的角度来说，但有一点是共同的，即都认为木华之作在艺术风格上具有壮美的特点："壮则壮矣""文甚隽丽"。从文本上来看，也确实如此。尤其是写月夕日出、风鼓海荡一段："若乃大明𢹎辔于金枢之穴，翔阳逸骇于扶桑之津。影沙眚石，荡𩙱岛滨。于是鼓怒，溢浪扬浮。更相触搏，飞沫起涛。状如天轮，胶戾而激转；又似地轴，挺拔而争回。岑岭飞腾而反覆，五岳鼓舞而相磓。"以前所未有的雄奇笔势，写出了大海吞月吐日、倾回天地的力度和气象，显示了作者超凡的想象力。李、傅之评，切中肯綮。所谓"《海赋》太能"[1]，良有以也。

不过，李充认为，《海赋》非完篇之作的说法不知何据，殆由其"褒贬古今，斟酌病利"的体例所致[2]。对此，黄侃先生曾有不同意见："案此论未谛，首由洪水未平，疏河注海叙起，最得势，末则文义已竭，总理其词也。"[3] 这两种意见恰好相反，殊难案断。也许，李充认为，《海赋》的开头和结尾，高自标揭，开头从"昔在帝妫巨唐之代"写起，写洪水澜汗到禹疏河注海，写尽了海之广、海之大——"於廓灵海，长为委输"，也写出了海无所不纳的气魄；结尾以水德谦下、牢笼有无收束："且其为器也，包乾之奥，括坤之区。惟神是宅，亦祇是庐。何奇不有，何怪不储？芒芒积流，含形内虚。旷哉坎德，卑以自居。弘往纳来，以宗以都。品物类生，何有何无！"起结突兀浑沦，自是不凡，但是，以"其为广也，其

---

① 王利器：《文镜秘府论校注》，中国社会科学出版社1983年版，第302页。
② 同上书，第73页。
③ 黄侃：《〈文选〉平点》，上海古籍出版社1985年版，第45页。

为怪也，宜其为大也"构成的主体部分，写海涛的鼓荡、海中的精怪、珍宝，写岛屿，写海鱼、海鸟，写海上神仙，等等，在他看来，仍嫌不足，还应当铺写更多的关于海的内容，遂得出了《海赋》非完篇之作的结论？这反映了李充《翰林论》"斟酌病利"的特征，也从一个侧面反映了要求写赋须有者尽有，对描写的对象务求详尽、周全的观念。

不管怎样，李充、傅亮的评论，都指向了这样一个事实：《海赋》至迟在东晋时已有定评，至于《海赋》后来之所以入于《文选》，和当时的定评应有很大的关系。大赋在创作上虽然已不占主导地位，但依然是人们摹拟师法的对象。

对于东晋赋学批评，我们基本上按照前、中、后三期进行了论述。可以看出，东晋一百多年间，赋学批评的材料虽然非常有限，但是，东晋赋学批评依然有着鲜明的时代特征：

第一，大赋虽早已不是辞赋创作的主流，但是，通过王廙所说的"宣扬盛美"等，清楚地表明，大赋在东晋前期承担了揄扬时政的功能，并且通过李充、傅亮对木华《海赋》的评论，可以看出，大赋依然是人们模拟师法的对象。大赋虽然早已淡出，但在时人的心目中，依然具有很高的地位。这也是贯穿汉魏六朝始终的最普遍的文学价值观念。

第二，赋是陶写性灵、抒发怀抱之具。王羲之的"赋以布诸怀抱"、陶渊明的"导达意气"、谢灵运的"用感其心"，比以往任何一个时代都更加清晰而明确地强调了赋的抒情功能。这与玄学的流行有着直接的因果关系。玄言与山水是东晋时期辞赋创作的两大主要题材，也从另一个侧面印证了这种关系。

第三，讲究赋作声韵的和谐、全篇的节奏、文气的酣畅，是东晋赋学批评所表现出的另一种普遍性的倾向。这种倾向远绍司马相如"一宫一商"的"赋迹"说（《西京杂记》卷二）、曹操的"嫌于积韵"（《文心雕龙·章句》），近承陆云的"四言转句"（《与兄平原书》）等，同时也与当时声韵之学进一步发展的背景有直接的关联。孙绰的"当作金石声"、袁宏等人对于关乎全篇的节奏的声韵的研求讨论等，反映出了东晋时期辞赋作家对声韵运用的自觉追求，并且成为永明声律说以及赋的诗化与骈化的发展进程中一个重要的历史环节。这也提示我们，当我们讨论永明声律说以及后来的格律诗的形成的时候，不应忘记，这其中也有赋学批评的贡献。当然，辞赋作家对于声韵的讨论、研求并不具体，这也是昭然的事实。关于这个问题，将另文讨论，兹不赘述。

（原载《北方论丛》2005 年第 5 期）

元嘉赋学批评： 沉寂中的渐变与拓新

辞赋创作与赋学批评，经过东晋时期的消寂沉落，到元嘉时期，进入了一个新的阶段。清沈德潜曾经谈道："诗至于宋，性情渐隐，声色大开，诗运一转关也。"① 其实，这一时期，辞赋的发展与诗歌一样表现出了"声色大开"的取向。表现在辞赋创作上，就是辞赋开始摆脱玄言的影响，山水开始上升为独立的审美对象，表现在赋学批评方面，则是强调写实与抒情，注重艺术形式的雕琢、讲究声韵和谐，并且为向永明赋学批评的过渡做好了准备。

元嘉文学与东晋不同，"元嘉文学创作倾向是有异于东晋文风的，主要便是从哲思又逐渐回归到感情上来，以情思取代玄理。这一转变，既有文学发展的自身的原因，但与文学环境的悄然变化也有着颇为复杂的关系"②。按照罗宗强先生的归纳，这种文学环境的变化，主要体现在以下几个方面：第一，玄学的淡化。思想领域从两晋的以玄学为主，转向儒学、玄学、佛学等多元并存的局面。第二，世家士族的衰落。伴随着世家士族在政治地位上的衰落和素族势力的崛起，重抒情的创作路向特别是抒发人生多艰的感慨逐渐代替了重玄思的文学思潮。第

---

① 霍松林校注：《原诗·一瓢诗话·说诗晬语》，人民文学出版社 1979 年版，第 203 页。

② 罗宗强：《魏晋南北朝文学思想史》，中华书局 1996 年版，第 175 页。

三，山水娱悦之风的空前发展。娱悦山水是玄学淡化的直接结果，山水正式成为文学表现的主体，元嘉文学由东晋时期的以玄对山水转向以审美的眼光对山水①。元嘉时期的辞赋创作和赋学批评也是在上述历史背景之下展开的。

一　范晔的赋学批评

范晔（398—446）在临终前狱中所作《狱中与诸甥侄书以自序》中，一方面明言自己"常耻作文士"，"无意于文名"，表现出了轻视文章、重视史书的倾向；另一方面又说自己生平所作"但多公家之言，少于事外远致，以此为恨"，即因自己未尽其才、未能多写抒发高情远致的作品深以为憾。所谓"事外远致"之作，当然是应当包括辞赋在内的。结合范晔的《自序》《后汉书》的体例以及当时的创作风气，依然可以分析出范晔的辞赋观念。

（一）"以意为主，以文传意"

寻绎《后汉书》的体例，可以看出，对于抒情言志赋，范晔是非常重视的。除去对张衡"因以讽谏"的《二京赋》，以其文多不载（卷五十九《张衡列传》），对边让"虽多淫丽之辞，而终之以正，亦如相如之讽也"的《章华赋》没有收录之外，《后汉书》中对东汉中晚期的抒情言志赋如冯衍《显志》、张衡《思玄》、崔篆《慰志》、蔡邕《释诲》、崔骃《达旨》等不仅全文照录，而且又一再申明这些作品"宣寄情志"的主题——称冯衍"乃作赋自厉，命其篇曰《显志》。显志者，言光明风化之情，昭章玄妙之思也"（卷二十八下《冯衍列传》）；称张衡"乃设客问，作《应闲》以见其志"，"常思图身之事，以为吉凶倚伏，幽微难明，乃作《思玄赋》，

---

① 罗宗强：《魏晋南北朝文学思想史》，中华书局1996年版，第174—188页。

以宣寄情志"（卷五十九《张衡列传》）；称蔡邕"感东方朔《客难》及扬雄、班固、崔骃之徒设疑以自通，乃斟酌群言，韪其是而矫其非，作《释诲》以戒厉云尔"（卷六十下《蔡邕列传》）；称崔篆"临终作赋以自悼，名曰《慰志》"，称崔骃"时人或讥其太玄静，将以后名失实。骃拟扬雄《解嘲》，作《达旨》以答焉"（卷五十二《崔骃列传》）；称赵壹"又作《刺世疾邪赋》，以舒其怨愤"（卷八十下《文苑列传》）；对没有收录的侯瑾的《应客难》，称侯瑾"以莫知于世，故作《应宾难》以自寄"（卷八十下《文苑列传》），等等。之所以如此，这与范氏主情志的文学观有关。其《后汉书》卷八十下《文苑传赞》云：

> 情志既动，篇辞为贵。抽心呈貌，非雕非蔚。殊状共体，同声异气。言观丽则，永监淫费。

《狱中与诸甥侄书以自序》云：

> 常耻作文士。文患其事尽于形，情急于藻，义牵其旨，韵移其意。虽时有能者，大较多不免此累，政可类工巧图缋，竟无得也。常谓情志所托，故当以意为主，以文传意。以意为主，则其旨必见；以文传意，则其词不流。然后抽其芬芳，振其金石耳。此中情性旨趣，千条百品，屈曲有成理。自谓颇识其数，尝为人言，多不能赏，意或异故也。性别宫商，识清浊，斯自然也。观古今文人，多不全了此处，纵有会此者，不必从根本中来。言之皆有实证，非为空谈。年少中，谢庄最有其分。手笔差易，文不拘韵故也。吾思乃无定方，特能济难适轻重，所禀之分，犹当未尽。但多公家之言，少于事外远致，以此为恨，亦由无意于文名故也。①

这段话虽非专就辞赋而发，但对我们理解这一时期的辞赋观念却有极

---

① （梁）沈约：《宋书》卷六十九《范晔传》，中华书局1974年版，第1830页。

大的启发。"言意之辩"是玄学的基本问题，"玄学体系之建立，有赖于言意之辩"①。"魏晋南北朝文学理论之重要问题实以'得意忘言'为基础。言象为意之代表，而非意之本身，故不能以言象为意；然言象虽非意之本身，而尽意莫若言象，故言象不可废；而'得意'（宇宙之本体，造化之自然）须忘言忘象，以求'弦外之音''言外之意'，故忘象而得意也"②。范晔所说的"常谓情志所托，故当以意为主，以文传意。以意为主，则其旨必见；以文传意，则其词不流"与"事外远致"，涉及的也是言意之辩的问题。不过，他更强调作文章应该注重"意"的传达，意是情志之所托，应当在描写事象之外表现出深刻的旨趣，否则就是徒事工巧图缋，而一无所取。换言之，没有情志所托的文章，就是没有价值的文章。这是他重视东汉的抒情言志赋，并在《后汉书》中对其中的一些重要赋作全文照录的重要原因。

值得注意的是，范晔"以意为主，以文传意"观念直接影响了唐代的令狐德棻。《周书》卷四十一《王褒庾信传论》："原夫文章之作，本乎情性。覃思则变化无方，形言则条流遂广。虽诗赋与奏议异轸，铭诔与书论殊途，而撮其指要，举其大抵，莫若以气为主，以文传意。考其殿最，定其区域，撮六经百氏之英华，探屈、宋、卿、云之秘奥。其调也尚远，其旨也在深，其理也贵当，其辞也欲巧。然后莹金璧，播芝兰，文质因其宜，繁约适其变，权衡轻重，斟酌古今，和而能壮，丽而能典，焕乎若五色之成章，纷乎犹八音之繁会。夫然，则魏文所谓通才足以备体矣，士衡所谓难能足以逮意矣。""情性"即等于范晔所说的"情志"。在令狐氏看来"以气为主，以文传意"是创作出好的诗赋文章的根本。两相对照，令狐氏的观念庶几是范晔的翻版。

东汉中期之后，抒情言志赋日渐成为辞赋创作的主流，范氏主情志的文学观使他对东汉文学发展的流向进行了准确的把握，而这种把握与认

①　汤一介编选：《汤用彤选集》，天津人民出版社1995年版，第281页。
②　汤用彤：《理学·佛学·玄学》，北京大学出版社1991年版，第330页。

同，也从一个侧面说明了刘宋文学思想与东汉文学发展主流之间的渊源关系。

（二）"抽其芬芳，振其金石"

在"以意为宝主"，"情志既动"的前提下，他又强调"篇辞为贵"。由此可见，他重视"言外之意"，重视"事外远致"，但却并不因意废言。相反，他认为"言"是重要的，"抽心呈貌，非雕非蔚"，"抽其芬芳，振其金石"——篇章构辞的自然与声韵的研练，是文章创作不可或缺的两个方面。范文澜先生《文心雕龙·声律》注曾经指出："观蔚宗此辞，似调声之术，已得于胸怀，特深自秘异，未肯告人。左碍而寻右，末滞而讨前，即所谓济艰难，适轻重矣。谢庄深明声律，故其所作《赤鹦鹉赋》，为后世律赋之祖。"① 此为深到之言，它揭示了范晔、谢庄与永明声律的内在联系。

范晔所谓的"宫商""清浊"，指的是语言的而非音乐的音调。钟嵘《诗品序》所载的萧齐人王融之言恰可与此相印证："齐有王元长者，尝谓余云：宫商与二仪俱生，自古词人知之。惟颜宪子乃云律吕音调，而其实大谬。惟见范晔、谢庄颇识之耳。"王运熙、顾易生先生已经明确指出了这一点②。据《高僧传》卷二《晋长安鸠摩罗什传》，当时的僧人也参与了对文体的讨论：

> 什每为（慧）睿论西方辞体，商略同异，云："天竺国俗，甚重文制，其宫商体韵，以入弦为善。凡觐国王，必有赞德，见佛之仪，以歌叹为贵，经中偈颂，皆其式也。但改梵为秦，失其藻蔚，虽得大意，殊隔文体。有似嚼饭与人，非徒失味，乃令呕哕也。"③

---

① 范文澜：《文心雕龙注》，人民文学出版社1958年版，第555页。
② 王运熙等主编：《中国文学批评通史》（魏晋南北朝卷），上海古籍出版社1996年版，第225页。
③ （梁）释慧皎等撰：《高僧传合集》，上海古籍出版社1991年版，第13页。

在梵文的影响和翻译家们的倡导下，汉族文人进一步注意了汉语的音韵问题。后来的文人如范晔、谢庄等都强调了所谓"宫商"的问题，到周颙、沈约又根据这种理论发明了文字的"四声"，促使"永明体"新诗的产生和骈体文的成熟。

所谓"言之皆有实证"，指的则是"四声"的抑扬顿挫。[①] 不仅要"别宫商"，而且要"识清浊"，范晔的说法显然比陆机所说的"音声之迭代"更加具体细密了。

验之范晔的作品，也可以看出范晔之言非虚。王运熙先生曾录《后汉书》卷七十八《宦者传论》述后汉宦官之权势显赫一段为例：

> 故中外服从，上下屏气。或称伊、霍之勋，无谢于往载；或谓良、平之画，复兴于当今。虽时有忠公，而竟见排斥。举动回山海，呼吸变霜露。阿旨曲求，则光宠三族；直情忤意，则参夷五宗。汉之纲纪大乱矣。

王运熙先生指出，该段文字"不但语句工整，多四言句，而且注意用字平仄间隔，句末和句中第二、四字，都注意平仄间隔运用，因而声韵更觉谐美动听。这是南朝声律论逐步发展的具体表现"[②]。

至于谢庄，除了其属对工整，被视为律赋先声的《赤鹦鹉赋》之外，其《月赋》也表现出了同样的特点，《赤鹦鹉赋》作于元嘉二十九年（452），《月赋》作于孝建元年（454），因而依然不妨视为同一时期的作品。为了更进一步说明《月赋》的特点，兹引一段为例：

> 若夫气霁地表，云敛天末。洞庭始波，木叶微脱。菊散芳于山椒，雁流哀于江濑。升清质之悠悠，降澄辉之蔼蔼。列宿掩缛，长河韬映。柔祇雪凝，圆灵水镜。连观霜缟，周除冰净。君王乃厌晨欢，

---

① 林庚：《中国文学简史》，北京大学出版社1995年版，第178页。
② 王运熙：《中古文论要义十讲》，复旦大学出版社2004年版，第30页。

乐宵宴。收妙舞，弛清县。去烛房，即月殿。芳酒登，鸣琴荐。

该段文字多三、四、六句，对偶整齐，出句的末一字与对句的末一字平仄相对，换韵妥帖，声韵悠然，这也显然是作者对声韵精雕细琢、有意为之的结果。

由于汉字是单音节文字，一个汉字对应着一个概念。所以，汉语文学在声韵的安排上有自己鲜明的特点。《世说新语·排调》中的这条材料可以给我们以极大的启发："诸葛令、王丞相共争姓族先后，王曰：'何不言"葛王"，而云"王葛"？'令曰：'譬言"驴马"，不言"马驴"，驴宁胜马邪？'"余嘉锡先生指出："凡以二名同言者，如其字平仄不同，而非有一定之先后，如夏商、孔颜之类，则必以平声居先，仄声居后，此乃顺乎声音之自然，在未有四声之前，固已如此，故言'王葛'、'驴马'，不言'葛王'、'马驴'，本不以先后为胜负也。如公谷、苏李、嵇阮、潘陆、邢魏、徐庾、燕许、王孟、韩柳、元白、温李之属皆然。"① 这说明汉语中的不少词汇，其声调的排列本身就隐含着一定的自然配列秩序的。所以，文学上对声韵的讲求，看起来是一种人为的追求，其实在一定程度上也未尝不是在寻求与这种自然的配列秩序的对应关系，以做到口吻调利，取得流美圆转的声韵效果，这是汉语文学讲求声韵格律的重要原因。

在赋学批评史上，汉代有司马相如的"赋迹说"，建安有曹操的"嫌于积韵"，西晋有陆机的"音声迭代"，东晋有孙绰的"当作金石声"、袁宏等人对辞赋的转韵徙调的探求，由此一脉相承，到范晔的"抽其芬芳，振其金石"，也是文学浸润日深、自然发展的结果。范晔称赞谢庄颇识声韵，钟嵘也曾提到谢庄尝欲著《知音论》，未就。可惜谢庄并未留下关于这方面的直接材料。不过，据《南史》卷二十《谢庄传》记载：

---

① 余嘉锡：《世说新语笺疏》，中华书局1983年版，第792页。

　　孝建元年，迁左将军。庄有口辩，孝武尝问颜延之曰："谢希逸《月赋》何如？"答曰："美则美矣；但庄始知'隔千里兮共明月'。"帝召庄以延之答语语之，庄应声曰："延之作《秋胡诗》，始知'生为久离别，没为长不归'。"帝抚掌竟日。又王玄谟问庄何者为双声，何者为叠韵。答曰："玄护为双声，碻磝为叠韵。"其捷速若此。①

　　王运熙、顾易生先生曾对此作出过深入细致的分析并且指出，谢庄谓"玄""护"为双声，即以王玄谟、垣护之二人的名字为言，碻磝则为王玄谟当时的攻占之地。"谢庄于仓促之间应对如此巧妙，表明他确实颇具审音能力。范晔、谢庄可说是永明声律论的先驱人物"。②上述所引《宦者传论》和《月赋》在声韵上所表现出的特征，足以证明这一结论。而《南史》卷三十六《羊玄保列传》记载了一个与此相类似的例子，可以进一步说明当时这种喜好运用双声叠韵的风气之浓厚："（羊玄保）子戎，少有才气，而轻薄少行检，语好为双声。江夏王义恭尝设斋，使戎布床，须臾王出，以床狭，乃自开床。戎曰：'官家恨狭，更广八分。'王笑曰：'卿岂唯善双声，乃辩士也。'文帝好与玄保棋。尝中使至，玄保曰：'今日上何召我邪？'戎曰：'金沟清泚，铜池摇扬，既佳光景，当得剧棋。'"羊戎应对如此捷速，非有熟练的审音能力不办。

　　颜延之虽然被王融讥为"大谬"，不过，在颜延之的《庭诰》中却有一段论声韵的文字：

　　挚虞《文论》，足称优洽，《柏梁》以来，继作非一，所纂至七言而已，九言不见者，将由声度阐诞，不协金石。

---

　　①《文镜秘府论》有相同的记载，只是文字稍异。其引刘氏说云："王玄谟问谢庄：'何者为双声，何者为叠韵？'答云：'悬瓠为双声，碻磝为叠韵。'时人称其辩捷。"见王利器《文镜秘府论校注》，中国社会科学出版社1983年版，第1830页。
　　②王运熙等主编：《中国文学批评通史》（魏晋南北朝卷），上海古籍出版社1996年版，第225页。

颜延之虽然论的是诗，但这至少说明，颜延之对声韵的谐和问题也是颇为注意的。至于谢灵运，则精通佛学，通梵音。《高僧传·慧睿传》记载，他作有《十四音训叙条例》。《隋书》卷三十二《经籍志》记载："自后汉佛法行于中国，又得西域胡书，能以十四字贯一切音，文省而义广，谓之婆罗门书。"毫无疑问，谢灵运也应当是精通音理之学的。

由上述材料看来，范晔对自己能辨音甚为自负，颜延之、范晔皆有关于声韵探讨的言论，谢灵运通于音理之学，谢庄于双声、叠韵的应对捷速，如此等等，都深刻地反映出元嘉时期有着浓厚的辨识声韵的风气，而这种风气所及的结果，就是永明声律说的出现。王运熙、顾易生先生指出："生活在比较浓厚的讲究语言声音之美的气氛中，音韵学有了进一步的发展，尤其是拼音原理为一些文人所掌握；在诗文写作实践和理论上已有一些人对声韵谐和的问题加以探讨；永明声律论正是在这样的背景下产生的。"① 罗宗强先生指出："声律问题，元嘉诗人注意到了，而并未跨前一步，提出声律的最初规则。这一点，有待于永明诗人去完成。"②

我们之所以要不厌其烦地对元嘉时期重视声韵的风气进行叙述，就是想进一步说明，永明声律说的发展、成熟，不仅与诗歌有关，而且与辞赋有关。通过对以上关于声律说的史料的清理，我们可以更加清晰地了解到，赋的趋于诗化、律化以及骈赋的出现，就是在上述的历史进程中逐步展开的。谢庄颇识声韵，颜延之注意到了诗歌的声韵问题，假如验之于谢庄、颜延之的作品，我们可以看出范晔之论不诬。对古代诗赋影响至为重要的永明声律说的出现，一方面有着自西汉司马相如"赋迹说"以来的久远的传统，另一方面也有着元嘉时代辨识声韵的风气的直接影响，而范晔的"宫商""清浊"之论，就是时代风气的反映。

---

① 王运熙等主编：《中国文学批评通史》（魏晋南北朝卷），上海古籍出版社 1996 年版，第 226 页。

② 罗宗强：《魏晋南北朝文学思想史》，中华书局 1996 年版，第 213 页。

(三)"言观丽则""兼丽卿云"

我们在前面已经引述过《后汉书》卷八十下《文苑传赞》:"情志既动,篇辞为贵。抽心呈貌,非雕非蔚。殊状共体,同声异气。言观丽则,永监淫费。"其最末两句:"言观丽则,永监淫费。""丽则",来自扬雄的"诗人之赋丽以则";"永监淫费",即要防止出现扬雄所说的"辞人之赋丽以淫"。这说明扬雄的赋学批评观念对范晔有着直接的影响。

不唯如此,范晔还把司马相如、扬雄的作品看成文章的极致,并对赋的语言的"丽"进行了充分的肯定。在《后汉书》卷四十下《班彪班固传》中范晔如此评价班氏父子:

> 二班怀文,裁成帝坟。比良迁董,兼丽卿云。

此处的"卿云",并非指假托于虞舜时代的《卿云歌》,而是指司马长卿(相如)、扬子云(雄)。在他看来,班氏父子具有像司马迁、董狐一样的史才,具有像司马长卿、扬子云一样的文采。司马相如、扬雄主要以散体大赋的创作名世,范晔也将马、扬的辞赋视为文章的崇高典范。对马、扬文采的称扬,由来已久。东汉末年的王逸,就曾说过:"屈原、宋玉、枚乘、相如、王褒、扬雄、班固、傅毅,灼以扬其藻,斐以敷其艳。"[1] 东汉时的贾逵举荐李尤,认为"尤有相如、扬雄之风"(《后汉书》卷八十上《文苑传》),范晔的观念,自然是接受了前代影响的结果。

综观《后汉书》,范晔评祢衡《鹦鹉赋》"辞采甚丽"(卷八十下《文苑列传》),对于蔡邕的文采,范晔认为他"心精辞绮"(卷六十下《蔡邕列传》),"辞绮"其实也是"辞采甚丽"的另一种说法。对赋的语言,从扬雄提出"诗人之赋丽以则,辞人之赋丽以淫"以来,到曹丕的"诗赋欲丽"、曹植的"辞各美丽"、左思的"虽丽非经"到范晔的"兼丽卿云"

---

[1] (唐)虞世南:《北堂书钞》卷一百王逸引《正部》,影印文渊阁四库全书,台湾商务印书馆1986年版,第846页。

等等，对于"丽"始终是肯定的。"丽"，作为对文体语言的一种要求，从汉代到元嘉，构成了一条非常明晰的线索，这是辞赋的传统，也是文学自身发展的结果，由此也可以看出赋对于中国古代文学的影响。范晔将马、扬赋的词采风华悬为准衡的观念，既是对前代讲求辞赋语言"丽"的传统的接续，也是元嘉文学创作风尚的现实反映。

（四）赋体分类观念

如果我们通过范晔在《后汉书》中对于相关传主的撰述的著录方式，可以清楚地看出范晔的文体分类观念，这就是：赋颂有别，"七"与赋分列，设论（嘲）单立一体。

以下是赋颂有别的例证：

1. 封上苍（注：东平宪王刘苍）自建武以来章奏及所作书、记、赋、颂、七言、别字、歌诗，并集览焉。（卷四十二《光武十王列传》

2. （胡广）其余所著诗、赋、铭、颂、箴、吊及诸解诂，凡二十二篇。（卷四十四《邓张徐张胡列传》）

3. 脩所著赋、颂、碑、赞、诗、哀辞、表、记、书凡十五篇。（卷五十四《杨震列传》）

4. 所著赋、颂、碑、诔、书、记、表、奏、七言、琴歌、对策、遗令，凡二十一篇。（卷六十上《马融列传》）

5. （夏）恭善为文，著赋、颂、《励学》凡二十篇。（卷八十上《文苑列传》）

6. （夏恭）子牙，少习家业，著赋、颂、赞、诔凡四十篇。（卷八十上《文苑列传》）

7. 尤同郡李胜，亦有文才，为东观郎，著赋、诔、颂、论数十篇。（卷八十上《文苑列传》）

8. （赵壹）著赋、颂、箴、诔、书、论及杂文十六篇。（卷八十上《文苑列传》）

很显然，这与汉代的文体观念不同。在汉代，颂也是赋，赋、颂无别是汉代人的普遍看法。扬雄的《甘泉赋》，王充《论衡·谴告篇》中称为《甘泉颂》，王褒的《洞箫赋》《甘泉赋》，《汉书》中称为"《甘泉》及《洞箫》颂"(《汉书》卷六十四下《严朱吾丘主父徐严终王贾传》)。而更具有说服力的例子就是："李思《孝景皇帝颂》十五篇"在《汉书》卷三十《艺文志》中被赫然归入了赋。

以下是七体不属于赋的例证：

> 1. 瑗高于文辞，尤善为书、记、箴、铭，所著赋、碑、铭、箴、颂、《七苏》《南阳文学官志》《叹辞》《移社文》《悔祈》《草书艺》七言，凡五十七篇。其《南阳文学官志》称于后世，诸能为文者皆自以弗及。(卷五十二《崔骃列传》)

> 2. 毅早卒，著诗、赋、诔、颂、祝文、《七激》、连珠凡二十八篇。(卷八十上《文苑列传》)

> 3. (崔琦)所著赋、颂、铭、诔、箴、吊、论、《九咨》《七言》，凡十五篇。(卷八十上《文苑列传》)

> 4. (桓)彬少与蔡邕齐名。……所著《七说》及书凡三篇。(卷三十七《桓荣丁鸿列传》)

这也与汉代不同，在汉代，七体是属于赋的。班《志》著录"枚乘赋九篇"，应当包括《七发》在内。王充《论衡·书虚篇》："广陵曲江有涛，文人赋之。"显然王充是将《七发》视之为赋的。而在《后汉书》中，凡是"七"体的作品，都单独析出叙录，无一例外。这充分说明，在范晔的观念里"七"已经成为一类独立的文体。

以下是"设论"单列一体的例证：

> 1. 固所著《典引》《宾戏》《应讥》、诗、赋、铭、诔、颂、书、文、记、论、议、六言，在者凡四十一篇。(卷四十下《班彪列传》)

> 2. 所著诗、赋、铭、颂、书、记、表、《七依》《婚礼结言》《达

旨》《酒警》合二十一篇。中子瑗。（卷五十二《崔骃列传》）

　　3. 所著诗、赋、铭、七言、《灵宪》《应闲》《七辩》《巡诰》《悬图》凡三十二篇。（卷五十九《张衡列传》）

　　4. （张超）著赋、颂、碑文、荐、檄、笺、书、谒文、嘲，凡十九篇。（卷八十下《文苑传》）

　　在汉代，扬雄《解嘲》一类的设论体也属于赋。陶绍曾曰："《说文》氏部引（扬）雄赋曰：'响若氏隤'，盖《解嘲》古亦谓之赋也。"① 这是明显的例证。《解嘲》在《说文》中还是赋，在范晔的《后汉书》中，类似《解嘲》的《答宾戏》之类的作品，已经从赋中被分离出来。

　　综合上述材料，可以清楚地看出，范晔的赋体分类观念——颂、设论、七等已经不属于赋，后来刘勰、萧统文体的文体分类皆与范晔有一定的联系。范晔关于赋体文学的分类，反映的不仅是他个人的思想，而应当是他所处的整个时代的观念。

　　东汉中期之后，抒情言志赋日渐成为辞赋创作的主流，范氏主情志的文学观使他对东汉文学发展的流向进行了准确的把握，而这种把握与认同，也从一个侧面说明了刘宋文学思想与东汉文学发展主流之间的渊源关系；"抽其芬芳，振其金石"则又表明了元嘉时期讲求藻采、声韵的取向以及元嘉与永明文学思想之间的深切关联。

二　檀道鸾：赋颂"体则诗骚，傍综百家之言"

　　檀道鸾（生卒年不详），《隋书·经籍志》著录檀道鸾撰《续晋阳秋》二十卷，今已亡佚。《世说新语·文学》刘孝标注引《续晋阳秋》一段文字：

---

　　① 范文澜：《文心雕龙注》，人民文学出版社 1958 年版，第 140 页。

　　（许询）有才藻，善属文。自司马相如、王褒、扬雄诸贤，世尚赋颂，皆体则《诗》《骚》，傍综百家之言。及至建安，而诗章大盛；逮乎西朝（指西晋）之末，潘、陆之徒虽时有质文，而宗归不异也。正始中，王弼、何晏好《庄》《老》玄胜之谈，而世遂贵焉，至过江，佛理尤盛。故郭璞五言始会合道家之言而韵之。询及太原孙绰转相祖尚，又加以三世之辞，而《诗》《骚》之体尽矣。询、绰并为一时文宗，自此作者悉体之。至义熙中，谢混始改。

　　檀道鸾从文体、文化风尚的变迁，以《诗》《骚》为轴心，将汉魏两晋文学的发展进程区分为汉代—建安—正始—太康—东晋等几个不同的时间段落，而且，他注意到了玄言诗"合道家之言而韵之"的特征、玄言诗与佛教的关联等。如果从赋学批评史的角度来看，值得注意的是，他谈到了赋是汉代最为盛行的文体，并且指出了赋与诗之间存在着消长进退的关系，除此之外，也涉及赋的来源问题："自司马相如、王褒、扬雄诸贤，世尚赋颂，皆体则《诗》《骚》，傍综百家之言。"在赋学批评史上，檀道鸾最早提出了关于赋的形成的多源说。

　　在此以前，无论是刘向、刘歆父子，还是班固、挚虞、刘勰，都是依《诗》立义，认为赋是"古诗之流"，赋的发展，经历了诗—骚—赋这样的单向的发展过程，而没有考虑其他文体对赋体文学的影响因素。檀道鸾则不然，他除了如此明确地把《诗》《骚》看作赋的两个源头之外，充分考虑了诸子对辞赋文体的影响。这种观点，对于我们探讨赋的来源、认识赋的文体特征，依然有着重要的参考价值。如果征之于汉代的辞赋创作，就会看到，檀道鸾的这种认识是符合辞赋发展的实际的。早在先秦时期，荀子的《赋篇》采用的四言诗体的形式，以及汉赋中运用铺排描写的四言句式，无疑与《诗经》有着明显的渊源关系；骚体赋的形式来源于《楚辞》，这且固不必说。而散体赋，也与楚辞有着不可分割的联系。我们来看扬雄的《甘泉赋》中的一段：

诏招摇与太阴兮，伏钩陈使当兵；属堪舆以壁垒兮，捎夔魖而
抶獝狂。八神奔而警跸兮，振殷辚而军装；蚩尤之伦带干将而秉玉戚
兮，飞蒙茸而走陆梁。齐总总以撙撙，其相胶轕兮，猋骇云迅，奋以
方攘；骈罗列布，鳞以杂沓兮，柴虒参差，鱼颉而鸟昕；翕赫曶霍，
雾集而蒙合兮，半散昭烂，粲以成章。

于是乘舆乃登夫凤皇兮而翳华芝，驷苍螭兮六素虬，蠖略蕤绥，
漓㟹糁纚。帅尔阴闭，雪然阳开，腾清霄而轶浮景兮，夫何旟旐郅偈
之旖旎也！流星旄以电爥兮，咸翠盖而鸾旗。敦万骑于中营兮，方玉
车之千乘。声骍隐以陆离兮，轻先疾雷而馺遗风。凌高衍之嵸嵷兮，
超纡谲之清澄。登椽栾而羾天门兮，驰闾阖而入凌兢。①

其中周流天地的描写，显然在艺术构思上受到了《离骚》的影响。至
于一般辞赋作品中的主客问答、恢廓声势的言辞、"于是""若乃"等虚词
的上下勾连，等等，当然是受到了诸子散文特别是纵横家的影响。所以，
清人章学诚明确指出："古之赋家者流，原本《诗》《骚》，出入战国诸
子。假设问对，《庄》《列》寓言之遗也；恢廓声势，苏、张纵横之体也；
排比谐隐，《韩非·储说》之属也；征材聚事，《吕览》类辑之义也。"②
现在大多数学者在探讨赋的起源这一问题时，也充分考虑了先秦诸子散文
的影响。如龚克昌先生《汉赋探源》一文中就讨论了"赋与先秦纵横家的
关系"③。褚斌杰先生认为："总之汉赋，就是在荀赋、主要是在宋赋基础
上，广泛吸收、综合了'楚辞'、《诗经》先秦散文的一些文体特点和创作
手法，而发展起来的一种新文体。"④

如果以散体赋形成的标志《七发》为例，《七发》在来源上的多源性
也非常明显。《七发》与《楚辞》的关系，范文澜已经指出过："详观七

---

① （汉）班固：《汉书》卷八十七《扬雄传》，中华书局 1962 年版，第 2523—2524 页。
② （清）章学诚著、王重民通解：《校雠通义》，上海古籍出版社 1987 年版，第 117 页。
③ 龚克昌：《汉赋研究》，山东大学出版社 1990 年版，第 320 页。
④ 褚斌杰：《中国古代文体概论》，北京大学出版社 1990 年版，第 77 页。

发体构，实与大招大致符合，与其谓为学孟子，毋宁谓其变大招而成也。"① 《七发》与《孟子》的关系，孙德谦以为出自《孟子·尽心》篇②，《七发》与《管子》的关系，俞樾最早以"《管子》有七臣七主篇，可以释七"进行了解释③，把《七发》与《吕氏春秋》所讲到的贵富所致的"三患"进行对照："出则以车，入则以辇，务以自佚，命之曰'招蹶之机'。肥肉厚酒，务以自强，命之曰'烂肠之食'。靡曼皓齿，郑卫之音，务以自乐，命之曰'伐性之斧'。"④ 与《七发》所说的"且夫出舆入辇，命曰蹶痿之机；洞房清宫，命曰寒热之媒；皓齿娥眉，命曰伐性之斧；甘脆肥脓，命曰腐肠之药。"两者之间在文本上的关系几乎同于迻录。

檀道鸾的观点在当时以及整个宋齐梁陈的赋学批评中并未引起注意，在他之前，没有人提及先秦诸子散文对赋的影响，在他之后，他的观点也不曾有任何的嗣响。但是，今天看来，在汉魏六朝的赋学批评史上，檀道鸾的这一观点是卓异的。这也说明，对汉魏六朝和由此以降的古代赋学批评史料进行认真的清理，充分评价其历史意义，无疑是十分必要的。

三 结论

在元嘉时期赋学批评的材料比较有限这一基础上，我们主要梳理了范晔、檀道鸾的赋学批评。通过《后汉书》对东汉抒情言志赋的载录情况，可以看出"以意为主，以文传意"观念对范晔的影响。同时，结合《狱中与诸甥侄书以自序》《文苑传赞》等以及元嘉时期的创作实例，分析了范晔重视声律（"抽其芬芳，振其金石"）、重视藻采（"言观丽则"，"兼丽卿云"）的审美追求及其赋体分类观念。檀道鸾认为赋颂"体则《诗》

---

① 范文澜：《文心雕龙注》，人民文学出版社 1958 年版，第 258 页。
② 范文澜：《文心雕龙注》引《六朝丽指》，人民文学出版社 1958 年版，第 258 页。
③ 范文澜：《文心雕龙注》引《文体通释·叙》，人民文学出版社 1958 年版，第 258 页。
④ 陈奇猷：《吕氏春秋新校释》，上海古籍出版社 2001 年版，第 22 页。

《骚》，傍综百家之言"，则说明这一时期的赋学批评已意识到了赋体来源的多元性。本章涉及的元嘉赋学批评的主要内容和结论如下：

第一，讲求赋体语言的"丽"。"兼丽卿云"被视为语言表达的准衡和典范。从汉代的扬雄明确提出"诗人之赋丽以则"以来，到曹丕、曹植、左思、范晔等，始终强调赋体语言的"丽"。"丽"是辞赋语言的传统，也是文学自身发展的必然结果。

第二，强调声韵的谐和。刘师培在其《中国中古文学史讲义》中如此评价永明声律论："试即南朝之文审之，四六之体，粗备于范晔、谢庄，成于王融、谢朓，而王、谢诗亦复渐开律体，影响所及，迄于隋唐，文则悉成四六，诗则别为近体，不可谓非声律论开其先也。"[①] 通过分析元嘉赋学批评，可以进一步认识永明文学和元嘉文学之间的内在关联。从司马相如提出"一宫一商"的"赋迹"说，到曹操、东晋孙绰、袁宏等人，一直到范晔的"振其金石"，尽管在理论上没有明确提出声调组织的明确规则，但是在辞赋创作中，始终贯穿着重视声韵的要求。永明声律说的产生，不唯与诗有关，赋也是推动永明声律说产生的重要文体。

第三，赋体分类趋于细密。赋颂有别，设论、"七"从赋中析出，反映了元嘉时代的赋体分类观念，也反映了文学观念的进步。后来刘勰、萧统等人对赋体文学的分类——刘勰在《文心雕龙》中设"赋""颂"等，萧统在《文选》中设"赋""颂""七""设论"等文体，都可以从这里找到渊源。

第四，提出了赋体形成的多源性。在元嘉之前，对于赋体形成的认识，基本上是一源性的，即认为赋来源于"诗六义"之一的"赋"，赋的形成，经历的是诗—骚—赋这种单一化的演变过程，而没有认识到诸子对辞赋形成的影响。"体则《诗》《骚》，傍综百家之言"，意识到了诸子对汉赋的影响，并被后来的章太炎等人所接受。即使在今天看来，檀道鸾的赋体多源说依然具有重要的参考价值。

---

① 刘师培：《中国中古文学史讲义》，人民文学出版社 1957 年版，第 99—100 页。

　　关于元嘉时期的文学思想，罗宗强先生在其《魏晋南北朝文学思想史》中已概括得相当精确："遗弃玄理，转向抒情，追求不同的艺术风貌，用心于艺术形式和技巧的探索，这就是元嘉文学思想的新变。"① 通过以上对范晔、檀道鸾赋学批评的梳理，可以看出，元嘉赋学批评与该时期的文学批评在本质上完全相合，范晔在《后汉书》中对东汉抒情言志赋的大量载录及其"以意为主，以文传意"的观念以及檀道鸾对"诗""骚"的标举，其实就是该时期的文学重视抒情的直接表现。讲求赋的藻采和声律，所承袭的既是自汉赋以来的传统，也是文学发展至元嘉时期的阶段性结果。

　　相比之下，范晔的赋体分类观念以及檀道鸾的赋体来源多源说更应引起我们的注意。前者反映了文体辨析观念的进一步明确，后者突破了以往文体来源一源说的局限，并对齐梁乃至于后世的文体论产生了深远的影响。《文心雕龙》的文体论、《文选》对文体的设体分类、章太炎对赋体来源的认识等等，都可以在这里找到直接的渊源。以上既是元嘉赋学批评的特异之处，也是元嘉赋学批评对中国文学批评的贡献。

（原载《安徽大学学报》2013 年第 3 期）

---

① 罗宗强：《魏晋南北朝文学思想史》，中华书局 1996 年版，第 213 页。

晋宋诗赋札记二则

一　陶渊明《时运诗》与陆云《喜霁赋》

陶渊明的《时运诗》："迈迈时运，穆穆良朝。袭我春服，薄言东郊。山涤馀霭，宇暖微霄。有风自南，翼彼新苗。洋洋平泽，乃漱乃濯。邈邈遐景，载欣载瞩。称心而言，人亦易足。挥兹一觞，陶然自乐。延目中流，悠想清沂。童冠齐业，闲咏以归。我爱其静，寤寐交挥。但恨殊世，邈不可追。斯晨斯夕，言息其庐。花药分列，林竹翳如。清琴横床，浊酒半壶。黄唐莫逮，慨独在余。"① 写景佳句颇多，尤其是"有风自南，翼彼新苗"一句，更是为人所称赏。

此诗以"涤"字形容早晨山峰上的云气，以"翼"字描写禾苗在微风中摆动的情状，实为生动形象……陶渊明这些诗，有些虽受《诗经》影响，手法上却已有很多发展，像"遇云颉颃""翼彼新苗"等

---

① 逯钦立校注：《陶渊明集》，中华书局 1979 年版，第 13—14 页。

句，用字之巧妙，别具一种风格，早已突破了《诗经》的范畴。①

他的田园诗有的是通过描写田园景物的恬美、田园生活的简朴，表现自己悠然自得的心境。或春游，或登高，或酌酒，或读书，或与朋友谈心，或与家人团聚，或盥濯于檐下，或采菊于东篱，以及在南风下张开翅膀的新苗、日见茁壮的桑麻，无不化为美妙的诗歌。如"山涤馀霭，宇暖微霄。有风自南，翼彼新苗"（《时运》）。写山村的早晨，晨雾渐渐消失，南风使新苗长上了翅膀。"邻曲时时来，抗言谈在昔。奇文共欣赏，疑义相与析"（《移居》其一）。写邻居和自己一起谈史论文的情形，那种真率的交往令人羡慕。②

"有风自南，翼彼新苗"，写南风中的新苗随风摆动的情态，呈现出了一幅生动的画面。不过，"有风自南，翼彼新苗"一句，实脱胎于陆云的《喜霁赋》："毒霖雨之掩时兮，情怀愤而无怿。肃有祷于人谋兮，反极阴于天律。靖屏翳之洪隧兮，戢太山之触石。凌风绝而谧宁兮，归云反而挥霍。改望舒之离毕兮，曜六龙于紫阁。扬天步之剡剡兮，播灵辉之赫奕。于是朱明自皓，凯风来南。复火正之旧司兮，黜后土于重阴。夷中原之多潦兮，反高岸于嵩岑。荽禾𫗧而振颖兮，偃木竖而成林。嘉大田之未坠兮，幸神祇之有歆。尔乃俯顺习坎，仰炽重离。兼明畅而天地悦兮，群生悦而万物齐。鱼凌渊以增跃兮，鸟望林而朝隮。戢流波于枉水兮，起芳尘于沉泥……灾未及周，和斯有祥。翼翼黍稷，油油稻粱。望有年于自古兮，晞隆周之万箱"③。"有风自南，翼彼新苗"与"朱明日皓，凯风来南""翼翼黍稷，油油稻粱"之间的脱化之迹，昭然可辨。不过，相比之下，陶诗更凝练，陶诗语言省净，殆无长语的特点，由此也可见一斑。

---

①　曹道衡：《魏晋文学》，安徽教育出版社2001年版，第239页。
②　袁行霈主编：《中国文学史》（第二卷），高等教育出版社1999年版，第75页。
③　黄葵点校：《陆云集》，中华书局1988年版，第12—13页。

二 江淹《谢临川灵运游山》与木华《海赋》

江淹的《杂体诗三十首》之一《谢临川灵运游山》："江海经遭回，山峤备盈缺。灵境信淹留，赏心非徒设。平明登云峰，杳与庐霍绝。碧障长周流，金潭恒澄彻。洞林带晨霞，石壁映初晰。乳窦既滴沥，丹井复寥沉。嵓岿转奇秀，岑崟还相蔽。赤玉隐瑶溪，云锦被沙汭。夜闻猩猩啼，朝见鼯鼠逝。南中气候暖，朱华凌白雪。幸游建德乡，观奇经禹穴。身名竟谁辨，图史终磨灭。且泛桂水潮，映月游海濒。摄生贵处顺，将为智者说。"① "云锦被沙汭"，也是不可多得的写景佳句。而这一句，也是渊源有自的，它实际上由西晋木华《海赋》中的"云锦散文于沙汭之际"脱化而出。

木华《海赋》，作于西晋前期，是历来传诵的名篇。李充（？—约362）《翰林论》、傅亮（374—426）《文章志》中皆各有一段评木华《海赋》的文字：

> 木氏《海赋》，壮则壮矣，然首尾负揭，状若文章，亦将由未成而然也。（《文选·海赋》李善注引《翰林论》）
> 广川木玄虚为《海赋》，文甚隽丽，足继前良。（《文选·海赋》李善注引《文章志》）

曹道衡先生曾经指出过，宋鲍照《登大雷岸与妹书》、北魏郦道元《水经注·江水》写三峡一段、唐李白《早发白帝城》"千里江陵一日还"句等，都受到过木华《海赋》的影响②。除此之外，我们还可以看到，东晋庾阐的《海赋》在笔意上明显袭自木华《海赋》，南齐张融《海赋序》中称"木生之作，君自君矣"③，等等，都说明了木华之作的影响。

---

① 《文选》卷三一，中华书局 1977 年影印清胡克家重刻宋淳熙尤袤刊本，第 451 页。
② 曹道衡：《汉魏六朝辞赋》，上海古籍出版社 1989 年版，第 139—140 页。
③ （梁）萧子显：《南齐书》卷四一《张融传》，中华书局校点本，第 722 页。

　　江淹是摹拟前代作家创作的高手，正因为如此，所以木华的《海赋》也就不可避免地进入了江淹的接受视野。

　　以上两个例子说明，晋宋之间的诗赋存在着密切的关系，赋对于诗的影响，由此可见一斑。这提示我们，在研读晋宋诗赋的时候，应当注意诗与赋之间的继承与创化的关系。

　　如果再扩而大之，我们可以看到，中国古代的许多文学作品，往往存在着递相经典化的过程。这样的例子很多，比如，宋代诗人林逋"疏影横斜水清浅，暗香浮动月黄昏"（《山园小梅》），来自五代诗人江为的"竹影横斜水清浅，桂香浮动月黄昏"；陆游的"山重水复疑无路，柳暗花明又一村"（《游山西村》），来自绍兴间诗人强彦文的"远山初见疑无路，曲径徐行渐有村"①（见宋人周煇《清波杂志·别志》卷二，文渊阁《四库全书》本），陆游的"乞浆得酒人情好，卖剑买牛农事兴"（《游近村》），化用了苏轼的"卖剑买牛真欲老，乞浆得酒更何求"（《浣溪沙》）；李清照的"此情无计可消除，才下眉头，却上心头"（《一剪梅》），则由范仲淹的"都来此事，眉间心上，无计相回避"（《御阶行》）脱化而来。即使"诗仙"李白，他的"古来圣贤皆寂寞，唯有饮者留其名"（《蜀道难》），实也是来自南朝宋时的优秀诗人鲍照，鲍诗"自古圣贤尽贫贱，何况我辈孤且直"（《拟行路难》），正是李诗之所本；像他的《静夜思》这篇人人耳熟能详的作品，也与南朝民歌"秋风入窗里，罗帐起飘扬。仰头看明月，寄情千里光"（《子夜四时歌·秋歌》）有着明显的继承关系。

　　通过以上讨论过的晋宋诗赋这两个例子，可以看出，重视文本间的相互关联，其意义在于，我们借此可以了解不同作品的渊源关系以及有关作品在文学史上的传播情况。

　　　　　　　　　　　　　　　　　（原载《古籍研究》2006 年第 1 期）

---

①　（宋）周煇：《清波杂志·别志》卷二，文渊阁《四库全书》本。

论永明时期的赋学批评

永明，本来指的是南齐武帝萧赜永明年间（483—492）。但作为文学史与批评史上的一个发展段落，它指的是宋明帝泰始二年（466）至梁武帝天监十二年（513）这一段时间。① 永明时期的文学创作与文学思想，是围绕"始用四声，以求新变"而展开的，声律说构成了永明文学思想最突出的特征，中国文学由此走向了从"自然的音律"到"人为的音律"的自觉。这一时期，赋的诗化与诗的赋化成为文学史上引人注目的现象。由沈约等倡导的声律说显示了辞赋创作追求新变的倾向；江淹的拟古，其实也是一种复中有变；谢朓所谓的"欲申之赋颂，得尽体物之旨"，则体现了陆机"赋体物而浏亮"这一说法的深远影响。

一 江淹复中有变的辞赋观

江淹（444—505）身历宋、齐、梁三朝，但他辞赋创作的旺盛期，主要在宋齐之际，"盖文通之学，华少于宋，壮盛于齐，及梁则为老成人矣"（《汉魏六朝百三家集》卷八十五《江淹集题词》）。这是我们为什么把他

---

① 罗宗强：《魏晋南北朝文学思想史》，中华书局1996年版，第213—214页。

放到永明时期进行论述的原因。

江淹与沈约、谢朓不同，他代表的是另一种审美倾向。其辞赋与沈、谢相比，在格调上，沈、谢婉靡，江淹悲慨；沈、谢清丽，江淹古拙。在创作路向上，沈、谢沿承的是晋宋以来追求新变的风气，江淹则是复中有变，在对前人的摹拟和继承中追求创新。其《学梁王兔园赋序》云：

> 或重古轻今者。仆曰：何为其然哉？无知音，则已矣。聊为古赋，以奋枚叔之制焉。

拟古的目的，在于与古人一争短长，在《别赋》的正文当中，他就不无自豪地宣称：

> 虽渊、云之墨妙，严、乐之笔精，金闺之诸彦，兰台之群英，赋有凌云之称，辩有雕龙之声，讵能摹暂离之状，写永诀之情者乎？

他推崇王褒、扬雄、司马相如等汉代辞赋作家，但又认为他们不能"摹暂离之状，写永诀之情"，《别赋》将离愁别恨这些本属人类所共通的抽象情感，化虚为实，创造出"春草碧色，春水绿波，送君南浦，伤如之何"的意境，锻打出"意夺神骇，心折骨惊"等用词尖新的句子，这从创作上反映出江淹的辞赋观是复中有变的，拟古而不泥于古。

江淹善于拟古，对于古代辞赋作家，除了以上所提到的枚乘、司马相如、王褒、扬雄外，他最推崇屈原、宋玉。对此，他曾有明确表述。如：

> 丽咏楚赋，艳歌陈诗。(《莲花赋》)
>
> 屈原才华，宋玉英人，恨不得与之同时，结佩共绅。(《灯赋》)
>
> 体兼迁、云，学备儒史……贵夫君之为美，播灵均与正则。(《宋故银青光禄大夫孙墓志文》)

江淹的辞赋与屈骚之间渊源尤深，明张溥就曾指出其"长短篇章，能写胸臆，即为文字，亦《诗》《骚》之意居多"(《汉魏六朝百三家集》卷八十五《江淹集题词》)。江淹辞赋不仅在形式上摹仿屈、宋,而且所营造的哀婉悲怨格调亦与之相通。

对于近代辞赋作家,江淹最推崇鲍照。覆按江淹的赋作,其中《恨赋》《别赋》《青苔赋》《哀千里赋》受鲍照《芜城赋》影响,《莲花赋》受鲍照《芙蓉赋》影响,摹拟脱化之迹依稀可见。

江淹与沈、谢等代表两种不同的辞赋观念,前者古朴苍凉,后者清丽自然,江淹感慨"屈原才华,宋玉英人,恨不得与之同时,结佩共绅"(《灯赋》),沈约认为"屈平、宋玉,导清源于前",但必须指出,在审美接受的侧重点上却并不一样,前者取其格调,后者挹其丽辞,这同样显示出了他们在审美倾向及辞赋观念上的差别。

二 沈约声律说及其"文体三变"

沈约(441—513),历仕宋、齐、梁三朝,为齐梁时期的文坛领袖。严可均据《梁书》卷十三《沈约传》《艺文类聚》,在《全梁文》中辑录了《郊居赋》《高松赋》《丽人赋》等11篇。至于其中的《愍衰草赋》在文体分类上究竟属诗还是属赋,向来有不同的划分:一种是在南朝陈徐陵编的《玉台新咏》中将之归于沈约的《八咏诗》之一,题为《岁暮愍衰草》;一种是在唐欧阳询编的《艺文类聚》卷八十一《草部上》中将之归于赋,直接称"梁沈约《愍衰草赋》",严可均沿袭的正是《艺文类聚》的做法。此外,据《梁书》本传,沈约还撰有《宋文章志》《四声谱》等,皆佚。如果例以傅亮《文章志》中存有一段评论木华《海赋》的文字来看①,沈约的《宋文章志》也应有评论赋作的文字。而《四声谱》是更为重要的材料,沈约对自撰的《四声谱》极为自负:"以为在昔词人,累

---

① 详见拙文《东晋赋学批评的分期及时代特征》,《古代文学理论研究》,华东师范大学出版社2005年版,第155页。

千载而不寤，而独得胸衿，穷其妙旨，自谓入神之作。"但是因为《宋文章志》《四声谱》皆已亡佚，因此对沈约赋学批评的讨论，只能在《宋书》《梁书》《南史》《颜氏家训》中仅存的一些相关的零星资料中来展开了。

（一）对声律的总结和推求

从"自然的音律"到"人为的音律"，从音韵的四声到文学的四声经历了一个复杂的过程。"自然的音律，没有'十字之文，颠倒相配'的人为的条律；而此人为的条律之创始者则是沈约"①。沈约在《答陆厥书》中指出：

> 宫商之声有五，文字之别累万，以累万之繁，配五声之韵，高下低昂，非思力所举。又非止若斯而已也。十字之文，颠倒相配，字不过十，巧历已不能尽，何况复过于此者乎？灵均以来，未经用之于怀抱，固无从得其仿佛矣。若斯之妙，而圣人不尚，何邪？此盖曲折声韵之巧，无当于训义，非圣哲立言之所急也。是以子云譬之"雕虫篆刻"，云"壮夫不为"。
>
> 自古辞人，岂不知宫羽之殊，商徵之别。虽知五音之异，而其中参差变动，所昧实多，故鄙意所谓"此秘未睹"者也。以此而推，则知前世文士便未悟此处。
>
> 若以文章之音韵，同弦管之声曲，则美恶妍蚩，不得顿相乖反。譬由子野操曲，安得忽有阐缓失调之声，以《洛神》比陈思他赋，有似异手之作。故知天机启，则律吕自调；六情滞，则音律顿舛也。
>
> 士衡虽云"炳若缛锦"，宁有濯色江波，其中复有一片是卫文之服？此则陆生之言，即复不尽者矣。韵与不韵，复有精粗，轮扁不能言，老夫亦不尽辨此。（《南齐书》卷五十二《陆厥传》）

---

① 金涛声点校：《陆机集》，中华书局1982年版，第174页。

沈约的这段话，凡是研究文学史或批评史的人，对此莫不耳熟能详。但我们有必要在此指出，沈约所说的"巧历已不能尽，何况复过于此者乎？"来自嵇康的《声无哀乐论》。在《声无哀乐论》中，秦客与东野主人相互辩难，东野主人反驳秦客说："夫推类辨物，当先求之自然之理。理已定，然后借古义以明之耳。今未得之于心，而多恃前言以为谈证，自此以往，恐巧历不能纪。"由此我们可以看到，《声无哀乐论》在南朝的传播以及它对古代文学批评的影响，同时也说明沈约在思维方式上接受了玄学尚简约、崇思辨的影响。所以，永明赋学批评在表面上似乎与玄学已无多大关系，而实际上玄学的思维方式依然在起作用。

除上引的《答陆厥书》以外，沈约之提倡声律说，在《梁书》卷三十三、《王筠传》、卷五十《刘杳传》都有直接的反映：

> 览所示诗，实为丽则，声和被纸，光影盈字，夔、牙接响，顾有余惭；孔翠群翔，岂不多愧。古情拙目，每伫新奇，烂然总至，权舆已尽。会昌昭发，兰挥玉振，克谐之义，宁比笙簧。思力所该，一至乎此，叹服吟研，周流忘念。（卷三十三《报王筠书》）

> 君爱素情多，惠以二赞。辞彩妍富，事义毕举，句韵之间，光影相照，便觉此地，自然十倍。故知丽辞之益，其事弘多。辄当置之阁上，坐卧嗟览。（卷五十《报刘杳书》）

《文镜秘府论》引沈约答北魏甄琛书：

> 作五言诗者，善用四声，则讽咏而流靡，能达八体，则陆离而华洁。

在沈约看来，四声是蕴含在声韵之后的自然之理，掌握了四声的条例，就可以起到举一反三、以简驭繁的效果。

这样的意思，在《宋书》卷六十七《谢灵运传论》中表达得更为明确：

若夫敷衽论心,商榷前藻,工拙之数,如有可言。夫五色相宣,八音协畅,由乎玄黄律吕,各适物宜。欲使宫羽相变,低昂互节,若前有浮声,则后须切响。一简之内,音韵尽殊;两句之中,轻重悉异。妙达此旨,始可言文。

不过,需要注意的是,沈约声律说,并非仅对五言诗而言。条例四声,搭配平仄,虽主要是针对五言诗体,但也同样适用于此期辞赋创作,沈约甚至为此煞费苦心。《梁书》卷三十三《王筠传》:

> (沈)约制《郊居赋》,构思积时,犹未都毕,乃要筠示其草,筠读至"雌霓(五激反)连蜷",约抚掌欣抃曰:"仆尝恐人呼为霓(五鸡反)。"次至"坠石碨星",及"冰悬埳而带坻",筠皆击节称赞。约曰:"知音者希,真赏殆绝,所以相要,政在此数句耳。"

"霓"字有平仄两读,沈约苦心经营斟酌于一字的声调,反映了他对四声运用的充分自觉,亦极为典型地传达出了南朝赋家追求声调抑扬、谐调朗畅的审美心态。这种心态,甚至不仅仅表现在为文作赋,亦渗透于日常谈吐。《南齐书》卷四十八《刘绘传》:"永明末,京邑人士盛为文章谈义,皆凑竟陵王西邸……时张融、周颙并有言工,融音旨缓韵,颙辞致绮捷,绘之言吐,又顿挫有风气。"以竟陵王西邸为背景,经过沈约、谢朓、王融等人在理论上的倡导与创作上的实践,永明辞赋自觉地运用四声,"由是远近文学,转相祖述,而声韵之道大行"(封演《封氏闻见记》卷二《声韵》),为迎接唐代律赋的到来做了积极的准备。

(二)辞赋的发展阶段与"文体三变"说

自觉地运用四声,是沈约对于中国文学的新贡献,但并不能因此而断定沈约是一个形式主义者。在沈约看来,情感之于文学,是具有本体论创发意义的。在《宋书》卷六十七《谢灵运文学传论》中他有系统论述:"民禀天地之灵,含五常之德,刚柔迭用,喜愠分情。夫志动于中,则歌咏外发。六义所因，四始攸系，升降谣讴，纷披风什。虽虞夏以前，遗文不睹，禀气怀灵，理无或异。然则歌咏所兴，宜自生民始也。"从文以情兴、亦因情变的角度，对自先秦迄于刘宋的文学发展给予了精当的评论，特别是其所谓的汉魏文学"文体三变"之说在赋学批评史上尤为值得注意。自汉至魏四百余年，辞赋一直是雄霸文坛的重要文体，因此，沈约"文体三变"说所针对的也主要是这一时期的辞赋创作。《宋书》卷六十七《谢灵运文学传论》云：

> 周室既衰，风流弥著。屈平、宋玉导清源于前，贾谊、相如振芳尘于后，英辞润金石，高义薄云天。自兹以降，情志愈广。王褒、刘向、扬、班、崔、蔡之徒，异轨同奔，递相师祖。虽清辞丽曲，时发乎篇，而芜音累气，固亦多矣。若平子艳发，文以情变，绝唱高踪，久无嗣响。至于建安，曹氏基命，二祖陈王，咸蓄盛藻。甫乃以情纬文，以文被质。自汉至魏，四百余年，辞人才子，文体三变。相如工为形似之言，班固长于情理之说，子建、仲宣以气质为体，并标能擅美，独映当时。是以一世之士，各相慕习，源其飚流所始，莫不同祖风、骚。徒以赏好异情，故意制相诡。

以上开列出来的人员名单，这些人都是沈约以前已有定评的辞赋作家。东汉末年的王逸曾如此评价："屈原、宋玉、枚乘、相如、王褒、杨雄、班固、傅毅，灼以扬其藻，斐以敷其艳。"（《北堂书钞》卷一百《叹赏》引王逸《正部》）沈约所列出的这些两汉有定评的赋家，除去贾谊、刘向、崔骃、蔡邕、张衡之外，其余都与王逸相同。在辞赋史上，屈原、宋玉的地位自不必说，贾谊的作品也深受屈原的影响，最典型的就是《吊屈原赋》《鵩鸟赋》。司马相如则是汉代最著名的赋家，班固时即有"文章西汉两司马"的定评。班固的《两都赋》《幽通赋》等，被汉代以降的文人广泛传播。刘宋时的范晔就将马、扬并称，他在《后汉书·班彪传赞》中说："二班怀文，裁成帝坟。比良迁、董，兼丽卿、云。"卿、云，指的就是司马长卿和扬子云。而王褒、刘向、崔骃、蔡邕等赋家，确也存在递相师祖的现象，例如蔡邕《释诲》："感东方朔《客难》及扬雄、班固、崔骃之徒设疑以自通，乃斟酌群言，韪其是而矫其非，作《释诲》以戒厉云尔。"（《后汉书》卷九十《蔡邕传》）曹魏时期的曹氏父子、王粲等，则都是诗赋兼善的。沈约的"文体三变"说，是完全符合辞赋发展史的实际的。上面所引沈约《谢灵运文学传论》中的这段话隐含着以下判断：

第一，本着历史发展的角度，沈约淡化了政教与文学之间的关系，而把吟咏性情的《风》《骚》归结为一切文学（包括辞赋在内）的源头，显示了与刘宋时期的檀道鸾完全一致的倾向。

第二，屈宋的作品与贾、马骚体赋之间存在着渊源关系。他不再像刘向刘歆父子、班固那样批评宋玉、司马相如"竞为侈丽闳衍之词，没其风谕之义"（《汉书》卷三十《艺文志》），也不再像皇甫谧那样批评"宋玉之徒，淫文放发，言过于实，夸竞之兴，体失之渐，风雅之则，于是乎乖"（《文选》卷四十五《三都赋序》），而是认为贾、马之赋与屈、宋之赋一样，"英辞润金石，高义薄云天"，这是沈约给予上述赋家的高度评价。同时，也说明沈约的赋学批评已从汉晋人的政教说中走出，而以"情文互用"的原则来衡裁辞赋，这是文学意识高涨的结果，也是赋学批评的巨大进步。

第三，对于汉代的赋家赋作在总的倾向上是肯定的，但也指出它们在创作上存在声律不谐（"芜音"）、文气壅滞（"累气"）的毛病。

第四，高度评价了张衡"文以情变"的创作原则，并指出了他与建安文学之间的源流关系。

第五，"文体三变"是沈约对文学发展阶段的总结。在他看来，自汉至魏，一变为以相如为代表的汉代体物大赋的出现；二变为以班固为代表的抒情言理赋的潜滋暗转；三变为以曹植、王粲为代表的、雅好慷慨的建安辞赋的腾涌局面。以"形似""情理""气质"来概括这三个阶段的辞赋创作，基本上是准确的，揭示出了这三个阶段在创作上的不同特征——

"形似"为汉代体物大赋刻画事物之所长；"情理"为汉代言志抒情赋之所本；"气质"则为建安辞赋所显现出的特有风貌，在含义上也更接近后来的文学批评中所谓的"风骨"。

（三）对班固《幽通赋》的推崇以及陆机《遂志赋序》对沈约的影响

在辞赋风格上，沈约追求明白晓畅、清丽自然。《颜氏家训》卷上《文章篇》第九引沈约语：

> 沈隐侯曰："文章当从三易：易见事，一也；易识字，二也；易读诵，三也。"

易见事，就是用典追求平实，避免生僻晦涩。《颜氏家训·文章篇》："邢子才常曰：'沈侯文章，用事不使人觉，若胸臆语也。'深以此服之。祖孝征亦尝谓吾语曰：'沈诗云：崖倾护石髓'，此岂似用事耶？"易识字，就是用词浅易，避免难字僻字，这也是自晋代以来选字用词的普遍倾向，刘勰《文心雕龙·练字》："自晋来用字，率从简易，时并习易，人谁取难？"易读诵，就是追求声韵和畅、抑扬相间，换言之，这与沈约在《宋书·谢灵运文学传论》中所谓的"若前有浮声，则后须切响"是一致的。

另外，据《南史》卷四十二《萧子显传》记载：

> （萧子显）尝著《鸿序赋》，尚书令沈约见而称曰："可谓明道之高致，盖《幽通》之流也。"（按：《鸿序赋》今已不存）

"《幽通》之流"，指的是班固的《幽通赋》。班固的《幽通赋》，被选入《文选》赋的"志"类。据《汉书》卷一百《叙传》："（班彪）有子曰固，弱冠而孤，作《幽通》之赋，以致命遂志。"该赋作于班固的早期，通篇为骚体，其思想内容几乎是道家齐物思想的演绎。该赋产生之后，得到了广泛传播。陆机的《遂志赋序》提到了《幽通赋》并对之进行了评述："昔崔篆作诗，以明道述志。而冯衍又作《显志赋》，班固作《幽通赋》，皆相依仿焉。张衡《思玄》，蔡邕《玄表》，张叔《哀系》，此前世之可得言者也。崔氏简而有情，《显志》壮而泛滥，《哀系》俗而时靡，《玄表》雅而微素，《思玄》精练而和惠，欲丽前人，而优游《清典》，漏《幽通》矣。班生彬彬，切而不佼，哀而不怨矣。崔、蔡冲虚温敏，雅人之属也；衍抑扬顿挫，怨之徒也。岂亦穷达异事，而声为情变乎？余备托作者之末，聊复用心焉。"（按：《艺文类聚》卷二十六，汪绍楹校："'漏'疑当作'陋'。"）① 西晋挚虞《思游赋》中的句子"爰揽辔而旋驱兮，访北叟之倚伏"，就直接由班固《幽通赋》中的"畔回穴其若兹兮，北叟颇识其倚伏"化来。这说明沈约对《幽通赋》的推崇，实际上并非他的个人之见，而是反映了当时的普遍看法。到了梁代的萧统，则把《幽通赋》作为"志"类的代表作而选入了《文选》。沈约所谓"明道之高致"，"明道"一词，显然来自陆机《遂志赋序》，这从另一个侧面反映出了陆机《遂志赋序》对沈约的影响。

用典繁密是《幽通赋》的另一个特点，有的段落中，几乎句句用典。这与以上《颜氏家训·文章篇》中所引述的沈约"文章当从三易"之一的"易见事"的说法是矛盾的。至于为什么会有这种矛盾，大约与沈约本人前后文学思想的变化有关。在前期他主张"易见事"，在后期则主张多用典故。按照曹道衡、刘跃进先生的考证，萧子显《鸿序赋》作于梁天监六年，时年萧子显二十一岁，沈约六十七岁。② 沈约后期之多用典故，如：据《梁书》卷十三《沈约传》，沈约尝侍宴，会豫州献栗，径寸半，武帝奇之，问栗事多少，与约各疏所忆，沈约故意少帝三事，出谓人曰："此公护前，不让即羞死。"当时重视典故的风气可见一斑。

不管怎样，既然把《鸿序赋》赞为《幽通赋》之类的作品，可见，沈

① 罗根泽：《中国文学批评史》，上海古籍出版社1984年版，第15页。
② 曹道衡、刘跃进：《南北朝文学编年史》，人民文学出版社2000年版，第377页。

约对班固的《幽通赋》是极为推崇的。萧统将之选入"志"类，表现出了与沈约一致的看法。

三　谢朓赋颂与"体物之旨"

谢朓为"竟陵八友"之一，也是在创作实践上对沈约"声律说"响应最有力的作家。谢朓论诗，曾有"好诗圆美流转如弹丸"一语，《南史》卷二十二《王筠传》："约尝启上，言晚来名家无先筠者。又于御筵谓王筠曰：'贤弟子文章之美，可谓后来独步。'谢朓常见语云'好诗圆美流转如弹丸'。近见其数首，方知此言为实。"沈约《伤谢朓》诗中评价谢朓的诗，有"调与金石谐，思逐风云上"句。声韵圆美流转，风格清新遒丽，是贯注于谢朓诗赋中最为突出的两个特征。

在辞赋创作及辞赋观上，谢朓与沈约基本相近，这恐怕也就是为什么他在《酬德赋》中以王粲、陆机自况，把沈约比作蔡邕、张华的原因之一，"昔仲宣之发颖，实中郎之倒屣；及士衡之藉甚，托壮武之高义"（《谢宣城集》卷一《酬德赋》）。《酬德赋》作于建武四年（497），其内容是叙述沈、谢的交情。赋前的一段序文，虽然与谢朓的辞赋及辞赋观关系不大，然而如果把它放在整个赋学批评史的范围内来考察，其意义亦不可轻易忽视。

　　右卫沈侯以冠世伟才，眷予以国士。以建武二年，予将南牧，见赠五言。予时病，既以不堪莅职，又不获复诗。四年，予忝役朱方，又致一首。迫东偏寇乱，良无暇日。其夏还京师，且事宴言，未遑篇章之思。沈侯之丽藻天逸，固难以报章，且欲申之赋颂，得尽体物之旨。诗不云乎"无言不酬，无德不报"，言既未敢为酬，然所报者寡于德耳。故称之《酬德赋》。

　　该赋的主题主要在于申述沈、谢二人"知莫深于知己"的交情，而赋序则称"欲申之赋颂，得尽体物之旨"，体物，显然是作为赋的代名词出现的。无独有偶，唐张彦远《历代名画记》卷六引陈代姚最《续画品》评袁质画云："若方之体物，则伯仁《龙马》之颂；比之书翰，则长胤《狸骨》之方。虽复语迹异途，而妙理同归一致。苗而不实，有足悲者。无名之贵，谅在斯人。"伯仁，是黄章的字。据《初学记》卷二十九知其撰有《龙马赋》。"体物"成为赋的代称，说明了齐梁以降的人对陆机"赋体物而浏亮"这一说法的广泛接受，从一个侧面反映出了陆机"体物说"的深远影响。

　　总之，以沈约为代表的永明辞赋作家，自觉地在创作上调配四声，追求平仄交叠、声韵蝉联的审美效果，甚至为一字一音的平仄而惨淡经营、苦苦斟酌。的确，这里面不乏因难逞巧的用心，也带来了"文多拘忌，伤其真美"（钟嵘《诗品》卷三《序》）的弊端。即便就深明声律的沈约个人而言，"约论四声，妙有诠辩，而诸赋亦往往与声韵乖"（李延寿《南史》卷四十八《陆厥传》）的现象亦在所不免。究其原因，只能在创作理论与创作实践之间的不平衡性中寻找。永明声律说虽然在理论上已达到了充分的自觉，并在理论上进行了清晰的总结，但在创作技巧上毕竟尚未达到圆熟自如的地步，理论与创作的配合无间，尚需经过一段长时期的磨合。不过，永明辞赋对声韵的充分自觉，对清丽自然、明白晓畅风格的有意追求，毕竟为齐梁以降的辞赋在创作上指出了一条新路，梁代以后，辞赋的声律更趋精严，赋的诗化与诗的赋化现象更加明显，唐代的律赋、歌行等，也都鲜明地体现了这一变化。而如果要探求促成上述转变的真正枢机，就不能不追溯到以声律说为中心的永明时期的赋学批评。

（原载《济南大学学报》2007 年第 6 期）

刘勰的赋学思想

刘勰（465—521）《文心雕龙》成书于齐末，已成定谳，它总结了自先秦迄于齐末以来文学创作中存在的经验、教训，并提出了原道、宗经、征圣的文学主张。赋作为这一时期的一种重要文学体裁，自然也就成为刘勰评述、检讨的对象。牟世金先生曾经指出："刘勰在论文叙笔部分，只以《明诗》《乐府》《诠赋》三篇专论一体；《颂赞》以下，则是每篇合论二体或数体。这说明他对赋是较为重视的。"[①] 从《文心雕龙》的体例来看，确是如此。《诠赋》专论赋体文学，是赋学思想史上第一篇完整而又系统的赋学论文。除此之外，《文心雕龙》中的《辨骚》《颂赞》《谐隐》《夸饰》《练字》等二十余篇中，亦皆有相关论述，它们构成了刘勰的赋论体系，也代表了齐梁之际赋论的最高水平。

一

赋为古诗之流，一直是汉代以降对赋的源起的一致性诠释。刘勰重申了这一观念并进行了更为具体化的论证："诗有六义，其二曰'赋'……

---

① 牟世金：《文心雕龙研究》，人民文学出版社 1995 年版，第 244 页。

昔邵公称：'公卿献诗，师箴赋。'《传》云：'登高能赋，可为大夫。'《诗序》则同义，传说则异体；总其归途，实相枝干。刘向云：'明不歌而颂。'班固称：'古诗之流也。'至如郑庄之赋'大隧'，士蒍之赋'狐裘'；结言后患挹韵，词自己作，虽合赋体，明而未融。"刘勰论赋之源起几乎全是由承袭和综合汉人的说法而来，与刘歆、刘向的《艺文志·诗赋略》、班固的《两都赋序》有着尤为深切的渊源关系。但不同的是，前者侧重的是政治背景与赋的源起之间的关系，后者更侧重对赋的艺术特征的界定。

另外，刘勰在探讨赋的源起时，也注意到了赋与谐隐之间的关系，"荀卿《蚕赋》，已兆其体"，并谈到宋玉、东方朔、枚皋、潘岳、束皙之赋多有近于谐隐者。刘勰的此种观念，本之于《汉书》中的《艺文志·诗赋略》，在《诗赋略》中隐书径直被归入赋类。

赋为古诗之流，但更重要的，赋之为赋，在于它有着自身的特征，对此，必须从理论上进行概括与说明。在刘勰之前，陆机在《文赋》中最早从文体的风格特征上指出了诗与赋的差别："诗缘情而绮靡，赋体物而浏亮。"刘勰接绪其"体物"说，并在具体环节上做出了进一步的论证："赋者，铺也，铺采摘文，体物写志也。""及灵均唱《骚》，始广声貌，然赋也者，受命于诗人，拓宇于《楚辞》也，于是荀况《礼》《智》，宋玉《风》《钓》，爰锡名号，与诗画境；六义附庸，蔚成大国。遂客主以首引，极声貌以穷文，斯盖别诗之原始，命赋之厥初也。"(《诠赋》)

赋有别于诗，能够"与诗画境"的根本原因就在于其文体特征："铺采摘文，体物写志。"这是刘勰辞赋本体论的核心，其他有关论述，亦缘此而得以展开。赋有别于诗，在刘勰看来，就在于其"遂客主以首引，极声貌以穷文"，就在于其"写物图貌，蔚似雕画"。刘勰论赋，高度评价了赋在"写物图貌"方面所取得的成就，并在《才略》篇中论述王褒《洞箫赋》、王延寿《鲁灵光殿赋》时亦说："王褒构采，以密巧为致，附声测貌，泠然可观。""延寿继志，瑰颖独标，其善图物写貌，岂枚乘之遗术欤！"在《比兴》篇中指出："至于扬班之伦，曹刘以下，图状山川，影写云物，莫不纤综比义，以敷其华，惊听回视，资此效绩。"在《夸饰》篇中指出："至如气貌山海，体势宫殿，嵯峨揭业，熠耀焜煌之状，光采炜炜而欲然，声貌岌岌其将动矣。"诗言志，赋也言志，"体物"才是诗与赋相区别的本质特征。龚克昌先生曾经指出："汉赋中出现的大量的叙事描写，正填补了先秦以来文学艺术的空缺。"[1]刘勰看到了这一点，并将"体物"看作是与诗相对待的区别性特征。这是刘勰的新发现，也是刘勰的赋论超越前人的地方。

关于赋的题材，葛洪曾将之分为宫室、游猎、征伐等，题材分类意识尚比较朦胧。刘勰则在《诠赋》篇中对赋的题材进行了明确的划分："夫京殿苑猎，述行序志，并体国经野，义尚光大……至于草区禽族，庶品杂类……斯又小制之区畛，奇巧之机要也。"这种划分方法，直接影响《文选》的分类标目，也成为后来划分"大赋""小赋"之所本。而对大赋文本结构的体认，亦尤为精确："既履端于倡序，亦归余于总乱。序以建言，首引情本；乱以理篇，迭致文契。"（《诠赋》）赋前冠序、赋末系乱的结构方式，来源于楚辞，两汉时代尚为数不多，但基本范式已经奠定，建安以降成为辞赋创作的普遍形式。"序"往往用来交代作赋缘起、时间、背景等，"乱"则用来进一步说明赋作的题旨，起到卒章显志的作用。对许多小赋来说，这种归纳也是适合的。对辞赋的文本结构作出上述归纳，在赋学思想史上，这是第一次。

关于赋的发展，刘勰认为兴于楚，盛于汉，衍于魏晋，为我们勾勒出了齐梁之前辞赋发展的史纲。在《诠赋》篇中列举了自荀、宋以下迄于魏晋的名家名篇，并逐一加以评述："观夫荀结隐语，事数自环；宋发巧谈，实始淫丽；枚乘《兔园》，举要以会新；相如《上林》，繁类以成艳；贾谊《鵩鸟》，致辨于情理；子渊《洞箫》，穷变于声貌；孟坚《两都》，明绚以雅赡；张衡《二京》，迅发以宏富；子云《甘泉》，构深玮之风；延寿

① 龚克昌：《汉赋研究》，山东文艺出版社1990年版，第444页。

《灵光》，含飞动之势：凡此十家，并辞赋之英杰也。及仲宣靡密，发端必遒；伟长博通，时逢壮采；太冲、安仁，策勋于鸿规；士衡、子安，底绩于流制；景纯绮巧，缛理有余；彦伯梗概，情韵不匮：亦魏晋之赋首也。"透过这段文字，可以看出，刘勰所谓的"辞赋英杰""魏晋赋首"及其所称引的篇目，基本上与太康时期皇甫谧《三都赋序》及梁萧统《文选》相近，由此亦可见出刘勰赋论承前启后的意义及地位。

难能可贵的是，在考察辞赋的发展演变时，刘勰也指出了"蔚映十代，辞采九变"的背后所存在的深刻的社会历史原因，这在《时序》篇中有充分的表现，兹文俱在，不再赘述。

对于赋的发展变化，刘勰既注意到了其体制风格特征，又指出了导致其演变的文化背景，这使得他的辞赋发展观在方法论上真正具有了理论上的科学性与严密性。

在《夸饰》篇中，刘勰充分肯定了夸张这种艺术手法存在的合理性——"文辞所被，夸饰恒存"，并在此基础上总结了汉赋在夸饰方面的得与失，提出了"夸而有节，饰而不诬"的美学原则。

一方面，刘勰反对脱离现实真实的过分夸张，认为"虚用滥形"，只能造成事义乖刺："自宋玉、景差，夸饰始盛。相如凭风，诡滥愈甚。故上林之馆，奔星与宛虹入轩；从禽之盛，飞廉与鹪鹩俱获。及扬雄《甘泉》，酌其余波；语瑰奇则假珍于玉树，言峻极则颠坠于鬼神。至《东都》之比目，《西京》之海若；验理则理无不验，穷饰则饰犹未穷矣。又子云《羽猎》，鞭宓妃以饷屈原；张衡《羽猎》，困玄冥于朔野。娈彼洛神，既非罔两；惟此水师，亦非魑魅；而虚用滥形，不其疏乎？此欲夸其威而饰其事，义睽刺也。"不难看出，在反对"虚用滥形"这一点上，刘勰与西晋时期的左思《三都赋序》要求"依本""求实"，可谓一脉相承，皆具有征实的美学倾向。

但刘勰又不像左思那样拘执，对所有的夸张一概否定。对于建立在生活真实基础上的夸张，刘勰又给予了充分肯定："至如气貌山海，体势宫殿，嵯峨揭业，熠耀焜煌之状，光采炜炜而欲然，声貌岌岌其将动矣。莫不因夸以成状，沿饰而得奇矣。"

统观《夸饰》全篇，可以看到，刘勰对于夸张是充分肯定的，否则他不会认同夸张其存在的合理性，"文辞所被，夸饰恒存"；不会高度评价夸张所创造的审美效果，"信可以发蕴而飞滞，披瞽而骇聋矣"；不会鼓励作家大胆运用夸张，"倒海探珠，倾昆取琰"。但是，刘勰论夸张，又始终强调从根本上不能背离"夸而有节，饰而不诬"这一原则。对此，有的论者以为这一原则表明刘勰对夸张尚缺乏充分的理解，事实上并非如此。汉赋中存在的大量夸张，固然在特定的背景下表现了汉帝国的恢宏气象，应当给予充分肯定，但是，另一方面，"虚用滥形"，完全脱离现实基础的讹滥夸张又不能说不存在，这完全是一个问题的两个方面。

六朝人以丽藻相尚，在这种时代背景下，刘勰对赋的对偶、声韵、练字、用典、造句等皆进行了前所未有的细致归纳与总结。其论对偶："故丽辞之体，凡有四对……长卿《上林赋》云：'修容乎礼园，翱翔乎书圃。'此言对之类也。宋玉《神女赋》云：'毛嫱鄣袂，不足程式；西施掩面，比之无色。'此事对之类也。仲宣《登楼》云：'钟仪幽而楚奏，庄舄显而越吟。'此反对之类也。孟阳《七哀》云：'汉祖想枌榆，光武思白水。'此正对之类也。"（《丽辞》）论声韵："凡声有飞沈，响有双叠，双声隔字而每舛，叠韵杂句而必睽……异音相从谓之和，同声相应谓之韵。韵气一定，故余声易遣；和体抑扬，故遗响难契。"（《声律》）"若乃改韵从调，所以节文辞气。贾谊、枚乘，两韵辄易；刘歆、桓谭，百句不迁：亦各有其志也。昔魏武论赋，嫌于积韵，而善于资代。陆云亦称：'四言转句，以四句为佳。'观彼制韵，志同枚、贾。然两韵辄易，则声韵微躁；百句不迁，则唇吻告劳。妙才激扬，虽触思利贞，曷若折之中和，庶保无咎。"（《章句》）论练字："是以缀字属篇，必须拣择：一避诡异，二省联边，三权重出，四调单复。"（《练字》）论用典："观夫屈、宋属篇，号依诗人，虽引古事而莫取旧辞。唯贾谊《鵩赋》，始用《鶡冠》之说；相如

《上林》，撮引李斯之书：此万分之一会也。及扬雄《百官箴》，颇酌于《诗》《书》；刘歆《遂初赋》，历叙于纪传，渐渐综采矣。至于崔、班、张、蔡，遂捃摭经史，华实布濩，因书立功，皆后人之范式也。"（《事类》）论造句："夫夸张声貌，则汉初已极。自兹厥后，循环相因；虽轩翥出辙，而终入笼内。枚乘《七发》云：'通望兮东海，虹洞兮苍天。'相如《上林》云：'视之无端，察之无涯；日出东沼，月生西陂。'马融《广成》云：'天地虹洞，固无端涯；大明出东，月生西陂。'扬雄《校猎》云：'出入日月，天与地沓。'张衡《西京》云：日月于是乎出入，象扶桑于蒙汜。'此并广寓极状，而五家如一。诸如此类，莫不相循。"（《通变》）

　　上述刘勰对辞赋的纯形式的具体而微的总结与归纳，说明刘勰的赋学思想与当时主流并不相悖，因为在这些总结与归纳中，就糅合着当时的创作经验，同时，也标志着齐梁之际的赋论已进入一个新的层次，即使在今天对我们也依然不无启发意义。

<h2 style="text-align:center">二</h2>

　　无论是刘勰对辞赋源流的探讨，还是文本特征的阐说、发展演变的评述，抑或是具体而微的纯形式的批评，最终都无法脱离其创作原则这一范畴的规范与制约。表面上看来，刘勰论赋与扬雄有不少相似之处，扬雄以为"诗人之赋丽以则，辞人之赋丽以淫"，刘勰以为诗人创作"为情而造文"，辞人作赋"为文而造情"，认为理想的辞赋创作应该"风归丽则，辞剪美稗"（《诠赋》）。但是刘勰与扬雄不同，"刘勰是从艺术规律的高度来认识赋的"[①]。他在《诠赋》篇中指出："原夫登高之旨，盖睹物兴情。情以物兴，故义必明雅；物以情观，故词必巧丽。丽词雅义，符采相胜，如组织之品朱紫，画绘之著玄黄。文虽新而有质，色虽糅而有本，此立赋之

---

　　① 牟世金：《文心雕龙研究》，人民文学出版社1995年版，第260页。

大体也。""情以物兴"与"情以物迁，辞以情发"相一致，指出了外物对情感的激发作用，"物以情观"则强调作品中对事物的描写要饱含作者的主观感情色彩。由此可见，刘勰在总体上肯定了赋是"为情而造文"之作。至于他在《情采》篇中所说的"辞人赋颂，为文而造情"则是针对辞赋中的"逐末之俦"而作的批评。"情以物兴"说，前人已有所论（《礼记·乐记》"人心之动，物使之然也"），"物以情观"说，却尤其值得注意，王国维"以我观物，物皆著我之色彩"（《人间词话》），刘熙载"在外者物色，在我者生意，二者相摩相荡而赋出焉。若与自家生意无相入处，则物色祇成闲事，志士遑问及乎？"（《艺概·赋概》）这些理论都是对刘勰"物以情观"说的直接继承与发展。① 另外，中国古代文化中的情景理论及"意境"理论，也都与刘勰"物兴情观"说密切相关。

刘勰建立于物—情—辞关系基础之上的辞赋创作论，契合了艺术规律，以此为出发点，刘勰提出了"丽词雅义，符采相胜"的总体原则。从创作论的角度看，这一原则的实质就是要求辞赋创作达到物与情、情与采的辩证统一。其《情采》篇曰："故情者，文之经；辞者，理之纬。经正而后纬定，理定而后辞畅。此立文之本源也。"与"丽词雅义"互为映发，从作品构成的角度看，则是要求内容与形式的统一。《征圣》篇曰"圣文之雅丽，固衔华而佩实者也"，更是对"丽词雅义"的最好说明。

原道、宗经、征圣是刘勰整个文艺思想的出发点，也是其最终归结点。由此也就决定了刘勰的赋学价值观基本上依然没有脱离汉儒"讽谕"说的樊篱。例如他认为汉代东方朔、枚皋，晋代潘岳、束皙等人创作的俳谐赋缺乏讽谏内容（《谐隐》），对《七发》以下的七体，认为"虽始之以淫侈，而终之以居正，然讽一劝百，势不自反"（《杂文》），从而加以否定，而对受儒家观念影响较深的东汉辞赋则最为推崇（《诠赋》《才略》）等，都鲜明地表现出汉儒"讽谕"说对其辞赋价值观的直接影响。

---

① 牟世金：《文心雕龙研究》，人民文学出版社 1995 年版，第 260—261 页。

三

上述种种说明，刘勰的赋论有以下特点：

——系统性。刘勰之前，虽已有不少论赋文字见诸文史典籍，但大都是丛残小语，均有"各照隅隙，鲜观衢路"之弊，鲜有能"弥纶群言""擘肌分理"者，而刘勰则以"原始以表末，释名以章义，选文以定篇，敷理以举统"的理论形态，构建了系统的赋学体系。尽管释名以章义，原始以表末，挚虞已开其端；选文以定篇，敷理以举统，李充已肇其始，但真正实现两者的综合，把赋论由以往的片言只语提升为完整的理论体系的，则始自刘勰。

——科学性。刘勰的"铺采摛文，体物写志"说界定了辞赋的文体特征，纯形式批评揭橥了辞赋在对偶、声韵、练字、用典等方面所具有的美感要素；辞赋创作论契合了艺术规律，尤其是"物以情观"说更是为中国古代文论的情景理论与意境理论做出了重大贡献。刘勰的赋学理论，之所以能取得这些成就，在于其从文体特征、文本形式出发，从物—情（客体—主体）关系构成的创作规律出发，而阐释角度的科学性为其结论的正确性提供了保证。

——全面性。刘勰的赋学体系表现出巨大的包容性，它包含了辞赋的发生来源、文体特征、题材分类、体制类别、发展流变、艺术夸张、形式美感（对偶、声韵、练字、用典、造句等）、创作原则、价值标准等多方面的理论问题。以往所涉及的赋论问题几乎无一不在刘勰的赋论体系中一一凸现，而后来的论赋者所探讨的理论问题又几乎无一不处于刘勰赋论体系的笼罩之下，其承前启后的历史地位也由此得以奠定，并成为中国赋学思想史上的一大重要关节。

（原载《齐鲁学刊》2001 年第 1 期）

萧梁皇族的赋学批评

梁代是辞赋史上出现的另一个创作高峰期，这一时期的赋作与作者的数量较多，赋的诗化与骈化现象日益明显，内容亦不出宫体与艳情。赋学批评则趋向多元化，并以萧氏家族为中心，分别形成了以萧衍、裴子野为代表的守旧派，以萧纲、萧绎、萧子显为代表的趋新派，以萧统、刘孝绰为代表的折中派。① 赋学批评的多元化，表明了赋学批评的活跃，也表明了在理论上尚需作出进一步的总结，并且为向隋唐赋学思想的过渡创造了条件。在此，我们仅就四萧的赋学批评进行论述。

一 萧衍的辞赋观

萧衍（464—569）史载其"下笔成章，千赋百诗，直疏便就，皆文质彬彬，超迈今古"（《梁书·武帝记》），这里除去溢美之词而外，至少有两点还是合乎事实的：一是萧衍喜好辞赋，二是萧衍在辞赋创作上奉行的是"文质彬彬"的"丽则"观念。萧衍出身于文人，原为"竟陵八友"

---

① 周勋初：《文史探微》，上海古籍出版社 1987 年版，第 88—116 页。

之一，登基后更以自己在政治上的地位倡导辞赋，延揽人才。《梁书·文学传·刘苞传》：

> 自高祖即位，引后进文学之士，（刘）苞及从兄孝绰、从弟孺、同郡到溉、溉弟洽、从弟沆、吴郡陆倕、张率并以文藻见知，多预宴坐，虽仕进有前后，其赏赐不殊。

刘孺、到洽、张率、陆倕等皆为当时著名的赋家。刘孺尝受武帝诏作《李赋》，《梁书·刘孺传》："孺少好文章，性又敏速，尝于御坐为《李赋》，受诏便成，文不加点，高祖甚称赏之。"张率、到洽尝受诏作《河南国献舞马赋》。《梁书·张率传》："（天监）四年三月，禊饮华光殿。其日，河南国献舞马，诏率赋之……时与到洽、周兴嗣同奉诏为赋，高祖以率及兴嗣为工。"陆倕尝作有《感知己赋赠任昉》《思田赋》《赋体》（严可均辑《全梁文》）。

《梁书·文学传序》亦云：

> 高祖聪明文思，光宅区宇，旁求儒雅，诏采异人，文章之盛，焕乎俱集。每所御幸，辄命群臣赋诗，其文善者，赐以金帛，诣阙庭而献赋颂者，或引见焉。

以上皆足以说明梁武对于辞赋的重视。尤有进者，萧衍甚至对于辞赋亲加评点，《梁书·张率传》：

> （天监）四年三月，禊饮华光殿。其日，河南国献舞马，诏（张）率赋之……时与到洽、周兴嗣同奉诏为赋，高祖以率及兴嗣为工。

而且对于历代辞赋进行过编选工作，《梁书·文学·周兴嗣传》：

> 左卫率周舍奉敕注高祖所制历代赋，启兴嗣助焉。

能够直接反映萧衍辞赋观点的，是保存于《梁书》与《陈书》中的三则"手敕"：

1.（高祖雅爱俚才），敕曰："太子中舍人陆倕所制石阙铭，辞义典雅，足为佳作。昔虞丘辨物，邯郸献赋，赏以金帛，前史美谈。可赐绢三十四。"（《梁书·陆倕传》）

2. 率又为《待诏赋》奏之，甚见称赏。手敕答曰："省赋殊佳。相如工而不敏，枚皋速而不工，卿可谓兼二子于金马矣。"（《梁书·张率传》）

3.（沈众）与陈郡谢景同时召见于文德殿，帝令众为《竹赋》，赋成，奏，帝善之，手敕答曰："卿文体翩翩，可谓无忝尔祖（沈约）。"（《陈书·沈众传》）

通过这三段文字，起码可以反映出萧衍判断辞赋优劣高下，兼顾到了构思是否敏捷与辞义是否典雅工丽两个方面，此为一重要标准。而辞赋批评有时存在于帝王的手敕之中，也从一个侧面反映出南朝赋学形态的多样性与特殊性，也佐证了诗赋的创作在此一时期确实具有点缀风雅、娱乐消闲的倾向。

对于往代的赋家，他推崇的是曹植、陆机。《北史·文苑传》：

梁使张皋写子升文笔传于江外，梁武称之曰："曹植、陆机复生于北土！恨我辞人，数穷百六。"

温子升系"北地三才"之一，尝以"会须作赋，始成大才士"而自负，此处所谓子升"文笔"无疑是应当包括温子升的辞赋在内的，萧衍见其辞赋而生"曹植、陆机复生于北土"之叹，除了说明北地作家与南朝不同，在创作上依然偏宗汉晋的风气而外，也说明了萧衍对曹植、陆机的极力推崇。

萧衍一生，"少时学周孔"，"中复观道书"，"晚年开释卷"（《会三教诗》），揆之萧衍现存的三篇赋作《孝思赋》《围棋赋》《净业赋》，阐扬儒教、玄道、佛理构成了其赋作的主要内容，与其诗中所述完全相合。

孝思赋

览斯事而众多，亦难得而具纪。灵蛇衔珠以酬德，慈乌反哺以报亲。在虫鸟其尚尔，况三才之令人。治本归于三大，生民穷于五孝。置天地而德盈，横四海而不挠。履斯道而不行，吁孔门其何教（《全梁文》卷一）

围棋赋

故城有所不攻，地有所不争。东西驰走，左右周章。善有翻覆，多致败亡。虽畜锐以将取，必居谦以自牧。譬猛兽之将击，亦俯耳而固伏。若局势已胜，不宜过轻。祸起于所忽，功坠于垂成。至如玉壶、银台，车厢、井栏，既见知于曩日，亦在今之可观。或非劫非持，两悬两生。局有众势，多不可名。或方四聚五，花六持七。虽涉戏之近事，亦临局而应悉。或取结角，或营边鄙。或先点而亡，或先撇而死。故君子以之游神，先达以之安思。尽有戏之要道，穷情理之奥秘。(《全梁文》卷一)

净业赋

为善多而岁积，明行动而日新，常与德而相随，恒与道而为邻。见净业之爱果，以不杀而为因。离欲恶而自修，故无障于精神。患累已除，障碍亦净。如久澄水，如新磨镜。外照多像，内见众病。既除客尘，又还自性。三途长乖，八难永灭。止善既修，行善无缺。清净一道，无有异辙。唯有哲人，乃能披襟。如石投水，莫逆于心。心清泠其若冰，志皎洁其如雪。在欲结其既除，怀忧畏其亦灭。与恩爱而长违，顾生死而永别。览当今之逸少，想后来之英童。怀荆玉而未剖，藏神器而存躬。修圣行其不已，信善积而无穷。永劫扬

其美名，万代流于清风。岂伏强而称勇，乃道胜而为雄。（《全梁文》卷一）

这些赋作虽然在风格上质木无文，味同嚼蜡，但其中说理布教意味甚是浓厚，在辞采上则追求典雅工丽，这可进一步说明，萧衍尽管喜爱辞赋，奉行的是"文质彬彬"的"丽则"观念，但这"丽"除了讲究藻采典雅工丽之外，这"则"已转化为说理与议论，辞赋对他来说，已沦为一种娱乐消闲或布道说教的工具了。前一种倾向，更多地影响了萧纲、萧绎，后一种倾向，则更多地为萧统所接续。

对当时文坛上盛行"始用四声，以求新变"的创作风气，萧衍却不甚以为然。《梁书·沈约传》云：

> 约又撰《四声谱》，以为在昔词人，累千载而不寤，而独得胸襟，穷其妙旨，自谓入神之作，高祖雅不好焉。帝问周舍曰："何谓四声？"舍曰："'天子圣哲'是也"，然帝竟不遵用。

"帝竟不遵用"在这一点上或许影响了萧统亦不甚讲求四声，并成为他在《文选》中不录沈约《郊居赋》的原因之一。

二　萧统的赋学批评

萧统（501—531）的辞赋观，主要表现在《文选序》《陶渊明集序》以及《文选》的编选体例中。

在《文选序》中，萧统讨论了赋的渊源与流变：

> 尝试论之曰：《诗序》云："诗有六义焉：一曰风，二曰赋，三曰比，四曰兴，五曰雅，六曰颂。"至于今之作者，异乎古昔。古诗之体，今则全取赋名。荀、宋表之于前，贾、马继之于末。自兹以降，

源流实繁。述邑居，则有"凭虚""亡是"之作。戒畋游，则有《长杨》《羽猎》之制。若其纪一事，咏一物，风云草木之兴，鱼虫禽兽之流，推而广之，不可胜载矣。又楚人屈原，含忠履洁，君匪从流，臣进逆耳，深思远虑，遂放湘南。耿介之意既伤，抑郁之怀靡诉。临渊有怀沙之志，吟泽有憔悴之容。骚人之文，自兹而作。

对赋的源流的认识，完全是汉儒"六义之赋"与"古诗之流"的翻版。不过，对于楚辞，他不再列入赋的范围而将之单独析出，反映了他对楚辞自身特点的认识。

关于《文选》的选录标准，一般认为是"事出于沉思，义归乎翰藻"。实际上，这种理解并不确切。"事出于沈思，义归乎翰藻"，这两句话是就赞论及序述言，陈说的是选录赞、论、序、述的理由，对于诗赋等"篇什"的特点及入选标准，昭明并未明言。[①] 而明了这一点，恰恰涉及如何理解萧统的辞赋观念这一问题。

其实，对诗赋等"篇什"的审美特征，萧统曾提出过明确的要求，只不过不在《文选序》，而在《答湘东王求文集及诗苑英华书》：

> 得疏，知须《诗苑英华》及诸文制。发函伸纸，阅览无辍。虽事涉乌有，义异拟伦，而清新卓尔，殊为佳作。夫文曲则累野，丽亦伤浮。能丽而不浮，典而不野，文质彬彬，有君子之致，吾尝欲为之，但恨未逮耳。

"丽而不浮，典而不野，文质彬彬，有君子之致"，正是萧统对诗赋等"篇什"提出的审美标准，与萧统的文学观点极为一致的刘孝绰在《昭明太子集序》中也有类似表述："能使典而不野，远而不放，丽而不淫，约而不俭，独擅众美，斯文在斯。"由此亦可以看出，提倡典丽，反对浮野，是萧统在理论上、创作上所贯彻的一贯标准，也是他主持

---

① 沈玉成：《〈文选〉的选录标准》，《文学遗产》1984 年第 2 期。

《文选》的选录标准。正因为如此，萧统评陶渊明《闲情赋》时才有"白璧微瑕"之说：

> 余嗜爱其文，不能释手；尚想其德，恨不同时。故加搜求，粗为区目。白璧微瑕，唯在《闲情》一赋。扬雄所谓劝百而讽一者，卒无讽谏，何足摇其笔端？

陶渊明在《闲情赋序》中曾明言写作此赋的目的在于"谅有助于讽谏"，而萧统却以扬雄的"劝百讽一"说批评其"卒无讽谏"，其原因盖在于《闲情赋》的"十愿""十悲"在表达男女爱情方面显得过于直率大胆而又浪漫热烈，这在"三岁受《孝经》《论语》，五岁遍读《五经》，悉能讽诵"，深受儒家思想影响的萧统看来，作品的客观效果是悖逆了讽谏的，这也反映出了萧统的辞赋观的狭隘性。

关于《文选》的编选体例，《文选序》云：

> 凡次文之体，各以汇聚。诗赋体既不一，又以类分，分类之中，各以时代相次。

《文选》共收赋作85篇，分15类：京都、郊祀、耕籍、畋猎、纪行、游览、宫殿、江海、物色、鸟兽、志、哀伤、论文、音乐、情。"赋之分类，昭明亦沿前贯耳。"（《文选评点》卷一《赋甲·京都上》)，就来源上说与班固、葛洪、刘勰等的赋体分类存在着明显的渊源关系，就分类标准来说又存在着交叉碎杂的毛病，这一点已为不少学者所指出。

此外，萧统将骚别于赋、七体单列、误赋之对问发端而为序等等，亦是他兼采古今、调和折中的结果，从一个侧面反映出了以他为代表的折中派的辞赋观念。

最后，我们尚需注意这样一个问题。沈约晚年所作的《郊居赋》推求四声，传誉一时，《梁书·王筠传》与《刘杳传》及《南史·王筠传》均曾提及此赋，其影响之大，由此可见一斑。而萧统《文选》中并未将此赋收录，这似乎反映出萧统与乃父萧衍一样，对诗赋创作"始用四声，以求新变"的风气并不怎么重视。

总之，在赋的源流演变上，萧统沿袭了汉儒"六义之赋"与"古诗之流"的说法，在赋的审美标准上，提出了典、丽的主张；在赋的价值功能上，依然没有放弃讽谏的政教观念；在赋的分类、分体标准上，又表现出了兼采古今、调和折中的倾向，这构成了萧统辞赋观的特色。如果再进一步探寻其辞赋观的具体渊源，我们就会发现，它与班固、扬雄、葛洪、刘勰之间有着难舍难分的纠葛，尤其是与班固、刘勰之间存在的一致性是如此深刻而又明显①，这也从另一方面说明了班固、刘勰在南朝赋论中的地位与影响。事实上也确是如此，班《志》从汉至清，几乎无时无处不在左右着整个赋学批评的历史，而刘勰的《诠赋》则为赋学理论的总结做出了空前的贡献。

三　萧纲的赋学批评

萧纲（503—551）的辞赋观，主要有以下几点：

第一，把包括辞赋在内的文学作品抬高到了前所未有的地位。其《昭明太子集序》云：

> 窃以文之为义，大哉远矣。故孔称性道，尧曰钦明，武有来商之功，虞有格苗之德。故易曰："观乎天文，以察时变；观乎人文，以化成天下。"是以含情吐景，六卫九光之庭；方珠喻龙，南枢北陵之采，此之谓天文。文籍生，书契作，咏歌起，赋颂兴。成孝敬于人伦，移风俗于王政，道绵乎八极，理浃乎九垓，赞动神明，雍熙钟石，此之谓人文。若夫体天经而总文纬，揭日月而谐律吕者，其在兹乎？

---

① 程章灿：《魏晋南北朝赋史》，江苏古籍出版社1992年版，第七章第二、三节。

萧纲以"天文"附合"人文"的思辨方式，反映了玄学思维在参与南朝文学批评中所产生的巨大影响。在萧纲看来，"咏歌"和"赋颂"等属于"人文"，其功能在于"成孝敬于人伦，移风俗于王政，道绵乎八极，理浃乎九垓，赞动神明，雍熙钟石"。显然，在文学功能的界定上，萧纲依然没有摆脱儒家政教说的影响。其《答张缵谢示集书》云：

> 纲少好文章，于今二十五载矣。窃尝论之，日月参辰，火龙黼黻，尚且著于玄象，章乎人事，而况文辞可止，咏歌可辍乎？不为壮夫，扬雄实小言破道；非谓君子，曹植亦小辩破言。论在科刑，罪在不赦！

论及辞赋，昔扬雄有"童子雕虫篆刻，壮夫不为"之语，曹植亦有"岂徒以翰墨为勋绩，辞赋为君子"之语，萧纲对此大加挞伐，充分表明了他对辞赋的喜好与肯定。

第二，"寓目写心，因事而作"的创作论。其《答张缵示集书》云：

> 至如春庭落景，转蕙承风，秋雨旦晴，檐梧初下，浮云生野，明日入楼，时命亲宾，乍动严驾，车渠屡酌，鹦鹉骤倾，伊昔三边，久留四战，胡雾连天，征旗拂日；时闻坞笛，遥听塞笳，或乡思凄然，或雄心愤薄，是以沉吟短翰，补缀庸音；寓目写心，因事而作。

这是萧纲文学创作论的集中体现，"寓目写心，因事而作"的核心，即主张创作的自然而然，自然而然地因物兴感，描绘大千万象，抒发性灵怀抱。在《诫当阳公大心书》中亦有类似表述：

> 立身之道，与文章异；立身须先谨重，文章且须放荡。

"放荡"一语，向被解为"淫放"的同义语，盖与萧纲带头创作过"宫体"诗赋并主持编选过《玉台新咏》有关。实际上，"放荡"一语，即不受束缚之意。对此，王运熙、杨明先生有详细考辨①。由此可见，"文章且须放荡"与"寓目写心，因事而作"所申述的理论主张不但不相悖逆，而且在意义上基本一致。主张创作上的自然而然，与萧纲受到玄、道的影响有关。《南史·梁本纪》曾载其"博综群言，善谈玄理"，著《老子义》《庄子义》等，而"寓目写心，因事而作"则是他接受玄、道思维的直接成果。

第三，与"寓目写心，因事而作"的创作论相联系，萧纲在《与湘东王书》中批评了京师文体"儒钝殊常，竞学浮浅"的不良风气：

> 玄冬修夜，思所不得；既殊比兴，正背《风》《骚》。若夫六典三礼，所施则有地；吉凶嘉宾，用之则有所。未闻吟咏情性，反拟《内则》之篇；操笔写志，更摹《酒诰》之作；迟迟春日，翻学《归藏》；湛湛江水，遂同《大传》。吾既拙于为文，不敢轻有掎摭。但以当世之作，历方古之才人，远则扬、马、曹、王，近则潘、陆、颜、谢，而观其遣辞用心，了不相似。若以今文为是，则古文为非；若昔贤可称，则今体宜弃。俱为盍各，则未之敢许。

这段文字，系针对裴子野的《雕虫论》而发②，其核心是反对创作中的隶事用典与因袭摹拟，前者是沈约"三易"主张之一"易见事"的延伸，后者则与永明以来主张新变的风气完全一致。

第四，推崇梁代的张率之赋。在上面已引过的《与湘东王书》中，萧纲标举了齐梁以来的著名作家，并特别点到了张率之赋：

> 至如近世谢朓、沈约之诗，任昉、陆倕之笔，斯实文章之冠冕，述作之楷模。张士简之赋，周升逸之辩，亦成佳手，难可复遇。

① 王运熙、杨明：《魏晋南北朝文学批评史》，上海古籍出版社 1989 年版，第 299 页。
② 曹道衡、沈玉成：《南北朝文学史》，人民文学出版社 1991 年版，第 261 页。

　　张士简即张率，是齐梁时代作赋最多的作家。《梁书·张率传》载："率年十二，能属文，常日限为诗一篇，稍进作赋颂，至年十六，向二千许首"，"少好属文，而《七略》及《艺文志》所载诗赋，今无其文者，并补作之。所著《文衡》十五卷，文集二十卷，行于世"。由此可见其作赋数量之大。张率作赋，亦曾多次受到梁高祖萧衍的称赏，作《待诏赋》，萧衍以为张率兼相如、枚皋之善，"手敕答曰：'省赋殊佳。相如工而不敏，枚皋速而不工，卿可谓兼二子于金马矣。'"与到洽、周兴嗣同奉诏为《河南国献舞马赋》，"高祖以率及兴嗣为工"。凡此等等，皆可见出张率之赋在梁代的影响之大。张率的辞赋，同齐梁时代的其他赋家一样，主要是作为帝王生活的点缀而存在的，娱乐消闲与歌颂盛美的倾向同时渗透于赋的创作之中。张率赋今亡佚殆尽，但从《梁书》本传收录的其应诏所作的《河南国献舞马赋》及《初学记》卷二十七所存留的《绣赋》的片断，尚可得其仿佛。萧纲推崇张率之赋，亦基本上是从这一点出发的。

　　虽然对文学功能的界定，萧纲在理论上依然没有摆脱"成孝敬于人伦，移风俗于王政"的儒家政教说的影响，但是覆按萧纲的辞赋作品，又可以看出，几乎篇篇赋作，都与政教、风化了不相涉，如《秋兴赋》《临秋赋》《序愁赋》抒发情怀，《大壑赋》《阻归赋》《梅花赋》《采莲赋》描摹物色，《玄虚公子赋》《舌赋》谈说玄理，并且语言清丽宛转，这足可以说明，"寓目写心，因事而作"反对用典因袭的主张，在萧纲的辞赋创作中是执行一贯的，而要求辞赋"成孝敬于人伦，移风俗于王政"的说法，只不过是萧纲沿袭汉儒的传统说法而作的表面文章，而在他的创作实践中并未得到真正的贯彻。这种理论主张与创作实践的不一致性，再次提醒我们，在考察赋论赋评时，必须兼顾辞赋创作。只有这样，才能认识其本来面目。

四　萧绎《金楼子》中的赋学批评

萧绎（503—551）的辞赋观，主要集中在《金楼子》及相关言论中。

在《金楼子·立言》中，萧绎将古今学者分别进行了类型划分并对"文"的特征提出了明确要求：

> 古之学者有二，今之学者有四。夫子门徒，转相师受，通圣人之经者谓之儒。屈原、宋玉、枚乘、长卿之徒，止于辞赋，则谓之文。今之儒博穷子史，但能识其事，不能通其理者，谓之学。至如不便为诗如阎纂，善为章奏如伯松，若此之流，泛谓之笔。吟咏风谣，流连哀思者，谓之文。而学者率多不便属辞，守其章句，迟于通变，质于心用。学者不能定礼乐之是非，辩经教之宗旨，徒能扬榷前言，抵掌多识，然而挹源知流，亦足可贵。笔退则非谓成章，进则不云取义，神其巧惠，笔端而已。至如文者，唯须绮縠纷披，宫徵靡曼，唇吻遒会，情灵摇荡。而古之文笔，今之文笔，其源又异。

依照所操之术的不同，把古之学者划分为两种类型，把今之学者划分为四种类型，在划分方式上显然袭自王充。而萧绎的文人观，与王充又迥然不同。王充认为："能说一经者为儒生，博通古今者为通人，采掇传书以上书奏记者为文人，能精思著文，连接篇章者谓鸿儒。"（《论衡·超奇》）在萧绎看来，古代的"文人"指的是屈、宋、枚、马等善辞赋者，而绝非是王充所谓的采掇经传语汇以写书、表、奏、记等应用性文字者。萧绎把汉代以前的学者按照所操之术的不同区分为通经与善赋两大类型，即使在今天看来，也是合乎史实的，也反映出他想把辞赋与其他文体单独区分开来的纯文学意识。

萧绎认为，今之文人与古代不同，应当是能够"吟咏风谣，流连哀思"的那一类文人。萧绎的这种言论，既是在为文人诗赋向民间歌谣靠近张目，也是晋宋齐梁以来的创作风气在理论上的反映。晋宋齐梁以来，受吴声、西曲等通俗歌谣的影响，文人创作摹拟吴声、西曲者甚众，叙写哀怨之情的怨深文绮的诗赋更是占了相当的数量。萧绎要求诗赋向民间风谣靠近的主张，也反映了梁代相当一部分人的看法。萧子显"杂以风谣，轻唇利吻，不雅不俗，独中胸怀"（《南齐书·文学传论》）及张缵"屈平怀沙之赋，贾子游湘之篇，史迁摛文以投吊，扬雄反骚而沉川。其风谣雅什，又是词人之所流连也"（张缵《南征赋》，载《梁书·张缵传》），皆反映了此一时期诗赋创作趋新从俗的倾向与要求。

《金楼子·立言》中的这段文字，虽然并非专论"文""笔"之分，但它对"文"的特征的规定，却尤为值得注意。"绮縠纷披"指辞采的华美，"宫徵靡曼，唇吻遒会"指声韵的和谐动听、自然流畅；"情灵摇荡"指足以动人心魄的抒情特征。对此，罗宗强先生已有明确的辨析。①萧绎从辞采、声韵、情感三个方面对"文"的特征进行了规定，这在当时是一种崭新的看法，"它包含着一个极为重要的讯息，那便是以艺术特征而不是以文体（文类）区分'文''笔'界限"②。它比齐梁时代时人所普遍认为的"无韵者笔，有韵者文"（刘勰《文心雕龙·总术》），单以是否讲求声韵的谐调作为判别"文""笔"的标准更为强调了情感因素，正因为如此，它在更深的层次上切近了"文"的本体，这是萧绎的文艺思想能够超越前人和同时代人的根本原因。虽然这段文字所讨论的是"文"的特征而非专指辞赋，但萧绎既然把赋划入"文"的范围，因此，"绮縠纷披，宫徵靡曼，唇吻遒会，情灵摇荡"的要求也同样适用于辞赋。

要求"文"具有"情灵摇荡"的艺术特征，这是萧绎的文艺思想区别于前人与同时代人的根本所在。与此相联系，萧绎认为为文作赋应顺乎自

---

① 罗宗强：《魏晋南北朝文学思想史》，中华书局1996年版，第373页。
② 同上书，第374页。

然，其目的在于"养性养神"，反对扬雄、曹植等呕心为文、耗伤精力的创作方法。

> 扬雄作赋，有梦肠之谈；曹植为文，有反胃之论。生也有涯，智也无涯，以有涯之生，逐无涯之智，余将养性养神，获麟于《金楼》之制也。(《金楼子·立言》)

对于有规讽刺讥之义的赋作，萧绎并不欣赏：

> 卞彬为《禽兽决录》云："羊淫而狠，猪卑而率，鹅顽而傲，狗险而出。"皆指斥贵势。其《虾蟆科斗赋》云："纡青拖紫，出入苔中。"以比当时令仆也。"科斗唯唯，群浮暗水；唯朝继夕，聿役如鬼。"比令史咨事也。非不才也，然复安用此才乎？(《金楼子·立言》)

卞彬是永明之际影响较大的一位赋家，善用通俗形象的语言指斥权势，刺讥现实，史载其文章传于闾巷。萧绎在此肯定了卞彬之赋作所展示出的才华，然对卞彬以赋刺世的做法甚为不满，这与萧绎所处的地位有关，也反映了其辞赋观的偏狭性与贵族立场。

历代作家中，萧绎最推崇潘岳与曹植。《金楼子·杂记》云：

> 瞳眬日色，还想安仁之赋；徘徊月影，悬思子建之文，此又一生之至乐也。

曹植的《洛神赋》，萧绎认为是不可企及的典范，"刘休立好学有文才，为《水仙赋》，时人以为不减《洛神赋》……余谓《水仙》不及《洛神》"(《太平御览》卷五八七引《金楼子》)，《水仙赋》，现只有陶弘景的同题作品一篇，刘休立的《水仙赋》早已佚失，因此，对于萧绎的这段议论，可惜我们已经无从比较。对潘岳《闲居赋》所描述的天伦之乐，萧绎连声慨叹："天下之至乐，唯斯而已，天下之至乐，唯斯而已。"(《金楼子·立言》）曹植的辞赋，早有定评，萧绎在此沿袭的是一般人的看法，对潘岳的辞赋，萧绎却并不以潘岳谄事贾谧、望尘而拜的丑行而因人废赋。由此可以看出，萧绎评价辞赋，注重的是赋作本身所产生的"情灵摇荡"的审美效果。

此外，萧绎《金楼子》中也提到过东方朔的《答客难》与杨泉的《蚕赋》：

> 假使逢文明之后，值则哲之君，不足为鄙夫扶毂，岂青紫之可望邪？东方朔鼠虎之论，斯得之矣。

> 杨泉《赋序》曰："古人作赋者多矣，而独不赋蚕，乃为《蚕赋》。"是何言欤？楚兰陵荀况有《蚕赋》，近不见之，有文不如无述也。

对东方朔的"用之则为虎，不用则为鼠"的比喻颇为称赏，而对杨泉的《蚕赋》则批评其序纯属多余，因为它犯有知识性的错误。

梁代是一个重文的时代，"自中原沸腾，五马南渡，缀文之士，无乏于时。降及梁朝，其流弥盛。盖由时主儒雅，笃好文章。故才秀之士，焕乎俱集。于是武帝每所临幸，辄命群臣赋诗，其文之善者赐以金帛。是以缙绅之士，咸知自励"（《南史·文学传序》）。萧梁皇族雅爱文学，在整个梁代的文学创作中，萧梁皇族占有很重要的地位。在梁代的文论三派中，以萧衍为代表的守旧派，以萧纲、萧绎、萧子显为代表的趋新派，以萧统为代表的折中派，他们关于辞赋的言论，构成了梁代赋学批评的主要内容。而在这三派当中，代表当时的辞赋创作倾向的，则是新变派。像萧绎的《采莲赋》"碧玉小家女，来嫁汝南王"，直接以民歌入赋和《荡妇秋思赋》所表现出的赋的诗化的特点，就是这种新变倾向的直接反映。赋在这种诗化的形势下，直接走向了唐代的歌行和律赋。

（原载《济南大学学报》2006 年第 3 期）

合南北文学之两长

——论庾信辞赋及其辞赋观的先导意义

　　庾信（513—581），是南北朝时期最后一位辞赋作家。北周宣帝大象元年（529），滕王逌（周文帝之子）在为庾信写的集序中称："信（妙）善文词，尤工诗赋，穷缘情之绮靡，尽体物之浏亮，诔夺安仁之美，碑有伯喈之情，箴似扬雄，书同阮籍"，庾信尤善诗赋，而辞赋的成就又在诗之上。历来对于庾信的研究，也就主要集中在对他的诗赋作品的评价以及关于庾信本人行迹的考辨等方面。事实上，庾信在作品中也表达过有关辞赋观念的言论，这些言论主要集中在《伤心赋序》《哀江南赋序》及《赵国公集序》中。所以，从赋学批评史的角度来看，对于庾信在赋学批评史上的地位，必须给予足够的重视。应当注意的是，在论述庾信的赋学批评时，如果仅仅局限于庾信关于赋学批评的言论，是远远不够的，原因就在于，"文学思想不仅仅反映在文学批评和文学理论著作里，它还大量地反映在文学创作中"[1]。遵循这一思路，在分析庾信的赋学观时，必须结合庾信具体的辞赋创作，这是一个基本的原则。

---

　　① 罗宗强：《隋唐五代文学思想史》，上海古籍出版社 1986 年版，第 2 页。

<h1 style="text-align:center">一</h1>

梁陈、魏周时期，虽然兵燹四起，攻伐相继，但南北之间的使节互聘活动却从未间断。庾信以"接对有才辩，虽子贡之旗鼓陈说，仲山之专对智谋，无以加也"（《滕王逌原序》），深受梁武帝爱赏，多次出使东、西魏。以此之故，张鹭《朝野佥载》卷六曾经记载，"梁庾信从南朝初至北方，文士多轻之，信将《枯树赋》以示之，于后无敢言者"，庾信出使东魏回来，认为北国文坛简直一无是处，仅有温子升一块石头（指《韩陵山寺碑》）还值得一读，薛道衡、卢思道只不过"少解把笔"，其余皆"驴鸣犬吠，聒耳而已"。这些记载尽管出于附会，但通过这些记载，说明南北朝时期文士之间的赋作存在交流以及庾信前期在观念上有轻视北朝文学的倾向，应当是确然无疑的。如果我们再验之以正史，与庾信同时代的徐陵把魏收的文集扔进河里，说是为了给魏公"藏拙"，就可以明白，庾信对北朝文学的态度毫不为奇。

此时的庾信，正处于宫体诗赋创作的高潮期。《北史·庾信传》称庾氏父子与徐氏父子（徐摛、徐陵）"出入禁闼，恩礼莫与比隆。既文并绮艳，故世号为'徐庾体'焉。当时后进，竞相模范，每有一文，都下莫不传诵"，又称庾信"聘于东魏，文章辞令，盛为邺下所称"。由此可见，庾信的文名，在当时已传遍江左与中原。由于江陵之乱，庾信前期创作的诗赋几乎百不一存，不过从现存的前期赋作如《春赋》《灯赋》《鸳鸯赋》中，依然可以看出其内容多言男女私情，脱不出宫体的范围。但有一点值得注意，庾信的赋作中，还是有一定的讽喻观念的。如《灯赋》结尾"寄言苏季子，应知余照情"，用了《战国策》中的典故："甘茂亡秦，且之齐，出关遇苏子，曰：'君闻夫江上之处女乎？'苏子曰：'不闻。'曰：'夫江上之处女，有家贫而无烛者，处女相与语，欲去之。家贫无烛者将

· 263 ·

去矣，谓处女曰：'妾以无烛故，常先至，扫室布席，何爱余明之照四壁者，幸以赐妾，何妨于处女。妾自以有益于处女，何为去我？'处女相语以为然而留之。今臣不肖，弃逐于秦而出关，愿为足下扫室布席，幸无我逐也。'"用这一典故的目的，就在于暗示应该让下层人也享受一点余光。这说明，赋应具有讽喻的观念，在庾信的文学思想中是存在的，而且即使在北朝，这一观念也有所表现，如在《三月三日华林园马射赋序》中的一段："克己备于礼容，威风总于戎政。加以卑躬菲食，皂帐绨衣，百姓为心，四海为念。西郊不雨，即动皇情；东作未登，弥回天眷。兵革无会，非有待于丹乌；宫观不移，故无劳于白燕。"意即劝喻周武帝应当克己复礼，体恤百姓，勤俭治国。上述的两个例子，后者固然与北方自魏孝文帝以来经学重新复兴、儒教成为鲜卑统治阶级的意识形态不无关系，但前者与庾氏家族以儒学传家，又何尝没有关联？

庾氏家族以儒学传家，庾信亦不可避免地受到了儒家思想的濡染。作为南朝宫体诗赋的主要作家，虽然也创作了不少刻红剪翠的作品，但他与其他的宫体诗赋作家，亦有些微的不同。上述《灯赋》《三月三日华林园马射赋序》等，说明在庾信的观念中，依然具有汉赋作家曲终奏雅的痕迹。处于宫体诗赋创作高潮时期的庾信，对于辞赋应当具有讽喻的功能，还是有一定的体认的。

二

唐段成式《酉阳杂俎·语资》曾经记载过庾信与北朝文士讨论诗赋的问题。"庾信作诗用《西京杂记》事，旋自追改曰：'此吴均语，恐不足用也。'魏肇师曰：'古人托曲者多矣。然《鹦鹉赋》，祢衡、潘尼二集并载；《弈赋》，曹植、左思之言正同。古人用意何止于此？'君房（指梁人徐君房）曰：'词人自是好相采取，一字不异，良是后人莫辩。'魏尉瑾曰：

'九锡或称王粲，六代亦言曹植。'"这一段材料虽不一定可靠，但反映了庾信力求新变的观念，而且这种观念也始终贯穿在他的辞赋创作中。

江陵陷落，标志着庾信的创作进入后期，庾信从此也就永远地被羁留在了北地，直至隋开皇元年（581）死去。梁太清年间（547—549）的侯景之乱及以后的江陵之陷，使大批南朝文士流落北方，奔入东魏邺下的有颜之推、萧祇、祇子萧放、萧悫等，被掳入西魏长安的有王褒、王克、殷不害等。后来陈、周通好，周武帝因为惜才而未放庾信、王褒等南返。在北地，庾信尽管深受统治者的优渥礼遇，并且官位通显，但"魂兮归来哀江南"的乡关之思、羁旅之愁成为他这一时期创作的基调；尽管南朝文士易代而仕的行为已成为习惯，但传统的华夷之辨，使他深感屈节仕胡的耻辱，"倡家遭强聘"的心境也经常使他感到人生的难堪！庾信与王褒表现出了不同的态度。王褒曾经自述："晚涉世途，常怀五岳之举。……上经说道，屡听玄牝之谈；中药养神，每禀丹沙之说"（王褒《寄梁处士周弘让书》），把家国之恨在释、老的玄虚世界中消弭馨尽。在庾信诗、赋中尽管也曾多次出现过酒、仙等意象，但冰冷的现实，又使他深感"舟楫路穷，星汉非乘槎可上；风飘道阻，蓬莱无可到之期"。乡关之思、家国之痛，在他的作品中留下了深刻的痕迹。

人生际遇的改变、环境的迁改，成为改变他创作风格的决定性因素。他的作品中不再有春花秋月、红香翠软，而代之以飞蓬飘转、枯树飘零等凄苦萧瑟的意象，他的作品中充斥的不再是雕藻华艳、音调流利的绮软淫靡，而是一变为格调雄放、顿挫沉郁的悲凉苍茫。比较典型的如他在《哀江南赋》中以惨痛的笔调，写出了百姓的遭受掳掠之苦："水毒秦泾，山高赵陉。十里五里，长亭短亭。饥随蛰燕，暗逐流萤。秦中水黑，关上泥青。于时瓦解冰泮，风飞电散。浑然千里，淄、渑一乱。雪暗如沙，冰横似岸。逢赴洛之陆机，见离家之王粲。莫不闻陇水而掩泣，向关山而长叹。况复君在交河，妾在青波。石望夫而逾远，山望子而逾多。"庾信后期的辞赋观念，有三点值得注意：

第一，对辞赋的发展演变提出了明确的分期，提出了"雕虫篆刻，其体三变"说。庾信在给赵王宇文招写的《赵国公集序》中写道：

> 昔者屈原、宋玉，始于哀怨之深；苏武、李陵，生于别离之世。自魏建安之末、晋太康以来，雕虫篆刻，其体三变。人人自谓握灵蛇之珠，抱荆山之玉矣。公斟酌雅颂、谐和律吕。若使言乖节目，则曲台不顾；声止操缦，则成均无取。遂得栋梁文囿，冠冕词林，《大雅》扶轮，小山承盖。

这段话指的是文艺发展的普遍情况，也同样反映了庾信对辞赋的看法。雕虫篆刻，辞赋之谓也。在此之前，沈约也有文体三变之说，《宋书·谢灵运传论》："周室既衰，风流弥著。屈平、宋玉，导清源于前；贾谊、相如，振芳尘于后，英辞润金石，高义薄云天。自兹以降，情志愈广。王褒、刘向、扬、班、崔、蔡之徒，异轨同奔，递相师祖。虽清辞丽曲，时发乎篇，而芜音累气，固亦多矣。若夫平子艳发，文以情变，绝唱高踪，久无嗣响。至于建安，曹氏基命，二祖、陈王，咸蓄盛藻。甫乃以情纬文，以文披质。自汉至魏，四百余年，辞人才子，文体三变。相如巧为形似之言，班固长于情理之说（《文选》作'二班'），子建、仲宣以气质为体，并标能善美，独映当时，是以一世之士，各相慕习。原其飚流所始，莫不同祖风骚。徒以赏好异情，故意制相诡。"但显而易见，在"三变"的时代划分上，庾、沈二人并不相同。庾信定楚汉为一变，建安为一变，太康以来迄于周、陈为一变；沈约定西汉为一变，东汉为一变，建安为一变。由此可见，庾信和齐梁作家等非常注重不同发展阶段的文艺（辞赋）特征的归纳与总结。两者分期的角度不同，沈约重语言体制，庾信更重情感。而标举诗骚，则是其共同之处。向诗、骚的复归，是自宋檀道鸾提出"体则风骚"以来一直延续的一个重要话题[1]，也体现出了南北朝辞

---

① 详见拙文《元嘉赋学批评札记》，《中华同人学术论集》，中华书局2002年版。

赋创作的一个带有普遍性的倾向。

第二，申明了辞赋创作的现实主义原则，"穷者欲达其言，劳者须歌其事"（《哀江南赋序》）。庾信以中岁之年，遭逢战乱（侯景之乱时庾信三十六岁，使魏时四十二岁），流落北地，羁而不还。满腔幽怨，皆抒吐在他的《拟咏怀》二十七首，《拟连珠》四十四首，更抒吐在他的《哀江南赋》之中。在赋序中，庾信对此赋的创作缘起的说明，也是对于文艺创作规律的揭橥。也正因为有了这种"穷者欲达其言，劳者须歌其事"的自觉的创作观念，在《哀江南赋》中他以广阔的视角、沉痛的笔调，通过现实主义手法描写了自己的深切创痛与广大民众的流离之苦，这在辞赋史上还是第一次。《哀江南赋》在内容上的巨大的创造性也正体现在这里。庾信的这种创作观与钟嵘的诗论有相通之处："至于楚臣去境，汉妾辞宫，或骨横朔野，或魂逐飞蓬；或负戈外戍，杀气雄边；塞客衣单，孀闺泪尽；又士有解佩出朝，一去忘返；女有扬娥入宠，再盼倾国：凡斯种种，感荡心灵，非陈诗何以展其义，非长歌何以聘其情？"[1] 庾信的这种创作论不仅上承《诗经》"劳者歌其事、饥者歌其食"（何休《公羊传解诂》）的现实主义传统，而且下启唐宋的现实主义诗歌理论。

第三，对辞赋悲怨传统的认同和标举，"不无危苦之辞，唯以悲哀为主"。正因为穷者达言，劳者歌事，所以望断青河、身世飘零的庾信在辞赋中所表现的情感，也就表现出了两个指向：一是写乡关之思，一是写羁旅之愁。所以清人倪璠指出："其文篇篇有哀，凄怨之流，不独此赋（《哀江南赋》）而已。若夫《枯树》衔悲，殷仲文婆娑于庭树；《邛竹》寓愤，桓宣武赠礼于楚丘。《小园》岂是乐志之篇，《伤心》非为弱子所赋。……终年羁旅，荣期岂谓乐兹；匿怨而臣，丘明自然耻此。而乃形诸毫翰，托拟《风》《骚》。"[2] 因此，几乎往代的一切伤怨文学都进入他的审美接受视野。庾信也有这方面的言论：

---

① （梁）钟嵘：《诗品序》，曹旭《诗品集注》，上海古籍出版社1994年版，第47页。
② 《庾子山集题辞》，许逸民校点：《庾子山集注》，中华书局1980年版，第4—5页。

婕妤有自伤之赋，扬雄有哀祭之文，王正长有北郭之悲，谢安石有东山之恨，斯既然矣。至若曹子建、王仲宣、傅长虞、应德琏、刘韬之母、任延之亲，书翰伤切，文辞哀痛，千悲万恨，何可胜言？（《伤心赋序》）

昔者屈原、宋玉，始于哀怨之深；苏武、李陵，生于别离之世。（《赵国公集序》）

大凡周末以至汉晋以来的悲怨文学，皆被包摄入内。庾信的遭遇，使他极容易认同自屈宋以来辞赋中的悲怨传统，而受这些悲怨辞赋的沾溉，无疑又强化了庾信辞赋的伤怨特质。"不无危苦之辞，唯以悲哀为主"，既是庾信对《哀江南赋》情感基调的自说自道，也是庾信对自己后期辞赋创作包括其大部分诗文特质的进一步说明。

三

文学是"有意味的形式"，在文学作品中，体制、语言从来就不仅仅是形式，其中蕴涵的，是文化递嬗演变的意味。庾信的诗赋上集六朝文学之大成，下启隋唐之先鞭。其中，庾信辞赋创作有以下几个倾向值得注意：

第一，赋中多用五、七言句式。魏晋南北朝时期，在乐府民歌基础上发展起来的五、七言诗，成为这一时期文学创作的主要体裁，且日渐趋于律化，以至于我们看到早在阴铿、何逊的诗集中已有合乎唐律的五、七言诗歌。而庾信诗集中合律的五、七言诗比阴、何还要多。因此，庾信的赋中用五、七言诗也就并非出于偶然。赋中用五字句者始于东方朔《七谏》，用七字句始于屈原。但在梁代以前，这种形式往往仅是赋家偶一为之的行为，五言句散落在赋中的比例极小。到了梁代，这种比例开始增多。用五言句者如梁简文帝《对烛赋》用五言句8句，《筝赋》6句，陈后主《寒亭度雁赋》6 句，到庾信，《枯树赋》尾歌 2 句，《灯赋》2 句，《小园赋》4 句，《对烛赋》《荡子赋》各 8 句，《春赋》10 句。用七字句者，梁简文帝《对烛赋》10 句，陈沈炯《幽庭赋》长谣 4 句，徐陵《鸳鸯赋》8 句，江总《木槿赋》8 句，庾信《枯树赋》尾歌 2 句，《鸳鸯赋》4 句，《镜赋》5 句，《荡子赋》8 句，《对烛赋》12 句，《春赋》14 句。这说明，梁陈以来文学在追求新变观念的作用下，诗、赋的功能不仅几乎可以互换，而且体格风貌也日益接近。而庾信，无疑是作这种五、七言诗体赋最多的赋家，这说明在他的观念中，用诗体作赋已成为一种创作上的完全自觉。初唐四杰等人作诗体赋之风气，实由庾信所开。因此，明谢榛评曰："庾信《春赋》，间多诗语，赋体始大变矣。"（《四溟诗话》卷二）

第二，赋序与赋文的功能合一。全祖望《鲒埼亭集·外编》卷三十三《题〈哀江南赋〉后》尝云："信之赋本序体也，何用更为之序？故其词多相复，溥南直诋为荒芜不雅。"实际上，不唯《哀江南赋》序与正文在文义上是重复的，《三月三日华园马射赋》序与正文在文义上也是重复的。赋序最早出现于东汉时代，如桓谭的《仙赋序》等。赋序的功能，在于说明赋的写作缘起、背景或题旨等，一般只是一段说明性文字，这是庾信以前的赋家对所写的赋序所采取的一成不变的模式，但庾信的赋序却打破了这一模式，将赋序由一段说明性的文字一变而为一篇意义完整的抒情性散文。如果从文体发展的角度看，这恰恰是庾信的创造。因此我们大可不必像全祖望那样因为出于反清的目的而对庾信因人废文，大加诋诃。在庾信集中，用不同体裁表达相同内容的，不仅有《拟咏怀》诗 27 首、拟《连珠》44 首、《哀江南赋》，而且赋序与赋的功能也可以代换，这表明在庾信的观念中诗、连珠、赋、文的功能已完全合一。

第三，用典密集。用典作为一种修辞手法，古已有之。刘勰已指出过《周易》《尚书》中即存在用典的现象，"昔文王繇《易》，剖判爻位；既济三九，远引高宗之伐；明夷六五，近书箕子之贞：斯略举人事，以征义者也。至若《胤征》羲和，陈《正典》之训；《盘庚》诰民，叙迟任之言。此全引成辞，以明理者也。然则明理引乎成辞，征义举乎人事，乃圣贤之鸿谟，经籍之通矩也"（《文心雕龙·事类》），后来的《诗经》《楚辞》《老子》《荀子》等都存在不同程度的用典现象。具体到辞赋史上，赋中用典的现象，自扬雄之后，开始增多。至刘宋时期，用典以炫耀博学成为一时风尚，虽有"殆同书钞"之讥，但用典尚不至于像庾信这样繁密。庾信赋中的用典，可以说，超过了以往任何时代的赋家。比较典型者如《哀江南赋》，单是用《左传》的典故，就达数十处之多。繁密是浓缩的结果，它有效地扩大了赋作的涵容量，平添了深婉蕴藉的意味。沈德潜评论庾信的诗歌时，曾说庾信诗中的一个重要特点就是"使事无迹"，"子山诗固是一时作手。以造句能新，使事无迹，比何水部似又过之"（《古诗源》卷十四）。实际上，庾信的赋中用典，也存在着"使事无迹"的特点。如"将军一去，大树飘零，壮士不还，寒风萧瑟"（《哀江南赋序》），"非夏日而可谓，异秋天而可悲""虽有门而长闭，实无水而恒沉"（《小园赋》）等，用典犹如盐之着水，可谓浑化无迹。至于像"高台已倾，稷下有闻琴之泣，壮士一去，燕南有击筑之悲"，又如"崩于钜鹿之沙，碎于长平之瓦"（《哀江南赋》），等等，即便不知典故的出处，依然并不影响对文意的理解，体现出了庾信在用典方面所表现出的高超技巧。

第四，以口语入赋。辞赋语言，汉代讲究典奥，六朝讲究绮靡，但庾信的前期赋中，却存在以口语入赋的现象，如《镜赋》末尾："真成个镜特相宜，不能片时藏匣里，暂出园中也自随"，显然出自当时的口语。这一现象表明了庾信前期赋作存在着向民间口语学习的倾向。庾信的辞赋中之所以存在这种现象，当与吴声、西曲的影响有关。晋宋齐梁以来，受吴声、西曲的影响，文人创作模拟吴声、西曲的作品很多。而且，萧绎、萧子显、张缵等人都明确提出过学习民间风谣的主张。萧绎认为："吟咏风谣，流连哀思者，谓之文。"（《金楼子·立言》）萧子显提出过"杂以风谣，轻唇利吻，不雅不俗，独中胸怀"的主张（《南齐书·文学传论》），张缵申言："屈平怀沙之赋，贾子游湘之篇，史迁摘文以投吊，扬雄反骚而沉川。其风谣雅什，又是词人之所流连也。"（张缵《南征赋》，载《梁书·张缵传》）以上主张，反映了梁代相当一部分人的看法。梁代文士学习风谣的对象，最明确不过的当然就是吴声、西曲。这说明，在梁代的辞赋创作中，存在着向风谣学习的趋俗倾向。庾信的以口语入赋，反映了这种时代的风气。

后期赋中，用字讲究华妍与装饰性，如用"若木"指日，用"金波"指月等等，这种手法为后来的律赋作者多所取法，宋词中亦多用此法。

庾信入北之前，北周文坛极为荒寂冷落。庾信入北之后，对北周文坛产生了巨大的影响，朝野文士对其竞相仿效，以至于"朝廷之人，闾阎之士，莫不忘味于遗韵，眩精于末光。犹岳陵之仰嵩岱，川流之宗溟渤"（《周书·庾信传》），"才子词人，莫不师教；王公名贵，尽为虚襟"（《滕王逌原序》），但他们学的只不过是庾信前期雕藻淫艳的诗体赋，后来令狐德棻等诋庾信为"词赋罪人"，应该说是片面的。如果就其前期创作而言，庾信确实难辞其咎。但是，在庾信创作的后期，由于生活环境与生活方式的改变，他的赋风已发生了变化，除去应制、颂圣等作品外，其风格一变而为笔力健纵、悲郁苍凉，并已剖露出"老成"之境的质性。

总之，庾信从前期的创作诗体赋，到后期的创作骈体赋，他的辞赋风格，发生了深刻的变化。而且，追求新变的观念，始终贯穿在他的整个辞赋创作之中。在庾信之前，刘勰曾对文学的发展变化提出过自己的看法："文律运周，日新其业。变则其久，通则不乏。"（《文心雕龙·通变》）萧子显亦有过"在乎文章，弥患凡旧。若无新变，不能代雄"（《南齐书·文学传论》）的表述，沈约也曾提出过"文体三变"之说。与这种追求新变的文学观念相呼应，庾信后期提出的"雕虫篆刻，其体三变"说，体现了他对往代文体的清醒反思。"穷者欲达其言，劳者须歌其事""不无危苦之辞，惟以悲哀为主"，反映了向诗之现实主义、骚之发愤抒情传统回归的趋向。至于庾信在辞赋创作上所表现出的一些特点，如赋序赋文功能的合一、用典的密集、讲究用字的华妍与装饰性，等等，既有积极意义，也有负面影响。对庾信的辞赋进行评价时，这是应当注意具体辨析的。

六朝以来，虽然理论上一直在提倡回归风骚，但在创作实践上并未取得实际效果。到庾信这里，回归风骚已真正地从理论上、实践上告一段落。他以宏阔的历史视角反映现实、抒发幽怨，向风骚传统的回归，在庾信的作品中得到了最为集中的体现。唐初史家提出的"江左宫商发越，贵于清绮；河朔气质贞刚，重乎气质。……各去所短，合其两长"（《隋书·文学传序》）的理论主张，在庾信这里，已经从创作上确立了光辉的典范。换言之，庾信在创作上确立的光辉典范，对于唐初"合南北文学之两长"的理论主张的提出，是具有先导意义的。回归风骚、合南北文学之两长，作为一种文学的创作观念与价值观念，在庾信这里已经昭然若揭。随着沙石澄清、尘埃落定的隋唐时期的到来，庾信的辞赋及其辞赋观越来越被切实地融入辞赋作家的创作视野，并产生了深远的影响。

（原载《中国海洋大学学报》2005 年第 5 期）

下编　唐代诗歌及文学批评

李白 《蜀道难》 历代主题说平议

——兼论李白与《文选》赋的关系及其
"以赋为诗" 的艺术特征

　　李白的《蜀道难》是高标于中国文学史的名篇，也是李白歌行的代表作。在其产生之初，就得到了当时著名诗人贺知章的高度称赏，并得到了广泛传播。但是，关于该诗的主题，历来说法不一，今人俞平伯、詹锳、王运熙、安旗、郁贤皓等先生对该诗的创作背景和创作主题也进行了较为详尽的探讨，但是至今尚无法取得统一性的意见。本文对历代的六种主题说进行了梳理，指出目前只有"别无寓意说"、长安送别友人说、感慨世途坎坷说三种说法具有相对的合理性。笔者认为，在这种情况下，面对具体的作品文本，说明《蜀道难》的艺术创造性更为重要，由此才能更好地揭示李白歌行的创作渊源及其艺术特征，本文的论述也正是在这一阐释思路之下展开的。

一　唐人对《蜀道难》的评述及其在唐代的传播

　　《蜀道难》是李白诗歌的代表作。唐人殷璠在他于天宝十二年编成的唐诗选集——《河岳英灵集》中对《蜀道难》进行了评述，他说李白为文章"率皆纵逸。至如《蜀道难》等篇，可谓奇之又奇。然自骚人以还，鲜有此体调也。"① 在殷璠之前，还有另一个对《蜀道难》进行过评述的人，这就是唐代的著名诗人贺知章。据唐人孟棨《本事诗·高逸》记载："李太白初自蜀至京师，舍于逆旅。贺监知章闻其名，首访之。既奇其姿，复请所为文。出《蜀道难》以示之。读未竟，称叹者数四，号为谪仙，解金龟换酒，与倾尽醉。期不间日，由是称誉光赫。"② 贺知章是最早对《蜀道难》进行评述的人，而且，通过他称李白为"谪仙"，我们不难想见当他第一次读到《蜀道难》时，心情是何等亢奋！当然，孟棨的记载，类似小说家言，不足以全部征信。但是，如果就李白的自述来看，他的《金陵与诸贤送权十一序》："四明逸老贺知章呼余为谪仙人"③，还有他的《对酒忆贺监二首并序》："太子宾客贺公于长安紫极宫一见余，呼余为谪仙人。因解金龟换酒为乐。"④ 还有他的《玉壶吟》："大隐金门是谪仙。"⑤ 他的《答湖州迦叶司马问白是何人》："清莲居士谪仙人。"⑥ 这些材料都一再表明，"谪仙"的称呼确实来自贺知章对李白的称扬，而李白对此也颇为自得。还有杜甫的《寄李十二白二十韵》："昔年有狂客，号尔谪仙人。"⑦ 狂客，指的是贺知章，因为贺知章自号"四明狂客"。对比以上李白的自述与孟棨的记载，两者之间显然是有出入的，李白说见贺知章是在长安紫极宫，而孟棨则说是在长安的旅舍。但通过李白的自述、杜甫的诗歌，都足以说明，李白见赏于贺知章，并被贺知章称为"谪仙"，这应当是确凿无疑的。而在李白死后，与此相关的李阳冰的《草堂集序》、魏颢的《李翰林集序》、范传正的《唐左拾遗翰林学士李公新墓碑并序》中也都提到了"谪仙"的来历。

---

① 傅璇琮：《唐人选唐诗新编》，陕西人民教育出版社 1996 年版，第 120—121 页。
② （唐）孟棨等：《本事诗/本事词》，古典文学出版社 1957 年版，第 5 页。
③ （清）王琦：《李太白全集》，中华书局 2011 年版，第 1075 页。
④ 同上书，第 922 页。
⑤ 同上书，第 328 页。
⑥ 同上书，第 749 页。
⑦ （清）仇兆鳌：《杜诗详注》，上海古籍出版社 1992 年版，第 263 页。

李白是当时名播海内的诗人，唐代的诗人在创作中也一再提到了李白的《蜀道难》。去李白时代不远的陆畅尝为韦南康作《蜀道易》，对《蜀道难》反其意而用之。据唐李绰《尚书故实》：陆畅"尝为韦南康作《蜀道易》，首句曰：'蜀道易，易于履平地。'南康大喜，赠罗八百疋。……《蜀道难》，李白罪严武也。畅感韦之遇，遂反其词焉。"① 唐韦绚《刘宾客嘉话录》所记并同。中唐诗人姚合的《送李馀及第归蜀》："李白《蜀道难》，羞为无成归。子今称意行，所历安觉危。"晚唐诗人韦庄《焦崖阁》："李白曾歌《蜀道难》，长闻白日上青天。今朝夜过焦崖阁，始信星河在马前。"上述材料至少表明了两个问题：第一，李白的《蜀道难》在唐代就得到了广泛传播。第二，对《蜀道难》主题的理解，唐人就有了不同的理解，并开始有了"罪严武说"，感慨功名难求说。

二 关于对《蜀道难》六种主题说的检讨

在唐孟棨的《本事诗》和五代王定保的《唐摭言》中最早涉及《蜀道难》的创作时间问题。据孟棨《本事诗·高逸》记载："李太白初自蜀至京师，舍于逆旅。贺监知章闻其名，首访之。既奇其姿，复请所为文。出《蜀道难》以示之。读未竟，称叹者数四，号为谪仙，解金龟换酒，与倾尽醉。期不间日，由是称誉光赫。"在王定保的《唐摭言》卷七也有记载，只是有所不同："李太白始自西蜀至京，名未甚振，因以所业贽谒贺知章。知章览《蜀道难》一篇，扬眉谓之曰：公非人世之人，可不是太白星精耶？"② 这是讨论确定《蜀道难》作年的基础，后来的讨论都是以此为基础的。关于《蜀道难》的主题，历代说法纷纭，归纳起来，主要有

---

① （唐）李绰：《尚书故实》，《影印文渊阁四库全书·子部·杂家类》，台湾商务印书馆1986年版，第474页。

② （五代）王定保：《唐摭言》，中华书局1959年版，第81页。

以下几种：

（一）来源于唐人笔记的"罪严武说"。持此说者主要有唐人范摅《云溪友议》、李绰《尚书故实》。《云溪友议》卷上："（严武）拥旄西蜀，累于饮筵对客骋其笔札。杜甫拾遗乘醉而言曰：'不谓严挺之乃有此儿也。'武恚目久之，曰：'杜审言孙子拟捋虎须耶？'合座皆笑，以弥缝之。武曰：'与公等饮馔谋欢，何至于祖考矣。'房太尉绾亦微有所误，忧怖成疾，武母恐害忠良，遂以小舟送甫下峡，母则可谓贤也，然二公几不免于虎口乎。李太白为《蜀道难》，乃为房、杜之危也。……李翰林作此歌，朝右闻之，疑严武有刘焉之志。"①

唐李绰《尚书故实》：陆畅"尝为韦南康作《蜀道易》，首句曰：'蜀道易，易于履平地。'南康大喜，赠罗八百疋。……《蜀道难》，李白罪严武也。畅感韦之遇，遂反其词焉"②。

到宋代欧阳修、宋祁等人所撰《新唐书》也采纳了唐人笔记的说法，认为是李白斥严武。《新唐书》卷一四二《严武传》："武为剑南节度使，（房）琯以故宰相为巡内刺史，武慢倨不为礼。最厚杜甫，然欲杀甫数矣。李白为《蜀道难》者，乃为房与杜危之也。"③ 又《新唐书》卷一七一《韦皋传》曰："天宝时，李白为《蜀道难》篇以斥严武，（陆）畅更为《蜀道易》，以美皋焉。"④

该说的最大问题在于，与《本事诗》所记载的本诗作于李白之初入长安不合，故该说也就遭到了质疑。

（二）来源于宋人的"刺章仇兼琼说"。沈括则以"李白集中称刺章仇兼琼"而力驳《新唐书》"罪严武说"之非。《梦溪笔谈》卷四："前史称严武为剑南节度使，放肆不法，李白为之作《蜀道难》。按孟棨所记，

---

① （唐）范摅：《云溪友议》，周光培等校《笔记小说大观》，江苏广陵古籍刻印社1983年版，第67页。

② （唐）李绰：《尚书故实》，《影印文渊阁四库全书·子部·杂家类》，台湾商务印书馆1986年版，第474页。

③ （宋）欧阳修：《新唐书·严武传》，中华书局1999年版，第3534页。

④ 同上书，第3849页。

白初至京师，贺知章闻其名，首诣之。白出《蜀道难》，读未毕，称叹数四，时乃天宝初也。此时白已作《蜀道难》，严武为剑南乃在至德以后肃宗时，年代甚远。盖小说所记，各得于一时见闻，本末不相知，率多舛误，皆此文之类。李白集中称刺章仇兼琼，与唐书所载不同，此唐书误也。"① 洪迈《荣斋续笔》卷六从之。②

宋蜀本《李太白集》，本诗题下注："讽章仇兼琼也。"赵翼《瓯北诗话》卷一："黄山谷误信旧注，以为刺章仇兼琼之有异志"，据此，该说在宋代不但有版本依据，亦有大诗人黄庭坚相信此说。詹锳《李白诗文系年》引萧士赟论曰："有客曰：洪驹父诗话云：《新唐书》第弗深考耳。……予曰：以臆断之，其说非也。史不足征，小说传记反足信乎？所谓尝见李集一本于《蜀道难》下注讽章仇兼琼者，黄鲁直于宜州用三钱买鹅毛笔，为周惟深作草书《蜀道难》，亦于题下注云：讽章仇兼琼也。然天宝初天下乂安……"③ 其中也涉及版本问题及黄庭坚的观点。但敦煌残卷、《河岳英灵集》《文苑英华》以及李白集各种版本俱无"讽章仇兼琼也"题注。胡仔《苕溪渔隐丛话》引《洪驹父诗话》曰："尝见李集一本于《蜀道难》题下注：'讽章仇兼琼也。'考其年月近之矣。谓危房、杜者，非也。《新唐书》第弗深考耳。"④

清人赵翼亦认为该说及上文提到的罪严武说乃是出于附会。《瓯北诗话》卷一："诗人遇题触景，即有吟咏，岂必皆有所为耶？无所为，则竟不作一字耶？即如《蜀道难》，本亦乐府旧题，而黄山谷误信旧注，以为刺章仇兼琼之有异志；宋子京又据范摅《云溪友议》，以为严武帅蜀，不礼于故相房琯，并尝欲杀杜甫，故此诗为房、杜危之。不知章仇在蜀，正当天宝之初，中外晏安，臣僚贴服，岂有所顾虑！青莲《答秀才》有云：'闻君往年游锦城，章仇尚书倒屣迎。'则章仇并能下士者，更无从致讥。

---

① （宋）沈括：《梦溪笔谈》，上海书店出版社 2009 年版，第 29 页。
② （宋）洪迈：《容斋随笔》，岳麓出版社 2006 年版，第 217 页。
③ 詹锳：《李白诗文系年》，作家出版社 1958 年版，第 30 页。
④ （宋）胡仔：《苕溪渔隐丛话》，人民文学出版社 1962 年版，第 31 页。

至严武先后镇蜀，在肃、代两朝，而青莲天宝初入都，即以此诗受贺知章之赏识，其事在严武帅蜀前且二十年，其为附会，更不待辨。"① 今人聂石樵《蜀道难本事新考》②、王仲荦《隋唐五代史》③ 同意"刺章仇兼琼说"。

（三）来源于元人笺释的"讽玄宗入蜀说"。此说来自元人萧士赟《分类补注李太白诗》的笺释。萧士赟认为该诗作于安史之乱以后，李白深知玄宗逃难入蜀，并非上策，"哥舒翰兵败，潼关不守，杨国忠首倡幸蜀之策，当时臣庶皆非之……太白此诗盖亦深知幸蜀之非计，欲言则不在其位，不言则爱国忧君之情不得自已，故作此诗以达意也"④。

在这一阐释思路下，则"问君西游何时还""侧身西望长咨嗟"也就变成了忧君之虑，希望唐玄宗能够早日还都长安。清人陈沆《诗比兴笺》、沈德潜《唐诗别裁》等同意此说。今人俞平伯力主萧说。⑤ 王瑶也以萧说为是。⑥

（四）来源于明人的"别无寓意说"。王琦《李太白全集》引证明胡震亨《李诗通》提到："白蜀人，自为蜀咏耳。言其险，更著其戒，如云'所守或匪亲，化为狼与豺'，风人之义远矣。必求一时一人事实之，不失之细乎？何以穿凿为也！"⑦ 另，胡震亨在其《唐音癸签》中也有类似描述："《蜀道难》自是古曲，梁、陈作者，止言其险，而不及其他。"⑧ 顾炎武在《日知录》卷二六中则说："李白《蜀道难》之作，当在开元、天宝间。时人共言锦城之乐，而不知畏途之险、异地之虞，即事成篇，别无寓意。"⑨

---

① （清）赵翼：《瓯北诗话》，人民文学出版社 1963 年版，第 5 页。
② 聂石樵：《蜀道难本事新考》，《北京师范大学学报》1980 年第 3 期。
③ 王仲荦：《隋唐五代史》，上海人民出版社 1988 年版，第 1143 页。
④ （元）萧士赟：《分类补注李太白诗二》，《四部丛刊》，商务印书馆 1922 年版，第 98 页。
⑤ 俞平伯：《蜀道难说》，《文学研究集刊第 5 册》，人民文学出版社 1957 年版。
⑥ 王瑶：《中国诗歌发展讲话》，江苏文艺出版社 2008 年版，第 224 页。
⑦ （清）王琦：《李太白全集》，中华书局 2011 年版。
⑧ （明）胡震亨：《唐音癸签》，上海古籍出版社 1981 年版，第 229 页。
⑨ （清）顾炎武：《日知录》，黄汝成集释，上海古籍出版社 2006 年版，第 1554 页。

（五）来源于今人的长安送别友人入蜀说。王运熙《谈李白的〈蜀道难〉》①首倡此说。该文认为李白在长安送别友人入蜀，因为蜀地路途艰险，环境险恶，希望友人不要久留蜀地。王先生的贡献，在于雄辩地推翻了萧士赟之说。尽管俞平伯先生在《蜀道难说》中力主萧说，认为殷璠序中所说的"此集起甲寅，终癸巳"并不可靠，今存《河岳英灵集》也可能有后人的附益之处。俞先生立论的一个重要依据，就是他认为既曰"英灵"，则所收的当是已逝的作家。但问题在于，"英灵"并非指死者，王维《送别》："圣代无遗者，英灵尽来归"，就显然指的是生者。鉴于此，则俞平伯先生的立论依据也就不足以成立了。后来，王运熙在其《李白诗选·前言》中重申了这一观点：认为诗"李白初到长安时送友人入蜀所作"，"描绘了由秦入蜀道路上奇险壮丽的山川"，"末段寄寓了对蜀中军阀可能割据叛乱的隐忧"②。詹锳认为李白《剑阁赋》下题"送友人王炎入蜀"，与《蜀道难》为同一时期的先后之作③，在其主编的《李太白全集校注汇释集评》中又比较审慎地做了说明，并将该诗的作年定于天宝二年（743）。④

（六）来源于今人的感慨世途坎坷、功名难求说。实际上，该说也是源自唐人。近年来，郁贤皓《李白丛考》⑤、安旗《〈蜀道难〉新探》⑥持此说。其中，郁贤皓曾引证中唐诗人姚合的《送李馀及第归蜀》："李白《蜀道难》，羞为无成归。子今称意行，蜀道安觉危"，认为《蜀道难》寄予了李白对世途坎坷、功名难求的感慨，为解释《蜀道难》的主题提供了新的线索。如果联系阴铿诗末感叹"蜀道难如此，功名讵可要"⑦来看，这种说法应当说有一定道理。按照上述阐释思路，则"蜀道""剑阁"

---

① 王运熙：《谈李白的〈蜀道难〉》，《光明日报》1957年2月17日。
② 王运熙：《李白诗选》，人民文学出版社1995年版，第46页。
③ 詹锳：《李白诗文系年》，作家出版社1958年版，第29页。
④ 詹锳：《李太白全集校注汇释集评》，百花文艺出版社1996年版，第315页。
⑤ 郁贤皓：《李白丛考》，陕西人民出版社1982年版，第63页。
⑥ 安旗：《〈蜀道难〉新探》，《西北大学学报》1980年第4期。
⑦ 逯钦立：《先秦汉魏晋南北朝诗》，中华书局1988年版，第2451页。

"锦城"并非实指，而《蜀道难》一诗也就变成了李白苦闷情绪的爆发和象征。

综上所述，可以看出，李白《蜀道难》产生之后，自唐、宋、元、明、清以来直至今人关于《蜀道难》的主题，共产生了六种主题说。在这六种主题说中，有的明显与史实不合，因而不能成立。目前可以成立的说法，实际上只有"别无寓意说"、长安送别友人说、感慨世途坎坷说三种说法没有明显的史实舛误，因而可以成立。但是，这三种说法到底哪一种更为合理，暂时无法取得一致的意见，这个问题将来恐怕也无法解决。对于文学作品的阐释来说，弄清作品背后的本事固然重要，但在无法弄清作品背后的本事的情况下，不必以本事一一实之。我们需要面对的毕竟是具体的文本，因此说明作品在艺术上的创造性更为重要。

三 "以赋入诗"及李白《蜀道难》的艺术特征

李白生平未到剑阁，犹如刘禹锡从未到过乌衣巷口而创作了"旧时王谢堂前燕，飞入寻常百姓家"的意境一样，纯系想象之辞。本诗紧紧围绕题目，处处凸现蜀道之难。尤其是通过"蜀道之难，难于上青天"的三次唱叹，更使本诗形成了一个完整的艺术整体。

全诗纯用赋法。为了突出蜀道之难，作者先从古史传说写起：从蚕丛、鱼凫等古蜀王国算起，秦与蜀之间就没有过人迹往还。本来，据扬雄《蜀王本纪》："蜀王之先，名蚕丛、柏灌、鱼凫、蒲泽、开明……从开明上到蚕丛，积三万四千岁。"① 从蚕丛到开明，才三万四千岁，李白又加了一万四千年，"尔来四万八千岁"，就更加强调了因为入蜀道路的艰难，蜀"不与秦塞通人烟"的时间之久。"西当太白有鸟道，可以横绝峨嵋巅"，写有"鸟道"，是为了衬托"不与秦塞通人烟"，由秦入蜀，并无人道可

① （梁）萧统：《文选》卷四《蜀都赋》，上海古籍出版社1986年版，第155页。

行。接下来又写了"五丁开山"的神话，秦与蜀之间终于有路可通了，然而也并非坦途，是什么样的路呢？"天梯石栈相钩连"——"上有六龙回日之高标，下有冲波逆折之回川。黄鹤之飞尚不得过，猿猱欲度愁攀援"。天梯石栈高到什么程度呢？连太阳神的车子都得绕行！而且天梯石栈之下是险流激湍，冲折盘旋。健飞的黄鹤当然就更无法通过，善于攀援的猿猱之类也同样为如何通过感到发愁。不仅是"高"，而且泥淖满路，"百步九折"，在如此高而险峻的路上进入蜀地，行进的艰难可想而知，其感觉当然就是"扪参历井仰胁息，以手抚膺坐长叹"了！

如果说，上一段重点写了入蜀之路的"高"，那么，这一段则重点写入蜀之路的"险"。"问君西游何时还？"作者对入蜀的友人充满关切，也显示出这首诗是一首赠别朋友的诗。作者在写"险"之前，笔锋一转，写山中的禽鸟，渲染出一种悲凉恐怖的气氛。"但见悲鸟号古木，雄飞雌从绕林间。""古木"，显示出时间的久远，在这深山丛林之中，久已人迹罕至了。"又闻子规啼夜月，愁空山。"子规鸟相传是蜀王望帝魂魄所化，叫声凄凉。"蜀道之难，难于上青天，使人听此凋朱颜！"听到山中禽鸟的哀啼悲号，怎不让人朱颜凋改、神色黯淡？怎不让人平添无尽的哀愁！通过侧锋用笔，作者为下面写"险"做了有力的衬托。连绵的山峰，离天的距离高不盈尺，枯松倒挂在悬崖绝壁之上，飞流瀑布，竞相喧腾，冲击在山崖之间，在千山万壑中发出雷鸣般的轰响。"其险也如此，嗟尔远道之人胡为乎来哉！"一个"险"字，对一、二两段进行了极好的收束。

入蜀的路上，剑阁最险，在大剑山与小剑山之间，群峰如剑，直插云天，是易守难攻的天然要塞。作者写这首诗时，正值天宝初年，在繁华的太平景象背后，正潜伏着社会危机。他在此化用了西晋张载《剑阁铭》"形胜之地，匪亲勿居"的语句，提醒人们警惕战乱的发生，叮咛朋友"锦城虽云乐，不如早还家"，表达了对时局的隐忧和焦虑。"蜀道之难，难于上青天，侧身西望长咨嗟！"入蜀的道路是如此高而险峻，蜀中的局势又是如此险恶："朝避猛虎，夕避长蛇。磨牙吮血，杀人如麻。"对于入蜀的友人，对于当时或不久以后的时局，诗人确实充满了担忧。后来随着安史之乱的发生，事实证明，诗人的这种忧虑并不是没有道理的。

本诗题为《蜀道难》，本为乐府旧调，属《相和歌辞·瑟调曲》，古辞已亡，《乐府诗集》卷四中引《古今乐录》提到："王僧虔《技录》有《蜀道难行》，今不歌。"其中还引吴兢《乐府解题》曰："《蜀道难》备言铜梁、玉垒之阻，与《蜀国弦》颇同。"① 今存的古人拟作，有梁简文帝二首、刘孝威二首、陈阴铿一首、唐张文宗一首，皆为简章短制，或五言四句，或五言八句，或七言六句，然而李白的《蜀道难》却全然不受原有形式的拘束，在内容与篇幅上皆比前人更为宏阔。为了体现蜀道之"难"，全诗重点落实在一"险"字上，有山川形胜之险，有时局之险，时序上自古及今，纵横开阖，自有一番阔大的气象。清人沈德潜评此诗"笔阵纵横，如虬飞蠖动，起雷霆于指顾之间"②。为了体现"险"字，作者充分发挥了极大的想象力，调用了赋法的一切手段，把山川之险夸张到了极处：为了表现"不与秦塞通人烟"，可以说"尔来四万八千岁"，比扬雄《蜀王本纪》"从开明上到蚕丛，积三万四千岁"的记载，凭空增加了一万四千岁；为了突出地势之高，可以说"上有六龙回日之高标""扪参历井仰胁息""连峰去天不盈尺"；为了描绘山路之曲折，可以说"百步九折萦岩峦"；为了说明水流的巨响，可以说"砯崖转石万壑雷"。殷璠说"至如《蜀道难》等篇，可谓奇之又奇。然自骚人以还，鲜有此体调也"。诚然，诗中豪逸恣纵的想象与《离骚》等有着一脉相承的渊源关系，然而，我们还必须看到，《蜀道难》中极度夸张的手法，与汉代以还的辞赋作家善于铺张扬厉的描写亦有着深切的关联，"竞于使人不能加也"（《汉书·扬雄传》）的手法，正是赋家的传统。

明人胡震亨说："太白于乐府最深，古题无一弗似。或用其本意，或翻案另出新意。合而若离，离而实合，曲尽拟古之妙。尝谓读太白乐府者

---

① （宋）郭茂倩编：《乐府诗集》，中华书局1979年版，第585页。
② （清）沈德潜：《唐诗别裁集》，上海古籍出版社1979年版，第184页。

有三难：不先明古题辞义原委，不知夺换所自；不参按白身世遭遇之概，不知其因事傅题、借题抒情之本旨；不读尽古人书，精熟《离骚》《选》赋及历代诸家诗集，无由得其所伐之材与巧铸灵运之迹。今人但谓李白天才，不知其留意乐府，自有如许功力在，非草草任笔性悬合者，不可不为拈出。"①

我们应当注意的是，胡震亨提到了李白乐府与《选》赋之间的关系，可谓独具只眼。李白曾自言："十五观奇书，作赋凌相如。"司马相如是汉代最伟大的辞赋作家，李白也有《大鹏赋》《剑阁赋》等作品传世。据唐人段成式《酉阳杂俎》："李白前后三拟《文选》，不如意，悉焚之。"② 由此可见，李白与赋确实有着极为深厚的渊源关系。如果进一步覆按李白的作品，我们可以发现，其《拟恨赋》与江淹的《恨赋》在章法布局上可谓通篇化用，而其《明堂赋》与《大猎赋》则正是吸取了魏晋骈赋的对仗和藻采。

在《文选》诸文体之间，赋居其首。如果我们把《蜀道难》与《文选》中左思的《蜀都赋》略加对照，就可以从文本上发现两者之间的联系。前者开篇即言"蚕丛及鱼凫，开国何茫然"，与后者开篇即言及蜀的历史，"夫蜀都者，盖兆基于上世，开国于中古"，在构思上完全一致；前者写蜀道之高，"上有六龙回日之高标"，与后者的"羲和假道于峻歧，阳乌回翼乎高标"，其脱化之迹犹蝉之于蜕；前者在最后部分写剑阁之险，"一夫当关，万夫莫开"，后者在最后部分也写到了山高谷深的峻阻之险，"一人守隘，万夫莫向"。总之，两者无论在构思还是在用词上，都存在着明显的继承关系。这进一步说明，李白的《蜀道难》存在着"以赋为诗"的倾向，汉代以降乃至魏晋六朝的辞赋创作是李白乐府歌行创作的艺术渊源之一，这也是我们解读《蜀道难》这篇作品时所应注意的一个重要参

---

① （明）胡震亨：《唐音癸签》，上海古籍出版社1981年版，第87页。
② （唐）段成式：《酉阳杂俎》，曹中孚校，《唐五代笔记小说大观》，上海古籍出版社2000年版，第645页。

照。一般而言，研究者多注意庄子、屈原、鲍照、二谢（谢灵运、谢朓）对李白的影响。其实，左思对李白的影响也是很大的。《蜀都赋》庶几就是《蜀道难》在艺术构思上的蓝本。这也从另一个侧面说明，所谓的"盛唐气象"，也是多方面接受前代优秀的艺术传统的结果。从艺术创作渊源的角度来研究"盛唐气象"，是必要的，也是可行的。

初唐以来，乐府歌行的形式，一般是五言或七言古体。在中国诗史上，李白是最擅长写七言古体的诗人。他于乐府歌行最为致力，其浪漫的才情都表现在乐府歌行之中了。李白的《蜀道难》也一般认为是七古，但李白却创造了新的形式，他把三言、四言、五言、七言、九言乃至一些文、赋的句法，都运用到了诗中，使他的乐府歌行成为汉魏以来的一种新的杂言体。沈德潜在《唐诗别裁》中曾云："太白七言古，想落天外，局自变生。大江无风，波浪自涌，白云从空，随风变灭。此殆天授，非人可及。"[1] 确实，李白的七言古体表现出了磅礴卓异、起落无迹的特点，自汉魏以来的乐府歌行亦因李白天才的创造而别开一新的境界。李白的歌行体，亦以其杰出的艺术创造性而高标于中国诗史，并影响了后世的无数文人。

（原载《中国海洋大学学报》2014 年第 1 期）

---

[1]　（清）沈德潜：《唐诗别裁集》，上海古籍出版社 1979 年版，第 184 页。

文本细读与中国古典诗歌的阐释问题

——以白居易、李商隐的两首诗歌为例

在中国古代诗歌的阐释过程中，经常会面临异文、声律的问题。如何处理这两个方面的问题，往往涉及对古典诗歌的表达方式及其语言艺术的理解。在此，笔者拈出古典诗歌中的两个例子，以就教于方家。

需要说明的是，本文的所谓"文本细读"，与英美新批评派的"细读"（close reading）不尽相同。"细读"，作为英美新批评的一种最重要的批评方式，其逻辑前提是"文学研究应该是绝对'文学的'"①，换言之，文学研究是纯文学研究，文本就是自足的研究客体。从这一前提出发，该派文学批评的实质是"作品中心论"。强调研究对象的客观性及其文学性，固然有其合理性的一面，但它排斥对作品的历史背景、作者的有关信息等"外部研究"，这又表现出了该派理论的局限性。该派理论强调自足的文本研究才能保持文学批评的"科学性"和"客观性"，但是任何的文本都是在一定的历史背景下，由特定的作者创作出来的，因此，从来就不存在孤立于历史和作者之外的所谓纯客观的文本，这也是该派文学批评的根本缺陷，由此注定了——如果只强调文本的"内部研究"，只能走向形式主义；排斥文本的"外部研究"，必然导致文学批

---

① ［美］韦勒克、沃伦：《文学理论》，刘象愚等译，生活·读书·新知三联书店 1984 年版，第 19 页。

评走向彻底的封闭。

　　本文所谓的"文本细读",指的是一种广义的文本阐释策略,在汲取新批评理论的合理性的基础上,不排斥社会历史以及作者的历史信息等,进而强调透彻地理解文本,并发现文学作品的幽微精妙之处。其具体做法是,在对文本的阐释过程中,紧紧扣住文本,从诗歌文本的章法、主旨、声韵、文法、用典等方面揭示文本的意义,通过"审其行迹,申其文理",达到"直探文心"的目的。

一　"花时同醉破春愁"与"春来无计破春愁"
——关于白居易《同李十一醉忆元九》首句的异文问题

　　白居易《同李十一醉忆元九》一诗,见录于《白氏长庆集》,全诗作:"花时同醉破春愁,醉折花枝作酒筹。忽忆故人天际去,计程今日到梁州。"① 该诗明白如话,不事雕琢,以浅近的语言表达了对好友元稹无尽的牵挂和思念。但在白行简的《三梦记》中,其首句却作"春来无计破春愁"②。那么,该诗为何会出现这两处不同的异文呢?关于该诗创作的本事,在白行简的《三梦记》中有明确记载:

　　　　元和四年,河南元微之为监察御史,奉使剑外。去逾旬,予与仲兄乐天、陇西李杓直同游曲江。诣慈恩佛舍,遍历僧院,淹留移时。日已晚,同诣杓直修行里第,命酒对酬,甚欢畅。兄停杯久之,曰:"微之当达梁矣。"命题一篇于屋壁。其词曰:"春来无计破春愁,醉折花枝作酒筹。忽忆故人天际去,计程今日到梁州。"实二十一日也。③

---

① 《白氏长庆集》卷十四,《文渊阁四库全书·集部·别集类》。
② 汪辟疆校录:《唐人小说》,上海古籍出版社1978年版,第108页。
③ 同上。

据此可知，该诗作于元和四年（809），元稹奉使东川，白居易在长安与其弟白行简、李杓直（即李十一）在同游曲江、慈恩寺以后到李杓直家饮酒，白居易即席创作了这首诗。该诗的首句在白行简的《三梦记》中作"春来无计破春愁"，在《白氏长庆集》中却作"花时同醉破春愁"。后者是白居易晚年亲手编订的文集，考虑到这一点，笔者认为之所以出现这两处异文，其原因在于，"春来无计破春愁"，当是白居易即席创作的原句，白行简照此将该诗录入了《三梦记》中；而"花时同醉破春愁"，则是白居易后来的改定稿，所以后来也就有了《三梦记》与《白氏长庆集》在文本上的这种差别。除此之外，很难有另外的解释。

"花时同醉破春愁"与"春来无计破春愁"两相比较，到底哪一句更好呢？显然"花时同醉破春愁"更好。原因如下：

（一）题目中有"同"字，"花时同醉破春愁"，作为诗的首句，一开始即起到了点题的作用，它说明除了作者，还有其他人。而"春来无计破春愁"，可以是作者一个人，也可以是数人，总之，因为交代不清楚，导致题目中的"同"字无着落。

（二）"花时同醉破春愁"，更具体、更形象，它点明了是春花烂漫的时节，而"春来无计破春愁"，只说明了是春天，至于是初春还是暮春等等，并未交代清楚。

（三）"花时同醉破春愁"与"春来无计破春愁"相比，后者"春"字一句中两出，从用字角度而言，亦未免有些重复。

（四）更重要的，就全诗的章法来看，"花时同醉破春愁"与"春来无计破春愁"，虽然只是数字之差，但是却导致了全诗章法上的不同。就全诗来看，第三句在全诗中起到了转折的作用，意在强调"醉中有醒"，"忽"，突然，与"古诗十九首"中的"岁月忽已晚"之"忽"有异曲同工之妙，它强调的是突然的醒觉。第四句则以极平常之事、极朴实的语言说明了朋友之间感情的醇厚。

"春来无计破春愁"，强调的是"无计"，因为有愁而无计可破，遂

"醉折花枝"，所以，就谋篇布局而言，"无计"—"醉折"是顺承的关系，其落脚点在有愁无计可破。"忽忆故人天际去"，开始折入对朋友的思念，但强调的依然是"愁"，是对朋友的思念。因而，从诗意上说，"醉折花枝""忽忆故人""计程今日"，都是有愁无计可破的种种表现，都可以看作是对首句的补足和展开。而"花时同醉破春愁"，强调的是"破愁"，破的方式是"同醉"，是"醉折花枝"，但是"忽忆故人天际去"一句，是对"破春愁"的否定。在这突然的醒觉中，"花时同醉破春愁，醉折花枝作酒筹"的快意瞬间跌落，而对朋友的牵挂、对朋友的情谊反而更得到了进一步的凸显——即便"花时同醉"，即便"醉折花枝"，但对元九却是无法忘怀的！这等于反过来说愁未破。所以，就全诗表达的情感逻辑而言，后者是从"已破"说到"未破"，其表达的方式是矛盾的。然而正是这种矛盾，使全诗获得了更大的语言张力，从而使情感的表达更深入了一层，原因是什么？其原因乃在于"花时同醉破春愁"这一句起到了反折的作用——既使该诗表达的层次进一步拉开，也使该诗表达的情感更为起伏跌宕。

　　该诗首句这一微末的改动，不但非常紧要，而且其意义非同一般，该诗的章法由此而得以大变，情感的表现以反折的形式更进一层，更生动地传达出了作者对元稹的深情厚谊。在春花烂漫的时节，作者与朋友同醉，以了结心中的忧愁，继而醉折花枝以为酒筹酣醉，然而，酒的麻醉却无法胜过对朋友的思念与牵挂。"忽忆故人天际去，计程今日到梁州。"第三句是转折之笔，也是点题中"忆"字之笔。作者醉中有醒，在醉中突然想起了远去天边的老朋友——估计他今天应该到了梁州了吧？结句以极疏淡之笔，运极沉郁之思，以极平常之事，传极醇厚之情。元白一生之交情，于斯可鉴。同时，这最后两句，颇有扫处即生、旋扫旋生之妙。诗写至此，既是对"花时同醉破春愁"的交代——之所以有春愁，实在是因为有对朋友的思念和对其行程的牵挂！同时，又是对"花时同醉破春愁"的否定，尽管说是"破春愁"，然而这"春愁"又岂是能够"破"得了的？——作者即便在与兄弟友朋快意饮酒的时刻，在花开烂漫的春天，不是依然牵挂朋友的行程吗？诗从"破愁"写起，到"愁"不可"破"结束，这样写，诗的层次得以拉开，犹如逆锋运笔，反折而下，作者对元稹的感情，在"愁""忆"的交错中以递进的方式进一步深入，因"忆"而"愁"，因"愁"而"忆"，"愁"不尽，"忆"不尽，笔笔新意生发。全诗思致绵密，笔笔呼应，无一字虚设。"花时同醉破春愁"与"春来无计破春愁"相比较，以同样的篇幅，传达出了更为丰厚的情韵。这看似微末的改动，其产生的效果是何等微妙！就章法而言，前者用逆入法，后者用顺入法，而诗歌意蕴的丰与俭亦随之而变。这一改动，也只能是出自大家手笔，非俗手所能为。

通过对这两处异文的比较，我们不但可以一窥千载之上这位伟大的诗人文思运化的轨迹，而且更应该认识到白居易对待创作的认真态度，从而获得更多的诗学启迪。

二 "柳"缘何写作"杨"

——释李商隐《隋宫》的"垂杨"

李商隐的《隋宫》是咏史诗的名篇，全诗如下："紫泉宫殿锁烟霞，欲取芜城做帝家。玉玺不缘归日角，锦帆应是到天涯。于今腐草无萤火，终古垂杨有暮鸦。地下若逢陈后主，岂宜重问后庭花？"

朱自清先生在《〈唐诗三百首〉指导大概》中谈七律时涉及了李商隐的《隋宫》，他对该诗的颔、颈二联的解说如下：

"玉玺不缘归日角，锦帆应是到天涯。于今腐草无萤火，终古垂杨有暮鸦。"（节选自李商隐《隋宫》）"日角"是额骨隆起如日，是帝王之相，这儿是根据《旧唐书》，用来指太宗。"锦帆"指隋炀帝的游船，见《开河记》。这一联说若不因为太宗得了天下，炀帝还该游得远呢。上句是因，下句是果。放萤火，种垂杨，都是炀帝的事。后联平列，上句说不放萤火，下句说垂杨栖鸦，一有一无，却见出"而今安在"一个用意。①

朱先生所说的"一有一无，却见出'而今安在'一个用意"，这样的阐释，从艺术的角度来说，诚可谓得其环中。但朱先生说"种垂杨"是"炀帝的事"，未免与史实不合②。因为就史实来看，当年隋炀帝在堤上种的是"柳"而非"杨"。兹有白居易的诗歌为证：

隋堤柳 悯亡国也

隋堤柳，岁久年深尽衰朽。风飘飘兮雨萧萧，三株两株汴河口。老枝病叶愁杀人，曾经大业年中春。大业年中炀天子，种柳成行夹流水。西自黄河东至淮，绿阴一千三百里。大业末年春暮月，柳色如烟絮如雪。南幸江都恣佚游，应将此柳系龙舟。紫髯郎将护锦缆，青娥御史直迷楼。海内财力此时竭，舟中歌笑何日休。上荒下困势不久，宗社之危如缀旒。炀天子，自言福祚长无穷，岂知皇子封酅公。龙舟未过彭城阁，义旗已入长安宫。萧墙祸生人事变，晏驾不得归秦中。土坟数尺何处葬，吴公台下多悲风。二百年来汴河路，沙草和烟朝复暮。后王何以鉴前王，请看隋堤亡国树。

另外，唐阙名《开河记》也明确记载了当年隋堤种"垂柳"的事实，并可与白诗相印证：

翰林学士虞世基献计，请用垂柳栽于汴渠两堤上：一则树根四散，鞠护河堤；二乃牵舟之人获其阴；三则牵舟之羊食其叶。上大

---

① 朱自清：《〈唐诗三百首〉指导大概》，《朱自清说诗》，陕西师范大学出版社2005年版，第146页。
② 笔者按：朱先生之所以这样做，也许是考虑到了读者的接受能力，因为《指导大概》面向的对象毕竟是中学生，为了避免行文上的横生枝节，所以朱先生也就点到为止了。

喜，诏民间有柳一株，赏一缣，百姓竞献之。又令亲种，帝自种一株，群臣次第种，方及百姓。时有谣言曰：天子先栽，然后百姓栽，栽毕，帝御笔写赐垂杨柳姓杨，曰杨柳也。①

著名唐诗研究专家霍松林先生在朱自清先生的基础上，对《隋宫》一诗的阐释又做了进一步的展开。霍先生对李商隐《隋宫》颔联、颈联的解说是：

> 颈联是公认的佳句，涉及杨广逸游的两个故实。一个是放萤：……另一个是栽柳：……白居易在《隋堤柳》中写道："大业年中炀天子，种柳成行夹流水；西至黄河东至淮，绿影一千三百里。大业末年春暮月，柳色如烟絮如雪；南幸江都恣佚游，应将此树映龙舟。"……"终古垂杨有暮鸦"，当然渲染了亡国后的凄凉景象，但也另有深意。上句说于今"无"，自然暗示昔年"有"；下句说终古"有"，自然暗示当日"无"。当日杨广"乘兴南游"，千帆万马，水陆并进，鼓乐喧天，旌旗蔽空；隋堤垂杨，暮鸦哪敢栖息！只有在杨广被杀，南游已成陈迹之后，日暮归鸦才飞到隋堤垂杨上过夜。……②

霍先生对"终古垂杨有暮鸦"一句的解释，前面说是"栽柳"，并引白居易在《隋堤柳》为证，后面又重复两次说"隋堤垂杨"，那么到底是"柳"还是"杨"？

同样，著名唐诗研究专家林庚先生主编的《林庚推荐唐诗》一书对《隋宫》这两联的解释是："垂杨，隋炀帝开运河通扬州，沿河堤种柳，后世称为隋堤。两句是说，如今江都的隋宫旧址已经是断垣荒草，萤火绝迹，满目荒凉；长久以来只有隋堤垂杨，暮鸦聒噪，显示着亡国的荒

---

① 《开河记》，文渊阁《四库全书》子部杂家类《说郛》卷一百十下。
② 《唐诗鉴赏辞典》，上海辞书出版社1983年版，第1154页。

凉。"① 该书前面说"种柳",后面说"垂杨",那么,到底是"柳"还是"杨"?为什么前面的"柳"变成了后面的"杨"?

诚然,在古诗文中,"杨""柳"本一物,杨即柳,柳即杨。如北朝无名氏的《送别》诗:"杨柳青青着地垂,杨花漫漫搅天飞。柳条折尽花飞尽,借问行人归不归?"此处的杨花即柳花。苏轼的名词"似花还似非花",明明写的是柳絮,但其题目却称作《杨花词》。所以,从这一角度来讲,也可以说,霍松林、林庚二位先生的解释当然也是没有问题的。

但是,在此,我们也可以稍进一步,提出这样的问题,这就是——为何在李商隐的笔下并没有出现"柳"这一字面却出现了"杨"?质言之,既然"垂杨"即"垂柳",那为何在诗中不干脆说成"垂柳"?或者说,此处是否可换成"垂柳"?

我们的结论是,这显然是李商隐在《隋宫》中出于格律的要求而进行"调声"的结果。尽管李商隐在写诗的时候,可以两取其便——既可说是"垂杨",也可说是"垂柳",但是因为"柳"为仄声,按照律诗黏对的要求,此处应该用平声字,所以只能用"垂杨"而不能用"垂柳"。李商隐之所以不说"柳"而言"杨",只是为了适应格律的要求。但是,目前很多书的解释却明显分为两截,前面说"柳",后面说"杨",之间并没有明确的说明,如最常见者《唐诗鉴赏大辞典》即如此。

李贺诗《高轩过》有"笔补造化天无功"一语,钱锺书先生指出:"此不特长吉精神心眼之所在,而于道术之大原、艺事之极本,亦一言道著矣。"② 文艺的本质是笔补造化而非是对现实的直接影像。因此,文艺之于自然,或摹写,或润饰,或改造。"艺术中造境之美,非天然境界所及;至谓自然界无现成之美,只有资料,经艺术驱遣陶熔,方得佳观。"③ 因此,作家为了"造境",有时因为出于形式化的需要而进行字面的润饰,

---

① 林庚:《林庚推荐唐诗》,广陵书社 2004 年版,第 198 页。
② 钱锺书:《谈艺录》,中华书局 1984 年版,第 60 页。
③ 同上书,第 313 页。

也是常见现象。李商隐之《隋宫》，因用"垂柳"不合黏对的要求，为了适应律诗的体式而将之而改为"垂杨"，即是其中之一例。

三　结论

上述两个例子，前者涉及的是异文问题，后者涉及的是律诗声律问题。如果再进一步放大，前者是文学传播问题，后者是文学阐释问题。通过第一个例子说明，在古代文学作品的传播过程中，除了因为文字的讹错或因后人有意识的改动而产生异文问题之外，作者有时会对自己作品进行修改，由此产生了前后稿的不同，这也是产生异文问题的原因之一。在面对异文时，如何比较取舍也是在古代诗歌阐释的过程中经常面临的问题。除此之外，我们还可以认识到如何扣题、章法安排、情感的传达等都是确定诗歌优劣的重要因素，同时也可以获得创作旧体诗歌的借鉴。而通过第二个例子，意在说明虽然"诗无达诂"，但是在诗歌阐释的过程中，有时即便是一个细微的因素也不能放过。朱自清、林庚、霍松林三位先生皆为诗词名家，他们的解读也经常是诗词解读的范例。但由于李商隐《隋宫》具有一定的特殊性，在解读过程中既需要结合史实，也需要解释李商隐为何在写作过程中对字面进行了润饰。要解决后面这一问题，实际上又涉及律诗声律的黏对规则及文学创作的本质问题。通过这个例子，说明在古典诗歌的阐释过程中，一方面不能就诗解诗，另一方面在解诗过程中还要涉及诗歌文本方面的其他因素，等等。

宋代著名诗人黄庭坚说："若欲作《楚辞》，追配古人，直须熟读《楚辞》，观古人用意曲折处，讲学之，然后下笔。"[①]　这是黄庭坚的经验之谈。在古典诗歌的阐释过程中，对古代诗人的用意曲折之处，须进行文本细

---

① 《宋黄文节公文集·外集》卷二一《与王立之》，周裕锴《宋代诗学通论》引，巴蜀书社1997年版，第158页。

读，方能体会出古人的用心之妙及其超凡的语言表达能力。如：假设对杜诗"碧瓦初寒外""月傍九霄多"这两句不进行文本细读，那么对杜诗的诗歌语言艺术恐怕是很难体会的。同样，以上所举的白居易、李商隐诗歌的两个例子，如果不进行文本细读，获得的将是囫囵吞枣式的感受。而通过文本细读，传统意义上所谓的"只可意会，不可言传"的古代诗歌，变得不但可以意会，而且可以言传，这正是文本细读的价值所在。

（原载 ［韩］《汉字研究》2011 年第 4 辑）

李贺诗歌现象三论

中唐是中国诗歌逐渐显示出个性的时代，名家竞出，七彩纷呈。李贺的诗歌独标新帜，别开生面，历经宋、元、明、清一千二百多年，而为人所摹拟和师法。

翻看一下李贺诗集，我们很明显地看到以下三种现象：写"丑"的诗多；写女性的诗多；歌行多而律绝少，七律竟一首也没有。这三种现象彼此纠结、渗透，构成了李贺诗歌的主要特色。本文试图对这三种现象进行一下简要分析。

一

> 桐风惊心壮士苦，衰灯络纬啼寒素。谁看青简一编书，不遣花虫粉空蠹？思牵今夜肠应直，雨冷香魂吊书客。秋坟鬼唱鲍家诗，恨血千年土中碧！（《秋来》）

这首诗庶几可以看作李贺一生苦闷生活的写照。李贺生活在德宗和宪宗时期。安史乱后，李唐王朝的国势已日渐衰倾，藩镇跋扈，宦官窃柄，内乱外患，相逼而至。宪宗初即位时，李贺十六岁。宪宗初年，唐王朝励精图治，一度也曾出现所谓的"中兴"局面。但由于宪宗昏庸，政府腐败，致使"中兴"局面迅速衰落消失，整个社会心理重新发生了巨大的倾斜——从充满希望的波峰又迅速堕入了失望的深渊。

李贺少年天才，一度也曾有过"男儿何不带吴钩，收取关山五十州"和"一朝沟陇出，看取拂云飞"的愿望与希冀，却遭到小人排挤，因讳固身，进取无路，几度青灯苦读，数载寒窗劳辛，皆化作流水泡影，这对他不能不说是一个致命的打击。《秋来》这首诗作为一个范例，几乎包含了李贺阴冷灰暗的心理和全部语言形象（如："衰""啼""寒""魂""鬼""恨""血"等字），其绝望、悲哀、孤寂、伤感的思想和感受得到了最充分的体现。

现实无情，苦心化灰，长歌当哭，呕心为文，从李商隐撰写的《李长吉小传》中我们可以想见这情形："恒从小奚奴，骑距驴，背一古破锦囊，遇有所得，辄书投囊中，及暮归，太夫人使婢受囊出之。见所书多，辄曰：'是儿要当呕出心乃已尔。'……"诗歌成为他逃避现实的天国，他向它倾诉一切烦忧，一切悲愁，又倾尽全力雕琢着它。愁苦永远属于李贺，现实的一切都使他感到悄然心惊，黯然魂销："白草侵烟死"，"百年老鸮成木魅"，"秋白鲜红死"，"青狸哭血寒狐死"，"月明白露秋泪滴"，"直余三脊残狼牙"，"秋坟鬼唱鲍家诗"，"白狐向月号山风"，"山魅食时人森寒"，"鬼灯如漆点松花"，"鬼血洒空草"，"暗洒苌弘冷血碧"……在他的眼中，现实当中几乎不再存在美的东西，这形成了他怪异的心理，在他的眼中，一切色调是那么灰暗而又富有刺激性，他用暗淡的、错乱的语言来反映自己凄凉幽怨、孤寂冷落的心境，这使他的诗具有了一种与众不同的特质——以丑入诗，模糊惨淡。

虽然中唐出现的一批苦吟诗人孟郊、贾岛、姚合等也有过以丑入诗的现象："野菜连寒水，枯株簇古坟"（贾岛），"众虻聚病马，流血不得行"（孟郊），"古塔虫蛇善，阴廊鸟雀痴"（姚合），但从没有任何人像李贺这样描写了这么多丑恶的怪异之物。大量地以"丑"入诗，李贺当推中国诗史上的第一人。

中国诗词艺术向来讲究"诗庄词媚"。中唐韩愈等人企图突破盛唐诗人已经取得的成就,力倡奇崛险怪的诗歌语言与意境,李贺之写丑,恐怕与这种创作风气也有一定关系,但不管怎么说,大量地以"丑"入诗,不啻在诗的领域内开辟了一个新的表现宇宙。"天下皆知美之为美,斯恶已;天下皆知善之为善,斯不善已"。老子的这句话道出了美丑的辩证法,美丑相对而存在,美与丑的界定是人的情感对事物的反映。"万物同流",自然本身是一个和谐统一的整体,无所谓美与丑,"丑"作为自然的一部分也应当成为诗歌的表现对象。因此相对于诗的雅正端庄,大量地以"丑"入诗,是中国诗史上的"陌生化",使诗歌呈现出了一种新的姿态。作者用寂冷的笔调描写孤坟残阳、怪兽鬼魂、冷风寒雨……自有一种凄凉惨淡的美,"丑"经过李贺诗歌的表现而外化为美,所以,李贺诗歌大量地以"丑"入诗,也有深刻的美学意义。

关于审美,弗洛伊德认为审美是人的情欲的宣泄和升华,荣格认为审美是集体无意识的积淀和具体化。由此划分,李贺的审美属于前者。这一切来自他心灵的深处。怪异、荒诞、冷漠、苦涩的情感,经过李贺诗笔的外化,在审美情感上,深切地唤起了我们生命的律动:阴冷、孤独、悲苦、凄怨、叹息、眼泪……其中有一股强大的亲和力,这一切瞬间交织、碰撞、对立、融合,使我们认同它的审美价值。清代刘熙载曾说:"怪石以丑为美,丑到极处,便是美到极处。"(《艺概》卷五)以"丑"入诗,化"丑"为美,是李贺诗歌现象的第一个特点。

二

李贺描写女性的诗,大体上可分为三类:写妓女、写宫女、写神女。

（一）写妓女

苏小小墓

幽兰露，如啼眼。无物结同心，烟花不堪剪。草如茵，松如盖，风为裳，水为佩。油壁车，夕相待。冷翠烟，劳光彩。西陵下，风吹雨。

妓女是封建社会中之最不幸者，她们往往由于经济原因，被迫沦落风尘，成为任人攀折的章台之柳。在个人，始终是被人玩乐蹂躏的工具；在社会，则始终是被人鄙视嘲笑的对象。李贺在诗歌中描写了很多的妓女，与当时的社会风气是有相当关系的。

狎妓风气在唐代相当盛行，上自宰相重臣，下至庶僚牧守，无不染指于此，在一般文人学士当中尤甚。中唐国势虽已衰颓潦倒，然而畸形繁荣的城市经济依然维持了大量的妓女行业。而国势衰颓、人人自危的社会环境更容易成为文人学士陷入壶中角天、滋生享乐思想的温床。"这里（指中晚唐诗词作家们的'新词丽句'）的审美趣味和艺术主题已完全不同于盛唐，而是沿着中唐这一条线，走进更为细腻的官能感受和情感色彩的捕捉追求中。……时代精神已不在马上，而在闺房；不在世间，而在心境。"① 在社会动荡的余痛劫后之中，这时的文人已没有了初唐那种《春江花月夜》式的亘绝宇宙的青春意识的朦胧和不安，更没有了盛唐那种渴望建功立业的博大气象与风度，尽管也曾有过元（稹）、白（居易）、韩（愈）、柳（宗元）等人对儒家道统的力倡，但很快被淹没在纵情享乐的时代主潮之中（晚唐表现得更为明显）。

李贺的享乐思想在诗中有多处表露。身体的早衰，更使他感到人生无常，生命苦短。李贺在许多诗中表现了对求仙长生的否定（尽管这些

---

① 李泽厚：《美的历程》，文物出版社 1981 年版，第 155 页。

诗大多是对唐宪宗的讽喻，但讽喻诗本身比其他诗更能体现作者的观念），这种否定恰是对现实的肯定。生命的长度既然不可增加，则只有增加生命的密度，青楼狎妓和朝眠夜饮便是李贺求得欢乐的手段。在《赠陈商》中，他认为自己日暮途穷，礼节本来就和自己相距较远，这时已不再成为他外在的限制，"礼节乃相去，憔悴如刍狗"，对将来亦不再存在什么幻想。"只今道已塞，何必须白头"，人生穷晦，其结果只能是加剧他的这种生活。

青楼风月或山水林泉，往往成为封建时代失意文人的归宿。很多人选择了前者，但他们和女性之间往往是一种隶属关系，"赢得青楼薄幸名"（杜牧），女性往往只成为他们暂时消除个人苦闷的对象，女性的悲剧命运并不能引起他们的理解和同情。但李贺却对妓女的命运寄予了深深的同情与悲悯。《苏小小墓》格调凄凉幽怨，其结句"西陵下，风吹雨"与苏轼怀念结发妻子的"明月夜，短松冈"之绵绵情韵并无二致。这一点与齐梁宫体诗对比更为明显，女性在宫体诗里被扭曲为更多的妓性，宫体诗作者以旁观者的态度描写胭脂佳人、朱唇玉女的红粉玉步、妙舞轻歌，完全是为了满足变态心理的需要，而李贺与他笔下的女性在感情上有一种对等的关系，其中虽然不乏行乐的成分，但他还是寄寓了深深的同情。

（二）写宫女

宫娃歌

蜡光高悬照纱空，花房夜捣红守宫。

象口吹香毵毵暖，七星挂城闻漏板。

寒入罘罳殿影昏，彩鸾帘额著霜痕。

啼蛄吊月钩阑下，屈膝铜铺锁阿甄。

梦入家门上沙渚，天河落处长洲路。

愿君光明如太阳，放妾骑鱼撇波去。

宫女的命运比妓女也好不了多少。青春年少，而被幽闭在一角方天，锦绣年华被无端地浪费掉，并且往往成为封建帝权的殉葬品，"凡诸帝升遐，宫人无子者悉遣诣山陵，供奉朝夕，具盥栉，治衾枕，事死如事生"①。基于这种悲剧命运，宫女的物质生活虽然优裕，却掩不住她们精神的苦闷和渴望自由的芳心："愿君光明如太阳，放妾骑鱼撇波去。"李贺写这类诗的原因恐怕还在于他的那一段奉礼郎生活，倘没有深刻的理解与体验，很难想象他是否能写出这类深切沉郁的诗歌。

（三）写神女

兰香神女庙

古春年年在，闲绿摇暖云。松香飞晚华，柳渚含日昏。

沙砲落红满，石泉生水芹。幽篁画新粉，蛾绿横晓门。

弱蕙不胜露，山秀愁苦春。舞珮剪鸾翼，帐带涂轻银。

兰桂吹浓香，菱藕长莘莘。看雨逢瑶姬，乘船值江君。

吹箫饮酒醉，结绶金丝裙。走天呵白鹿，游水鞭金鳞。

密发虚鬟飞，腻颊凝花匀。团鬓分珠窠，浓眉笼小唇。

弄蝶和轻妍，风光怯腰身。深帏金鸭冷，奁镜幽凤尘。

踏雾乘风归，撼玉山上闻。

如果说，狎妓、奉礼郎的生活使他对女性有所接触，有所了解的话，那么狎妓、奉礼郎的生活也使他在创作上获得了类似联想的基础。类似联想是一种本能的心理现象。巴内特（H. G. Barnet）强调了它在艺术思维中的作用，他明确指出，创造思维的本质在于"互相参照"，也就是从一种"图形"的各部分之间发现相似性，再把它挪移到另一个"图形"中去，简言之，就是相似性的挪移。根据这种艺术创造心理学理论，我们说，李贺是在对妓女、宫女接触理解的基础上，凭着自己的诗心慧性，描绘出了一幅幅冷艳凄美的神女图画。

---

① （宋）司马光：《资治通鉴》卷二四九胡注引宋白曰。中华书局1956年版，第8068页。

"弄蝶和轻妍，风光怯腰身"，神女虽然妍华秀美，却独伴幽冷风尘。在这里，李贺借助于超现实的幻美来安慰苦涩的心怀，但仍然抹不掉他心中凄迷愁怨的底色。在神女诗中，一切都显得那么静柔，那么优美，其中总有一缕悠悠的愁怀，化为一点不安的相思；又总有一掬伤逝的清泪，化为生命的纸花在作者的胸间飘飞。

确实，以往没有任何一个诗人比李贺对女性更为一往情深。这里面总有一缕愁绪，一腔幽怨，一丝惆怅。李贺遍尝了人间的辛酸，因讳固身，身体早衰，他的心早已变得孤苦凄凉。妓女只不过是供人玩乐的工具，宫女只不过是皇帝的奢侈品和附属物，神女再好，也不过是寂落地独伴冷风幽尘。从她们身上，李贺很容易看到自己的影子，她们虽有才艺而沦落风尘，虽有美貌而被幽禁宫院，虽是神女而美好的生活与他们永远无缘。从这个意义讲，他倾注如此浓重的情感描写这些孤独苦闷的女性，不仅仅是心灵的安慰，同时也是心灵的寄托。

三

李贺诗集中，多歌行体而少律诗，七律竟一首也没有。对这个现象，我们试作以下分析。

唐代科举中非常受重视的律诗和骈偶文，到中唐之际，已成为粉饰太平、臣妾群王的官方程式化文学。李贺对此十分厌恶："时人责衰偶"（《赠陈商》），而当时的韩愈及其弟子反对颓靡、排偶的文风，提倡形式比较自由的古体诗，李贺与其多有交往并且深受影响；纵观唐诗的发展，学习诗骚是一条贯穿如一的红线，因此，陈子昂、李白、杜甫、王维等都有学习诗骚的创作倾向，至元、白时代，再次掀起了学习古诗的高潮，这对其后的李贺不可能不产生影响。

就个人来讲，李贺学习楚辞至诚至苦，"楚辞系肘后"，"咽咽学楚吟"，因而，妙得楚辞神髓和反对骈偶是很自然的；而最重要的，则是由于李贺个人的创作习惯："未尝得题然后为诗，如他人思量牵合，以及程限为意"，李商隐撰写的《李长吉小传》中的记载，应当说是比较可信的。这说明李贺写诗的契机是灵感式的触发，达意为限，以自由的形式讴歌自己的心声。而形式严格的律绝诗于性灵的抒发不能不说是一个限制，或者说，对李贺的这种创作方式是不适合的，两者很难达到较好的统一。

李贺诗集中，当时流行的近体诗特别是七律竟一首也没有。对这个问题较难说清。我认为，除了以上几个原因外，还有两点必须注意：第一，李贺诗集中，尽管也有十几首五律和五排，但艺术成就不是太高。由此可见，李贺并不擅长律体诗，所以，即使作了，数量也不会多，成就也不会高。第二，我们今天所见到的李贺诗集，一至四卷是李贺手自编定的，李贺删去诗作中成就不高的七律和七排也是可能的——何况李贺或许根本就未曾作过七律和七排。

通过这个现象，我们可以看到李贺的创作道路与当时一般仕进文人是不同的，他在走着自己的路，唱着凄婉哀怨的心曲。

开愁歌

秋风吹地百草干，华容碧影生晚寒。

我当二十不得意，一心愁谢如枯兰。

衣如飞鹑马如狗，临岐击剑生铜吼。

旗亭下马解秋衣，请贳宜阳一壶酒。

壶中唤天云不开，白昼万里闲凄迷，

主人劝我养心骨，莫受俗物相填豗！

通过以上三个现象的分析，我们可以看到李贺一生处处充满了矛盾，《开愁歌》是他生活的真实写照。愁苦永远属于李贺，他始终无法解脱，他所应当具有的他都不具有，他像一个行走于人群中的异乡人惶惶惑惑，他不见容于社会，社会断绝了他的希望，但他并没有放弃希望——他临死前的幻觉，玉帝招他去白玉楼便是明证。

四

如果把李贺的诗看作一个系统，以上三个现象很明显地分作三个层次：在意象上写"丑"，在内容上写"女性"，在形式上"歌行多而少律绝"，而构成这三个层次的内核便是"怨"。中唐的社会现实和李贺的个人遭际形成了他"怨"的心理，心灵感荡而陈诗，郁郁长歌以骋情，"怨"构成了李贺诗歌的主调。

"使幽居靡闷，贫贱易安，莫尚于诗。"（锺嵘《诗品序》）诗有一种替代品的作用。李贺生命不谐，艰辛冷落，诗很容易地成了他心灵的替代品，他以此来寄托理想，抚慰创伤累累的心灵。李贺生活于痛苦之中，他以痛苦的心灵在诗歌中描写了"丑"，描写"女性"，以自由不拘的歌行体表现无际无涯的"怨"愁。

从李贺身上，我们看到了一种迥异于屈、陶、王、孟、李、杜等的人格。李贺的诗，也以其自身的独特性奠定了其在文学史上的地位。从情感模式上讲，屈原表达的是一种"怨"，陶潜表达的是一种"恬"，王维表达的是一种"悟"，李白表达的是一种"逸"，杜甫表达的是一种"苦"。李贺表达的也是"怨"，但与屈原的"怨"渗透了不同的内容。就屈原的情感来讲，是一种不被社会认同的悲哀，并且在离索的痛苦中存在着一种拉力——将自身重新拉回社会；就李贺的情感来讲，社会不见容于他，他并不企求重新返回社会，而是蜷缩在个人的蜗角中低吟浅唱，其中夹杂着痛苦的泛声。李贺的诗歌已表露了主体与社会分离的倾向，尽管主体同社会的冲突并不激烈，甚至说是微弱的，但李贺诗歌的"怨"毕竟是对古典审美和谐的一种突破。古典和谐多要求情感与理性的素朴统一，而李贺诗歌更多地倾向自我情感的宣泄，强化了个人主观色彩。正是这种主体情感的真实性和完整性，使李贺的诗歌获得了超时空的意义，千百年来一直引起人们心灵的震颤。

（原载《青岛海洋大学学报》1997 年第 2 期）

方以智，圆而神

——读卢盛江《文镜秘府论汇校汇考》

日本僧人空海（774—835），随日本的第 17 次遣唐使入唐，归国后应"一多后生"的要求，撰成了《文镜秘府论》一书，书中保留了大量六朝至唐代的重要文献。但此书直至清末，才由杨守敬在《日本访书志》中谈及，并指出此书盖为诗文声病而作。后来虽然罗根泽、郭绍虞等前辈学者对《文镜秘府论》较为重视，在其论著中大量征引该书的材料，丰富和深化了中国文学批评史的内容。但是，《文镜秘府论》在国内却始终没有完整的整理本，这在一定程度上影响了中国古代文学批评史的研究。20 世纪 70 年代以后，这种局面得到了改变。人民文学出版社于 1975 年出版了由郭绍虞先生作序的周维德校点本，中国社会科学出版社于 1983 年出版了王利器的校注本。这两本书，特别是后者成了古代文学和古代文论研究者长期以来所必需的参考书。自此以后，关于这方面的研究就一直没有突破性成果，这对于《文镜秘府论》和我国古代诗文论的研究来说，不能不说是一种缺憾。可喜的是，卢盛江先生用十多年的时间，彻底清理《文镜秘府论》的版本系统，或辩证旧说，或独标新义，进行全面的、总结性的整理研究，著成《文镜秘府论汇校汇考》，不但弥补了这一不足，而且标志着《文镜秘府论》的研究达到了前所未有的局面。

此书共分为四册，拿在手里已觉分量极重，读过之后更觉弥足珍贵。这沉甸甸的书稿，凝聚了作者多少心血！

一

作者自 1995 年起两赴东瀛，深入山林寺院等处访书，费尽周折，又辗转寻觅求索于中国大陆和台湾地区，终于查清了现藏于日本和中国台湾的所有传本，其中的辛苦和艰难，作者在"后记"中都有动人的描述。有付出，必有收获。比如，作者在古抄本上发现了不少前人未曾注意的珍贵的夹注材料和订正删削符号，这不仅对《文镜秘府论》本文的校勘极为有用，而且对分析和描述空海草本的面貌及《文镜秘府论》的修改过程，乃至考证编入《文镜秘府论》的中国诗文论著作的原典，亦极为有用。对传本和原始资料的详尽搜集，为《文镜秘府论》的校勘整理和研究奠定了可靠的基础。本书用抄于日本平安末保延四年（1138）或稍前的宫内厅本全六卷作底本，这是目前保存最完整、年代最早也是最好的本子之一，另用22 种古抄本、4 种版刻本作校本。本书是目前为止研究《文镜秘府论》底本最精、校本最全之著作。校勘方面，本书采用底本最精，校本最全，在中日《文镜秘府论》研究方面，无出其右者。

作者力求尽可能全面地汇录传本异文、夹注文字、修改痕迹乃至不同的书写格式。为了客观呈现传本面貌，对底本、校本的古今字、通假字、异体字、俗字、繁简字等，有的也不作统一规范，如"借"和"藉"，"雕"和"彫"，"缺偶"和"阙偶"。底本精，校本全，又忠实于传本原貌，不仅文本更加可靠，而且保存大量珍贵资料，为我们研究传本系统包括草本原貌等，最大限度地提供了便利和依据。

作者尽可能全面总结前代学者的校勘成果，尽可能汇录前人对异文考订校勘的意见，细加比勘，寻找依据，审慎考订。该书汇录校勘资料最为精详，文本更为可靠。

二

在考释方面，全面总结整理已有成果是本书的突出成就。作者下了很大功夫清理和总结前人成果。从270多年前维宝的《文镜秘府论笺》到近年大量的相关成果，从中国到日本，海内海外，作者都全面搜求、总结。由于《文镜秘府论》一书的特殊性，它涉及文学、音韵学、日本悉昙学、汉诗学、歌学乃至考古学、民俗学等内容，作者对涉及的上述问题，现有原始资料和研究成果，都一一备列，全面展现，《文镜秘府论》研究史上，该书汇录以往研究成果最为全面，不仅为读者了解《文镜秘府论》的研究历史和现状提供极大的帮助，同时也为以后《文镜秘府论》的研究提供了最为翔实的材料基础。

该书最有价值的，是作者对《文镜秘府论》相关研究所做的独创性的工作。

作者考察现存传本，考察这些传本与空海自笔草本和修订本的关系，以见其材料的得失和可靠程度，从纷繁复杂的传本材料中找出规律，清理出条理非常清楚的传本系统，在此基础上，纠正了前人各本在校勘上的不少疏误。

比如，关于《文镜秘府论》的卷次，一般认为是天、地、东、南、西、北，而作者从古抄本找到根据，并结合天卷序和《文笔眼心抄》编排顺序，认为应为天、地、东、西、南、北（第38页）。再如，天卷《调四声谱》之韵纽图，兴膳宏《文镜秘府论译注》误把"光广珖郭戈果过"置于"傍旁徬薄婆泼徬"之前（第54页）。《七种韵》"转韵"中"夙被霜露欺……叩沐清风吹"诗中的"夙"各本都误作"风""沐"各本都误作"沫"，与《李白集校注》不符（第189页）。《四声论》中"谢徬"，各本都误作"谢朓"（第216页）。再如，地卷《九意》"春意"篇周维德和王利器校点本漏掉了"裙开凤转袖动鸾飞美人

登山意乱入谷心疑山行"20 个字（第 554 页）。再如南卷《论文意》
"此古手也"，《文镜秘府论校注》认为"古"疑当作"名"，而作者则
认为文章前面既然有"今人所以不及古者，病于俪词"，"但古人后于
语，先于意"这样的语词，那么作"古手"亦通（第 1438 页）。再比如
南卷《集论》"冀知音"，王利器根据自己的理解补作"冀得知音"，而
兴膳宏《文镜秘府论译注》和林田慎之助校本都以意补"寄之"二字作
"冀寄之知音"，但事实上现存传本都作"冀知音"（第 1558 页）。《四
声论》中"颉颃汉徬"中"汉徬"原作"渔徬"，各本同，作者认为，
下句既言"曹丕"，与此相对，上句当从《魏书》《北史》作"汉徬"，
即汉武帝刘徬（第 248 页）。再如地卷《九意》"夏意"中"池傍寄
意"，作者认为"池傍"当作为"傍池"，这样才能与下面的"折藕"
相对（第 575 页）。"雨意"中"树液龙惊"，以为"树"疑"澍"字讹
误，澍液指澍雨、澍霖，即暴雨（第 654 页），等等，这都显示了作者
无征不信的校勘原则和洞幽烛微的学术功力。

就"考释"这一部分的体例来看，作者考释的内容相当全面而又自
成系统。所考释的内容包括：所编中国诗文论著作之出典、年代、原典
面貌，作者生平及著述之简介考证，词义解释、诗文论专用术语溯源和
阐释，所引诗文作品出处及作者简介等。所有这些，作者都辩证各家之
说，结合新的材料，尽可能提出新的解释，或找出更为确切的出典。
《文镜秘府论》研究到目前，一些悬而未决的问题都是难题，作者把考
证、理论研究和注释创造性地结合起来，力求作出新的解释，有些问题
先作专门考证。如"《九意》作者问题，写了四万多字的考证文章，'证
本'问题，写了五万多字的考证文章；《文笔式》作者问题，也写了近
两万字的考证文章"（前言第 47 页）。另外，关于《调四声谱》的原典
及作者，沈约与"八病"的关系，王昌龄《诗格》的真伪，《文镜秘府
论》常见的"释曰"以下文字是否为空海所作，《文二十八种病》前八
病的出典考察，《论文意》文学分南北宗的思想文化渊源的考说，《河岳

英灵集》篇数、卷数、编年的推想等问题，作者都全面清理前人诸说，相关论述无异一篇专题论文。对于《文镜秘府论》中的诗文论范畴，作者进行了重点阐释。比如天卷《调四声谱》中对"纽声反音"和"双声反音"的解释，《调声》中对"轻中重""重中轻""全轻""全重""齐梁调诗"的解释，《四声论》中对"永明体"的解释。再如地卷《十七势》的"势"的解释、《十体》的"体"尤其是"菁华体"的解释、《六义》中"六义"的解释，《八阶》"返酬阶""援寡阶""和诗阶"的解释，东卷"的名对""双拟对""联绵对""回文对""邻近对""含境对""背体对"的解释，西卷中对"旁纽""正纽"的区别、"落节病"等概念的解释，南卷《论文意》中对"境"的解释，等等。通过对文论史上长期以来一些模糊不清的概念范畴给予的解释和考说，这不但有助于读者对《文镜秘府论》文本的理解，同时也为我国古代文论的建构做出了贡献。

提出新解释、解决新问题的一个重要方法是坚持从原典出发，发掘大量史料，在广泛考证的基础上提出新观点。比如天卷考证"一多后生"，既注意到《易》变化成卦"两少一多"的少阴之数，即32，又注意到空海弟子中，被派往向天皇献书，接触到《文镜秘府论》材料的所知道的只有实慧，由此提出，所谓"一多后生"，很可能就是指空海十大弟子之首的实慧。再如地卷《九意》对"云从土马"一句出典的考证，作者不仅引据日本大量古代典籍，而且以考古出土的文物为证，更从民俗学的角度加以考证，认为"土马"指公元5—8世纪流行于日本绝大部分地区的祈雨祭祀信仰物，而在中国，唐以前重要典籍没有发现"土马"一词，更没有日本那样流行的土马祭祀祈雨的文化背景，因而断定"云从土马"描写的是日本古代夏旱时以土马祭神祈雨的情景，是日本古代夏天特有的"雨貌"，它的出典根据应该在日本。

作者在考释中，除提出新说外，还纠正了前人注释上的一些错误。比如，天卷《调声》中"语不用合帖"的理解，王利器校注引任学良注

"语不用合帖，谓须展开也"，兴膳宏《文镜秘府论译注》说"'合帖'，找不到用例"。而作者则举《通典》《旧唐书》文献为证，认为"帖"当指帖文、帖经，唐代科举考试之一法，此处借指某种模式，"语不用合帖"即不用合于既有之框框模式之意（第 113 页）。再如西卷《论病》中对"八体"的解释，维宝的《文镜秘府论笺》认为"八体，上曰：《八阶》《文笔式》，又《诗格》转为八体"，而王利器则错引庾信《书品论》，解释为书法之八体。作者则指出此处之"八体"实为诗文声病之八体，不是指《八阶》题下注《诗格》之"八体"，维宝笺有误，王利器所注"八体"更与此处"八体"毫无干涉（第 898 页）。再如西卷《文笔十病得失》"玄英戒律"，王利器校注引《史记·乐毅传》以为玄英为燕宫殿名（王注第 641 页），而据《尔雅》和前后句意，玄英实为冬天（第 1206页），等等，这都是本书中随处可见的好例。

三

卢盛江先生的大作，实在是胜义纷纭，除了以上所说的对"土马"的考释之外，我们再随意拈出几个关于考释的例子：

对于《文镜秘府论》中一些术语或范畴，作者往往运用比较文学之法，给出更为准确的解释。如地卷中的《十七势》的"谜比势"，作者注意到与日本《歌经标式》之杂体的比较（第 389 页）。如地卷《十体》，注意到与日本歌体论"十体"的比较，指出后者受到前者的影响（第 438页），特别是"直置体"与日本歌论"忠岑十体"的"直体"（第 P447页），两者在内涵上有相似之处。《八阶》中的"赠物阶"与日本歌学《喜撰式》"赠物阶"名目相同（第 491 页），等等，这都体现出作者宏通的文化视野和自觉的比较文学意识。

对一般语词，即便是为人所熟知的语词，作者也不轻易放过。如南卷《论文意》首段有两处同用"皇道"一词，有的学者认为，这两处的"皇道"，均指"皇王之道"。作者则引何晏《景福殿赋》李周翰注、张协《七命》吕向注指出，两个"皇道"其实有别，其一当指"自然之大道"，其二方指"皇王之大道"，之所以造成概念上的歧杂，"盖古人在概念运用上并不严密之故"。这样的解释，可谓剖析毫厘（第1282—1286页）。作者解释"名教"，也指出，名教有数义，或指名声教化，或指定名分的礼教。《论文意》中所谓的"名教"，指的是有文字内容的文明之教。作者引《礼记》郑玄注："名，书文也，今谓之字"，从而证明"名"指字，古有其例，不唯如此，作者又引《日本国见在书目》载田由严撰《名教》一卷而在"小学家"来说明此处所谓的"名"，也当指"文字"（第1288页）。客观上说，能注意到后者，恐怕就非人人所能做到的了。

就《文镜秘府论》本身而言，实在是问题多多。由于文献的缺失，要考释字词的出典，辨别引文的起讫，剥离空海的论说，等等，皆需考释，而搞清楚这一系列问题又是至关重要的。作者关于"土马"的出典的考释，为我们提供了一个完美的范例。就文例言，《文镜秘府论》中经常有"某某曰"，很多学者对此颇感棘手，有时不但难以定其起讫，至于判断"某某"究竟为谁，也很困难。如"第十七侧对"空海所引"元氏曰"后的"或曰"一段，究竟是王昌龄之说，还是崔融之说，就颇难判断。作者按照崔融说的文例，据其用语习惯，把"或曰"一段断为崔融之说，不但怡然理顺，而且颇令人信服。

关于何谓"平头"，因为文献缺失的原因，沈约之说已湮没不彰。尽管日本学者清水凯夫《沈约声律论考——探讨平头、上尾、蜂腰、鹤膝》一文，结合沈约的诗歌创作，对沈约所谓的"平头"规则进行了详细的推阐，但作者指出："沈约平头说的解释仍应以文献记载的明确的理论阐述为根据"，"可能首先是沈约提出了'第一、第二不宜与第六、第七字同声'的大致思想，并没有细说是单字同声还是复合词同声，所谓'参差用之'，可能是沈约的话，也可能是刘善经补充说明的话。后人在此基础上说得更细，有了发展，有了单字同声，同平声或者同上去入声的说法"。这样的解释应该是切合实际的，而且简要地勾勒了"平头"说在不同的历史阶段的演变和内涵。

四

最后，笔者不避芹曝之哂，以为本书的个别地方不无可商之处。如西卷《文笔十病得失》"又，辞赋或有第四句与第八句而复韵者，并是丈夫措意，盈缩自由，笔势纵横，动合规矩"，对于"丈夫"一词，作者在"校记"中指出："'丈夫'，原作（笔者按：指宫内厅本）'大夫'，高乙本同，三宝本作'大丈'，'丈'字抹消之，右旁注'夫'，六寺本作'大丈夫'，据高甲、醒甲本改。"（第1234页）窃以为，此处的"丈夫"应以"大夫"为是，其出处是班固《汉书·艺文志》中的《诗赋略》后序所引的刘向《别录》："《传》曰：'不歌而诵谓之赋，登高能赋可以为大夫。'"《文镜秘府论》此处的"大夫"指的就是辞赋作者。"大丈"显然不词，"丈""大"二字形近易讹，由三宝本抹消"丈"字，复在右旁注"大"字可证。而六寺本作"大丈夫"盖因"大丈"而衍，或因不明"大夫"语义而衍出"丈"字。再如地卷《十七势》，作者将"势"训为"式"，指出"它是势，也是样式"。"势"是古代军事、文论中的一个特定概念，很难用具体的话语将其描述，通过作者将"势"理解为"作法趋势文学样式"，我们似乎可以感到了作者的依违之处。确实，"势"究竟当如何解释，是颇为值得玩味的。

五

做"前世所无，后世必有"的事业，应当是每一个学人都自觉承担的
责任意识。古籍整理工作往往充满着艰辛，作者将十年的韶光倾注在本书
上，其间费尽了周折。作者指出："本书旨在对《文镜秘府论》作比较全
面的带总结性的整理"，作者这部厚达 2728 页的大作，见证了作者不寻常
的十年。古籍整理的目的，不仅在于校文字、校是非，更重要的，在于以
整理的对象为媒介，通过文本，对古人增进同情之理解，从而架设起古今
相通的津梁。透过本书，我们看到，作者凭借自己广博的学识，不仅在文
献处理原则上的方与圆之间进行了恰到好处的把握，而且更重要的，作者
凭借自己的慧心，对《文镜秘府论》进行了全面的总结整理，对涉及该书
或该书以外的许多学术史上的问题的解决，都达到了一个前所未有的高
度。所以，《文镜秘府论汇校汇考》一书的出版，是《文镜秘府论》研究
的典范性、标志性成果，它为中国、日本乃至于国际汉学界对《文镜秘府
论》的研究提供了很大的上升空间。对于这一点，笔者深信，这是可以预
期的，也是可以被将来的学术发展所验证的。

（原载《中国文化研究》2008 年第 3 期，署名：冷卫国　杨娟）

后　记

　　本书是作者发表的部分论文的汇集，分为三编：先秦两汉诗歌、汉魏六朝赋学批评、唐代诗歌及文学批评。上编主要描述了从《诗经》"变雅"到老子思想的嬗变之迹，从艺术思维角度揭示了屈原作品的艺术特质。中编则于繁复的史料中探赜索隐，分析了司马迁、司马相如、扬雄、刘向、刘歆、萧梁皇族的赋学批评等，勾勒了汉魏六朝赋学批评的基本脉络。下编以李白、白居易、李贺、李商隐的具体作品为例，探讨了古典诗歌释读的原则问题。全书从文本细读和历史脉络出发，对先秦至唐的诗与赋这两大文类有关问题进行了研析剖判。今将本书付梓，心怀献芹之诚，敢惧曝日之哂？大雅君子，鉴之谅之。

　　抚读旧文，未免空有学业无成而马齿徒增之叹。本书收录的论文中，时间最早的是《李贺诗歌现象三论》，实际成文于1988年秋天，本是我在青岛大学中文系二年级时完成的一篇作业，当时曾先后呈赵敏俐老师、赵明老师阅正，而且还被推荐给了青岛大学学报《东方论坛》，后蒙学报编辑部王兆青老师告知，暂时不发表学生的稿子，此事遂罢。《先驱的悲歌与史哲的覃思——试论从变雅到老子思想的贯通与演进》，此文写于1991年冬天，当初我就读于吉林大学中文系，在研究生一年级时，张松如老师开设了"老庄研究"课程，我正阅读侯外庐先生主编的《中国思想通史》，遂以此为题，在学期末提交了这篇作业。1995 年在山东大学攻读博士学位，当时要求博士研究生发表论文，经过刘慧晏老师推荐，将《李贺诗歌现象三论》一文投给了《青岛海洋大学学报》副主编曲金良教授，该文发表于 1997 年第 2 期。同时，刘慧晏老师又将《先驱的悲歌与史哲的覃思——试论从变雅到老子思想的贯通与演进》推荐给了《齐鲁学刊》，至今犹记得张玉璞老师用漂亮的毛笔行楷给我回复的用稿通知。该文发表于《齐鲁学刊》1997 年第 3 期，旋即被人大复印资料《中国哲学》1997 年第 7 期全文复印。至于《新的艺术思维范型——神话、〈诗经〉、屈原艺术思维异同比较》一文，本来是在郭杰老师指导下完成的硕士论文的一部分，郭杰老师、张松如老师的批点圈阅，至今仍然历历在目。我抽取出来以后，经冯光廉老师推荐，发表于《东方论坛》1995 年第 2 期，由人大复印报刊资料《中国古代近代文学研究》1995 年第 12 期全文复印。后来天津社会科学院文学所赵沛霖研究员对该文做出过如下的概括和评价："诗歌艺术作为艺术思维方式的实现，其本质特征归根结底决定于思维方式的运用，因此，从这个角度把握诗歌艺术作品无疑是抓住了问题的关键，可以窥视到艺术的精髓。有的学者抓住了屈赋艺术思维与神话思维的关系，指出屈赋的艺术思维已发生了质的变北，超现实的神话想象已不具有客观真实的意义，而只是袭取其超现实的思维模式，表达熔铸着个性的悲剧情感，'它已从神话想象的混沌中走出，达到了审美的理性自觉'，这种艺术思维方式的特点，不仅有对想象的经验性运用，更为重要的是打破了物与物之间的界限，进行表象的综合与分解，而不受时空限制，任其自由拼装。这样既有神话的超越与空灵，又有人世的真实与自然。这一切都说明屈赋的艺术思维完成了对神话和《诗经》的超越，是一种全新的艺术思维范型。"①

　　1995 年，我在龚克昌老师的指导下攻读博士学位，论文以《汉魏六朝赋学批评史》为题。1998 年毕业后到中华书局工作，因为忙于编辑出版事

---

① 《近年楚辞研究新课题发展趋势》，《贵州社会科学》2000 年第 5 期。

务，博士论文修改一事，遂束之高阁。当初撰写博士论文时，有感于汉赋与宫廷文化和帝王关系的密切，专设"帝王的辞赋观"一节加以讨论。因为出版工作有时会忙得天旋地转，为了赶出版进度，也有过几次通宵加班的经历。2003 年年底，我调入中国海洋大学文学院，从事教学工作，因为新换了岗位，博士论文的修改还是没有提上日程，一拖再拖。直至 2012 年《汉魏六朝赋学批评研究》一书，才得以在商务印书馆出版。

时光飞逝，现在已是 2018 年 1 月，我也将近知天命之年。汉代的扬雄学识渊博，以孔子的传人自任，被后人称为"西道孔子"。在其步入 50 岁之后，遂有悔赋之叹。今检点旧作，重阅这些稚拙的文字，我不免感到汗颜，而且对扬雄的悔其少作，多了一分同情的理解。这些成于不同时期的论文，其中有青春年华的时光印迹，也多少折射着时代的斑斓色彩。

记得在青岛大学时期，我怀着以新方法阐释旧材料的理想，囫囵吞枣地阅读了一些西方的经典著作，特别是西方哲学史、美学史的著作，也包括当时新翻译的西方现代美学著作，试图借此寻找阐释古典文学的工具和途径。事实证明，这样做收效甚微，甚至会有圆凿方枘式的无法契合。不过经历了这一过程的磨砺，我至今深感对于学术思想的提升还是有益的。

现在回想起来，正是多少带着以上朦胧的醒觉，在吉林大学读书期间，我又有意识地在中文系的研究生课程之外，旁听了古籍所、考古系的一些课程，比如汤余惠老师的"甲骨文"、何琳仪老师的"战国文字""说文解字"、林沄老师的"商周考古"等，尽管以上内容皆为专门之学，并非我的专业领域，我至今亦未得其门径，但是先秦两汉文学"文史不分"的综合性特点，又注定了以上课程的学习在我以后的读书过程中会起到很大的作用，这正应了道家所谓"无用之大用"的说法。我到中华书局工作以后，曾约何琳仪老师为《文史》写过一篇稿子，且相约何老师闲暇或开会时到北京见面叙谈。而今，何老师早已驾鹤西去多年，每念及此，心中怆然！

我深知，这本论文集相对于浩瀚的古典文学研究成果来说，相对于惠我良多的前人时贤来说，是多么微不足道，甚至连尘露之微、萤烛末光都算不上，但是，我却想借之以表达补益山海，增辉日月的区区愚诚。或者说，就权且是对似水流年的一些回忆吧。

今将发表过的论文分为三编，以类相从，按研究对象的时代先后相次，尽可能地统一了注释格式，订正了一些文字错误，其他则基本保持原貌未变。

责任编辑安芳同志认真审读了书稿，对本书的出版给予了大力支持，特此致谢。

时间容易被遗忘，事实也会发生舛错。略赘琐语，以为后记。

冷卫国

2018 年 1 月 25 日